DROEMER

Über die Autoren:
Hinter dem Pseudonym Ava Sandström verstecken sich eine bekannte deutsche Autorin und ihr Ehemann. Sie bereisen, beruflich wie privat, die Welt. Ihre abenteuerlichen Reisen sind perfekte Inspirationsquellen für ihre psychologisch interessanten Romane.

AVA SANDSTRÖM

WO DIE DUNKELHEIT BEGINNT

ROMAN

DROEMER

Besuchen Sie uns im Internet:
www.droemer.de

Aus Verantwortung für die Umwelt hat sich die Verlagsgruppe Droemer Knaur zu einer nachhaltigen Buchproduktion verpflichtet. Der bewusste Umgang mit unseren Ressourcen, der Schutz unseres Klimas und der Natur gehören zu unseren obersten Unternehmenszielen. Gemeinsam mit unseren Partnern und Lieferanten setzen wir uns für eine klimaneutrale Buchproduktion ein, die den Erwerb von Klimazertifikaten zur Kompensation des CO_2-Ausstoßes einschließt. Weitere Informationen finden Sie unter: www.klimaneutralerverlag.de

FSC
www.fsc.org
MIX
Papier aus verantwortungsvollen Quellen
FSC® C014496

Originalausgabe Januar 2022
Droemer Taschenbuch

Dieses Werk wurde vermittelt durch die Literarische Agentur Thomas Schlück GmbH, 30827 Garbsen.
Das Zitat auf S. 7 entstammt dem Werk »Die Schuld des Professors Bonnard«.

Redaktion: Theresa Klingemann
Covergestaltung: Carola Bambach
Coverabbildung: Collage von Carola Bambach unter Verwendung von Motiven von Shutterstock.com
Satz: Adobe InDesign im Verlag
Druck und Bindung: GGP Media GmbH, Pößneck
ISBN 978-3-426-30591-1

2 4 5 3 1

Für alle Winterkinder

Eine Veränderung schmerzt, egal, wie sehr man sie sich ersehnte, denn jeder Abschied ist ein kleiner Tod. Aber nur wenn wir unter ein Leben einen Schlussstrich ziehen, können wir ein neues beginnen.

Anatole France

PROLOG

Mit gerunzelter Stirn lauschte der Pilot der Stimme des Fluglotsen aus dem Tower von Longyearbyen. Es wäre nicht das erste Mal, dass sie aufgrund schwieriger Wetter- und Bodenverhältnisse kurzfristig umplanen und nach Tromsö zurückfliegen müssten. Flüge in die arktische Region Spitzbergens waren immer etwas Besonderes, und aktuell braute sich laut der Vorhersage des Norwegischen meteorologischen Instituts ein Schneesturm im Norden des Archipels zusammen. Sie lagen jedoch gut in der Zeit, und die Passagiermaschine vom Typ A320 war bereits im Sinkflug. Der Pilot warf einen prüfenden Blick auf die Instrumente. Er flog seit über dreißig Jahren und hatte zahllose Strecken rund um den Globus bedient, vieles war dabei im Laufe seiner langen Karriere in Vergessenheit geraten, nicht jedoch diese Flüge in die Arktis. Er liebte das Licht, das zu jeder Jahreszeit besonders war, vor allem aber jetzt im Spätwinter, wenn der ganze Archipel in blaue Dämmerung getaucht war und in unendlich vielen Facetten dieser kalten Farbe schimmerte. Es lag ein Versprechen von wiederkehrendem Leben in der Luft, wenn es auch noch Monate dauern würde, bis Eis und Schnee schmolzen und sich die arktische Fauna für wenige atemlose Wochen ein Terrain zurückeroberte, das lebensfeindlicher nicht sein könnte. Nur die Wärme des Golfstroms, der Spitzbergen mit seinen letzten Ausläufern erreichte, machte es überhaupt möglich, in diesen Breiten zu existieren.

Erneut meldete sich der Lotse des Towers. Der Pilot erblickte unter sich die ersten Ausläufer der Inseln und gleich darauf die Lichter von Longyearbyen. Noch war der Himmel klar. Er dachte an die Passagiere, die in weniger als einer Stunde die klimatisierte Komfortzone des Flugzeugs verlassen und in jene faszinierende Welt eintauchen würden, die sich unter ihnen erstreckte. Vor Jahren hatte er sie selbst erkundet, hatte sich dem durchsichtigen Blaugrün der Gletscher und den bizarren Wellenformen vereister Flussläufe ergeben, dem Heulen des Windes und dem Tanzen des Polarlichts. Wie so viele vor ihm war er der stillen, erhabenen Schönheit dieses weiten schneebedeckten Landes verfallen.

Niemand, der kam, konnte sich ihr entziehen.

Niemand, der ging, vergaß sie.

ERSTER
TEIL

1.

REBECCA

Das Licht der Scheinwerfer drang kaum durch die feinen Flocken, die der Wind vor sich hertrieb. Rebecca blinzelte in die Dunkelheit und rieb aus alter Gewohnheit ihre behandschuhten Hände aneinander, während sie den langsam näher kommenden alten Van beobachtete.

»Da sind sie wieder einmal«, hörte sie Tommys sonore Stimme neben sich. Etwas lag in seinen Worten, das ihr nicht gefiel. Vielleicht war es die Betonung auf dem *sie*.

Das Fahrzeug kam nicht weit von ihnen entfernt mit knirschenden Reifen im Schnee zum Stehen. Einige der Hunde im Zwinger bellten, und der Wind ließ die Lichtmasten am Zaun schwanken, die Kälte Rebeccas Atem gefrieren, während sie von einem Bein auf das andere trat. Der Fahrer, ein stämmiger Osteuropäer, wandte sich kurz seinen Passagieren zu, bevor er seine Mütze tiefer ins Gesicht zog, die Handschuhe überstülpte und ausstieg, um die Schiebetüren auf beiden Seiten des Vans zu öffnen. Mit einer knappen Geste grüßte er in ihre Richtung.

Tommy spannte sich spürbar neben ihr an, scannte die Menschen, die ausstiegen, und schien ihnen jetzt schon die Hunde zuzuordnen, die er vor ihre Schlitten schirren würde. Der dicke Schneeoverall, den er trug, war den arktischen Temperaturen zum Trotz bis oben geschlossen, von seinem kantigen Gesicht nur wenig zu sehen unter dem großen Kragen und der tief in die Stirn gezogenen fellbesetzten Kapuze. Nun gab er sich einen Ruck und löste sich aus dem Windschatten des Holzhauses, vor dem sie standen.

»Hey, guten Morgen«, begrüßte er die acht Personen mit einem ehrlichen Lächeln auf Englisch, Skepsis und Überdruss wie weggeblasen. »Schön, dass ihr da seid.« Hände wurden geschüttelt. »Kommt rein, zieht euch erst einmal um.«

Die Fähigkeit, spontan umzuschalten und dabei so authentisch zu bleiben, war nur eine von vielen Eigenschaften, die Rebecca an Tommy bewunderte.

Seit zwei Jahren arbeitete sie auf seiner Schlittenhundestation auf der Hauptinsel des Archipels Spitzbergen, dem nördlichsten ständig bewohnten Posten der Menschheit, nur eintausenddreihundert Kilometer südlich des Nordpols. Tommy war nicht nur Tommen Myhres Spitzname, sondern auch die geniale Zusammenführung seines Vor- und Nachnamens zum Logo der Station *TomMy*, so wie er selbst ihr Herz war. Hunde und Kunden liebten ihn. Die vielen positiven Bewertungen im Internet zeugten davon und sicherten ihnen das Überleben gegen die Konkurrenz der großen Stationen. Rebecca mochte nicht daran denken, was es für sie alle bedeuten würde, sollte Tommy sich entgegen seinen guten Vorsätzen entschließen, wieder häufiger Expeditionen zu führen und wie früher mit seinen Hunden über das Packeis zum Nordpol zu fahren, nach Grönland oder Kanada. Es war ihr größter Wunsch, ihn auf einer solchen Reise zu begleiten, aber sie wusste, es würde ein Traum bleiben. Seit er mit Lynn einen Sohn hatte, disziplinierte er sich, wenn es ihm auch schwerfiel.

Nun stapfte Tommy ihnen voraus durch den Schnee und öffnete die Tür des robusten Holzhauses. Im Eingangsbereich herrschte wie immer Chaos. Zu viele Overalls, Stiefel, Mützen, Handschuhe auf zu engem Raum. Feuchtigkeit hing in der Luft. Rebecca zählte längst nicht mehr, wie oft sie schon die Einweisung in das Ankleiden gegeben hatte, Hosenbeine über die Stiefel, Handschuhe über die Ärmel. Immer mit einem Lächeln, immer hilfsbereit. Den meisten Teilnehmern ihrer Fahrten mit den Hunden war nicht klar, wie wichtig diese kleinen Details waren, um gegen die Kälte bestehen zu können. Sie bemerkte, wie Tommys Blick an den rot lackierten Fingernägeln der jungen Belgierin und der unbeholfen erscheinenden Gestalt ihres Partners hängen blieb, von dort zu der leicht übergewichtigen Norwegerin glitt, die sich von ihrem Mann in den Overall helfen ließ. Die vier Deutschen, drei Frauen und ein Mann, streifte er nur, sie wirkten unternehmungslustig und flexibel, mit ihnen würde es keine Probleme geben.

Von draußen schaute Mathilde herein, gut verpackt in ihrem Overall, und nickte ihr zu. Die Schlitten waren bereit. Dieser Winter war die erste Saison der zierlichen Weltenbummlerin aus Frankreich. Sie war gerade Mitte zwanzig und damit rund zehn Jahre jünger als Rebecca, die gespannt war, wie lange die kleine, energiegeladene Frau bleiben würde.

Als sie aus der Wärme des Hauses wieder in die Dunkelheit des klirrend kalten Polarmorgens hinaustraten, setzte sich der feine Schnee sofort im Fell der Kapuzen und auf den Wimpern fest, der Wind zerrte an ihnen. Auf eine Kopfbewegung Tommys hin nahm Rebecca das belgische Paar unter ihre Fittiche und zeigte gleichzeitig den Deutschen ihre Schlitten.

»Es hat hoffentlich keiner von euch Angst vor den Hunden«, rief Tommy gegen den Wind. »Ich lasse sie jetzt nämlich heraus, damit ihr euch miteinander bekannt machen könnt. Ihr sollt schließlich heute den ganzen Tag zusammenarbeiten.«

Halogenscheinwerfer flammten auf.

Es war immer ein besonderer Moment, wenn Tommy die Zwingertür öffnete und die Hunde herausstürzten und ihn flüchtig begrüßten, bevor sie zu ihren Schlitten liefen, deren Position sie genau kannten.

Rebecca sog die kalte Luft tief ein, bis ihre Lungen zu schmerzen begannen. Trotz des Schneetreibens konnte sie erkennen, wie die schier endlose Dämmerung dieser Jahreszeit einsetzte. Mitte Februar stieg die Sonne noch nicht über den Horizont, dennoch würde sich die tiefe Dunkelheit der Polarnacht bis zum Mittag ganz allmählich verlieren. Berge, Fjorde und Häuser würden in dem mystischen, allmählich heller werdenden Blau des Nordens Gestalt annehmen, und für kurze Zeit würde es so licht werden wie in Deutschland an einem verhangenen Wintertag, bis das Land am frühen Nachmittag wieder in der Finsternis versank. Rebecca liebte dieses Spiel der Blautöne, das es nur hier gab. An ihren freien Tagen konnte sie ganze Vormittage damit verbringen, es von ihrem Fenster aus zu beobachten. Nun beeilte sie sich jedoch, die Hunde vor die Schlitten zu spannen. Dabei fing sie den Blick einer der deutschen Frauen auf, die erstaunt in den Anhänger von Tommys großem Gefährt blickte.

»Brauchen wir das alles?«

Das alles waren Notzelte, ein Erste-Hilfe-Koffer, Proviant, Signalmunition, ein Satellitentelefon und zwei Gewehre. Zudem Futter für die Hunde. Schnee legte sich bereits in einer feinen Schicht darüber.

»Wir müssen unterwegs auf alles vorbereitet sein. Hier draußen kann man nie wissen, was passiert«, erklärte Rebecca der Frau, die in ihrem Schneeoverall wie ein Michelin-Männchen vor ihr stand. »Wir können irgendwo stecken bleiben, einen Notfall haben oder einem Bären begegnen.«

»Es sind schon zwanzig Zentimeter Neuschnee gefallen«, sagte Tommy im Vorbeigehen auf Norwegisch zu ihr. »Das wird eine anstrengende Tour.«

Wie immer würden sie mit den Touristen auf einen nahen Gletscher fahren und die Höhlen unter dem Eis besichtigen. Normalerweise benötigten sie dafür gut vier Stunden hin und zurück. Heute würde es länger dauern. Und obwohl sie die Tour regelmäßig begleitete, ahnte sie, dass ihr bei diesen Wetterverhältnissen am Abend alle Knochen wehtun würden.

Inzwischen war die Gruppe startklar, stand im Halbkreis vor Tommy und lauschte aufmerksam, während er die wichtigsten Basics erklärte. Die Hunde bellten aufgeregt, wie immer kurz vor dem Aufbruch. Rebecca zog kurz ihre Handschuhe aus, um ihre

Kapuze fester um den Kopf zu ziehen, die Kälte schnitt sofort in ihre Finger. Die hohe Luftfeuchtigkeit und der Wind ließen die gefühlte Temperatur weitaus niedriger erscheinen als lediglich minus zehn Grad.

Sie stiegen auf die Kufen, aufgeregtes Bellen vermischte sich mit letzten Anweisungen, und dann waren sie unterwegs, und plötzliche Stille umgab sie. Die Hunde gaben keinen Laut von sich, wenn sie rannten, nur das Keuchen ihres Atems trug der Wind ihr zu, während die Kufen der Schlitten lautlos durch den Schnee glitten. Die Sicht war so dürftig, dass alles um sie herum im Weiß des fallenden Schnees verschwand. Rebecca, die das Schlusslicht bildete, konnte Tommys Schlitten und die lange Reihe seiner dreizehn Hunde nur als dunkle Schemen erkennen, als sie in großem Schwung die erste Steigung nahmen. Aber das störte sie nicht. In den vergangenen zwei Jahren hatte sie die Wintertouren lieben gelernt. Selbst wenn sie eine Touristengruppe begleitete, bot sich ihr immer ein Stück willkommene Einsamkeit im Austausch mit den Hunden und der Natur.

»Du willst *wohin?*«, hatten ihre Kollegen ungläubig gefragt, als sie vor zwei Jahren gekündigt hatte und ihnen ihren Entschluss, Deutschland zu verlassen und zumindest für eine Saison nach Spitzbergen zu gehen, verkündet hatte. »Das ist nicht dein Ernst!«

Die meisten Menschen, das hatte sie schnell erfahren, wussten nicht einmal, wo die Inselgruppe im arktischen Meer lag. Sie vermuteten den Ort auf dem nördlichen norwegischen Festland. Dabei befanden sich zwischen Tromsö in Nordnorwegen und Longyearbyen, dem Hauptort auf dem Archipel Spitzbergens, knapp eintausend Kilometer.

Sie hatte ihre Entscheidung nicht verteidigt. Lediglich die Schultern gezuckt. Was hätte sie auch sagen können. Keiner der Kollegen wusste, was sie veranlasst hatte, so plötzlich zu kündigen, und sie wollte auch nicht, dass sie es erfuhren. Zudem war ihr Vorhaben nicht durchdacht gewesen. Spontan hatte sie die erstbeste Stelle angenommen, die die beiden einzigen Bedingungen erfüllte, die sie sich gesetzt hatte: Sie wollte ins Ausland, und die Arbeit musste etwas mit Natur oder Tieren zu tun haben. Dabei war sie keinem Plan, sondern nur ihrem Bauchgefühl gefolgt. Und sie hatte es nicht bereut.

»Egal wohin Sie gehen, Sie nehmen Ihre Probleme mit«, hatte die Psychologin gewarnt, die sie seit einem halben Jahr betreut hatte. »Ein Ortswechsel ist keine Lösung.«

In Berlin zu bleiben, war aber auch keine Lösung. Die Stadt hatte sie verrückt gemacht. Die vielen Menschen. Der Dreck. Die Arbeit am Institut hatte sie überfordert. Sie brauchte Einfachheit, weit weg von allem. Spitzbergen war ihr als der perfekte Fluchtpunkt erschienen. Und war es geblieben. Das Leben hier beschränkte sich auf das Wesentliche. Die Gemeinschaft war überschaubar. Außer zu den Zeiten, wenn im Sommer die Kreuzfahrer kamen. Aber auch daran hatte sie sich inzwischen gewöhnt. Sie blieben ja nicht. Ebenso wenig wie die Touristen im Winter. Sie alle waren lediglich Momentaufnahmen einer Gesellschaft, die sie hinter sich gelassen, eines Lebens, das sie abgelegt hatte. Wie sollten die Menschen jener nach Selbstoptimierung strebenden Welt auch verstehen, dass eine fünfunddreißig Jahre alte Frau mit vermeintlich allen Chancen beruflich wie privat erst hier in der Einsamkeit der Polarnacht und mit der einfachen Arbeit auf einer Hundeschlittenstation die Zufriedenheit fand, die sie ihr ganzes bisheriges Leben vermisst hatte?

Sie erreichten eine weitere Steigung, der Schlitten verkantete sich im Neuschnee, und die Hunde blieben stehen und blickten sich zu ihr um. In weißen Wolken stieg der Atem von ihren Schnauzen auf, ihre großen Augen glänzten. Rebecca sprang hinunter, ruckelte den Schlitten los und feuerte die Hunde an, bis sie wieder anzogen. Ein paar Meter rannte sie keuchend neben dem schneller werdenden Gefährt her, bis es genug Schwung aufgenommen hatte, dann sprang sie zurück auf die Kufen. Das hatte zu Beginn nicht immer geklappt. Sie erinnerte sich, dass sie nicht nur einmal gestürzt war, gerade noch nach dem Schlitten greifen konnte und dann auf dem Bauch hinterhergezogen wurde, bis sie das Gespann wieder unter Kontrolle gebracht hatte.

Vor ihr kämpfte sich der Belgier durch den Schnee. Seine Frau hatte sich längst vor ihn in den Schlitten gesetzt. Die Deutschen waren kaum noch zu sehen. Rebecca brachte ihr Gefährt neben das des Belgiers. »Du musst helfen«, rief sie seiner Frau zu. »Sonst seid ihr zu langsam.«

2.

MARTIN

Er blickte von seinem Laptop auf und betrachtete durch die Gläser seiner Brille irritiert seine Umgebung. Wie so oft war Martin van der Zaar derart vertieft in seine Arbeit gewesen, dass er völlig vergessen hatte, wo er sich befand. Die übrigen Arbeitsplätze im Labor waren verlassen, ein Blick auf die Uhr über der Tür bestätigte ihm, dass die wenigen anderen Mitarbeiter, die während des Winters in der Forschungsstation in Nye-Alesund arbeiteten, längst Feierabend gemacht hatten. Vermutlich hatten sie sich von ihm verabschiedet, ohne dass er es bemerkt hatte.

Dieses atemlose Abtauchen in seine Arbeit war nicht allein seinem inneren Antrieb geschuldet. Als Mitarbeiter des europäischen Forschungsnetzwerkes *Greencycles II* bestanden für ihn vor allem externe Zwänge für eine zeitnahe Abgabe seiner Erkenntnisse, da sie als Grundlage und Ausgangspunkt für analytische Betrachtungen in größeren Szenarien erforderlich waren. Um die Wechselwirkungen von Klima und natürlichen Kreisläufen besser zu verstehen, vereinte *Greencycles II* im Rahmen einer sehr komplexen Simulation die Ergebnisse verschiedener Wissenschaftsdisziplinen. Martins Aufgabe als Mikrobiologe war es, im Rahmen der Darstellung von Landoberflächenprozessen zu klären, welchen Anteil arktische Mikroorganismen an der biogeophysikalischen und biogeochemischen Interaktion hatten. Da diese Vorgänge neben den biologischen auch chemische Komponenten besaßen, war der Austausch mit den Kollegen essenziell für seine Arbeit. So beschloss er seinen Arbeitstag wie alle anderen zuvor damit, die wesentlichsten Ergebnisse und Fortschritte der letzten Stunden zusammenzufassen und in einer Mail an seinen ehemaligen Kommilitonen Timm zu schicken, einen Biochemiker, der am Max-Planck-Institut Mainz im gleichen Wissenschaftsnetzwerk wie Martin arbeitete. Erst danach verstaute er den Laptop in seiner Umhängetasche, warf seine Jacke über und verließ das Gebäude.

Draußen war es stockdunkel, die Luft war klar und kalt, die dichten Wolken hatten sich verzogen und der Wind hatte sich gelegt. Das Räumfahrzeug hatte den Neuschnee zwischen den Gebäuden zu Haufen zusammengeschoben, sodass die Wege frei waren, doch an den Häuserfronten türmte sich die weiße Masse bis unter die Fenster. Der Schnee dämpfte die Geräusche, es war unwirklich still, der Himmel nah, klar und die Sterne viel greifbarer als weiter im Süden. Nichts als eine optische Täuschung, sagte sich der Wissenschaftler in Martin, der von der Lautlosigkeit fasziniert war und nach Polarlichtern Ausschau hielt. Der empfindsamere Teil seines Ichs atmete gegen die Kälte an, die unter seine Jacke kroch, und gegen ebendiese Stille, an die er sich noch immer nicht gewöhnt hatte. Und wie nahezu an jedem Abend der vergangenen zwei Wochen fragte er sich, ob es nicht vielleicht ein Fehler gewesen war, die Verantwortung für diese Forschungsreihe in der Arktis zu übernehmen.

Die Station in Nye-Alesund war um diese Jahreszeit nur rudimentär besetzt. Wo im Sommer bis zu einhundertsiebzig Menschen lebten und arbeiteten, verloren sich jetzt nicht mehr als dreißig. Das machte die Gemeinschaft sehr überschaubar, und wer wie Martin nicht besonders kontaktfreudig war, hatte neben der Arbeit nicht viele Berührungspunkte.

Er betrat das Gebäude mit den Unterkünften der temporären Mitarbeiter, wo er im ersten Stock ein kleines Zimmer mit nicht mehr als einem Bett, einem Schrank, einer Sitzgelegenheit und einem schmalen Schreibtisch bewohnte. Neben der Tür zum Bad hing ein Fernseher. Es gab einen gemeinsamen Aufenthaltsraum mit einer kleinen Teeküche auf der Etage, und er fühlte sich erinnert an seine Zeit im Studentenwohnheim, nur dass es hier sauberer war. Ohne das Licht einzuschalten, legte er seine Jacke ab und die Umhängetasche, stellte seinen Laptop auf den Schreibtisch und blieb unschlüssig am Fenster stehen. Draußen rührte sich nichts, und er fragte sich, was für ihn schlimmer war, die erstarrte Nacht oder die kurzen blau durchtränkten Stunden des Tages, die ihm die Ödnis der ihn umgebenden Landschaft offenbarten. Sicher boten die vereisten Bergzüge eine faszinierende Kulisse, aber letztlich waren sie nichts als kahle Felsen, Schnee und Wasser. Eine lebensfeindliche Wüste, in der jeder zum Tode verurteilt war. Die Weite und Leere der Landschaft, die manche Menschen als befreiend empfinden mochten, empfand er als beengend. Keines der Fotos und Videos, die er sich vor seiner Abreise angesehen hatte, hatte ihn auf die Einsamkeit und Abgeschiedenheit vorbereiten können, die er hier verspürte.

»Es ist wie auf einem anderen Planeten«, hatte er Timm vor ein paar Tagen am Telefon erzählt. »Ich fühle mich, als wäre ich auf *Hoth* gelandet.«

»So schlimm, ja?«, war Timms lachende Antwort gewesen. »Aber ein Angriff des Imperiums steht aktuell nicht bevor, oder?«

»Ein Angriff des Imperiums wäre in der Tat eine nahezu erfreuliche Ablenkung«, hatte er zurückgegeben und dabei gegen seinen Willen lachen müssen.

Mit Timm zu sprechen, war stets erfrischend.

Seit ihrer gemeinsamen Studienzeit in Tübingen verband sie eine enge Freundschaft, obwohl sie nur wenige Vorlesungen gemeinsam belegt hatten, da Martin Biologie und Timm Chemie studiert hatte. Tatsächlich hatten sie sich auch nicht an der Universität kennengelernt, sondern in der Schlange vor einer Kinokasse, wo sie gemeinsam für Karten für den neuesten *Star Wars* angestanden hatten und ins Fachsimpeln gekommen waren. Schnell hatte sich herausgestellt, dass sie eine Leidenschaft teilten, die weit über das bloße Konsumieren der Filme hinausging. Wie Martin besaß auch Timm eine ganze Bibliothek nicht nur mit Romanen über das *Star Wars*-Universum, sondern auch mit Sachbüchern. Einige hatten Sammlerwert. Ebenso wie die Modelle, die sie beide besaßen.

Andrea hatte für diese Marotte überhaupt kein Verständnis aufbringen können. Aber sie hatte vieles an ihm nicht verstanden. Das war im Moment das einzig Gute daran, dass er hier war. Er war raus aus dem nichtssagenden möblierten Appartement, in das er nach dem Auszug aus der gemeinsamen Wohnung geflohen war. Raus aus Jena, das ihm nach der Trennung von ihr viel zu eng erschienen war.

»Aber deswegen gleich in die Arktis?«, hatte Timm seine Entscheidung für Spitzbergen hinterfragt. »Du kannst nach Mainz kommen. Wir sind ständig auf der Suche nach guten Leuten, und du bist einer von den wirklich guten!«

»Ich brauche eine komplette Luftveränderung. Vielleicht komme ich auf dein Angebot zurück, wenn das Projekt in Nye-Alesund abgeschlossen ist.«

Inzwischen war er sich nicht mehr so sicher, ob es nicht vielleicht doch besser gewesen wäre, nach Mainz zu gehen. Er hätte sogar vorübergehend bei Timm wohnen können, bis er eine eigene Bleibe gefunden hätte. Die Zeit mit Andrea ließ sich nicht so leicht abschütteln, wie er gehofft hatte. Auch hier, fernab von allem, was er gewohnt war, holte sie ihn ein, und zu häufig beherrschte seine Noch-Ehefrau seine Gedanken. Frauen und Beziehungen stellten ein Mysterium für ihn dar. Mit logischem und analytischem Denken war beidem nur schwer beizukommen. Und gerade bei Andrea hatte es überhaupt nicht funktioniert. Im Nachhinein war ihm nicht klar, wie er sich darauf hatte einlassen können, sie zu heiraten.

Während er diesen Gedanken nachhing, war ihm, als kröchen trotz der Wärme, die die Heizung ausstrahlte, Dunkelheit und

Kälte ins Zimmer, legten sich um ihn und lähmten ihn. Draußen ging eine kleine Gruppe Mitarbeiter in dicken Schneeoveralls vorbei. Sie scherzten miteinander, lachten, und ihr Atem hing einen flüchtigen Moment wie eine weiße Wolke über ihnen. Er wusste, sie gingen zum Essen, und er war sich auch im Klaren darüber, dass er sich ihnen vernünftigerweise anschließen sollte. Seit dem Frühstück hatte er nur einen Müsliriegel gegessen, aber ihm war nicht nach Gesellschaft.

Ein lautes Klopfen an seiner Tür ließ ihn zusammenfahren. Unschlüssig blickte er durch den dunklen Raum auf den schmalen Streifen Licht unter der Tür und runzelte die Stirn. Er wollte niemanden sehen und mit niemandem reden und konnte sich auch nicht vorstellen, wer etwas von ihm wollte. Für einen Moment war er versucht, einfach nicht zu reagieren, den Atem anzuhalten, zu warten, bis der Mensch auf der anderen Seite die Geduld verlor und fortging. Dann überkam ihn Scham für diese kindischen Gedanken, und hastig schaltete er das Licht ein und öffnete. Er blickte auf einen rotblonden Männerschopf über einem runden Gesicht und einem naturweißen Rollkragenpullover, der sich in Bauchhöhe ausbeulte und aussah wie selbst gestrickt. Darunter lugte eine abgetragene dunkelbraune Breitcordhose hervor.

Er schmunzelte unwillkürlich. Seine Liebe zu Breitcordhosen war ein ständiges Ärgernis für Andrea gewesen. »Niemand trägt heute mehr Breitcordhosen«, hatte sie ihn zurechtgewiesen und die Hosen aus seinem Kleiderschrank aussortiert, nachdem sie zusammengezogen waren. Dann hatte sie ihn zu einer Shoppingtour überredet und ihn nach ihren Vorstellungen neu eingekleidet. Als er ausgezogen war, hatte er die Hosen, Hemden, Poloshirts und Jacketts einfach hängen lassen. Er hatte sich sowieso nie wirklich wohl darin gefühlt.

»Hallo, Martin, hast du schon etwas gegessen?«, dröhnte ihm Ole Petersens tiefer Bass entgegen.

Martin starrte noch immer auf die Cordhose. »Sag mal, deine Hose«, fragte er statt einer Antwort. »Wo hast du die her?«

Ole sah an sich hinunter. »Die Hose? Keine Ahnung.« Er fuhr mit den Fingern fast liebevoll über den Stoff. »Sieht inzwischen aus wie aus der Altkleidersammlung, ist aber …«

»… verdammt bequem«, fiel Martin ihm ins Wort und wunderte sich über sich selbst.

Ole grinste breit. »Du kennst dich aus. Und … hast du nun schon gegessen?«

Martin wollte antworten, dass er nicht hungrig war, aber etwas in Oles Haltung veranlasste ihn, einfach nur den Kopf zu schütteln und nach seiner Jacke zu greifen.

»Das passt gut. Ich hab nämlich was mit dir zu besprechen.« Ole setzte sich die Chapka, die er in der Hand hielt, auf den Hinterkopf und wandte sich zur Treppe. Als er ihm folgte, fragte Martin sich, worüber Ole mit ihm reden wollte. Der Norweger war der Senior auf der Station, einer der sogenannten Permanenten, der vor allem administrativ tätig war. Er koordinierte die wissenschaftlichen Arbeiten und war parallel dazu in die Leitung der Universität in Longyearbyen eingebunden.

Als sie das Gebäude verließen, schnitt die Kälte sofort wieder in Martins Glieder, und er zog den Reißverschluss seiner Jacke hoch. Er war selbst recht groß gewachsen, an Oles Seite musste er dennoch lange Schritte machen, um mithalten zu können. Der festgetretene Schnee knirschte unter ihren Sohlen, an manchen Stellen war er vereist und rutschig, und Martin war erleichtert, als sie das große Holzhaus erreichten, in dem die Kantine untergebracht war. Feuchte Wärme schlug ihnen entgegen und ließ sofort seine Brille beschlagen. Er nahm sie ab, um sie zu putzen, und wäre dabei fast in eine junge Frau gelaufen, die ihren Weg kreuzte. Erst dann nahm er den schweren Essensgeruch wahr. Essen war noch nie wirklich wichtig für ihn gewesen, er aß, weil sein Körper Nahrung brauchte, oft bekam er nicht einmal mit, was es war, vor allem, wenn er tief in einer Forschungsreihe steckte. Vermutlich war er deshalb selbst mit seinen vierzig Jahren noch schlaksig und wirkte dadurch geradezu jungenhaft.

Sie fanden einen Platz am Fenster. Ole wankte behäbig wie ein Bär zum Tresen. Sein dröhnender Bass hallte zurück zu Martin, als er mit dem Koch ein Späßchen machte.

»Wir haben Glück gehabt, das sind tatsächlich die letzten Portionen«, bemerkte er, als er die beiden dampfenden Schalen mit Fischeintopf auf den Tisch stellte. »Aber notfalls hätte uns der Küchenchef ein paar Eier in die Pfanne gehauen.«

Martin rührte unentschlossen in seinem Essen. »Du wolltest etwas mit mir besprechen?«

Ole machte sich bereits hungrig über den Eintopf her. »Bist du mit dem Fortschritt deiner Arbeit zufrieden?«, fragte er schließlich zwischen zwei Löffeln. »Ich weiß, dass du einigermaßen unter Zeitdruck stehst.«

»Ich hab in den vergangenen drei Wochen mehr geschafft, als ich erwartet habe, und weniger, als ich wollte«, entgegnete Martin ehrlich.

»Könntest du dir vorstellen, deine Arbeit für zwei bis drei Wochen zu unterbrechen?«

Martin ließ den Löffel sinken, den er eben zum Mund führen wollte. »Meine Arbeit unterbrechen? Warum?«

»Ich habe vor einer Stunde einen Anruf aus dem Büro der Universität in Longyearbyen erhalten. Ein Dozent dort musste mit einer Gallenkolik ausgeflogen werden nach Tromsö. Sie brauchen dringend eine kurzfristige Vertretung aus dem entsprechenden Fachgebiet. Du bist doch Mikrobiologe, oder?«

»Ja, aber … ich habe noch nie als Dozent gearbeitet. Ich glaube nicht …«

»Der Kollege hat sehr gute Unterrichtsmaterialien und Vorträge, die du übernehmen kannst.«

»Aber …«

»Ich glaube, ein zweiwöchiger Tapetenwechsel würde dir guttun.«

Martin schob die Schüssel mit dem Fischeintopf von sich. »Warum?«

»Du fühlst dich nicht wirklich wohl. Ich habe dich beobachtet, und glaube mir, ich habe in den vergangenen fünfzehn Jahren Erfahrung gesammelt auf diesem Posten. Du vergräbst dich in deiner Arbeit, als wäre sie das Einzige, was dich am Leben hält. Ich kann das verstehen. Ist ganz schön trist hier im Winter. In Longyearbyen hättest du mehr Abwechslung.«

Martin richtete sich verärgert auf. »Ich brauche keine Bespaßung. Ich will nur meine Forschungsreihe vernünftig durchführen.«

»Weiß ich. Aber deine Forschungen werden dir besser von der Hand gehen, wenn du nur erst wieder den Kopf frei hast.« Mit einem Augenzwinkern fügte er hinzu: »Ist eine Win-win-Situation.« Martin schob seinen Ärger beiseite. Vielleicht hatte Ole recht. Vielleicht wäre es besser, ein bisschen mehr Leben um sich zu haben und auf andere Gedanken zu kommen. Von den anderen Mitarbeitern der Forschungsstation hatte er schon einiges über Longyearbyen gehört. Über die Kneipen und das Miteinander dort, das von einer besonderen Geselligkeit und Zusammengehörigkeit geprägt war. Man lernte schnell andere Menschen kennen – vorausgesetzt man war dafür gemacht. Es war ihm schon immer schwergefallen, sich außerhalb seiner Arbeit auf belanglosen Small Talk einzulassen, nicht erst hier auf Spitzbergen. Einfach mal abends gemeinsam ein Bier zu trinken und alberne Witze zu reißen, hatte ihm noch nie gelegen. Mehr als zwei Gesprächspartner überforderten ihn, da er ständig das Gefühl hatte, ihnen nicht gerecht zu werden. Und dennoch blickte er bisweilen gerade auf solche Runden mit einer gewissen Sehnsucht, fühlte sich isoliert angesichts der unbeschwerten Fröhlichkeit, die diese Menschen umgab. Er stellte sich vor, wie es wäre, als Dozent zu arbeiten. Er stand nicht gern im Mittelpunkt, es würde eine Herausforderung sein, sich den Studenten zu stellen. »Ich werde über deinen Vorschlag nachdenken«, sagte er schließlich in seiner gewohnt reservierten Art. »Ich gebe dir morgen Bescheid.«

3.

TRINE

Trine Mikkelsen legte den Hörer auf und seufzte erleichtert.
»Ist er gut angekommen?«, fragte Anders Sörensen aus dem Nebenraum.

Trine stand auf und ging hinüber. »Wie viel hast du von dem Telefonat mitgekriegt?«

»Nur den Schluss. Ich bin gerade erst reingekommen.«

Sie nahm ihre Lesebrille ab und strich sich die blondierten Locken aus dem Gesicht. »Hat alles reibungslos geklappt. Gunnar wird heute noch operiert und kann in vier bis fünf Tagen wieder zurück sein, sofern es keine Komplikationen gibt.«

Der junge dänische Arzt lächelte. Sie sah die Schatten unter seinen Augen in dem hageren Gesicht und den müden Zug um seinen schmalen Mund, der ihn so viel älter aussehen ließ als Mitte dreißig. Damit war er fast fünfzehn Jahre jünger als sie. Seit elf Monaten war er in ihrem kleinen Krankenhaus beschäftigt. Derzeit allerdings als einziger Arzt. Zusammen mit den fünf anderen Krankenschwestern versuchte sie, ihm so viel wie möglich abzunehmen, aber er machte seit vier Wochen die Arbeit für drei, und ein Notfall wie Gunnar Bakken mit seiner Gallenkolik brachte sie alle kurzfristig aus ihrer Routine. Vielleicht, weil es doch eher selten vorkam, dass sie einen Patienten mit einer akuten Erkrankung oder nach einem Unfall mit dem Flugzeug abholen lassen mussten, damit er in Tromsö im Krankenhaus behandelt werden konnte. Der Altersdurchschnitt der Bewohner des Archipels lag zwischen zwanzig und vierzig, in der Regel waren es gesunde und gut trainierte Menschen, die nicht länger als vier Jahre blieben und selten ernsthaft erkrankten.

Natürlich verfügten sie auch in ihrem kleinen Krankenhaus in Longyearbyen über einen Operationsraum, und jeder Arzt, der sich für eine Anstellung bewarb, besaß eine chirurgische Zusatzausbildung, aber wenn es irgend möglich war und das Wetter die Flüge zuließ, wurden die Patienten selbst bei akuten Notfällen innerhalb von vier Stunden nach Tromsö ausgeflogen. Frauen, bei denen Entbindungen anstanden, mussten die Inseln schon drei Wochen vor der Geburt verlassen und kamen erst zurück, wenn abzusehen war, dass es mit den Neugeborenen keine Komplikationen geben würde – einer der Gründe, weshalb sie gerade unterbesetzt waren. Eine Ärztin war inzwischen im Mutterschutz, ohne dass sie befristeten Ersatz für sie hatten. Ein weiterer Arzt hatte seinen Vertrag nicht verlängert. Der Nachfolger wurde in der nächsten Woche erwartet.

Trine blickte auf ihre Armbanduhr. »Es ist spät, warum machst du nicht Feierabend? Wenn etwas sein sollte, was sich ohne dich nicht regeln lässt, rufe ich dich an.« Verschmitzt zwinkerte sie ihm zu. »Mit Gunnar sollte das Soll der Notfälle für den heutigen Tag erfüllt sein.«

»Da magst du recht haben«, erwiderte Anders gähnend und schaltete seinen Computer aus. »Ich nehme das Telefon mit ins Bett.«

Nimm lieber deine Frau mit ins Bett, lag es Trine auf der Zunge, aber sie verkniff sich die Bemerkung. Für sie alle kam das Privatleben in letzter Zeit zu kurz. Es lag Wochen zurück, dass sie sich das letzte Mal mit ihrer Freundin Maritt getroffen hatte, obwohl sie nur zwei Häuser voneinander entfernt wohnten. Nach der Arbeit war sie meist so müde, dass sie nur noch das Nötigste erledigte und ins Bett ging. Sie war inzwischen länger als die meisten ihrer Freunde und Bekannten auf Spitzbergen. Sechs Jahre wurden es diesen Sommer, und sie fühlte sich noch immer wohl in der kleinen Gemeinschaft in Longyearbyen. Zweieinhalbtausend Menschen aus sechsundvierzig Nationen bevölkerten den Ort, und natürlich kannte jeder jeden. Und trotz der beständigen Wechsel gab es eine gewisse Kontinuität. Vielleicht war es der Menschenschlag, der sich hierher verirrte. Irgendwie immer dieselben Typen. Abenteurer, Outdoorfreaks, Forscher und Studenten. Alles Menschen, die ein besonderes Verhältnis zur Natur hatten. Mal abgesehen von den übrig gebliebenen Kohlearbeitern. Aber selbst sie. Wer sich entschloss, hier zu leben und zu arbeiten, brauchte mehr Motivation als die Aussicht auf ein steuerfreies Einkommen.

Anders stand auf, schob den Stuhl unter seinen Schreibtisch und griff nach seinem Mobiltelefon. »Na dann, wir sehen uns hoffentlich tatsächlich erst morgen«, verabschiedete er sich.

Sie lauschte seinen kaum hörbaren Schritten auf dem mit Linoleum ausgelegten Flur. Wie sie alle trug er Hausschuhe. Seine Straßenschuhe standen im Eingangsbereich des Krankenhauses in einem Schuhregal. Es war eine Tradition, die man von den Kohlearbeitern aus dem 19. Jahrhundert übernommen hatte. Auf dem Archipel von Spitzbergen betrat man die Wohnhäuser und auch die meisten öffentlichen Gebäude nicht mit Schuhen, weshalb in den Eingangsbereichen des Krankenhauses, der Universität oder der Kirche und des Museums lange Schuhregale standen. Wer keine eigenen Hausschuhe hatte, lieh sich welche oder ging auf Strümpfen. Ausgenommen waren Geschäfte und Restaurants.

»Es sieht überall ein wenig aus wie im Kindergarten«, hatte es einmal eine Touristin kommentiert, die Trine wegen eines verstauchten Fußes behandelt hatte. »Und wirkt dadurch sehr familiär.«

Irgendwie waren sie ja auch eine große Familie.

Trines Telefon klingelte.

Es war Bernt von der Rezeption.

Ein Vater mit seinem Sohn. Fieber und Bauchschmerzen.

Sie reckte die Schultern in ihrem weißen Kittel. »Schick die beiden zu mir in das Behandlungszimmer.«

Es war inzwischen kurz nach zwanzig Uhr. Noch knapp zwei

Stunden, dann war Schichtwechsel. Während sie auf ihre Patienten wartete, schickte sie Maritt eine Nachricht.

Nachher noch Lust auf ein Bier?

Die Antwort ließ nicht lang auf sich warten.

Treffen wir uns in der Svalbar?

Der Pub lag nur wenige Schritte entfernt in derselben Straße wie das Krankenhaus. Der einzigen Straße in Longyearbyen, an der es nennenswerte Geschäfte, Restaurants und Cafés gab. Es war wahrscheinlich das Beste, gar nicht erst nach Hause zu gehen.

Gute Idee. Ich bin kurz nach zehn dort.

Als sie zwei Stunden später aus dem Haupteingang des Krankenhauses trat, lag die Straße verlassen vor ihr. Ein schneidender Wind ließ sie frösteln, und sie zog die Kapuze ihrer Daunenjacke über ihre Mütze und beeilte sich, die kurze Distanz zur *Svalbar* zurückzulegen. Durch die große Fensterfront fiel warmes Licht auf den Schnee, und sie konnte sehen, dass der Pub trotz der späten Stunde gut besucht war. Maritt saß an einem Tisch am Fenster und winkte ihr zu, und obwohl Trine von dem langen Arbeitstag erschöpft war, war sie froh, dieser spontanen Idee gefolgt zu sein. Das Leben konnte nicht nur aus Arbeit, Essen und Schlafen bestehen.

Maritt Jensen war eine hübsche rundliche, dunkelhaarige Frau Mitte vierzig mit dem wohl herzlichsten Lächeln, das Trine je bei einem Menschen gesehen hatte. Auch jetzt begrüßte sie ihre Freundin mit einer Wärme, die sich sofort wie ein schützender Mantel um Trine legte. »Ich habe mich so über deine Nachricht und deinen Vorschlag gefreut, uns zu treffen. Wie geht es dir?«

»Wir haben zu viel Arbeit und zu wenig Personal, da bleibt im Moment alles andere auf der Strecke. Aber sonst geht es mir gut. Und dir?«

Maritt strahlte. »Ich habe ein spannendes Projekt für uns in Aussicht. Ich konnte es kaum erwarten, dir davon zu erzählen, aber ich wusste ja, dass ihr im Moment unterbesetzt seid, deshalb habe ich mich zurückgehalten.«

Trine horchte auf. Maritt leitete das Museum in Longyearbyen, und Trine unterstützte seit etwa zwei Jahren den kleinen Kulturkreis, den Maritt gegründet hatte. Einmal im Monat versuchten sie in Zusammenarbeit mit der Universität, der Kirche, der Schule und auch der ein oder anderen Organisation vom Festland, eine Veranstaltung zu organisieren, um das kulturelle Leben in Longyearbyen zu beleben. Es gab Konzerte, Vorträge, Kinofilme oder Diskussionsabende, die immer gut besucht waren. Einmal hatten sie sogar ein Mitglied der Königsfamilie zu Besuch gehabt.

»Stell dir vor«, fuhr Maritt fort und bebte vor Aufregung. »Ich konnte Jan Morten Olsen für eine Lesung gewinnen.«

Trine schnappte nach Luft. »Olsen? Wirklich? Aber wie können wir uns das leisten?«

Olsen war einer der erfolgreichsten norwegischen Krimiautoren. Seine Honorare lagen weit über ihrem Budget.

Maritt lehnte sich lächelnd vor und senkte die Stimme. »Er hat mich angerufen.«

Trine sah sie ungläubig an. »*Er* hat *dich* angerufen …«

Maritt nickte lächelnd. »Er hat mich um Unterstützung gebeten. Er steckt in der Planung für einen Kriminalroman mit historischem Hintergrund, der auf Spitzbergen spielen soll, und möchte vor Ort recherchieren.«

»Das ist …« Trine fehlten die Worte.

»Großartig«, ergänzte Maritt vergnügt. »Oder?«

Trine konnte nur nicken, sie war noch immer sprachlos.

Doch schließlich fand sie ihre Fassung wieder. »Darauf müssen wir einen trinken«, sagte sie, winkte Björn, dem Kellner, und zeigte mit Zeige- und Mittelfinger eine Zwei an. Der leicht übergewichtige bärtige Mann in dem schwarzen T-Shirt verstand die Geste sofort. Trine und Maritt kamen häufiger, und er kannte ihre Trinkgewohnheiten. Wie im Übrigen auch die aller anderen Gäste, sofern sie wenigstens einmal da gewesen waren. Er hatte schon so manche Touristen, die an zwei Abenden nacheinander die *Svalbar* besuchten, mit der augenzwinkernden Bemerkung »*Wie immer?*« überrascht.

»Du weißt schon, dass du überqualifiziert bist für diesen Job«, hatte Trine ihm unlängst gesagt. In seiner ruhigen Art hatte er lediglich genickt. Er sprach nicht viel von sich, aber irgendjemand hatte ihr erzählt, dass er eigentlich Geologie in Bergen studierte, das Studium aber unterbrochen hatte, um hier eine Saison zu arbeiten, und wie so viele andere hängen geblieben war.

Wie auch die Deutsche, die jetzt zur Tür hereinkam. Rebecca Hüttner. Auf den ersten Blick eine attraktive, recht groß gewachsene, schlanke blonde Frau, die inzwischen so gut Norwegisch sprach, dass viele sie für eine Skandinavierin hielten. Trine beobachtete, wie Björn sie mit einem Lächeln und ein paar Worten begrüßte und wie er ihr nachblickte. Rebeccas Anziehungskraft auf Männer sorgte immer wieder für Gesprächsstoff im Ort. Vielleicht, weil sie nicht damit umgehen konnte. Wenn jemand wagte, ihr näherzukommen, zog sie sich sofort in ihr Schneckenhaus zurück, obwohl sie zunächst offen und aufgeschlossen wirkte. Das hatte schon zu Missverständnissen und Streitigkeiten geführt. Trine erinnerte sich an die Zeit, als Rebecca neu in ihrer kleinen Gemeinschaft gewesen war, an ihren Kampf, sich einzugewöhnen, ihre Nervosität und ihre Schlafstörungen, aufgrund derer sie des Öfteren die Sprechstunde im Krankenhaus aufgesucht hatte.

»Was ist?«, fragte Maritt. »Du siehst plötzlich angestrengt aus.«

»Ach, nichts«, wehrte Trine ab und versuchte, die Gedanken an Rebecca Hüttner zu verdrängen. Nicht nur, weil sie schon so lange auf Spitzbergen lebte, sondern vor allem, weil sie sich gern besonderer Schwierigkeiten annahm, eilte ihr der Ruf voraus, die gute Seele von Longyearbyen zu sein. Rebecca hatte sie aber nicht knacken können.

4.

DIMITRI

Dimitri Poljakowitsch richtete sich in seinem beheizten Pilotensessel auf. Seit wenigen Minuten war die zweimotorige Propellermaschine Typ Beechcraft King Air 250, die er für die norwegische Firma *Lufttransport* flog, wieder startklar. Ohne die Instrumente aus dem Auge zu lassen, warf er einen flüchtigen Seitenblick auf die vier Personen, die aus dem kleinen Gebäude neben dem provisorischen Flugfeld traten. Seine heutigen Passagiere. Einen von ihnen erkannte er schon daran, dass er wie ein behäbiger Bär auf das Flugzeug zuwankte. In seinem Schneeoverall sah Ole Petersen noch unförmiger aus als sonst. Vielleicht aber entstand der Eindruck auch nur, weil der Mann, der unsicher neben Ole über Eis und Schnee schlitterte, zwar an Körperlänge mit ihm mithalten konnte, ansonsten aber nicht einmal dessen halben Umfang besaß. Dimitri kannte ihn nicht. Die beiden anderen waren Techniker, mit denen er schon einmal ein Bier getrunken hatte, Männer, die ähnlich wie Ole seit Jahren in Nye-Alesund lebten und arbeiteten und deshalb die *Permanenten* genannt wurden.

Die vier Passagiere allein würden die zwölf Sitze nicht ausfüllen, auch das reichliche Gepäck, das Material und die Ausrüstungsgegenstände nicht. Doch diesmal konnte der Flug nicht aufgeschoben werden, bis er seine tatsächliche Kapazität erreicht hatte, wie es bei Versorgungsflügen für Forschungsstationen der Normalfall war. Das hatte die zuständige Abteilungsleitung der Universität in Longyearbyen unmissverständlich klargestellt beim Erteilen des Auftrags.

Dimitri ließ sich wieder in seinen Sitz zurücksinken und

streckte sich. Nach der Landung vor einer halben Stunde hatte er weder den Motor abgestellt noch seinen Platz im Cockpit verlassen, denn obwohl die Maschine der 200er-Reihe für extreme Flug- und Wetterbedingungen optimiert war, ging er ungern ein Risiko ein. Hier in Nye-Alesund, einem der unwirtlichsten Außenposten der Menschheit in der Arktis, existierte kein Service, gab es keine Technikergruppe, die ihm helfen konnte, die Maschine wieder in Gang zu bekommen, falls sie sich nicht starten ließ. Also überließ er alle zu erledigenden Arbeiten den Flughelfern vor Ort, die genau wussten, was zu tun war.

Verglichen mit seiner fliegerischen Ausbildung für die Luftstreitkräfte der Sowjetunion und den darauf folgenden Verwendungen an den verschiedensten Standorten, war der Job für diese norwegische Gesellschaft reinstes Zuckerschlecken.

Inzwischen hatten seine Passagiere das Flugzeug erreicht. Mit einem kurzen Gruß in Dimitris Richtung wuchtete sich Ole auf einen der vorderen Plätze. Die drei anderen Mitreisenden sortierten sich in die Reihen dahinter, nachdem sie ihr Gepäck von außen im Laderaum des kleinen Flugzeugs verstaut hatten. Nur die Taschen mit den empfindlichen Gegenständen und Geräten durften mit in die beheizte Druckkabine genommen werden.

»Bisschen eng für dich, was?«, scherzte Dimitri mit Ole, der seine Handschuhe auf den Sitz neben sich fallen ließ und mit einem Aufstöhnen den Reißverschluss seines Overalls aufzog. Da der Flug für die knapp einhundertzwanzig Kilometer nach Longyearbyen nur zwanzig Minuten dauerte, lohnte es sich nicht, die Schneekleidung abzulegen.

»Das nicht, aber ich bin allmählich zu alt für so was«, gab Ole augenzwinkernd zurück.

Dimitri lachte. »Du bist fast zehn Jahre jünger als ich.«

»Mann, du bist Russe. Ich hab gehört, ihr werdet schon als Babys im Schnee ausgelegt, damit ihr mehr aushaltet.«

»Du verwechselst uns mit den Spartanern«, erwiderte Dimitri

trocken und konzentrierte sich auf seine Instrumente. Die Maschine rollte an. Gleich darauf waren sie in der Luft. Nach den heftigen Schneefällen des vorangegangenen Tages war die Sicht heute klar, am Himmel war keine Wolke zu sehen. Er flog die Küstenlinie entlang nach Süden. Rechts von ihnen erstreckte sich im blauen Licht des Februars der nicht mehr als zwanzig Kilometer breite Sund, der das unbewohnte lang gezogene Prins Karl Forland von der Hauptinsel trennte. Weiter im Süden schimmerten schon der Isfjorden und die Lichter von Longyearbyen, das sich wie ein zusammengewürfelter Haufen aus Fischerei- und Industriegebäuden und zahlreichen roten Holzhäusern am südlichen Ufer des Fjords ausbreitete. Die Ansiedlung war nüchtern und zweckmäßig, was so manchen Touristen, wie er gehört hatte, enttäuschte. Scheinbar erwarteten sie mehr Romantik. Angesichts solcher Informationen war Dimitri froh, dass er mit diesen Menschen nur wenig Berührungspunkte hatte. Er war seit seiner Kindheit mit kalter Witterung und einer entsprechend kargen Umgebung vertraut.

Der Anflug auf Longyearbyen und die Landung verliefen ohne Komplikationen. Ihr Flug war der letzte an diesem Nachmittag, bevor in der Nacht noch ein Linienflug aus Oslo erwartet wurde. Entsprechend verlassen waren die Hallen und das Gelände des Flughafens. Dimitri blickte seinen Passagieren nach, als sie über das Flugfeld zur Abfertigungshalle gingen, dann stellte er die Maschine im Hangar ab und erledigte die Nachflugformalitäten. Auch für ihn war heute Feierabend.

Zügigen Schritts ging er kurze Zeit später zum Passagierterminal hinüber und drückte die Tür zur Wartehalle auf, die verlassen im hellen Neonlicht dalag. Die wenigen Shops hatten geschlossen, die Gepäckbänder standen still, nicht einmal eine Putzkolonne klapperte hindurch. Bis kurz vor der Ankunft der nächsten Flugpassagiere in der Nacht würde sich daran nicht viel ändern. Doch dann hörte er plötzlich Schritte hinter sich.

»Hallo…?«

Dimitri wandte sich um und sah den jungenhaften Mann, der Ole begleitet hatte, auf sich zukommen.

»Was machst du denn noch hier?«, fragte Dimitri. »Sind die anderen noch nicht aufgebrochen?«

Der Flughafen lag etwa fünf Kilometer außerhalb des Ortes. Wenn nicht gerade eine größere Maschine landete, gab es keine Transportmöglichkeit nach Longyearbyen. Nicht einmal Taxis warteten hier draußen. Man musste sie extra bestellen. Wenn eine Linienmaschine angekommen war, ging der Busfahrer, nachdem alle Passagiere eingestiegen waren, normalerweise noch einmal durch die Halle und die Gepäckausgabe, um sicherzustellen, dass niemand zurückblieb. Für ihren Flug hatte es keinen Bus gegeben, die Männer hatten den Transport individuell organisiert.

»Ich … nein, also … irgendwie waren sie plötzlich weg.« Der Mann schob seine Brille unsicher auf seiner Nase nach oben. Es schien eine in Stresssituationen häufig ausgeführte Geste zu sein. Irritiert blickte er sich in der leeren Halle um. »Ich bin zurückgegangen, weil ich etwas vergessen hatte …«

Dimitri runzelte die Stirn. Es war nicht Oles Art, jemanden so sich selbst zu überlassen. Er streckte dem Mann die Hand entgegen. »Ich bin Dimitri«, sagte er dazu. »Dann werden wir mal sehen, dass wir gemeinsam nach Longyearbyen kommen.«

»Martin van der Zaar«, entgegnete der Mann und schaffte es, allein in die Nennung seines Namens so viel Erleichterung zu legen, dass Dimitri sich ein Lachen verkneifen musste. Sein Händedruck war jedoch überraschend fest.

»Wo ist dein Gepäck?«, fragte Dimitri.

Martin sah ihn hilflos an. »Das war schon im Wagen. Das ist ja auch das Problem. Ich hatte in meiner Tasche den Zettel mit der Adresse für mein Quartier.«

»Ah ja«, bemerkte Dimitri nur. »Hast du einen Kontakt, den du anrufen kannst?«

»Eigentlich schon, ich dachte auch, ich hätte die Nummer in meinem Telefon abgespeichert, aber …«

»Dann fährst du erst einmal mit mir«, unterbrach Dimitri seinen Redefluss.

»Ich kann auch zu Fuß gehen. Ein bisschen Bewegung …«

»Das ist keine gute Idee«, widersprach Dimitri. »Ohne Gewehr die fünf Kilometer durch menschenleeres Gebiet, das ist zu gefährlich. Es sind hier nicht mehr so viel Eisbären unterwegs wie früher, als der Fjord im Winter noch zugefroren war, aber niemand verlässt den Ort unbewaffnet und ohne dass das Büro der Sysselmannin, unserer hiesigen Verwaltung, darüber informiert ist.«

Dimitris weißer Toyota Pick-up stand auf dem Parkplatz für die Mitarbeiter des Flughafens. Vor Jahren schon hatte er sich eine Standheizung einbauen lassen, die er über eine Mobilfunkkarte gleich nach der Landung gestartet hatte, weshalb sie jetzt ein eisfreies und beheiztes Fahrzeug erwartete.

»Woher kommst du?«, fragte Dimitri, während er den Wagen vom Parkplatz auf die festgefahrene Schneedecke der Straße lenkte. Inzwischen war es stockdunkel, obwohl gerade erst drei Uhr nachmittags durch war.

»Aus Deutschland.« Martin räusperte sich. »Ich bin Mikrobiologe und leite eine Forschungsreihe in Nye-Alesund.«

»Und jetzt hast du ein paar Tage frei und willst in Longyearbyen mal so richtig auf den Putz hauen.«

Martin lachte bemüht. »Nicht ganz. Ole Petersen hat mich überredet, als Ersatz für einen Dozenten an der Universität einzuspringen, der gestern wegen einer Gallenentzündung nach Tromsö ausgeflogen worden ist.«

»Ach, Gunnar Bakken, ja«, nickte Dimitri, »hab davon gehört.«

Martin sah ihn erstaunt von der Seite an. »Hier kennt ja wohl wirklich jeder jeden.«

Dimitri zuckte mit den Schultern. »Longyearbyen ist ein Dorf.

Wir haben hier auf dem Archipel mehr Eisbären als Einwohner. Klar kennt hier jeder jeden. Und wir reden auch gern. Was sollen wir sonst tun hier oben?«

Die Straße führte am Ufer des Fjords entlang. Zu ihrer Linken schimmerte das Wasser in der Dunkelheit, zu ihrer Rechten erhob sich das verschneite Land zu einem lang gezogenen Bergrücken, an dessen Hang man gegen den hellen Schnee schemenhaft eine stillgelegte Seilbahn für den Kohletransport erkennen konnte.

»Woher stammst du?«, fragte Martin.

»Russland.«

»Russland«, wiederholte Martin und dehnte das Wort, als wolle er Zeit gewinnen für seine Überlegungen. »Bist du schon lange hier?«

»Seit etwa fünfundzwanzig Jahren.«

»Wow, das ist natürlich …« Martin verstummte.

Dimitri warf ihm einen raschen Seitenblick zu. »Das ist natürlich *was?*«

»Na ja, ich stelle mir vor, hier so lange zu leben. Ich meine …«

»Reine Gewohnheitssache. Ich bin in Sewerodwinsk aufgewachsen an der Barentssee. Dort liegt die jährliche Durchschnittstemperatur bei einem Grad Celsius.«

»Sewero…«, begann Martin, brachte den Namen aber nicht zu Ende, was vor allem daran lag, dass Dimitri, sobald er einen russischen Begriff nannte, meistens schnell und undeutlich sprach. So empfanden es zumindest alle, die seiner Sprache nicht mächtig waren. Auch seine Frau beschwerte sich regelmäßig darüber.

»Sewerodwinsk«, wiederholte Dimitri und betonte jede Silbe. »Ist eine Einhundertachtzigtausend-Einwohner-Stadt. Der Name bedeutet so viel wie *Nord-Dwinja.* Die Dwinja ist ein Fluss, und die Stadt liegt an seiner Mündung zur Barentssee.«

»Wow«, entfuhr es Martin erneut. »Wie ist das Leben in einer solchen Umgebung? Was arbeitet man da?«

Wieder konnte Dimitri sich ein Lachen nur schwer verkneifen.

Über seiner fast kindlichen Neugier, die etwas angenehm Natürliches und Unverstelltes besaß, vergaß sein Mitfahrer gänzlich seine Unsicherheit und Zurückhaltung.

»Mein Vater war Mechaniker auf der Werft, meine Mutter Verwaltungsangestellte im Oblast Archangelsk«, erzählte Dimitri deshalb, obwohl er sonst nicht so redselig war, wenn es um seine Vergangenheit ging. Aus dem Augenwinkel bemerkte er, wie Martin seine Brille abnahm und umständlich putzte, ohne dabei seine Aufmerksamkeit von ihm abzuwenden. »Unser Leben war eher karg. Meine Eltern haben viel gearbeitet und nicht viel Geld verdient. Aus heutiger Sicht weiß ich, dass wir wirklich arm waren, aber das habe ich damals nicht so empfunden. Ich habe drei jüngere Brüder und eine Schwester, um die ich mich als Ältester zu kümmern hatte.« Und für die er auch die Prügel eingesteckt hatte, wenn sie etwas verbockt hatten, vor allem, wenn sein Vater wieder zu viel getrunken hatte. Aber darüber sprach er nicht. Das war dann doch zu persönlich.

»Wie bist du zur Fliegerei gekommen?«

»Dank den Segnungen des kommunistischen Systems und dem Zufall«, bemerkte Dimitri trocken. »Als ich vierzehn war, das war 1978, bin ich auf der Werft, auf die ich meinen Vater begleitet hatte, von einem Werber der sowjetischen Luftstreitkräfte angesprochen worden. Natürlich war ich damals Feuer und Flamme, was nicht nur meine schulische Ausbildung beförderte, sondern auch dafür gesorgt hat, dass ich heute nicht mehr in Sewerodwinsk lebe wie meine Geschwister und wie mein Vater auf der Werft arbeite.«

»Du warst Militärflieger«, stellte Martin mit bewunderndem Unterton fest.

Dimitri nickte. Wenn er an seine Militärzeit zurückdachte, tat er es mit äußerst gemischten Gefühlen. Die meisten Flugstunden hatte er damals auf einer viermotorigen Propellermaschine vom Typ Iljuschin 22M bei Patrouillen- und Aufklärungsflügen in der

Arktis gesammelt, darüber hinaus hatte er sich über die Ebene seiner Einheit hinaus als profunder Kenner arktischer Wetterverhältnisse und intuitiv handelnder Pilot unter schwierigen Bedingungen einen Namen gemacht. Doch seine Art, Missstände offen anzusprechen und dabei auch keinen Vorgesetzten zu verschonen, hatten jedwede Karriereaussicht im Keim erstickt. Letztlich war er mit der Hierarchie beim Militär nie richtig klargekommen. Nur die Liebe zur Fliegerei, die ganz besonderen Bedingungen des Flugdienstes über der Barentssee bis hinauf zum Pol sowie der Mangel an geeigneten Alternativen hatten ihn bis zum Bruch des Regimes dabeibleiben lassen. Der mehrjährige Prozess des Zerfalls der Sowjetunion seit Anfang der 1990er-Jahre hatte dann nicht nur zum Ende des Kalten Krieges geführt, sondern auch zu mehreren Reformen der russischen Streitkräfte. Dimitri war unter den Ersten gewesen, die sich auf der Straße wiedergefunden hatten.

»Fliegst du auch hier auf Spitzbergen für das russische Militär?«, drang Martins Stimme in seine Gedanken.

»Nein, der Archipel ist eine entmilitarisierte Zone. Hierher bin ich erst nach dem Zusammenbruch der Sowjetunion gekommen – als Minenarbeiter.«

»Und jetzt fliegst du wieder?«

»Ja, schon seit Längerem. Aber das ist eine andere Geschichte«, sagte Dimitri abschließend.

Natürlich wusste er nichts von Martins Faible für Science-Fiction und insbesondere *Star Wars* und konnte nicht ahnen, dass seine eben angerissene Lebensgeschichte in dem Deutschen sofort Assoziationen zu dessen Kindheitshelden Han Solo weckte.

»Tut mir leid«, entschuldigte Martin sich. »Ich bin wirklich zu neugierig, aber was du erzählst, klingt einfach faszinierend. Dagegen kommt mir mein bisheriges Leben äußerst durchschnittlich vor.«

Ein durchschnittliches Leben. Es war eine Formulierung, über die Dimitri nachdachte, während vor ihnen die ersten Lichter und Bauten von Longyearbyen auftauchten: gesichtslose Industriehallen, verlassene Gebäude, die zu den Kohleminen gehörten, am Berghang die beleuchteten Fenster vereinzelter Wohnhäuser.

»Wieso? Was hast du denn bislang gemacht?«, fragte er schließlich.

Martin zuckte mit den Schultern. »Nichts Besonderes. Ich bin im Süden Deutschlands aufgewachsen, gut behütet als einziges Kind einer Akademikerfamilie in der Nähe von Freiburg. Das liegt im Südschwarzwald, eine Gegend, in die viele Touristen kommen.«

»So wie hierher.«

»Nicht ganz. Das Wetter ist dort deutlich besser.«

»Das ist Ansichtssache.«

»Okay. Ein Punkt für dich.«

Sie lachten beide. Das Eis war gebrochen.

»Und was hast du bis jetzt gemacht?«

»Irgendwie was alle machen. Schule. Studium. Beruf. Dafür bin ich zweimal umgezogen. Von Freiburg nach Tübingen und von dort nach Jena. Alles in Deutschland.«

Es klang nach einem wunderbar unkomplizierten Leben, wie Dimitri es sich durchaus bisweilen gewünscht hätte. Ein durchschnittliches Leben. Alles war eine Frage der Perspektive.

»Bist du verheiratet?«

Martin antwortete nicht gleich, und Dimitri spürte, dass ihm das Thema unangenehm war. »Wir sind gleich da«, sagte er deshalb. »Ich schlage vor, wir gehen erst einmal auf ein Bier in die *Svalbar* und überlegen dort, wie wir Ole erreichen. Ich verstehe immer noch nicht, warum er so plötzlich verschwunden ist.« Dimitri hörte den Ärger in seiner Stimme.

Er fuhr gerade auf den Parkplatz beim Krankenhaus, als das Telefon klingelte, das er für seine Arbeit nutzte. Es war Sanne, seine Frau.

»Warum rufst du über diese Nummer an?«

»Weil dein anderes Telefon ausgeschaltet ist«, entgegnete sie, und der angespannte Unterton in ihrer Stimme erinnerte ihn, dass seine mobile Erreichbarkeit ein ständiges Thema zwischen ihnen war.

»Okay«, sagte er beschwichtigend. »Tut mir leid, hab ich wohl übersehen.«

»Wo bist du?«

»Ich parke gerade beim Krankenhaus.«

»Ole hat auch versucht, dich über dein privates Telefon zu erreichen, weil er aus irgendeinem Grund deine andere Nummer nicht hat. Er wollte dich bitten, den Deutschen von eurem Flug mitzunehmen. Aber das ist dann wohl schon zu spät. Sein Koffer steht bei uns.«

»Keineswegs. Er sitzt neben mir im Auto. Hat Ole gesagt, warum er so Hals über Kopf verschwunden ist?«

»Es war ein Notfall. Ich kenne keine Details. Irgendwas an der Uni.«

»Danke. Ich komme später. Wir gehen noch in die *Svalbar.*«

»Kein Problem. Ich hab sowieso noch zu tun.« Dimitri wandte sich an Martin. »Alles geklärt. Dein Gepäck steht bei mir zu Hause.« Er schaltete den Motor ab. »Jetzt haben wir uns doppelt ein Bier verdient.«

5.

REBECCA

Manche Menschen behaupteten, dass Dinge, die passieren sollen, auch passieren, dass man sich ihnen nicht entziehen, sich nicht gegen sie wehren kann. Ganze Religionen fußen auf dieser Philosophie. Rebecca hatte sich mit dieser Vorstellung bislang nicht anfreunden können. Oder anders – sie war nicht bereit, ihr Leben einem vermeintlich vorbestimmten Schicksal zu überlassen, zu lange hatte sie genau das vor ihrer Ankunft auf Spitzbergen getan und war alles andere als glücklich damit gewesen. Zumindest glaubte sie das bis zu jenem Nachmittag, der diesem Leben nach zwei Jahren neue Bedeutsamkeit verleihen sollte. Wie so häufig erinnerte man sich später an viel mehr Details als an anderen, unbedeutenderen Tagen – Details, die einem das Erlebte auch Jahre später noch so lebendig erscheinen ließen, als wäre es erst gestern passiert.

Es war einer der wenigen Tage im Februar, an dem keine gebuchte Tour im Terminbuch gestanden hatte. So hatten Mathilde und sie früher Feierabend machen können und waren nach der Reinigung der Zwinger und der Fütterung der Hunde auf den Vorschlag der Französin hin mit dem in die Jahre gekommenen Transporter der Station nach Longyearbyen gerumpelt. Der Weg führte sie vom Berghang, an dem Tommys Hundestation und sein Wohnhaus lagen, in einigen wenigen geschwungenen Serpentinen hinunter auf das Niveau des Fjords. Es war erneut ein kalter Tag gewesen, der Himmel auch jetzt noch klar. Bei diesen Temperaturen glitzerte der Schnee, als wären Millionen winziger Sterne auf ihm verteilt, und alle, die nicht vom Himmel gefallen waren, schimmerten in der gleichen Intensität am dunklen Firmament, während sie sich um den Polarstern drehten, der fast senkrecht über ihnen stand. Am gegenüberliegenden Ufer des Fjords schimmerte Licht in einer einsamen Hütte. Es war das einzige Anzeichen menschlichen Lebens hier draußen.

Rebecca fiel es immer schwer, die Hunde zurückzulassen. Sie hatte sich selbst in den zwei Jahren, die sie nun schon hier arbeitete, noch nicht daran gewöhnt, dass sie sich in Kälte und Schnee auch nach getaner Arbeit wohlfühlten und ihnen ihre auf Stelzen gebauten und mit Lumpen ausgelegten Hütten, die sie vor den eisigen Winden schützten, genug waren. Sie musste an den Hund zurückdenken, den sie in ihrer Kindheit in der Familie gehabt hatten, einen verwöhnten Spaniel mit seidenweichem Fell, der am liebsten auf dem Sofa schlief oder in ihrem Bett. Das Fell von Tommys Hunden war nicht weich, es war rau und borstig, so wie auch die Tiere ungezähmter waren. Dennoch – oder vielleicht auch gerade deswegen – hatte sie ihre besonderen Lieblinge unter ihnen. Die Hündin Akira, ein großer, grauweißer Husky mit blauen Augen, war einer von ihnen. Sie arbeiteten nicht nur gut miteinander, es war mehr, was sie verband. Sobald Rebecca auf der Station ankam und die Hunde herausließ, wich Akira nicht mehr von ihrer Seite und wachte eifersüchtig darüber, dass ihr keiner der anderen Hunde so nah kam wie sie.

»Ihr habt wirklich ein besonderes Verhältnis zueinander«, hatte auch Tommy bemerkt. »Wenn Akira nicht so wertvoll für unsere Zucht wäre, würde ich sie dir schenken. Aber ich kann nicht auf sie verzichten.«

Stattdessen hatte er ihr einen Welpen aus Akiras nächstem Wurf versprochen. »Es ist immer einer dabei, der nicht gern läuft«, sagte er. »Da freue ich mich, wenn er ein gutes Zuhause bekommt.«

Tatsächlich eigneten sich selbst bei den Huskys nicht alle Hunde als Schlittenhunde, und nicht immer war es leicht, sie in gute Hände abzugeben. Niemand konnte auf lange Sicht eine größere Zahl an Hunden durchfüttern, die nicht arbeiteten.

Inzwischen waren die beiden Frauen bei Rebeccas Zweizimmerwohnung angekommen, die sie in einem am Hang gelegenen roten Mehrfamilienhaus am östlichen Ortsrand von Longyearbyen gemietet hatte. Sie liebte den Blick aus ihrem Wohnzimmerfenster, von dem aus sie über den Fjord auf die kantigen Gipfel des Operafjellet blickte, die bei klarem Wetter tagsüber schon wieder für wenige kostbare Minuten in die ersten rosa Strahlen der Sonne getaucht waren. Sie wurde nie müde zu beobachten, wie sich das Licht veränderte, wie Schnee, Eis und Wolken ineinanderflossen und der Ort unter ihr langsam aus der Dämmerung auftauchte.

In Rebeccas Wohnung hatten beide geduscht und sich umgezogen, bevor sie zu Fuß zur *Svalbar* gegangen waren und Burger gegessen und Billard gespielt hatten. Als die vier Deutschen eintrafen, mit denen sie vor zwei Tagen zum Gletscher gefahren waren, hatten sie sich die Erlebnisse ihres heutigen Ausflugs mit Schneemobilen in die russische Bergbausiedlung Barentsburg schildern lassen – eine Tour, die Rebecca auch schon mehrere Male gemacht hatte und die körperlich durchaus fordernd war. Sie waren noch mitten im Gespräch, als sich die Schwedin Anna-Lucia zu ihnen gesellte, die für das Touristikunternehmen, das diese Schneemobilfahrten anbot, als Teamleiterin arbeitete. Sie hatte die vier zu dem sechzig Kilometer entfernt liegenden Ort geführt und brachte ihnen jetzt ein liegen gelassenes Mobiltelefon.

»Bleibst du auf ein Bier?«, fragte Mathilde.

Anna-Lucia, die das Klischee der hübschen blonden Schwedin perfekt bediente, grinste breit. »Schlägt eine Skandinavierin jemals eine Einladung zum Alkoholtrinken aus?«, fragte sie munter und setzte sich zu Rebecca und Mathilde an den Tisch. »Habt ihr eure Fellnasen heute schon früher ins Bett gebracht? Mangels Angebots würde sich so mancher Zweibeiner sicher auch wünschen, von so reizenden Wesen umsorgt zu werden.«

Mathilde lachte laut auf. »Das musst du gerade sagen, Anna-Lucia. Du bist doch hier im Ort neben Rebecca diejenige, die bei allen Männern zwischen fünfzehn und siebzig feuchte Träume erzeugt. Ich bin da raus. Ich entspreche keineswegs dem nordischen Schönheitsideal.«

Rebecca schüttelte den Kopf. Sie wusste, dass Mathilde mit drei Brüdern aufgewachsen war, aber selbst dafür hatte sie ein recht loses Mundwerk. Vermutlich trugen auch die wenigstens vier Bier, die sie schon getrunken hatte, nicht unwesentlich dazu bei.

Anna-Lucia lachte nur. »Ich bin verlobt …«, sie hielt ihre linke Hand hoch, damit alle den Ring sehen konnten, »… und damit ist das mein letzter Winter hier. Ich lege die Verantwortung für besagte Männerträume vertrauensvoll in Rebeccas Hände.«

Mathildes Augen blitzten auf. Rebecca ahnte, dass sie gleich eine weitere zotige Bemerkung machen würde, und beeilte sich, ihr zuvorzukommen. »Danke«, winkte sie betont lässig ab, auch wenn sie eher das Gegenteil fühlte. »Männer bitte nur auf Distanz.«

Mathilde ließ nicht locker. »Es gibt sicher auch Frauen, die du glücklich machen könntest.«

»Dich?«, stieg Rebecca erneut auf den saloppen Ton ein. Auch sie hatte dem Alkohol schon kräftig zugesprochen, sonst hätte sie sich zu dieser Bemerkung vermutlich nicht überwinden können.

Mathilde sagte nichts, aber in ihren Augen blitzte es erneut gefährlich auf. Vielleicht hatte Rebecca sich deshalb in diesem Moment umgewandt und einen Blick über die Lokalität und die anwesenden Gäste geworfen, so wie man es bisweilen tat, um sich einer Situation zu entziehen oder Fragen aus dem Weg zu gehen. Und just da ging die Tür auf, und Dimitri trat herein. Eine gestrickte Wollmütze schützte seinen russischen Quadratschädel mit dem kurz geschorenen Haar, was ihm trotz der pelzgefütterten Lederjacke mit dem hochgeschlagenen Kragen das Aussehen eines Fischers verlieh. Zu diesem Eindruck trugen auch die unzähligen feinen Fältchen um seine Augen herum bei und seine gesunde Gesichtsfarbe, von der man nicht recht wusste, ob sie vom häufigen Aufenthalt im Freien herrührte oder dem regelmäßigen Genuss hochprozentigen Alkohols. Aber Dimitri war nicht derjenige, an dem ihr Blick hängen blieb. Es war sein hochgewachsener Begleiter, ein dunkelhaariger Mann mit schmalem Gesicht, der jetzt seine Brille abnahm, die bei Betreten des Lokals beschlagen war, und sie mit einem Tuch aus seiner Hosentasche reinigte, während er blinzelnd und mit gerunzelter Stirn durch den Raum blickte. Dimitri sagte etwas zu ihm, und als Antwort darauf lächelte er auf eine so ausnehmend linkisch-charmante Weise, dass Rebecca unwillkürlich schluckte.

»Ho, ho, ho«, hörte sie Anna-Lucia neben sich. »Wen hat unser Freund Dimitri denn da mitgebracht?«

Erst jetzt wurde Rebecca bewusst, dass sie den Mann anstarrte und dass ihre Begleiterinnen ihrem Blick gefolgt waren. Hastig wandte sie sich ab, aber es war bereits zu spät.

»Männer nur auf Distanz, ja?«, spottete Mathilde. »Es muss nur der Richtige auftauchen, dann wirft man schnell seine Vorsätze über Bord.«

»Bullshit, was du immer gleich denkst«, gab Rebecca vehement zurück. »Ich kenne ihn doch gar nicht.« Entschlossen griff sie nach ihrem Bierglas. »Vermutlich ist er ein ganz unerträglicher Langweiler.«

Anna-Lucia und Mathilde lachten auf.

Die blonde Schwedin stützte sich mit beiden Händen auf dem Tisch ab und reckte den Hals, um an Rebecca vorbei einen besseren Blick auf die Neuankömmlinge zu erhaschen. »Ich kann mir nicht helfen«, sagte sie, »aber ich finde, er sieht aus wie dieser britische Schauspieler, der immer guckt wie ein verlassener Hundewelpe …«

Mathilde runzelte die Stirn. »Britischer Schauspieler … Hundewelpe … kann mir mal jemand helfen?«

»Nicht deine Generation, *cherie*«, erwiderte Anna-Lucia, die auch schon über dreißig war. »Verdammt, wie heißt er noch …?«

Rebecca atmete tief durch. Die ganze Situation war ihr hochnotpeinlich. »Hugh Grant«, sagte sie dann. »Mit Brille.«

Anna-Lucia hob den Daumen in ihre Richtung. »Genau. Gibt ein paar ganz großartige Filme mit ihm … *Der Engländer, der auf einen Hügel stieg und von einem Berg herunterkam*, zum Beispiel.«

»Mathilde legte ihre Stirn in Falten. »Das klingt wirklich außerordentlich britisch.«

»Musst du als Französin ja sagen.«

Mathilde schmunzelte. »Ja, mag sein, dass wir seit Waterloo ein unverarbeitetes Trauma haben – zumindest einige meiner Landsleute sind nicht ganz frei davon.«

»Ah, die Fachfrau spricht. Hast du ursprünglich mal Geschichte studiert?«

»Nein, das Schöngeistige liegt mir nicht. Es war Physik. Und das auch nicht an der Sorbonne, sondern in Amsterdam.«

»Warum hast du das eigentlich abgebrochen?«, mischte sich Rebecca ein.

Mathilde zog eine Schnute, was sie mit ihren großen dunklen Augen und dem mädchenhaften Gesicht unter dem Kurzhaarschnitt wie ein Schulkind aussehen ließ. »Es war wohl einfach nicht der richtige Zeitpunkt, nicht die richtigen Menschen.« Sie sah die beiden anderen an. »Kennt ihr vielleicht.«

Rebecca nickte. Ja, das kannte sie. Viel zu oft war sie in ihrem Leben daran gescheitert, zur falschen Zeit am falschen Ort zu sein. Sich den Vorstellungen von Menschen zu beugen, die nicht gut für sie waren. Viel zu oft hatte sie sich fremdbestimmen und treiben lassen. Was ihr geglückt war, hatte sie nicht befriedigt, auch wenn es auf andere so gewirkt hatte. Erst als sie spontan die unerwartete Chance für einen Neubeginn ergriffen und sich damit gelöst hatte von alten Verpflichtungen und Zwängen, als sie es gewagt hatte, auch die letzten Familienbande zu kappen, hatte sie begonnen *ihr* Leben zu leben. Oh, sie kannte es nur zu gut, von Zeiten, Orten und Menschen blockiert zu werden.

Anna-Lucia winkte Björn für eine weitere Runde. »Was hast du eigentlich gemacht, bevor du hierhergekommen bist?«, wandte sie sich an Rebecca. »Wenn ich mich recht erinnere, hast du noch nie davon erzählt.«

Rebecca beobachtete aus dem Augenwinkel, wie Dimitris Begleiter nach einem Bier griff, das Björn über den Tresen reichte. »Ich …?«, fragte sie gedehnt. Bisher hatte sie in vergleichbaren Runden vermieden, über ihr Leben zu sprechen.

Sie spürte Mathildes neugierigen Blick, aber sie wusste auch, dass die Französin eigentlich lieber von sich selbst erzählte.

»Stimmt es, dass du in Argentinien warst und auf einer Rinderfarm gearbeitet hast?«, fragte sie daher, um von sich selbst abzulenken.

Mathilde biss an. »Hat sich schon rumgesprochen, was? War auch eine interessante Zeit. Hat mich unter anderem in die südlichste Stadt der Welt gebracht. Und da dachte ich mir, warum danach nicht mal die nördlichste Stadt dieses Planeten erkunden. Aber vorher bin ich noch den Jakobsweg gegangen. Von Lourdes bis nach Santiago de Compostela.«

Der Jakobsweg. Rebecca biss sich auf die Lippe. Sie hatte ihn auch einmal gehen wollen. Ein vertrauter Schmerz hüllte sie ein, während sie blondes Haar im Wind wehen sah und einem unbeschwerten Lachen lauschte, das aus einem anderen Leben zu ihr herüberhallte.

»Rebecca … was ist? Woran denkst du?«, durchdrang Mathildes Stimme die Erinnerung.

Rebecca schüttelte eine Spur zu hastig den Kopf. »Nichts, gar nichts.« Sie zwang sich zu einem Lächeln. »Wie war es für dich auf dem … Jakobsweg? Warst du allein unterwegs?«

»Und wie lief es mit der Selbstfindung?«, hakte Anna-Lucia ein, bevor Mathilde antworten konnte. »Deswegen macht man das doch, oder?«

Mathildes Antwort bekam Rebecca nicht mit, da sie von einer Bewegung an der Bar abgelenkt wurde, wo Dimitri gerade in polterndes Gelächter ausbrach.

Sein Begleiter schien sich ebenfalls zu amüsieren. Er hatte wirklich Ähnlichkeit mit Hugh Grant, zumindest in der Art, wie er sich bewegte, den Kopf hielt und sich verlegen das Haar aus der Stirn strich. Rebecca war ein bisschen kurzsichtig, nicht genug, um eine Brille tragen zu müssen, aber doch so, dass sie gerade bei schlechter Beleuchtung auf eine gewisse Entfernung nicht alle Details erkennen konnte. Seine Gesichtszüge konnte sie daher nur erahnen. Sie wandte sich wieder den beiden Frauen zu.

Mathilde spielte mit ihrem leeren Bierglas. Anna-Lucia nahm den letzten Schluck aus dem ihren.

Das Restaurant war inzwischen fast bis auf den letzten Platz besetzt. Da passierte es selbst Björn, der nicht nur Bier zapfte, sondern auch Getränke und Speisen servieren musste, dass er eine Bestellung übersah, was in der familiären Atmosphäre jedoch für niemanden ein Problem war. Dann ging man eben selbst zum Tresen.

Rebecca stand auf und griff nach den leeren Gläsern. »Ich hole Nachschub. Ich bin sowieso mit der nächsten Runde dran.«

Sie schob sich an einer Gruppe junger Männer vorbei, die gerade hereingekommen waren und nach einem Platz suchten. Sie kannte sie nicht. »Hi Blondie«, sprach einer von ihnen sie von der Seite an. »Noch was vor heute Abend?« Der Geruch seines Atems ließ darauf schließen, dass er schon reichlich getrunken hatte, und zwar nicht nur Bier.

»Lass gut sein«, erwiderte sie. »Du schaffst heute nichts mehr weg.« Damit hatte sie die Lacher auf ihrer Seite. Bevor sie nach Spitzbergen gekommen war, war sie nicht so schlagfertig gewesen. Aber das Klima war hier rauer, auch bei solchen Angelegenheiten, und selbst wenn sie Situationen wie diese noch immer als unangenehm empfand, machten sie ihr doch keine Angst mehr.

Beim Klang ihrer Stimme sah Dimitri von seinem Bier auf und in ihre Richtung. Sein Begleiter folgte seinem Blick. Verlassener Hundewelpe, dachte Rebecca nur, Anna-Lucia hatte recht. Und dazu hatte er wunderschöne dunkelbraune Augen. Einen sanften Mund.

»Hey«, sagte Rebecca und lächelte.

»Hey«, erwiderte Dimitri, ohne das Gesicht zu verziehen, und wandte sich wieder seinem Bier zu. Rebecca unterdrückte den Ärger, mehr aber noch den Schmerz, den seine Reaktion in ihr auslöste. Sie waren einmal sehr gute Freunde gewesen. Was diese Freundschaft zerstört hatte, war nichts anderes gewesen als ein Rückfall in alte Muster, die sie längst für überkommen gehalten hatte. Sie würde viel dafür tun, es rückgängig zu machen.

Dimitris Begleiter starrte sie noch immer an. Aber immerhin starrte er in ihr Gesicht und taxierte nicht ihre Oberweite wie so viele andere Männer. Punkt für ihn.

Sie zeigte Björn die drei leeren Gläser und stellte sie auf dem Tresen ab.

Dimitris Begleiter rückte zur Seite, um ihr Platz zu machen.

»Danke«, sagte sie.

Ein Lächeln huschte über sein Gesicht. Für einen Moment sah es aus, als wolle er etwas erwidern und suche nach einem passenden Einstieg, dann griff er aber doch nur nach seinem Bier und nahm einen großen Schluck.

Björn stellte drei volle Gläser vor sie auf den Tresen. »Brauchst du ein Tablett?«

Sie schüttelte den Kopf. »Wenn ich das nicht mehr tragen kann, höre ich auf zu trinken.«

»Zähes deutsches Mädel«, bemerkte Björn mit einem Augenzwinkern und etwas holprig in ihrer Muttersprache.

Sie sah, wie Dimitris Begleiter sich überrascht aufrichtete.

»Du kommst aus Deutschland?«, entfuhr es ihm ebenfalls auf Deutsch.

Rebecca stutzte. »Du auch?«

Erneut huschte das schüchterne Lächeln über seine Züge. »Ja, ich … ich bin Mikrobiologe … ich …«

Seine verzweifelte Suche nach Worten war irritierenderweise äußerst anziehend.

»Du forschst hier«, half sie ganz entgegen ihrer Art und wurde mit einem Aufleuchten seiner Augen belohnt. »Woher weißt du das?«

»Alle Wissenschaftler, die hierherkommen, forschen an etwas. Sonst wären sie nicht hier.«

Er räusperte sich. »Das ist vermutlich richtig.«

Sie sahen sich an und lachten spontan. Rebecca vergaß das Bier. Vergaß Dimitri. Zumindest für diesen Moment, der, wie es solchen Momenten eigen war, viel zu schnell vorbei war und doch irgendwie ewig dauerte.

Dann kehrte die Welt um sie herum zurück. Musik hüllte sie wieder ein, Stimmen, Gelächter, Gläserklirren.

Der Mann ihr gegenüber rieb sich verlegen die Nase. »Ja, also … Ich bin übrigens Martin.«

»Martin«, wiederholte Rebecca, zögerte und fragte dann doch: »Bist du schon lange hier?«

»Nein und … ja, ich …«

Sie spürte seine plötzliche Nervosität.

»Rebecca«, stellte sie sich vor, wie um davon abzulenken.

Wieder nickte er. »Bemerkenswert«, sagte er dann. Das hatte noch nie jemand über ihren Namen gesagt. Sie lächelte. »Danke. Schönen Abend noch.«

»Ja, dir auch.«

Sie spürte, dass er noch etwas sagen wollte, beinahe schien es, als wolle er sie zurückhalten, als sie sich neben ihm an den Tresen schob, um die Biergläser zu nehmen, für einen Augenblick waren sie sich sehr nah, berührten sich gar wie zufällig ihre Arme, dann sagte Dimitri etwas zu ihm, und er wandte sich ab.

Ihr Herz klopfte noch immer viel zu schnell, als sie mit den vollen Biergläsern an den Tisch zurückkam. Anna-Lucia und Mathilde sprachen noch immer angeregt über den Jakobsweg.

6.

MARTIN

Ein Klappern, Schaben, Kratzen und das Geräusch von plätscherndem Wasser drangen an Martins Ohren. Angenehme Wärme hüllte ihn ein. In die Laute mischte sich ein Bouquet aus verschiedenen, eine heimelige Atmosphäre verbreitenden Gerüchen nach geöltem Holz, Leder, Petroleum, Zigarettenrauch, Essen und Kaffee, die ihm unmissverständlich klarmachten, dass er sich nicht in seinem Zimmer in Nye-Alesund befinden konnte. Er reckte sich und tastete nach seiner Brille, die er neben sich auf einem kleinen Ablagetischchen fand.

Er lag angezogen auf einer Couch, die unwesentlich zu kurz war für seine langen Gliedmaßen. Sein Schädel brummte, und er hatte einen schalen Geschmack im Mund. Sein Blick fiel auf weiß lasierte holzgetäfelte Wände, einen Schreibtisch, der von Arbeit sprach, ein abgegriffenes Tablet auf der Tischkante liegend, drum herum handgeschriebene Notizen. Daneben ein gemütlicher Sessel mit einem mit Büchern überfrachteten Beistelltisch. An den Wänden Fotos, die ganz unterschiedliche Geschichten erzählten: Ein junger Mann lachend auf einer Enduro sitzend, in seinem Hintergrund Sand und Palmen, neben einem Bild, das eine Gruppe fröhlicher Gesichter zeigte, jedes von ihnen mit einem Doktorhut auf dem Kopf. Der Boden bestand aus einfachen, blank gescheuerten Dielen, an der Tür hingen Kleidungsstücke, daneben stand ein Regal mit noch mehr Büchern. Er blinzelte, um die Titel erkennen zu können. Fachbücher auf Norwegisch und Englisch zum Thema Umwelt, Natur und lose aufgestapelte, mit Klammern zusammengehaltene Papiere, vermutlich Studien, Analysen, Aufsätze – so hatte auch der Bücherschrank in seinem Arbeitszimmer ausgesehen. Durch das Doppelglasfenster entdeckte er in der hellen Dämmerung ein aufgeslipptes Fischerboot und über ein klapperiges Gestell gehängte Netze, eine schimmernde Wasserfläche, hinter der sich eine gezackte, weiße Bergkette erhob, deren Gipfel sanft leuchteten.

Wo war er?

Martin ließ den Kopf auf das Kissen zurückfallen, hörte erneut das Schaben und Kratzen aus dem Nebenraum. Der Geruch nach Kaffee verstärkte sich.

Ganz allmählich kam die Erinnerung zurück.

Dimitri.

Die *Svalbar*.

Unwillkürlich fasste Martin sich an den Kopf. Sie waren länger als geplant geblieben. Zögernd richtete er sich auf und versuchte dabei, seinen protestierenden Magen zu ignorieren.

Auf Socken ging er zur Tür, öffnete und blickte in einen Raum, der wohl hauptsächlich Küche, aber auch Wohn- und Arbeitsraum war. Neben der Tür, in der er stand, gab es noch drei weitere und eine schmale Holzstiege, die sich über eine Ecke des Raums in die darüberliegende Etage schlängelte. Die Einrichtung bestand außer der Küchenzeile unter dem Fenster aus einem großen mit allerlei Gegenständen bedeckten Tisch, umstellt mit acht Stühlen.

Vor dem Fenster zeichnete sich der Umriss einer Frau ab. Sie hatte ihm den Rücken zugewandt und hantierte offensichtlich schwer. Ihre Arbeit war der Quell der Geräusche, die ihn geweckt hatten.

Martin räusperte sich laut.

Die Frau drehte sich reflexartig um.

»Hey, herzlich willkommen unter dem unaufgeräumten Dach von Dimitri und Sanne«, begrüßte sie ihn. Er schätzte sie auf Anfang fünfzig, sie war schlank, ihr Gesicht voller Sommersprossen und ähnlich wie bei Dimitri um die Augen herum voller kleiner

Fältchen. Sie trug ausgeblichene Jeans und einen Kapuzenpullover, an den Füßen dicke Wollsocken, das halblange rötliche Haar hatte sie zu einem lockeren Pferdeschwanz aufgebunden.

Martin schob seine Brille fester auf die Nasenwurzel und entgegnete ein unsicher wirkendes »Guten Morgen …«.

»Trinkst du Kaffee? Ich habe gerade frischen gemacht«, unterbrach sie ihn. »Du kannst auch Tee haben – und wie sieht es mit deinem Hunger aus?« Ihre ganze Haltung erinnerte ihn an jenen resoluten Typ Frau, von dem man annahm, dass er selbst im Schneesturm ein Zelt aufbauen und Feuer machen konnte.

»Danke, Kaffee ist gut, ich möchte nicht mehr Umstände bereiten, als ich ohnehin schon verursacht habe«, versuchte Martin, sich gegen den Redeschwall seiner Gastgeberin zu behaupten, die sich bereits wieder ihrer Arbeit zugewandt hatte. Anscheinend zerlegte sie einen Fisch, was nicht unbedingt appetitanregend war. Während er noch dabei war, die Situation zu erfassen und einen passenden Einstieg in eine mögliche Konversation zu finden, sprach sie schon weiter.

»Nimm dir bitte einen Becher und bedien dich selbst. Ich hoffe, es ist kein Problem für dich, wenn du dir auch noch einen passenden Platz frei räumen musst. Ich bin wieder einmal kurz davor, im Chaos zu versinken. Also was ist jetzt mit Frühstück?«

Auch wenn er den nicht gerade dezenten Fischgeruch ignorierte, erinnerte ihn sein Magen mit einer Mischung aus Druck und Völlegefühl daran, dass er sich Alkoholkonsum in dem Ausmaß von letzter Nacht eigentlich nicht mehr hingeben sollte. »Nein, danke. Irgendwie muss ich erst einmal wieder einen klaren Kopf bekommen.«

»Ja, das kann passieren, wenn man sich mit Russen einlässt. Und der Poljakowitsch ist einer vom besonderen Schlag, dem kann man nicht ohne Weiteres entgehen.« Sie grinste ihn an. »Es scheint ja auf Anhieb bei euch gefunkt zu haben. Normalerweise bringt er keine Leute mit nach Hause, die er irgendwo aufliest.«

Martin musste ebenfalls grinsen, während er sich gleichzeitig den verkaterten Kopf rieb. »Ja, das war schon ein besonderes Aufeinandertreffen.« Er räusperte sich. »Warum sprichst du von ihm als *Poljakowitsch?* Ich dachte, ihr seid verheiratet.«

»Sind wir auch, aber wenn sein urwüchsiger Charakter durchbricht, nenne ich ihn immer bei seinem Familiennamen. Das ist für ihn auch eine unausgesprochene Warnung, wenn er zu sehr über die Stränge schlägt.« Mit einem Augenzwinkern fügte sie hinzu: »Nicht nur deswegen habe ich meinen Mädchennamen Kristoffersen behalten.«

Martin schenkte sich einen Kaffee ein und setzte sich an eine Ecke des Tisches, während Sanne weiter werkelte. Vorsichtig nahm er einen Schluck von dem heißen Gebräu und stellte erleichtert fest, dass sein Magen nicht dagegen rebellierte.

Durch das große Fenster konnte er zwischen sich türmenden Schneehaufen Dimitris Pick-up neben einem gelben Schneemobil mit Geräteschlitten und dahinter etwas wie eine Straße erkennen. Genau hätte er es nicht sagen können, denn in den ineinander übergehenden Weißtönen hob sich der Weg nicht wirklich ab.

»Ich sehe Dimitris Wagen da draußen, schläft er noch?«

»Dimitri ist schon vor einiger Zeit von einem seiner Kollegen abgeholt worden«, erwiderte Sanne, ohne sich umzusehen. »Er hatte versprochen, ihm bei der Reparatur seines Bootsmotors zu helfen. Den Toyota hat er hiergelassen, damit ich dich, wenn du wieder einigermaßen hergestellt bist, zur Uni bringen kann. Deine Reisetasche hat er schon darin verstaut, falls du sie vermisst.«

»Große Güte«, entfuhr es Martin, »wie spät ist es denn?«

»Gerade Mittag durch.«

Er stöhnte auf. »In euren Augen muss ich ja wirklich wie ein Kind dastehen, das nicht für sich allein sorgen kann. Und dann verschlafe ich auch noch den halben Tag.«

Sanne wandte sich zu ihm um, das große Messer noch in der Hand. »Vergleich dich bloß nicht mit Poljakowitsch. Da ziehst du immer den Kürzeren. Der Mann raucht, trinkt, schläft nie mehr als vier Stunden und ist mit seinen fünfundfünfzig Jahren scheinbar niemals müde.« Sie fuchtelte mit dem Messer in Richtung des Schneemobils. »Es wird nicht mehr lange dauern, dann zieht es ihn wieder hinaus in den Schnee. Er verschwindet einfach mit seinem Motorschlitten und bleibt ein, zwei Wochen weg.« Sie schüttelte den Kopf. »Na ja, einen Eisbären kann man auch nicht einfach anbinden. So ein Wissenschaftler wie du ist da wahrscheinlich berechenbarer.«

Martin lachte gequält auf. »Wirklich lustig. Ich weiß immer noch nicht, wo sich mein Quartier befindet, obwohl ich es mir notiert hatte. Und möglicherweise sucht man mich schon. So viel zu *meiner* Berechenbarkeit.«

Sanne warf ihm einen tröstlichen Blick zu. »Entspann dich. Hier wird niemand gesucht, ganz einfach, weil jeder weiß, wo sich der andere befindet. Fakt ist: Jeder weiß hier alles von jedem. Und du gehörst dazu, wenn du länger als zwei Wochen hier bist.«

Bei ihrer Bemerkung musste Martin an den Abend in der *Svalbar* denken, an die Menschen dort. Klar, abgesehen vielleicht von den Touristen, schienen die meisten von ihnen miteinander bekannt zu sein. Es war ziemlich voll gewesen in diesem Laden mit den Billardtischen und dem langen Tresen mit dem bärtigen Barkeeper dahinter. Und auch wenn es eine ganz normale Kneipe war mit ihren Tischen und Bänken und der großen Fensterfront, durch die man auf Longyearbyens verschneite Hauptstraße blickte, war die Atmosphäre doch wie in einem Wohnzimmer gewesen, in dem man sich mit Freunden traf. Dimitri hatte ihn mit steigendem Alkoholpegel ganz schön zugequatscht. Fast bedauerte Martin das jetzt. Viele Eindrücke des Abends verloren sich in dem Wirrwarr wilder Geschichten, von denen er letztlich nur noch die Hälfte mitbekommen hatte, und dem ständigen Fluss des Alkohols. Wieso hatte er sich überhaupt so gehen lassen? Er wusste nur noch, dass Dimitri ihn irgendwann untergehakt und in die Eiseskälte hinaustransportiert hatte, die ihn wie ein Schlag getroffen und die Wirkung des Alkohols unangenehm verstärkt hatte. Der Rest des Abends und die Nacht verloren sich im Dunkel.

Nein.

Nicht ganz.

Da war diese Frau gewesen.

Die Deutsche, mit der er einige Worte gewechselt hatte.

Er war auf sie aufmerksam geworden, als sie mit mehreren leeren Gläsern an den Tresen gekommen war. Sie hatten sich gegenseitig bekannt gemacht, Himmel, und er hatte sich wie ein Trottel verhalten. *Das* war ihm natürlich in Erinnerung geblieben. Wenn auch sonst nichts. Er ärgerte sich auch jetzt wieder so darüber, dass ihm prompt ihr Name nicht mehr einfiel. Nur ihr Gesicht stand lebhaft vor seinem inneren Auge: blaue Augen, ein breiter, aber schöner Mund, über dem auf der linken Seite ein kleines, ovales Muttermal saß. Und dieser aufregende Moment, als sie spontan zusammen in Lachen ausgebrochen waren. Ihr Name … er lag ihm auf der Zunge … doch Sannes Stimme drängte schon wieder in seine Gedanken.

»… und deine Unterkunft war übrigens nicht schwer herauszufinden«, sagte sie. »Freja hat schon hier angerufen und ausrichten lassen, dass du erst mal auf die Füße kommen sollst. Also, nicht doch noch etwas essen?«

»Freja?«, wiederholte Martin verloren. Es ging noch immer alles zu schnell für ihn. »Wollte sich nicht Ole um alles kümmern? Und, danke, essen möchte ich wirklich nicht.«

»Freja Moeller, eine sehr kompetente Frau, sie leitet den Bereich der Uni, in dem Gunnar normalerweise seine Vorlesungen hält. Wenn du so weit bist, möchte sie dich in die Schwerpunkte einweisen, dir deinen Arbeitsbereich zeigen und, und, und … du weißt schon … Übrigens hast du großes Glück, dass sie das selbst übernimmt, sie hat immer einen vollen Terminkalender.«

Martin war sich nicht sicher, ob er heute überhaupt noch ein weiteres Kennenlernen vertrug. Eigentlich wollte er nur noch allein sein. Duschen. Zu sich kommen. Seinen Einstieg in Longyearbyen hatte er ja bereits grandios vermasselt.

7.

TRINE

Trine Mikkelsen ließ die von Holz eingefasste Glastür des Universitätsgebäudes hinter sich ins Schloss fallen und blickte auf das Chaos aus Schuhen und Jacken, das sich vor ihr in dem lang gestreckten Vorraum ausbreitete. Sie zog ihre Stiefel aus und ein Paar Wollsocken über, die sie für solche Fälle immer in ihrer Tasche hatte, suchte einen Platz für ihre Sachen und passte auf, dabei nicht in einen der Wasserflecken aus geschmolzenem Schnee zu treten, die sich überall auf dem Boden ausbreiteten. Dann trat sie in das Foyer.

Das Gebäude mit seiner eigenwillig gezackten Form, den schrägen Wänden, Decken und Fenstern und seinem Interieur komplett aus Holz hatte sie vom ersten Tag an fasziniert. Ziel der Architekten, so hatte Maritt ihr erzählt, sei es gewesen, für die Studenten einen hellen, inneren Campus zu schaffen. Die klaren Strukturen und ungewöhnlich kräftigen Farben rund um die Türen und in den Fluren sollten einen positiven Kontrast zur kargen und lebensfeindlichen Umgebung der Arktis schaffen. Bei der äußeren Gestaltung waren Strömungsmessungen maßgeblich für die Form gewesen, die häufigen starken Winde auf Spitzbergen in Verbindung mit dem feinen Schnee, der in jede Ritze kroch, bildeten für jede Behausung eine Herausforderung.

Während sie die offene Treppe hoch in den ersten Stock ging, wo die Büros der Dozenten und Abteilungsleiter untergebracht waren, stellte sich Trine nicht zum ersten Mal vor, wie schön es wäre, in dieser warmen, lichtdurchfluteten Umgebung zu arbeiten. Auch Krankenhäuser sollten neben ihrer Funktionalität mehr architektonische Besonderheiten besitzen, ihrer Meinung nach brauchten Menschen nicht nur eine gute ärztliche Versorgung, sondern auch eine schöne Umgebung, um gesund zu werden.

Sie studierte die Namensschilder neben den Büros und blieb schließlich vor einer rot umrandeten Bürotür stehen. Die Farbe passte zu Freja Moeller, dachte sie im Stillen, als sie klopfte.

»Wenn die Tür zu ist, ist Freja nicht da«, rief eine weibliche Stimme aus einem Nachbarraum.

Trine blickte um die Ecke. »Ach, Lynn, hallo, schön, dich zu sehen! Geht es Lasse wieder besser?«

Eine kräftige Frau mit brünettem Kurzhaarschnitt stand von ihrem Schreibtisch auf und kam zur Tür. »Nein, er hat immer noch Fieber, aber Tommy ist heute zu Hause geblieben und kümmert sich um ihn. Ich hatte eine wichtige Vorlesung zu halten, und gleich habe ich noch ein Gespräch mit einer Arbeitsgruppe, das ich nicht verschieben konnte.«

»Und wer führt eure heutige Tour, oder habt ihr keine?«

»Doch, doch, Rebecca hat das sehr gern übernommen. Das Wetter ist ruhig, und Mathilde begleitet sie.« Sie seufzte. »Natürlich ist Tommy ein wenig nervös, aber das ist er ja immer, wenn seine Hunde ohne ihn unterwegs sind.«

»Na, dann gute Besserung für euren Kleinen. Falls das Fieber anhält, solltet ihr noch einmal in die Sprechstunde kommen. Weißt du, wo ich Freja finde?«

»Ich glaube, sie ist ins Materiallager gegangen. Die Techniker stellen dort die Ausrüstung für eine Kurzexpedition zusammen, da wollte sie noch mal drüberschauen. Du weißt ja, wie sie ist.«

Ja, das wusste Trine. Freja Moeller war eine Wissenschaftlerin mit hoher Fachkompetenz, die darüber hinaus zu führen und zu organisieren wusste. Nach nur sechs Monaten an der Universität war sie zur Dekanin ernannt worden. Aber sie war auch ein Kontrollfreak.

Auf dem Weg zum Materiallager kam Trine an den Waffenkammern und Gewehrschränken vorbei. In einer der Kammern sah sie im Vorbeigehen zwei junge Frauen, die mit der Reinigung ihrer Gewehre beschäftigt waren, ein weiterer Student kleidete sich gerade an und rüstete sich mit Munition aus. Für manch einen der Neuankömmlinge war der Umgang mit den Waffen zunächst ein Problem, aber jeder Student der Universität war verpflichtet, eine Schießausbildung zu absolvieren, sonst durfte er nicht an Exkursionen teilnehmen. Trine wusste selbst nur zu gut, wie sie sich fühlten. Ihr war es bei ihrer Ankunft nicht anders ergangen, obwohl sie in einer Familie aufgewachsen war, in der der Umgang mit Waffen als selbstverständlich galt. Sowohl ihr Großvater als auch ihr Vater und später auch ihre Brüder waren in der Region in Nordnorwegen, in der sie aufgewachsen war, regelmäßig auf die Jagd gegangen. Sie hatte sich nie damit anfreunden können und begrüßte die Gesetze der Inseln, die es nur im äußersten Notfall erlaubten, auf einen Eisbären zu schießen. Wer heute auf Spitzbergen lebte, akzeptierte im Gegensatz zu den früheren Generationen, dass die Inseln vorrangig die Heimat dieser selten gewordenen Bären waren, die nirgendwo sonst auf der Welt in größerer Dichte lebten als hier. Wer tatsächlich einen Bären erschoss, was sehr selten vorkam, da sie sich meistens vertreiben ließen, musste unangenehme Ermittlungen über sich ergehen lassen und Fragen beantworten, die in einem Mordfall kaum schlimmer sein könnten.

»Wie kann ich dir helfen?«, fragte ein technischer Mitarbeiter über eine Gegensprechanlage, als Trine am Materiallager klingelte, das sich die Universität mit dem Norwegischen Polarinstitut teilte.

»Ich suche Freja Moeller.«

Einen Moment hörte sie nur statisches Rauschen und Knacken.

»Ja, sie ist hier«, klang dann die Stimme wieder durch, und der Summer der Tür ertönte.

Trine trat in die Halle und wurde von einem stämmigen Mann mit Schnauzer in einem Monteursoverall empfangen.

»Trine, hallo«, begrüßte er sie, als er sie erkannte. »Freja ist dahinten.« Er machte eine vage Bewegung mit der Hand in Richtung des anderen Endes der Halle. »Du findest dich zurecht?«

»Klar, kein Problem. Lass dich nicht bei der Arbeit stören.« Bisweilen war es von Vorteil, dass jeder sie kannte.

Sie schritt durch den breiten Gang zwischen den meterhohen Lagerreihen, in denen bis unter die Decke Schutzanzüge, Overalls, technisches Gerät, Seile, Eispickel, Sauerstoffflaschen, Zelte, Taucheranzüge und was man sonst als Ausrüstung für arktische Expeditionen zu Land oder zu Wasser benötigte, untergebracht waren. Die Halle ging in ein weiteres Gebäude über, eine Werkstatt für Schneemobile, Schlauchboote und Schlitten. Dort fand sie Freja, die zusammen mit zwei jungen Technikern neben einem Stapel mit diversen Ausrüstungsgegenständen stand und sich mit einer ungeduldigen Geste ihr schulterlanges dunkles Haar aus dem Gesicht strich. Um den energischen Mund der Dänin lag ein verärgerter Zug, während sie auf die beiden Männer einsprach.

Trine biss sich auf die Lippe. Der Umschlag, den sie in ihrer Tasche hatte, wog plötzlich schwer. Es war vielleicht doch keine so gute Idee gewesen herzukommen. In diesem Moment blickte Freja in ihre Richtung, stutzte und unterbrach sich.

»Hey, Freja«, nutzte Trine die Gelegenheit.

Freja, gekleidet in enge Jeans unter einem hellen, weiten Rollkragenpullover, verbrachte ihre karge Freizeit vor allem mit Sport, was ihren Bewegungen viel Geschmeidigkeit verlieh und sie deutlich jünger wirken ließ als Mitte vierzig.

»Hey, Trine«, sagte Freja jetzt, und die Anspannung in ihrer Stimme war nicht zu überhören. »Suchst du mich?«

Trine nickte. »Hast du einen Moment Zeit?«

»Eigentlich nicht, aber …«

»Ich versuche seit Tagen, dich zu erreichen«, fiel Trine ihr ins

Wort. »Du rufst nicht zurück, und deinen Termin bei uns hast du einfach verstreichen lassen.«

Freja hob eine Hand, ob zur Abwehr oder zur Entschuldigung, das konnte Trine nicht beurteilen. »Es tut mir wirklich leid. Aber ich ersticke im Moment in Arbeit. Ich hatte wirklich keine Zeit.«

Zeit hat man nicht, die nimmt man sich, lag es Trine auf der Zunge, aber sie hielt den Mund. Wenn sie mit Freja streiten würde, würde sie immer den Kürzeren ziehen.

»Ich weiß, dass du sehr beschäftigt bist«, sagte sie stattdessen. »Deshalb bin ich hier.« Sie öffnete ihre Tasche und zog den Umschlag heraus.

Frejas Mund wurde schmal. »Ich glaube nicht, dass das der richtige Ort für ein solches Gespräch ist.«

»Was schlägst du stattdessen vor?«

Freja sah zu den beiden Technikern zurück. »Gib mir noch fünf Minuten. Dann bin ich hier fertig, und wir können in meinem Büro sprechen.« Sie warf einen Blick auf ihre teure Armbanduhr. »Den nächsten Termin habe ich in zwanzig Minuten.«

»Mehr Zeit brauchen wir nicht«, versprach Trine.

Ihr Versuch, auf dem Weg zu Frejas Büro ein wenig Small Talk zu machen, scheiterte kläglich. Freja antwortete, wenn überhaupt, nur einsilbig, weshalb Trine ihre Bemühungen schließlich einstellte. Sobald sie in ihrem Büro waren, streckte Freja die Hand aus, und Trine reichte ihr den Umschlag. Freja öffnete ihn, entnahm ihm die Computerausdrucke und studierte die medizinischen Ergebnisse schweigend.

»Du musst dir wegen dieses Befundes keine Sorgen machen, aber du solltest dich darum kümmern und ein paar weitere Untersuchungen machen lassen«, bemerkte Trine.

»Ja«, erwiderte Freja lediglich.

»Wir können das hier vor Ort nicht. Du musst dafür nach Tromsö fliegen. Ich kann gern einen Termin für dich organisieren.«

Freja atmete tief durch. »Danke«, sagte sie dann. »Danke, dass du dir die Mühe gemacht hast, extra vorbeizukommen. Ich weiß das wirklich zu schätzen.« Sie presste die Lippen zusammen. »Um den Termin kümmere ich mich selbst. Und … entschuldige bitte meine Gereiztheit.«

»Schon gut«, beschwichtigte Trine und legte ihr kurz eine Hand auf den Arm. »Ich hab das gern gemacht.«

Auf dem Flur waren Schritte zu hören, dazu eine Männer- und eine Frauenstimme, die sich auf Englisch unterhielten.

»Mein nächster Termin«, bemerkte Freja.

Beim Hinausgehen betrachtete Trine den schmalen dunkelhaarigen Mann, der seine Brille nervös auf seiner Nasenwurzel nach oben schob und sie abwesend grüßte. Sie hatte ihn noch nie gesehen. Aber er erinnerte sie an jemanden.

8.

REBECCA

Sie starrte auf die Waren in ihrem Einkaufswagen und versuchte, sich zu erinnern, was sie noch brauchte. Rebecca hatte ihren Einkaufszettel zu Hause liegen lassen, was sie jedoch erst hier im Supermarkt bemerkt hatte. Letztlich war es ihr mit Mühe gelungen, sich die Liste größtenteils ins Gedächtnis zurückzurufen, der Einkaufswagen war entsprechend gefüllt, dennoch war sie sich sicher, etwas Entscheidendes vergessen zu haben. Mit gerunzelter Stirn scannte sie die neonbeleuchteten Regalreihen in der Hoffnung, dass es ihr beim Anblick der Produkte wieder einfiel, und wie immer in solchen Situationen wurde ihr warm. Schon zu Schulzeiten hatte sie sich schwergetan mit dem Auswendiglernen, ob es Vokabeln, Gedichte, Geschichtsdaten oder das große Einmaleins waren. Es hatte Lehrer gegeben, die sie nur zu gern damit vorgeführt hatten, nicht zuletzt ihr Vater als Schulleiter eines Gymnasiums, der von seiner Tochter mehr erwartet hatte. Geblieben war ein Trauma, eines von vielen, wie sie sich bitter eingestand, das sie stets in unnötigen Stress versetzte. Sie versuchte, ihm beizukommen, indem sie alles aufschrieb, was sie sich merken wollte. Im Laufe der Jahre hatte sie auf diese Weise schon unzählige Notizbücher gefüllt. Aber auch das klappte nicht immer. Ungeduldig zog sie den Reißverschluss ihrer dicken Winterjacke auf und löste den Schal, der um ihren Hals lag. Erneut konzentrierte sie sich auf die Produkte in den Regalen.

Der einzige Supermarkt im Ort war gut sortiert. Im Grunde gab es hier alles, was man sich wünschte, auch frisches Obst und Gemüse und Blumen, täglich wurden Waren eingeflogen. Aber das hatte seinen Preis. Für einen Liter Milch zahlte man etwa doppelt so viel wie auf dem Festland. Billiger als in Norwegen war lediglich der Alkohol, da Spitzbergen als Freihandelszone deklariert war und keine Steuern erhoben wurden.

Noch einmal blickte Rebecca in den Wagen, dann wieder auf die Regale. Was fehlte? Ihr Unmut vergrößerte sich trotz ihres Bestrebens, gelassen zu bleiben, denn sie kaufte nicht gern ein. In den Supermarkt ging sie daher am liebsten nicht häufiger als einmal in der Woche. Umso ärgerlicher war es, wenn sie etwas vergaß.

Vor der einzig geöffneten Kasse hatte sich eine längere Schlange gebildet, in die sie sich schließlich resigniert einreihte. Die meisten Gesichter waren ihr mehr oder weniger vertraut, wie überall traf man zu bestimmten Zeiten dieselben Menschen, ob auf der Straße oder beim Einkaufen. Die wenigen Fremden waren Touristen, die sich mit Kleinigkeiten eindeckten.

Jetzt am frühen Abend war es draußen längst wieder stockdunkel. Jedes Mal, wenn die Glastür des Marktes sich öffnete, strömte ein Schwall kalter Luft herein, weshalb die Kassierer dicke Daunenwesten über ihren Pullovern trugen. Gerade betraten zwei junge Frauen in Schneeoveralls das Geschäft. Ihre geschulterten Gewehre brachten sie in den eigens dafür aufgestellten abschließbaren Waffenschränken unter. Öffentliche Gebäude und Geschäfte durften nicht mit Waffen betreten werden. Rebecca hatte sich direkt nach der Arbeit von Olek, dem ukrainischen Fahrer der Schlittenhundestation, im Ort absetzen lassen. Es war ein langer, anstrengender Tag gewesen, und sie freute sich auf eine Dusche und einen ruhigen Abend auf der Couch. Während sie gedankenverloren auf die Menschen vor sich in der Kassenschlange blickte, fiel ihr wieder ein, was sie noch hatte kaufen wollen. Heute Morgen hatte sie die letzten Cornflakes gegessen. Sie verließ ihren Platz in der Schlange und steuerte die Regalreihe mit den Cerealien an. Als sie um die Ecke kam, prallte sie beinahe mit Dimitris attraktivem Begleiter aus der *Svalbar* zusammen. Martin. Einen

Einkaufskorb in der einen und eine Packung Cornflakes in der anderen Hand stand er mitten im Gang. Er trug einen dunklen Anorak, dessen Reißverschluss geöffnet war, eine Skihose und auf dem Kopf eine eng anliegende Mütze aus Fleece und sah überrascht von der Betrachtung der Packung in seiner Hand auf, als ihr ein spontanes »Hallo!« entfuhr.

Im ersten Moment lag kein Erkennen in seinem Blick, doch dann huschte ein verlegenes Lächeln über seine Züge, und eine leichte Röte überzog seine Wangen. »Hallo«, erwiderte er, und als sie weiter nichts sagte, fügte er hinzu: »Das … ähm … ist ja eine Überraschung.«

Freute er sich, sie zu sehen, oder fühlte er sich einfach nur überrumpelt? Sie wusste nicht recht, was sie noch sagen sollte, und er schien ebenfalls nicht der spontane Redner zu sein. Um gar nicht erst ein peinliches Schweigen aufkommen zu lassen, wies Rebecca auf die Cornflakes. »Dein Frühstück für morgen?«

Er blickte auf die Packung in seiner Hand, als hätte er sie bereits vergessen. »Die Cornflakes? Nein … ich …« Hastig stellte er sie ins Regal zurück und schob sich nervös die Brille auf seine Nasenwurzel. »Ich wollte nur was nachschauen.«

»Was gibt es auf einer Packung Cornflakes denn so Spannendes? Lass mich sehen.«

»Ach, nichts«, wiegelte er ab und machte einen Schritt von dem Regal weg.

Rebecca griff an ihm vorbei nach der Packung und drehte sie um. »Star Wars Edition«, las sie und sah ihn fragend an.

»Ein Freund hat mir davon geschrieben, und ich wollte sehen, ob es die hier auch gibt oder nur in Deutschland.«

»Verstehe«, bemerkte Rebecca. »Aber kaufen wolltest du sie nicht.«

Er tippte auf das Preisetikett. »Umgerechnet sechs Euro für eine Packung Cornflakes zu bezahlen nur einer Laune wegen, ist mir dann doch zu viel.«

Rebecca lachte auf. »Gib's zu, eigentlich magst du gar keine Cornflakes.«

Sein Mund weitete sich zu einem Grinsen. »Tatsächlich, sieht man mir das irgendwie an?«

Der unverfängliche Small Talk machte sie lockerer. »Ja, irgendwie schon«, entgegnete sie heiter. »Du siehst aus, als ob du lieber Honig-Smacks isst.«

Er lachte auf. »Nein, ganz ehrlich, die mag ich noch weniger.«

»Dann bist du ein Brotmensch.«

Er schüttelte den Kopf. »Am liebsten mag ich morgens Müsli.«

»Okay«, gab sie mit einem angedeuteten Schulterzucken auf. »Ist heute wohl nicht mein Tag.«

Ihre Blicke verfingen sich ineinander. Hielten sich. Erneut überzog eine leichte Röte seine Wangen, während das Schweigen sich zwischen ihnen ausdehnte.

»Und du? Was frühstückst du?«, brach er es schließlich etwas lahm.

»Kaffee, nur Kaffee«, erwiderte sie. Hatte seine Verlegenheit und Zurückhaltung mit ihr zu tun, oder war er immer so, wenn er unverhofft in ein Gespräch gezogen wurde?

Sie griff nach den Cornflakes, die er eben zurück in das Regal gestellt hatte, und legte sie in ihren Einkaufswagen.

»Wenn ein Gimmick drin ist, schenke ich es dir«, bemerkte sie scherzhaft.

»Aber deswegen kaufst du sie jetzt nicht, oder?« Die plötzliche Besorgnis in seiner Stimme ließ sie auflachen. Er war wirklich speziell und anscheinend so mit sich beschäftigt, dass er bis zu einem gewissen Grad immun zu sein schien gegen die besondere Wirkung, die sie seit ihrer Pubertät auf Männer ausübte.

In den ersten Jahren ihres Erwachsenwerdens hatte sie mit diesem Effekt auf Männer häufig gespielt, ihre Macht ausgekostet und die Überlegenheit genossen, die damit einherging. Sie hatte ihre Attraktivität eingesetzt, um Ziele zu erreichen, sich in den

Mittelpunkt zu rücken und beachtet zu werden, doch die Erfolge, die sich auf diese Weise einstellten, fühlten sich bald schal an. Sie begriff, dass sie nicht um ihrer selbst willen geliebt und bewundert wurde. Und dass es ein Fehler war, sich selbst auf das Äußere zu reduzieren. Sie wurde nicht ernst genommen. Niemand interessierte sich für ihren Intellekt, geschweige denn ihre Gedanken und Wünsche, und ihre Freundschaften waren entsprechend oberflächlich.

Mit Beginn ihres Studiums veränderte sie deshalb nicht nur ihren Wohnort, sondern auch sich selbst. Sie schnitt sich die Haare kurz und schaffte sich eine Brille an, obwohl sie keine benötigte. Ein großes hässliches Gestell, hinter dem sie sich in den Vorlesungen verbarg. Sie warf ihre Schminksachen fort, trug nur noch Jeans und weite Shirts und Pullover. Sie war gerade zwanzig damals. Ihr Vater reagierte erleichtert. Ihre Schwester hatte sie ausgelacht.

»Du fällst von einem Extrem ins andere. Warum kannst du nicht einfach normal sein?«

»Normal kann jeder«, hatte sie geantwortet. »Guck dich doch an.«

Natürlich war das hässliche Entlein nur eine Phase gewesen. Auch Männer ließ sie wieder zu, aber nur bis zu einem gewissen Grad. Wirklich an sich heran ließ sie niemanden.

»Du bist nicht beziehungsfähig«, hatte ihre Schwester ihr vorgeworfen.

»Ist das ein Wunder nach allem, was passiert ist?«, hatte sie zurückgegeben.

Ihre Schwester hatte zunächst beschämt geschwiegen, doch dann hatte sie sie angefahren: »Mach, verdammt noch mal eine Therapie! Und mach nicht ständig uns verantwortlich.«

Sie verdrängte die Erinnerung. All das war vorbei. Es ging ihr gut im Hier und Jetzt. Sie hatte alles, was sie sich wünschte. Sie klammerte sich an diesen Gedanken, aber sie wusste, dass er unvollständig war. Sie hatte alles. Ja, das war richtig. Alles bis auf ihre Schwester. Ihren Vater hatte sie das letzte Mal auf ihrer Beerdigung gesehen. Das war zweieinhalb Jahre her. Was er ihr an dem Tag erzählt hatte, hatte sie so betroffen gemacht, dass sie dem Kontakt zu ihm seither auswich, ihn auf das Nötigste beschränkte, obwohl sie wusste, dass er darunter litt. Schließlich war sie die Letzte, die ihm geblieben war.

Martin wies auf ihren Einkaufswagen. »Schon fertig?«

Sie nickte und hoffte, dass sich nichts von dem, was sie gerade bewegt hatte, in ihrem Gesicht spiegelte. Gleichzeitig fragte sie sich, was sie veranlasst haben mochte, so abzudriften. Das passierte normalerweise nicht. Nicht mehr.

Als sie zur Kasse ging, ging er schweigend neben ihr her und half ihr wie selbstverständlich, die Waren aufs Band zu legen und nach dem Bezahlen in ihrem Rucksack zu verstauen. Es fühlte sich gut an.

Gemeinsam verließen sie den Supermarkt. Kälte umfing sie, und sie beobachtete, wie Martin hastig den Reißverschluss seines Anoraks zuzog und schauderte.

»Du hast dich noch nicht an unser Klima gewöhnt«, bemerkte sie.

»Kann man das überhaupt? Eigentlich wünsche ich mir, irgendwo drinnen im Warmen zu sein«, gestand er. »Ich bin nur unterwegs, um nicht in meiner nichtssagenden Unterkunft sitzen zu müssen.«

Seine Ehrlichkeit war entwaffnend.

»Schräg gegenüber gibt es ein Café«, bemerkte sie. »Ich gehe oft nach dem Einkaufen rüber und trinke noch einen Kakao, bevor ich nach Hause gehe.«

Er schien das erste Mal ihre Kleidung wahrzunehmen. Die dicke Daunenjacke, die gefütterte Hose, die derben Schuhe, alles mehr Arbeits- als Outdoorkleidung. »Du kommst direkt von der Arbeit und so wie du aussiehst …«

Rebecca strich sich plötzlich nervös das halblange blonde Haar aus dem Gesicht. Ja, sie kam gerade von der Schlittenhundestation. Ungewaschen, verschwitzt, vermutlich roch sie zehn Meilen gegen den Wind nach Hund. Es war das erste Mal seit zwei Jahren, dass es ihr etwas ausmachte. »Meine Güte«, unterbrach sie ihn. »Wie sehe ich denn aus? Ist es so schlimm?«

Er lächelte flüchtig. »Geht gerade.«

Er bestand darauf, ihren Rucksack zu tragen, und sie ließ es geschehen. Obwohl das Café nicht einmal einhundert Meter entfernt lag, zogen sie beide Handschuhe über, und Rebecca schloss ebenfalls ihre Jacke. Vom Fjord blies der Wind feuchte und gleichzeitig eisige Luft die einzige Geschäftsstraße Longyearbyens hinauf. Von manchen Gebäuden hingen Eiszapfen von den Dachvorsprüngen herunter und reflektierten das Licht der Straßenlaternen. Der Schnee knirschte unter den Sohlen ihrer dicken Winterstiefel.

Das Café, ein Kubus mit bodentiefen Fenstern, war bis auf zwei Mütter, die mit ihren Kleinkindern in der eigens eingerichteten Spielecke saßen, und einer Gruppe spanischer Touristen, die sich lautstark unterhielten, leer. Über Lautsprecher dudelte leise Musik. Sie suchten sich einen Platz am Fenster.

»Was möchtest du trinken?«, fragte Rebecca. »Hier ist Selbstbedienung.«

»Du hast den Kakao empfohlen.«

Sie nickte. »Etwas essen? Der Kuchen ist ziemlich gut.«

»Nein danke, Kakao reicht mir.«

Sie hängte ihre Jacke über die Stuhllehne und ging zum Tresen. Die junge Afronorwegerin dahinter grüßte sie lächelnd. »Hey, wie geht es dir? Kakao, wie immer?«

»Ja, aber zweimal.«

»Ich hab schon gesehen. Du bist nicht allein reingekommen.« Sie zwinkerte Rebecca zu. »Falls ihr wollt, wir haben ganz frischen Apfelkuchen.«

Rebecca lehnte dankend ab, zahlte und trug die beiden hohen Gläser mit dem dampfenden Kakao und der Sahnehaube an ihren Tisch.

»Hm«, schnupperte Martin, »der riecht wirklich gut.«

»Ja, sie bereiten ihn mit Milch zu und nicht mit Wasser und irgendwelchen künstlichen Aromen.«

»So, wie man es von früher zu Hause kennt, wenn man bei einbrechender Dunkelheit völlig durchgefroren vom Schlittenfahren reinkam.« Martin probierte einen Schluck. »Und so schmeckt er auch.«

Sie blickte auf den weißen festgetretenen Schnee draußen vor den Fenstern. Die zusammengeschobenen Haufen zwischen den Häusern. Hier wurde kein Salz gestreut. Es gab keine hässlichen grauschwarzen Verfärbungen, keinen Matsch. Sie stellte sich einen Rodelhang vor, eingerahmt von hohen verschneiten Nadelbäumen. »Wo bist du aufgewachsen?«

»In der Nähe von Freiburg, Südschwarzwald.«

Ja, sie war einmal dort gewesen. Nicht im Winter, aber ihre Eindrücke waren übertragbar und passten zu den Bildern, die seine Worte projizierten. Sie räusperte sich. »Hört man gar nicht.«

»Danke, das beruhigt mich. Nicht dass ich meine Herkunft verleugnen möchte, aber … Wo kommst du her?«

Sie zuckte innerlich zusammen. Wann hatte sie das letzte Mal mit jemandem über ihre Herkunft gesprochen? »Münster. Da haben wir selten Schnee gehabt«, antwortete sie nach einem Moment des Zögerns. Und sie konnte sich auch nicht erinnern, dass ihr irgendjemand Kakao zubereitet hatte, wenn sie im Winter nach Hause kam. Meistens war das Haus dunkel und niemand da gewesen. Nur der Hund hatte sie begrüßt. Er war gestorben, als sie zwölf gewesen war. Sie hatte ihn im Garten beerdigen wollen, aber ihr Vater hatte es nicht erlaubt.

»Nordrhein-Westfalen, aha. Um Münster ist es, wenn ich richtig informiert bin, nicht gerade bergig«, fuhr Martin fort, der nicht wissen konnte, welch düstere Erinnerungen ihr Gespräch gerade in Rebecca hervorrief.

»Nein«, erwiderte sie einsilbig und rührte in ihrem Kakao, ohne ihn anzusehen.

»Hab ich irgendwas Verkehrtes gesagt?«, fragte er nach einer Weile.

»Nein. Tut mir leid. Hat nichts mit dir zu tun. Es war nur …« Sie unterbrach sich mitten im Satz und presste die Lippen zusammen, verärgert über sich selbst und gleichzeitig über ihn. Es war nur *was?* Nichts. Nichts, worüber es zu reden lohnte.

Sie spürte Martins Blick auf sich. »Ich kenne das«, sagte er zu ihrer Überraschung. »Es braucht nicht viel, einen Gedanken, eine Melodie, ein Geruch, und alles ist plötzlich grau.«

Sie schluckte, nickte stumm.

Genauso war es, genauso fühlte es sich an. Diagnosen wie Depression und Bipolare Störung geisterten durch ihr Leben. Aber sie hatte sich stets geweigert, sie anzunehmen. Depressionen lähmten. Sie fühlte sich eher getrieben. Was sie quälte, waren Ängste. Albträume. Immer wieder dieselben Bilder. Schmerz. Verzweiflung. Und Schuld. Erst seit sie auf Spitzbergen lebte, war sie zur Ruhe gekommen. Sie hatte es auf die Nähe zu den Hunden und die Arbeit mit ihnen zurückgeführt. Aber es war wohl mehr. Die Abgeschiedenheit, das Bewusstsein, wirklich *weg* zu sein. *Weit weg.* Sie hatte noch nie mit jemandem darüber geredet. Sie wollte es auch jetzt nicht.

Draußen kam ein gelbes Blinklicht in ihr Gesichtsfeld, gleich darauf rumpelte ein großer Frontlader durch die Straße.

Martin sah dem Fahrzeug interessiert hinterher.

»Ein Schneeräumer«, bemerkte Rebecca, dankbar für die Ablenkung. »Du wirst sie noch hassen lernen, wenn du länger hier bist. Wenn sie rückwärtsfahren, piepen sie, und den Schnee räumen sie bevorzugt nachts, wenn du gerade dringend Schlaf brauchst.«

»Ja, ich weiß, wir hatten in Nye-Alesund auch welche.«

Sie horchte interessiert auf. »Du warst in Nye-Alesund?«

Er nickte. »Drei Wochen. Um diese Jahreszeit ist es dort ziemlich öde.«

»Öde?«, wiederholte sie ungläubig. »Die Landschaft ist doch grandios. Der Fjord dort zählt zu einem der schönsten in diesem Archipel und die Berge …«

»Wenn man es mag«, unterbrach er sie. »Darf ich fragen, was du arbeitest?«

Lag da eine Spur von Ungeduld in seiner Stimme? Sie betrachtete ihn genauer. Den leichten, dunklen Bartschatten um seinen Mund und auf seinen Wangen, die gerade Nase, die Falte zwischen seinen Brauen. Es war ein männliches Gesicht, und doch sprach eine gewissen Weichheit daraus, nein eher Verletzlichkeit, vor allem aus seinem Blick. Sie begriff plötzlich, dass es genau das war, was sie anzog. Ungeduld war einem solchen Menschen fremd. Zumindest im Umgang mit anderen. Aber warum interpretierte sie es dann in ihn hinein? Aus eigener Unsicherheit? Sie schob den Gedanken beiseite.

»Sicher, darfst du fragen, was ich mache. Ich arbeite auf einer Schlittenhundestation«, antwortete sie auf seine Frage.

»Schlittenhunde, wow. Und was genau machst du da? Da ist man vermutlich den ganzen Tag draußen.«

Sie lachte unwillkürlich auf. »Ja, das ist richtig. Ich bin für die Versorgung der Tiere verantwortlich, und ich begleite die Touren, die wir den Touristen anbieten. Ich hab auch hin und wieder schon selbst eine geleitet.«

»Und das machst du gern?«

»Die Arbeit mit den Hunden mache ich sehr gern. Aber auch unser Team funktioniert prima, was zu einem guten Teil daran liegt, wie mein Chef den Laden führt. Natürlich gibt es einiges, auf das ich verzichten könnte, manche Routinen, die einfach erledigt werden müssen, aber das ist in jedem Beruf so.« Sie sah ihn fragend an. »Hast du schon einmal eine Schlittenhundetour gemacht?«

»Ich?« Er erwiderte ihren Blick so erstaunt, dass sie sich ein Lachen verkneifen musste. »Nein, ich glaube auch nicht, dass das etwas für mich ist.«

»Warum?«

»Ich bin nicht besonders sportlich. Ich habe in meiner Jugend zwar sehr erfolgreich Tischtennis gespielt bis hin zu den deutschen Juniorenmeisterschaften, aber als ich mit der Schule fertig war, war das vorbei.«

»Magst du es vielleicht mal versuchen?«

»Was?«

»Na, eine Schlittenhundetour.«

Er seufzte. »Selbst wenn ich wollte, ganz ehrlich, hab ich im Moment gar keine Zeit dafür. Ich bin arbeitsmäßig ziemlich eingebunden.«

»Aber du hast doch trotzdem auch mal einen freien Tag. Was machst du eigentlich als … Mikrobiologe … hier?« Sie spürte, dass sie ihn nicht überzeugen konnte, daher wechselte sie das Thema. Dabei war sie sicher, dass er Spaß an einer Tour haben würde, wenn er erst einmal auf einem Schlitten stand. So ging es fast allen.

Sie hörte ihm zu, während er von seiner Arbeit erzählte, obwohl sie nicht wirklich daran interessiert war, aber es faszinierte sie zu beobachten, wie er dabei auflebte und immer lockerer wurde und schließlich sogar die ein oder andere Anekdote zum Besten gab. Und wenn er es schaffte, seinen selbst gesponnenen Kokon aus Unsicherheit und Zurückhaltung zu durchbrechen, war er sogar charmant. Sie verspürte etwas, das sie schon lange nicht mehr empfunden hatte: Sie wollte ihn dazu kriegen, sie zu mögen.

Aus dem Augenwinkel bemerkte sie, dass die junge Afronorwegerin, die normalerweise hinter dem Tresen stand, begann, die

Tische abzuwischen. Sie waren die letzten Gäste. Auch Martin wurde sich dessen bewusst.

»Ich glaube, wir werden hier gleich rausgekehrt«, bemerkte Rebecca scherzhaft. Einer spontanen Eingebung folgend zog sie einen Stift aus einer der Seitentaschen ihres Rucksacks, schrieb ihre Mobilnummer auf ihre Serviette und reichte sie Martin. »Vielleicht überlegst du es dir ja doch noch mit der Schlittentour. Dann ruf mich an.«

»Ich denk drüber nach«, versprach er und steckte die Serviette ein. Sie fragte nicht nach seiner Nummer. Als sie sich draußen verabschiedet hatten, sah sie ihm nach, wie er mit hochgezogenen Schultern die Straße Richtung Universität hinunterging. Das Licht der Laternen ließ seinen Schatten im Schnee tanzen. Er wandte sich nicht noch einmal zu ihr um. Sie atmete tief die kalte Luft ein, schulterte ihren Rucksack und machte sich auf den Heimweg. Über ihr wehte ein Schleier von grün schimmerndem Polarlicht. Als sie ihn bemerkte, blieb sie stehen und beobachtete das Schillern und Flackern, das sich wehenden Vorhängen gleich über den Himmel ausbreitete und die Gipfel der Berge in einen unwirklichen Schein tauchte. Sie harrte aus, bis die Kälte unangenehm von unten durch ihre gefütterten Schuhe drang. Es gerade heute zu erleben, erschien ihr wie ein Zeichen.

9.

DIMITRI

»Kannst du mir mal den kleinen Schraubenzieher von der Werkbank rübergeben?«

Dimitri sah auf und in Oles gerötetes Gesicht. »Funktioniert etwas nicht?«

»Ich hab ein Problem, das ich einfach nicht in den Griff kriege. Immer wenn die Kiste warm wird, zieht sie nicht mehr richtig und läuft irgendwie unrund. Hier im Ort ist das relativ egal, aber ich will nicht riskieren, in unwegsamem Gelände damit stecken zu bleiben.«

Dimitri stand auf und streckte seinen Rücken, dann ging er zu Oles Schneemobil hinüber, das in der kleinen Halle aufgebockt war, die ein gemeinsamer Bekannter von ihnen sonst für die Wartung seines Fischereigeräts nutzte. Entsprechend hingen die Wände voll mit Netzen, Körben und Seilen, in einer Ecke standen Edelstahlwannen und -trichter, in einer anderen stapelten sich leere Fangkisten und Bojen. Darüber hinaus gab es eine gut sortierte Werkstatt, die die beiden nutzen konnten. Er reichte seinem Freund den Schraubenzieher und schaute über dessen Schulter hinweg zu, was er machte.

Die Regelmäßigkeit gemeinsamer Unternehmungen mit Ole Petersen hatte erst im letzten Jahr wieder eingesetzt, nachdem Dimitri seine flugtechnischen Fortbildungen erfolgreich abgeschlossen hatte. Wie die Male zuvor planten sie eine Tour, die sie über rund zweihundertsechzig Kilometer an die Nordostküste Spitzbergens bringen würde. Und wie jedes Mal würde diese Tour als Wettbewerb laufen, bei dem jeder Teilnehmer auf sich allein gestellt war und für sich die vermeintlich beste Route finden musste – allein das schon eine Herausforderung, da es weder Straßen noch Wege gab. Der optimale Track war abhängig von Windstärke, Schneebeschaffenheit und Sichtbedingungen – alles nahezu unberechenbar – und natürlich vom gebirgigen Profil der Strecke mit seinen Steigungen, Hangneigungen und den dazugehörigen Gefällen.

»Hast du schon mal nachgeschaut, ob das Problem deines Motors vielleicht mit dem Temperatursensor zusammenhängt?«, fragte Dimitri.

»Den hab ich schon ausgetauscht«, knurrte Ole.

Dimitri klopfte ihm auf die Schulter. »Du hast ja noch drei Wochen, um die Nuss zu knacken.«

Ole legte den Schraubenzieher zur Seite und stand auf. »Im Gegensatz zu dir gehe ich einer ehrlichen Arbeit nach und tingle nicht als Honorarpilot durch die Lande. Ich kann mich nicht tagelang hier eingraben.«

Dimitri lachte auf. »Hört, hört.« Er ging zu dem großen Kühlschrank neben der Eingangstür und nahm zwei Flaschen Bier heraus. »Darauf trinken wir erst mal, vielleicht bessert das deine Laune.«

»Das mag schon sein.« Ole prostete Dimitri zu, nahm einen großen Schluck und atmete dann tief und zufrieden durch. »Damit hätte ich vielleicht schon früher anfangen sollen, dann würde mir die Reparatur besser von der Hand gehen. Wie weit bist du eigentlich?«

»Ich hab nur ein paar Anpassungen vorgenommen. Nach den Erfahrungen der letzten Tour wollte ich einen Teil der Ausrüstung so stauen, dass ich wirklich jederzeit ohne großen Aufwand Zugriff darauf habe.«

»Knut hat sich übrigens ein ganz neues Schneemobil gekauft, mit einem Tausend-Kubik-Motor und einer Turbo-Kraftstoffeinspritzung. Da können wir mit unseren Schüsseln wohl nicht mehr mithalten.«

»Klingt nach einem Modell aus der neuen Crossover-Serie von Yamaha«, bemerkte Dimitri.

Ole nickte.

»Interessante Maschine, die wollte ich mir auch mal anschauen.« Dimitri leerte seine Flasche, bevor er zum Kühlschrank ging, um eine neue zu holen. »Aber mach dir keine Sorgen. Knut hat weder ein Gefühl für das Schneemobil noch für Geschwindigkeit und schon gar nicht für das Terrain, das zu bewältigen ist.« Er grinste. »Keine Konkurrenz für uns, selbst wenn wir mit unseren alten Utility-Arbeitspferden unterwegs sind. Erinnerst du dich, wie er vor drei Jahren mit seinem Schneemobil umgekippt ist, sich darunter begraben hat und fast erfroren wäre, weil er sich aus eigener Kraft nicht befreien konnte und das Satellitentelefon so dämlich verstaut hatte, dass er nicht rankam?«

Ole lachte auf. »Hattest du ihn nicht sogar noch gewarnt?«

Dimitri nickte.

Ole rieb sich seine großen Hände an seinem Overall ab und ließ sich von Dimitri ein zweites Bier geben. »Na, immerhin haben wir jetzt im Rahmen der Touren wieder eine Routine gefunden, auch wenn wir spät dran sind dieses Jahr.«

»Ich *musste* diese Kurse und die Ausbildung für das neue Flugzeugmodell der Luftfrachtgesellschaft absolvieren. Ich entschuldige mich nicht dafür«, entgegnete Dimitri nicht ohne Schärfe. Manchmal ging Ole ihm auf die Nerven, er war schon so lange in einer öffentlichen Einrichtung beschäftigt mit festem Gehalt und Pensionsansprüchen, dass er sich nicht einmal mehr vorstellen konnte, wie es war, selbstständig zu sein.

»Schon gut, reg dich nicht auf«, entgegnete Ole in beruhigendem Ton, da er natürlich merkte, dass er einen wunden Punkt berührt hatte.

Dimitri räusperte sich. »Wie weit bist du eigentlich mit der Genehmigung für die Tour? Hast du schon eine Antwort aus dem Büro der Sysselmannin?«

»Das ist noch in Bearbeitung.«

»Immer noch?«, fragte Dimitri ungläubig.

Die Genehmigung war normalerweise keine bürokratische Hürde, da man über die Fähigkeiten von Dimitri und Ole im Büro der Verwaltung der Inselgruppe nicht nur im Bilde war, sondern sie auch schätzte, weil die beiden bisher immer aussagekräftige Berichte über Regionen der Inselwelt mitgebracht hatten, in die sonst nur selten ein Mensch vordrang, von Überflügen abgesehen.

»Es gab einen Ausfall des lokalen Netzwerkes innerhalb der Verwaltung, weshalb mein online gestellter Antrag gar nicht erst erfasst worden ist. Das stellte sich jedoch erst heraus, nachdem ich mich nach dem Sachstand erkundigt habe, weil ich innerhalb der üblichen Frist keine Rückmeldung bekommen habe.«

»Und was hast du gemacht?«

Ole zuckte mit den Schultern. »Was schon? Neu beantragt. Blieb mir ja nichts anderes übrig. Aber mir wurde eine zügige Bearbeitung versprochen.« Er trat wieder zu seinem Schneemobil und strich mit der Hand liebevoll über den Sitz. »Wird schon alles, auch mit dir, mein Schmuckstück, und dann werden wir dieses Jahr die Ersten an der Hütte sein.«

Dimitri lachte. »Hoffentlich hat nicht wieder einer dieser neugierigen Eisbären die Hütte verwüstet, das hat beim letzten Mal die Ankunftsfreude des Siegers doch erheblich geschmälert.« Dimitri erinnerte sich noch gut an das Bild der Verwüstung, das sich ihnen nach ihrem mehrtägigen Ritt durch die arktische Wildnis geboten hatte. Die Tür der ehemaligen Unterkunft eines Pelzjägers, die es überall auf der Insel noch zuhauf gab, war zersplittert gewesen. Der Bär – sicher ein Männchen, denn die hielten keine Winterruhe – musste sich mit seinem ganzen Körpergewicht dagegengeworfen und in dem einzigen Raum der Hütte auf der Suche nach Nahrung das Unterste zuoberst gekehrt haben. Der Wind hatte darauf über Monate ungehindert den Schnee hineingeblasen, und kleinere Tiere hatten Unterschlupf gesucht, wie sie an den Spuren von Kot und den Überresten von Nahrung erkennen konnten. An einen Aufenthalt in der Hütte war jedenfalls nicht zu denken gewesen.

»Nun, diesmal sind wir wenigstens mental auf Ereignisse dieser Art vorbereitet«, bemerkte Ole trocken.

»Ich werde nicht nur mental darauf vorbereitet sein«, erklärte Dimitri. »Ich werde für alle Fälle ein taugliches Zelt mitnehmen. Noch mal möchte ich nach dieser Strecke nicht auf ein Quartier verzichten müssen.« Mit einem Augenzwinkern fügte er hinzu: »Wir müssen ja schon auf eine Kneipe verzichten. Apropos Kneipe, wie macht sich eigentlich Martin an der Uni als Lehrkraft, ich habe von ihm den Eindruck gewonnen, dass er am besten klarkommt, wenn er nicht reden muss und sich voll auf nackte Zahlen und Laborgeräte konzentrieren kann.«

»Das dachte ich auch erst«, erwiderte Ole schmunzelnd, »aber Martin hat im Lehrbetrieb eingeschlagen wie eine Bombe. Ich glaube, das hat ihn selbst überrascht. Seine unbeholfene Rhetorik wird er wohl nie in den Griff bekommen, aber, du wirst es nicht glauben, die Studenten lieben ihn gerade dafür. Darüber hinaus kann er allein durch seine fachliche Kompetenz junge Menschen ganz einfach begeistern. Beim letzten Jour fixe war er auch wieder Thema der Uni-Leitung. Freja hat sich dafür starkgemacht, ihn dabei zu unterstützen, sein Projekt weiter voranzubringen. Du kennst sie ja, sie hat immer mindestens ein weiteres Eisen im Feuer.«

Dimitri nickte und verzog das Gesicht. Er mochte Freja Moeller nicht. Er konnte sich nicht erinnern, jemals einen anderen Menschen getroffen zu haben, der so auf seine Karriere fixiert war wie sie. Sie war jetzt seit zwei Jahren auf Spitzbergen, dabei hatte sie sich sehr zügig in der Hierarchie der Universität nach oben gearbeitet, was ihn veranlasste anzunehmen, dass sie bereits auf einen anderen Posten schielte. Und so, wie er sie einschätzte, würde sie dafür alles opfern und auch über Leichen gehen. »Wenn Freja Martin unterstützt, macht sie das sicher nicht aus Altruismus«, bemerkte er skeptisch.

»Da magst du recht haben«, stimmte Ole ihm zu. »Die Koppelung von Martins Forschungsbereich mit einem ganz ähnlich gelagerten in Frejas Abteilung könnte Effekte ergeben, die positiv auf sie verweisen. Das wird sie sicher dankend annehmen. Den Anstoß dafür haben aber die Studenten gegeben, die sich so für Martins Arbeit begeistern, dass sie sich gern daran beteiligen würden.«

Dimitri seufzte. »Mag sein, hab trotzdem ein Auge auf unseren kleinen Professor. Dieser Frau ist er nicht gewachsen.«

»Du bist ein wenig voreingenommen, was Freja betrifft«, versuchte Ole zu schlichten. »Sie ist wirklich sehr engagiert und eine unserer kompetentesten Mitarbeiterinnen. Woher kennst du sie eigentlich so gut, dass du so hart über sie urteilst?«

»Ich kenne sie nicht weiter außer von ein paar Flügen, bei denen ich sie als Passagierin hatte. Da haben wir das ein oder andere Mal Gelegenheit gehabt, länger miteinander zu reden. Und natürlich von diesen Feiern, auf die Sanne mich ständig schleppt, wo ein Haufen Leute von der Uni hier in Longyearbyen und Tromsö zusammenkommen.« Er zuckte mit den Schultern. »Ich habe Freja beobachtet, das ist alles. Du musst sie dir nur angucken, um zu erkennen, wie sie tickt. Klar, sie ist fleißig, kompetent und sehr freundlich.« Er machte eine kurze Pause. »Ein wenig zu freundlich, finde ich. So und jetzt lass uns das Thema beenden. Wir wollten noch die Proviantlisten vergleichen. Und irgendwo haben wir noch die Aufstellung, welche Gegenstände in der Hütte ergänzt werden müssen.«

Er schob den Gedanken an Freja Moeller weit von sich, nicht ahnend, dass die ehrgeizige Dänin ihn schon bald erneut beschäftigen würde, und zwar deutlich mehr, als ihm lieb war.

10.

MARTIN

Aus dem ansteigenden Geräuschpegel nach Ende seiner Vorlesung drang eine männliche Stimme an Martins Ohr: »Das ist wirklich krass! Seit die Steine mit Eis bedeckt sind, schlummert da unten also ein Monster, hat sich im Schlaf und über die Jahrtausende Intelligenz angeeignet, und wir haben von dieser Entwicklung bisher nichts bemerkt.«

Martin, der mit dem Einpacken seiner Tasche beschäftigt war, konnte sich bei den Bruchstücken, die er aufschnappte, nicht vorstellen, dass die Worte an ihn gerichtet waren, doch als er aufsah, fiel sein Blick auf einen jungen Mann, der lang aufgerichtet auf der anderen Seite des Präsentationspultes stand und ihm direkt in die Augen sah. »Kann es sein, dass wir so etwas wie einen Schwarm entdecken werden, der zwar nicht blau, aber gefroren ist … zumindest jetzt noch nicht …«, fuhr der Student mit den halbherzig zum Pferdeschwanz zusammengerafften dunklen Haaren fort.

Martin überlegte, ob es sich bei der Frage um einen Scherz handelte, doch das Gesicht seines Gegenübers strahlte eine solche Mischung von Hingabe und Begeisterung aus, dass kein Zweifel an seiner Ernsthaftigkeit blieb. Da Martin noch wenig Übung hatte im Umgang mit seinen Studenten, gingen ihm in Millisekunden zahlreiche Fragen durch den Kopf: Hatten sie schon miteinander zu tun gehabt? Hatte er den jungen Mann bereits in anderen Bereichen der Universität gesehen? Und wie sollte er sich verhalten, um keinen Fettnapf zu erwischen?

»Nun ja …«, entgegnete er behutsam nach Worten suchend, um die Begeisterung des Burschen nicht gleich im Ansatz zu zerstören, zugleich aber deutlich zu machen, dass seine wissenschaftliche These doch etwas anders zu verstehen sei. »Jeder Wissenschaftler träumt wohl davon, etwas für die Menschheit Überwältigendes zu entdecken. Manches davon findet dann Eingang in Belletristik, Kunst, Kultur und …«

»Und Science-Fiction!«, unterbrach ihn eine weibliche Stimme, deren Ursprung er nicht sofort in der um ihn herumstehenden Gruppe von Studenten lokalisieren konnte. »Die Macht möge mit dir sein – das kennst du vielleicht.«

Jetzt entdeckte Martin die nicht sehr groß gewachsene, pummelige junge Frau, die halb versteckt hinter den anderen stand, die eine Hand auf die Schulter des Vordermanns gestützt, während sie mit der anderen ihr Smartphone schwenkte, um auf sich aufmerksam zu machen.

»Klar kenne ich *Star Wars*«, antwortete er, und mit einer angedeuteten Handbewegung in Richtung der jungen Frau fügte er hinzu: »Der Eisplanet *Hoth* wäre im Übrigen der ideale Schauplatz für das Szenario, das sich dein werter Kommilitone hier ausgedacht hat.«

Ein sympathiebekundendes Raunen für seine Replik ging durch die Gruppe.

»Morgen werde ich etwas Zeit von meinem Thema abzweigen, um auf das Verhältnis von Fiktion zu Realität in der Wissenschaft einzugehen. Das würde jetzt zu weit führen, und wie ich sehe …«, Martin hielt sich die flache Hand vor sein Gesicht, »… haben die meisten von euch mit ihrem Kommunikator bereits Verbindung zu ihrem eigenen Universum hergestellt.«

Gelächter brandete auf, dann löste sich die Gruppe auf. Martins Griff nach seiner Laptoptasche wurde von seinen Zuhörern verstanden, wie er gemeint war: als endgültiger Schlusspunkt der Vorlesung.

Sein Terminplan für den restlichen Tag war gut gefüllt. Neben den Vorbereitungen für den nächsten Vorlesungstag hatte er noch die Rahmenbedingungen für die zwischen seinem Projekt und Frejas Abteilung angestrebte Kooperation zu kommentieren, und Timm wartete auf eine weiterführende Erklärung zu einer der Statistiken, die er ihm kürzlich übermittelt hatte. Während Martin den Flur hinunterging und in Gedanken eine Reihenfolge der zu erledigenden Aufgaben festlegte, fiel ihm ein, dass er Andrea noch eine Antwort auf ihre letzte Mail schicken musste. Vielleicht sollte er alles andere beiseitelegen und sich als Erstes damit beschäftigen.

Wenn es darum ging, sich im eigenen Interesse durchzusetzen, tat er sich immer schwer. Deshalb hatte er der gesamten Diskussion um Unterhalt – wer hat was mit in die Ehe gebracht, wie soll das Gemeinsame geteilt werden, wer kommt für welche Kosten auf – aus dem Weg gehen wollen und seine Anteile an der gemeinsamen Eigentumswohnung an sie überschrieben. Ihre nun in der Mail in Form einer historischen Selbstverständlichkeit vorgetragene Forderung, er möge umgehend die Gebühren für die Änderung im Grundbuch bezahlen, hatten Martin klargemacht, dass er sich den unangenehmen Tatsachen ohne weiteren Aufschub stellen musste. Er musste sich zur Wehr setzen und eine unmissverständliche Antwort formulieren, sonst würden die Forderungen und Vorwürfe kein Ende nehmen. Im Freundes- und Bekanntenkreis hatte er bereits die ein oder andere Trennung und Scheidung miterlebt. Auch das öffentliche Waschen schmutziger Wäsche und den viel zitierten Rosenkrieg. Es hatte ihn jedes Mal bestürzt, wie Menschen, die einander einmal geliebt hatten, nun miteinander umgingen, und er hatte sich vorgenommen, das Ende einer Partnerschaft anders anzugehen, sollte er jemals in eine solche Situation kommen. Dabei hatte er allerdings nicht bedacht, dass zu einem solchen Entschluss zwei gehörten. Wie konnte er fair, sachlich und ruhig bleiben, wenn ihm jeder Kompromissvorschlag, jedes Entgegenkommen als Schwäche ausgelegt wurde? Seine Anwältin hatte entsetzt reagiert, als er Andrea die Wohnung überlassen wollte. »Wissen Sie eigentlich, was Sie Ihrer Frau da schenken?« Er wusste noch, wie er mit den Schultern gezuckt hatte. »Besitz. Das scheint alles zu sein, was für sie zählt. Soll sie damit glücklich werden. Ich brauche die Wohnung nicht.« Und so war es auch gewesen. In den fast zehn Jahren ihrer Ehe war die Wohnung Andreas Herzstück gewesen. Sie hatte sie ausgesucht und eingerichtet. Er hatte bezahlt. Aber das war irrelevant. Besitz konnte auch belastend sein. Er brauchte keine Wohnung in Jena. Aber dafür, dass er sie Andrea einfach und kampflos überlassen hatte, dass er mit nicht mehr als mit seinen Büchern, seiner *Star Wars*-Sammlung und einem Koffer mit Bekleidung gegangen war, hätte er seinerseits ein wenig Entgegenkommen von ihr erwartet. Vermutlich konnte man Auseinandersetzungen dieser Art komplett entgehen, wenn man sich überhaupt nicht mehr auf eine Partnerschaft einließe, dachte er mit in Falten gelegter Stirn, als er seine Bürotür aufschloss.

Er stellte seine Laptoptasche auf seinem Schreibtisch ab, der ihm für die Zeit der Aushilfe im Büro einer niederländischen Kollegin zugewiesen worden war. Die mitteilsame, sich oft in endlose Erzählungen verlierende Meeresbiologin war für einige Tage nach Nye-Alesund geflogen, und erleichtert darüber, endlich allein zu sein, ließ er sich in seinen bequemen Schreibtischstuhl fallen und sah aus dem Fenster. Es war schon seit Stunden dunkel, doch die schneebedeckten Flächen zwischen dem Uni-Komplex und den Häusern auf der anderen Seite der etwas weiter entfernten Straße leuchteten hell in der rund um die Uhr eingeschalteten Beleuchtung. Dahinter lag dunkel der Fjord. Die Schemen der Berge an seinem gegenüberliegenden Ufer waren nur zu erahnen. Während er noch hinausblickte, setzte erneut leichter Schneefall ein.

Er zog seinen Laptop aus der Tasche und startete ihn. Dabei kreisten seine Gedanken weiter. Künftig jedem Gespräch und Kontakt mit einem weiblichen Wesen einfach aus dem Weg zu gehen, wäre eine sehr pragmatische, aber auch sehr einfältige Lösung, und wie zum Spott seiner Grübeleien tauchte nicht zum ersten Mal Rebecca und ihr letztes Aufeinandertreffen vor zwei Tagen in seiner Erinnerung auf.

Rebecca!

Er sah sie vor sich in ihrem dicken Fleecepullover, das von der Kälte und der Arbeit leicht gerötete Gesicht mit dem ausdrucksvollen Mund, die Hände wie Wärme und Schutz suchend um das Glas mit dem Kakao geschlossen.

Je länger er über das im Café geführte Gespräch nachdachte, umso unklarer war ihm, was er davon, oder genauer, was er von Rebecca halten sollte. Sie hatte Eindruck auf ihn gemacht, mehr als er sich eingestehen wollte. Natürlich hatte er sich gefreut, sie wiederzusehen. Sie war unglaublich sexy. Ihren gut gebauten Körper konnte nicht einmal die winterliche Arbeitskleidung verbergen. Ihr Mund ließ an sinnliche Küsse denken. Und er hatte seit gefühlten Ewigkeiten nicht mehr mit einer Frau geschlafen. Aber das konnte, das durfte nicht alles sein. Er hatte bisher ein anderes Bild von sich gehabt. Was faszinierte ihn wirklich an ihr? Er verspürte noch immer Freude darüber, dass die zufällige Einkaufsbegegnung eine Fortsetzung gefunden hatte. Ihr Small Talk war leicht und unkompliziert gewesen, wenigstens zu Beginn. Ein unverfängliches Frage-Antwort-Spiel hatte sich ergeben, und es hatte ihm gefallen, einfach mal wieder zu plaudern, obwohl das sonst nicht seine Art war. Was war schon dabei, beim ersten Treffen mit einem nahezu unbekannten Menschen über Herkunft und Dialekt zu reden? Martin fühlte bei dem Gedanken eine gewisse Euphorie in sich aufsteigen, die jedoch sofort unterdrückt wurde, denn der Analytiker in ihm bat um eine sachliche Unterbrechung und warnte vor möglichen Komplikationen. Denn ganz so schillernd war es nicht geblieben. Es hatte einen Bruch gegeben. Im Vergleich zu der Lockerheit, mit der sie ihm Fragen gestellt hatte, waren Rebecca die Antworten auf seine Fragen alles andere als leichtgefallen. Die Stimmung war gekippt. Rebecca hatte nicht nur zögerlich und einsilbig geantwortet, sondern war darüber hinaus anscheinend in düstere Gedanken verfallen. Auf seine Frage, ob er etwas Falsches gesagt hatte, hatte sie abwiegelt.

Nein. Tut mir leid. Hat nichts mit dir zu tun.

Doch Martins Vorliebe für klare Sprache hatte ihm eine deutliche, eine andere Antwort gegeben.

Ja, da ist etwas. Das will ich dir aber nicht erzählen.

Aus vielen Diskussionen mit Kollegen wusste Martin, dass man sich mit Verallgemeinerungen und geschickt platzierten Bronze-Sätzen Zeit verschaffen und die Stimmung wieder etwas heben konnte, wenn man bei einer versuchten Problembewältigung in eine Sackgasse geriet. Gerade wenn die vermeintlich guten eigenen Argumente nicht mehr zogen, hatte er diese Methode gelegentlich selbst angewandt. Sie hatte auch im Gespräch mit Rebecca ihre Wirkung nicht verfehlt. Sein Hinweis auf allgemeine Wirkmechanismen des Gehirns, die aufgrund von Sinneseindrücken in der Lage waren, Menschen in Bruchteilen von Sekunden in eine andere Welt zu katapultieren, hatte die Situation augenblicklich entschärft. Geradezu dankbar hatte sie ihn angesehen. So, als ob er ihr Problem verstände, das damit aber nicht gelöst war.

Er war sich im Klaren darüber, dass es ihn im Grunde nichts anging, welche Leichen Rebecca in ihrem Keller hatte. Solange sie sich gelegentlich und eher zufällig begegneten, über die Qualität von Kakao, Wetter und die Gesundheit von Hunden redeten, mussten, ja durften ihn ihre privaten Angelegenheiten nicht interessieren. Aber wenn mehr aus ihren zufälligen Treffen wurde, was sich ein sehr emotionaler oder aber hormongesteuerter Teil von ihm sehnlichst wünschte, dann musste er sich darüber im Klaren sein, dass es Schwierigkeiten geben würde. Und er war sich nicht sicher, ob er bereit dafür war. Er hatte gerade einen Haufen von Schwierigkeiten bezüglich des Umgangs mit Frauen hinter sich gelassen. Da musste er kein neues Kapitel aufschlagen.

Das Klingeln des Tischtelefons riss ihn aus seinen Gedanken.

»Das Licht in deinem Büro brachte mich auf die Idee, dich zu fragen, ob wir, falls es deine Zeit erlaubt, später noch gemeinsam ein Bier trinken wollen.«

Martin erkannte Frejas Stimme sofort an ihrem dänischen Akzent.

»Das ist eine ausgesprochen nette Idee«, antwortete Martin höflich und um Zeit zu gewinnen. Warum lud Freja ihn auf ein Bier ein? Ihre Frage überraschte ihn, und er konnte seiner Gewohnheit nicht entfliehen, immer alles durchzudenken. Selbst bei solchen vermeintlich kleinen Dingen. Spontanität gelang ihm einfach nicht. Und schon gar nicht bei Freja. Schon während ihrer ersten Begegnung hatte er sich von ihr unangenehm an Andrea erinnert gefühlt. Sie benutzte dasselbe Parfüm. Darüber hinaus mahnte ihn ihre Frage an die unerledigte Kommentierung des Konzepts ihrer geplanten Zusammenarbeit. Seit zwei Tagen schob er die Aufgabe vor sich her. Wie er die engagierte Dänin kannte, würde sie ihn nicht direkt darauf ansprechen, aber mit ihr gemeinsam beim Bier zu sitzen und diese unerledigte Sache zwischen ihnen in der Schwebe zu haben, würde ihn permanent unter Spannung halten. Sich aber genau damit herauszureden, war nicht nur unprofessionell, es glich einem Stoß vor den Kopf.

»Ich habe noch zwei, drei Punkte auf meiner Liste, von denen ich einen zeitlich absolut nicht einschätzen kann«, redete er sich daher heraus. »Ich denke, wir sollten das verschieben, tut mir leid. Aber du weißt, aufgeschoben ist nicht aufgehoben, und ihr Skandinavier vergesst die wichtigen Dinge ja nicht.« Obwohl scherzhaft gemeint, fühlte Martin sich mit seiner Antwort nicht ganz wohl. Welche Reaktion würde sie bei Freja auslösen? Aber seine Sorgen stellten sich als unbegründet heraus.

»Ach ihr Deutschen, ihr müsst immer so penibel sein. Erst die Arbeit und dann das Vergnügen, so heißt es doch bei euch. Aber mach dir keinen Stress. Das gute, preiswerte Bier läuft uns hier nicht weg«, brachte Freja das Gespräch zu einem lockeren Ende.

Er wandte sich seinem Laptop zu, um die Datei mit der Konzeption zu öffnen. Der Vorgang dauerte nur wenige Sekunden, die jedoch genügten, um sich erneut zu ärgern, denn eigentlich hatte er sich ganz nach der Eisenhower-Methode eine völlig andere Reihenfolge der zu erledigenden Aufgaben zurechtgelegt: das Wichtigste zuerst. Und das Wichtigste war und blieb die Mail an Andrea, und sie war schnell zu erledigen. Ein paar Zeilen mit klaren Worten und einer deutlichen Abgrenzung. Stattdessen ließ er sich durch den Anruf einer Kollegin sofort aus dem Konzept bringen, weil er ihn an eine andere säumige Aufgabe erinnerte, und schon stürzte er los wie ein Pennäler, seine ganze Planung vergessend. Was war bloß los mit ihm?

Er starrte auf die Zeilen des Entwurfs der Studienvereinbarung vor sich und in einem anderen Fenster seines Desktops auf eine Liste der zuletzt empfangenen Mails. Doch seine Finger verharrten untätig auf der Tastatur, denn seine Gedanken schweiften schon wieder zurück zu einem gänzlich anderen Sachverhalt. Zurück zu Rebecca und ihrem Gespräch im Café.

Er wusste so gut wie nichts über sie. Er hatte sie nach ihrer Tätigkeit gefragt und damit eigentlich auf ihren Beruf und die dazugehörige Ausbildung abgezielt. Hatte sie es bewusst falsch verstanden, oder hatte er sich unpräzise ausgedrückt? Was sie über die Arbeit in der Schlittenhundefarm erzählt hatte, war faszinierend gewesen, aber es war nicht das gewesen, worauf er hinausgewollt hatte. Es war, im Nachhinein betrachtet, eine Art Snapshot aus dem Jetzt. Was hatte sie vorher gemacht? Warum war sie nach Spitzbergen gekommen? Niemand, das hatte er inzwischen erfahren, kam zufällig hierher. Und war ihre Begeisterung für Schnee, Eis, Hunde und die Touren mit Touristen tatsächlich so groß, wie sie ihn glauben machen wollte? Was war mit ihrem übrigen Leben? Darüber hatte sie nichts, gar nichts erzählt. War es so bedeutungslos, dass sie es nicht einmal andeutete? Oder war es Teil dessen, worüber sie nicht reden *wollte*. Und damit war Martin wieder bei der Frage angelangt, die ihn schon beschäftigt hatte, bevor Frejas Anruf ihn unterbrochen hatte. Rebeccas Privatangelegenheiten gingen ihn nichts an.

Punkt.

Er wollte sich damit nicht weiter befassen, gerade angesichts der Arbeit, die in den vielen geöffneten Fenstern auf dem Bildschirm auf ihn wartete.

Beim Griff nach der Funkmaus, die unter eine grüne Umlaufmappe gerutscht war, fiel sein Blick auf ein helles Papier. Es war die Serviette, auf die Rebecca ihm ihre Telefonnummer geschrieben hatte.

Er nahm sie auf und betrachtete die Zahlenfolge, die sich in das weiche Material eingedrückt hatte. Er hätte die Serviette längst entsorgen können. Tatsächlich hatte er Rebeccas Nummer sofort zu seiner Kontaktliste hinzugefügt und ein zugegebenermaßen unvollständiges Profil von ihr auf seinem Mobiltelefon angelegt. Alles völlig entgegen seiner Gewohnheit. Er kannte noch nicht einmal ihren Familiennamen. Und sie wartete noch immer auf eine Antwort von ihm. Er merkte, dass er sich gedanklich bereits wieder verstrickte, als er über ihre Einladung nachdachte. Denn nichts anderes war es gewesen. Eine Einladung zu einer Hundeschlittentour. Die Chance auf ein Wiedersehen. Der Gedanke ließ ihn erneut jenen Anflug von Euphorie spüren, der ihn gleichzeitig beflügelte und lähmte. Er zögerte. Doch dann gewannen die Emotionen gegenüber dem Analytiker die Oberhand.

Okay. Er würde diese Tour machen.

Er wusste selbst nicht, warum, vor allem, weil er sich sicher war, dabei eine klägliche Figur abzugeben. Und er würde ihr diese Entscheidung heute noch mitteilen. Aber vorerst hatte er anderes zu erledigen.

Die Eisenhower-Methode. Das Wichtigste zuerst. Und damit

wandte er seine Aufmerksamkeit endgültig seinem Mail-Account zu, um Andreas Mail noch einmal zu lesen und so zu beantworten, dass sie endgültig verstand, dass er jede weitere Forderung ihrerseits künftig direkt an seine Anwältin weiterleiten würde. Er wollte einfach nichts mehr mit ihr zu tun haben. Aus der räumlichen wie zeitlichen Distanz heraus fragte er sich inzwischen, wie er ihr überhaupt je hatte erliegen können. Ihr Hang zum Mondänen hatte ihn von Beginn an irritiert, und ihre Impulsivität, die er anfangs noch als attraktiv erlebt hatte, war bald zu einer Belastung geworden. »Sie hat sich dich ausgesucht. Du hast damals wenig dazu getan«, hatte Timm behauptet, als sie vor einiger Zeit über den Beginn von Martins Beziehung zu Andrea resümiert hatten. Sein alter Kommilitone hatte ihn schon bei ihrem Kennenlernen vor ihr gewarnt, als Andrea noch Assistentin des Fachbereichsleiters ihres Instituts gewesen war. Die Verbindung zu ihrem ehemaligen Vorgesetzten hatte sich über die Jahre offenbar nicht gelöst. Inzwischen schlief sie mit diesem Fachbereichsleiter, weshalb Martin sich letztlich entschieden hatte, Jena und das Max-Planck-Institut für Biogeochemie zu verlassen, wo er dem Mann, der Auslöser für ihre Trennung war, fast täglich über den Weg gelaufen war. Als Timm von dem Ende von Martins Ehe erfahren hatte, hatte er erleichtert reagiert, und nach wie vor war er, abgesehen von Martins Anwältin, der Einzige, mit dem Martin über seine künftige Ex-Frau noch sprach. Ansonsten versuchte er, sie in seinem Leben nicht mehr existieren zu lassen.

11.

TRINE

Während sie durch den Flur des Krankenhauses zur Rezeption ging, blätterte Trine Mikkelsen in den Akten, die sie im Arm trug. Dabei warf sie einen flüchtigen Blick auf die Patienten in dem kleinen Wartebereich gleich neben dem Eingang und schätzte ab, wie lange sie zu tun haben würden, um die Fälle abzuarbeiten. Als eine helle Kinderstimme an ihr Ohr drang, blieb sie stehen.

»Warum gibt es hier einen ausgestopften Eisbären?«, wollte ein kleiner stämmiger Junge wissen, der gerade hereingekommen war und seine Schuhe auszog. »Das ist doch ein Krankenhaus und kein Museum.«

»Irgendwo müssen die Eisbären, die hier in Longyearbyen gestorben sind, ja ein Zuhause finden«, erwiderte die Mutter, eine junge Frau, die erneut schwanger war. »Hast du noch nicht gesehen, dass in jedem öffentlichen Gebäude einer ist, sogar in der Kirche oben?«

»Bei uns im Kindergarten ist keiner«, gab der Junge zurück und ging durch den Raum, um das Fell des Bären zu berühren, der auf einem kleinen Podest zwischen der Rezeption und dem Wartebereich auf seinen vier gewaltigen Pranken stand, den Kopf zur Seite geneigt. Der Junge ging dem mächtigen Tier gerade bis zur Schulter.

»Der nächste Bär wird sicher im Kindergarten einziehen«, mischte sich Trine ein.

»Oder in die Schule«, erwiderte der Junge.

»Ach, da gibt es auch keinen?«

»Ich weiß es nicht.« Er sah Trine an. »Hast du schon einmal einen in echt gesehen?«

Sie nickte. »Vor ein paar Jahren, als der Fjord noch jedes Jahr zugefroren ist, waren häufiger welche bei uns hier im Ort.«

Der kleine Junge wandte sich zu seiner Mutter. »Haben wir da schon hier gewohnt?«

Die Mutter schüttelte den Kopf.

»Und warum friert der Fjord nicht mehr zu?«

»Weil sich das Klima verändert. Es wird wärmer auf der Erde.«

Der Junge runzelte die Stirn. »Haben wir dann hier irgendwann keinen Schnee mehr?«

Trine sah, wie die Mutter um eine Antwort rang, aber bevor sie etwas dazu sagen konnte, mischte sich ein Mann ein, den Trine bislang noch gar nicht wahrgenommen hatte, da er hinter einer aufgeschlagenen Zeitung verborgen gewesen war. »Das wird kommen, aber bis das passiert, wirst du mit deinen Eltern vermutlich längst auf das Festland zurückgekehrt sein«, sagte er, während er seine Zeitung sinken ließ. Er schenkte dem Kind ein augenzwinkerndes Lächeln, bei dem sich sein wettergegerbtes Gesicht mit dem grauen Dreitagebart in unzählige Fältchen legte. »Mach dir deswegen also heute keine Sorgen.«

Trine warf Dimitri Poljakowitsch einen überraschten Blick zu. So altersmilde hatte sie ihn noch nie reden gehört. Gerade wenn es um den in der Arktis mehr als in anderen Regionen der Welt spürbaren Klimawandel ging, schlug er normalerweise einen anderen Ton an. Der Anstieg der Temperaturen, das Abschmelzen der Gletscher, die sich verändernde Vegetation, die vor Hunger sterbenden Eisbären und die Ausdünnung der Fischbestände – über all das konnte man nicht hinwegsehen, wenn man auf Spitzbergen lebte. Es war längst Teil ihres Alltags. Und dennoch eine Veränderung, an die man sich nicht gewöhnen konnte. Der kleine Junge würde seinen Kindern von den großen Gletschern und dem ewigen Eis nur noch erzählen können. Die Eisbären und die anderen in der Arktis lebenden Tiere würden zu Fabelwesen werden wie die Dinosaurier.

»Dimitri«, sagte sie, während sie flüchtig einen an die Akten gehefteten Zettel musterte. »Du bist zu früh. Fast eine ganze Stunde.«

»Ich weiß.« Seine Stimme hatte mit einem Mal alle Zuversicht verloren. »Ich …«

»Du bist doch wegen deiner Flugtauglichkeitsuntersuchung hier, richtig?«, fragte sie mit einem erneuten Blick auf ihre Unterlagen.

Er nickte.

»Dann komm gleich mit. Du hast Glück. Das Kardio ist gerade frei geworden, und ich habe sonst niemanden, der noch vor dir dran wäre.«

Dimitri stand auf und folgte ihr in den Raum, wo das Belastungs-EKG gemacht werden sollte.

»Hast du mir die Kontaktdaten der Station im Krankenhaus in Tromsö mitgebracht, wo wir unsere Untersuchungsergebnisse hinschicken sollen?« Über den Rand ihrer Lesebrille hinweg sah sie ihn an. »Und wann hast du überhaupt deinen Termin dort?«

»Ich hab alles dabei«, erwiderte er noch immer mit Grabesstimme und wies auf den Rucksack in seiner Hand. »Nach Tromsö muss ich nächste Woche.«

Bei seinem Tonfall lachte sie auf. »Du tust gerade, als ginge es zum Schafott. Mach deinen rechten Arm frei. Ich kann auch gleich Blut für das große Blutbild abnehmen.«

Dimitri seufzte. »Ganz ehrlich, Trine, diese jährliche Untersuchung macht mich jedes Mal fertig. Was ist, wenn ich sie einmal nicht bestehe? Dann bin ich raus.« Er hatte sich auf einen Stuhl an der Wand gesetzt. Bei seinen Worten zog sie sich einen zweiten heran und setzte sich vor ihn.

»Ist da schon einmal was schiefgelaufen in den letzten … wie viel Jahren?«

Er schüttelte den Kopf. »Zwanzig«, sagte er dann. »Zwanzig Jahre.«

»Und gibt es etwas, hast du irgendwelche Beschwerden, weshalb du dir bezüglich deiner Flugtauglichkeit Sorgen machen müssest?«

Wieder schüttelte er den Kopf.

»Dann hör auf, dir selbst den Tag zu verderben.« Sie stand auf und griff nach der Manschette, um seinen Arm für die Blutabnahme vorzubereiten. »Ich kenne niemanden sonst auf diesem Planeten, der einen so schlechten und ungesunden Lebenswandel hat wie du und dabei so kerngesund ist. Daran wird sich vermutlich auch in den nächsten zwanzig Jahren nichts ändern.«

Er sah sie dankbar an.

Mit Dimitri verband sie seit vielen Jahren ein freundschaftliches Verhältnis. Er war es gewesen, der ihr nach Magnus' Tod den Vorschlag gemacht hatte, die Stelle im Krankenhaus von Longyearbyen anzunehmen. Sie erinnerte sich noch genau, wie es gewesen war, als er sie in ihrem Haus in Tromsö besucht hatte.

»Du musst hier raus, Trine«, hatte er damals gesagt. »Hier leben zu viele Erinnerungen. Das wirst du nicht los. Du nicht. Du wirst dich in der Vergangenheit verlieren, und dafür bist du mit deinen siebenundvierzig Jahren zu jung. In Longyearbyen werden Menschen wie du gebraucht. Dort hast du wieder eine wirkliche Aufgabe.«

Sie war diesem Vorschlag gefolgt, hatte das Haus zwar nicht verkauft, aber vermietet und mit seiner und Sannes Unterstützung in Longyearbyen eine Wohnung gefunden und ein Dreivierteljahr nach der Beerdigung ihre neue Stelle angetreten. Das war jetzt sechs Jahre her. Und sie hatte es nicht bereut. Es war ihr schwergefallen, nicht mehr auf den Friedhof zu fahren, um bei Magnus sein zu können, aber letztlich hatte sie verstanden, dass sie ihr Leben weiterleben musste und nicht zu einem Gedenkschrein für ihren verstorbenen Mann machen durfte, wie sehr sie ihn auch geliebt hatte. Das hätte er auch nicht gewollt, auch wenn er ihr genau das nicht mehr hatte sagen können. Er war nach dem

»Unfall« aus dem Koma nicht mehr aufgewacht, aber sie kannte seine Meinung dazu, da sie über solche Themen während ihrer Ehe häufig gesprochen hatten.

Für Dimitri war diese Hilfeleistung wie das Begleichen einer Schuld gewesen. Nach knapp zwei Jahren im Kohlebergbau in einer russischen Mine auf Spitzbergen hatte er seine Ausbildung zum Piloten auf Kosten der Gesellschaft in Tromsö absolviert. Sie hatten sich bei einem Jazzabend im Kneipenviertel der nordnorwegischen Stadt kennengelernt, und Trine hatte ihm unter die Arme gegriffen, da er seinerzeit weder die Sprache richtig sprach noch genügend Geld besaß, um vernünftig unterzukommen. So hatte er eine Zeit bei ihr und Magnus gewohnt, und danach war der Kontakt nie wieder abgebrochen. Sie hatten sich immer gemocht, und vielleicht wären sie sogar ein Paar geworden, wenn sie damals nicht schon verheiratet gewesen wäre. Sie war froh gewesen, als er Sanne kennengelernt hatte, und war sich heute noch sicher, dass die Juristin mit ihrer pragmatischen Art viel besser zu Dimitri passte, als sie es je getan hätte. Dadurch hatten sie Freunde bleiben können.

»Es gibt keine Freundschaften zwischen Männern und Frauen«, hatte Maritt einmal bemerkt. »Das funktioniert einfach nicht. Irgendwo steht immer das Begehren im Weg, wenigstens von einer Seite.«

»Dann sind Dimitri und ich wohl die viel zitierte Ausnahme dieser Regel«, hatte Trine geantwortet, die sich sicher war, dass Maritt nur eifersüchtig war auf diese besondere Beziehung, die sie und den Russen miteinander verband.

Sie zog die Nadel aus Dimitris Arm und reichte ihm ein Stück Mull für die Einstichstelle. »Fest draufdrücken.«

»Es ist gut, dass ich einen Teil der Untersuchungen hier schon machen kann, das verkürzt meinen Aufenthalt in Tromsö«, sagte Dimitri. »So muss ich statt einer Woche nur drei Tage bleiben.«

»Du bist nach wie vor nicht gern auf dem Festland, oder?«

Er grinste. »Der Alkohol ist zu teuer dort. Mich in Tromsö zu besaufen, ist einfach nicht drin – und was willst du sonst dort machen?«

Sie lächelte. Das war ihr Dimitri. Dabei wusste sie, dass er tiefstapelte. Vor einigen Jahren, es war noch vor ihrer Zeit in Spitzbergen gewesen, war er einmal nur für einen Konzertbesuch nach Oslo geflogen. Und sie ahnte, dass das nicht das einzige Mal gewesen war. Hatte Sanne nicht mal etwas dazu gesagt? Er liebte die russischen Komponisten. Allen voran Prokofjew, aber auch Tschaikowsky, Mussorgsky. Er hatte ihr einmal gestanden, dass für solche Art von Zeitvertreib in seinem Elternhaus kein Platz gewesen war. Mit Kultur in Form von Musik und Literatur war er über das wenige, was in der Schule gelehrt worden war, erst im Rahmen seiner Offiziersausbildung bei der russischen Luftwaffe konfrontiert worden. Und es war Liebe auf den ersten Ton gewesen.

»Sag mal, hast du gelegentlich noch mit Rebecca Hüttner zu tun?«, unterbrach Dimitri ihre Gedanken, während sie die Röhrchen mit seinen Blutproben für das Labor verstaute.

Sie wandte sich zu ihm um. »Rebecca? Ja, hin und wieder. Warum fragst du?«

»Hat sie immer noch diese … *Probleme?*«, beantwortete er ihre Frage mit einer Gegenfrage.

Trine hielt unwillkürlich inne. »Probleme hat doch jeder von uns irgendwie«, erwiderte sie dann jedoch möglichst leichthin.

»Du weißt genau, was ich meine«, brummte Dimitri.

Natürlich wusste sie das. Zu Beginn ihres Aufenthaltes auf Spitzbergen war Rebecca in Behandlung gewesen, medikamentös eingestellt wegen einer psychischen Instabilität. Trine erinnerte sich, dass es einen Austausch mit der behandelnden Ärztin in Deutschland gegeben hatte, weil neue Rezepte ausgestellt werden mussten. Aber alles, was sie darüber hätte sagen können, unterlag der ärztlichen Schweigepflicht, und sie würde einen Teufel tun und diese Dimitri zu Gefallen brechen. Zudem lag das alles schon zwei Jahre zurück.

»Du weißt, dass ich nicht darüber sprechen darf. Außerdem hast du doch selbst Kontakt zu ihr. Hatte sie sich nicht sogar ein wenig mit Sanne angefreundet?«

»Das ist eingeschlafen«, erwiderte er lahm.

Trine runzelte die Stirn. »Stimmt, da war etwas gewesen ... ihr habt euch gestritten. Wegen irgendeiner Banalität.«

»So banal war das gar nicht«, begehrte Dimitri auf, äußerte sich aber nicht weiter dazu.

»Und warum willst du ausgerechnet jetzt in Erfahrung bringen, wie es ihr geht?«

Dimitri zuckte mit den Schultern. »Ich hab sie gestern gesehen, und irgendwie erschien sie mir fahrig, nervös ... keine Ahnung, wie ich es ausdrücken soll.«

Trine horchte alarmiert auf. »Das überrascht mich. Ich hab sie vor Kurzem erst in der *Svalbar* gesehen, und da wirkte sie ganz normal auf mich.«

Der Reflex, Menschen mit psychischer Auffälligkeit in den Schutz zu nehmen, war tief in Trine verankert. Zu lange hatte sie es bei Magnus getan in der Hoffnung, ihm so einen sicheren Raum zu geben und das Leben von ihm fernzuhalten, wenn es ihn wieder zu überrennen drohte.

Als Rebecca damals kurz nach ihrer Ankunft ins Krankenhaus gekommen war, hatte sie nach nur wenigen Gesprächen angesichts dieser langjährigen Erfahrung mit einem depressiven Mann recht schnell einschätzen können, wie es um die junge Frau stand. Ohne dass Rebecca je zusammenhängende Details preisgegeben hätte, hatte Trine in Erfahrung bringen können, dass der Verlust eines nahestehenden Menschen für sie anscheinend Anlass gewesen war, ihr Leben in Deutschland vorerst hinter sich zu lassen und sich auf Spitzbergen auf eine völlig neue Erfahrung einzulassen. Trine war berührt gewesen von der Parallele zu ihrer eigenen Geschichte und hatte sich mehr um die junge Frau bemüht, als es ihre Aufgabe gewesen wäre. Freundschaft war in den vergangenen zwei Jahren nicht zwischen ihnen entstanden, aber bisweilen war es Trine so vorgekommen, als besuche Rebecca sie manchmal im Krankenhaus, um sich nicht nur medizinischen, sondern auch persönlichen Rat zu holen. Gerade in den letzten sechs Monaten hatten sie jedoch kaum Kontakt gehabt.

»Wo hast du Rebecca denn getroffen?«, fragte sie Dimitri.

»Ich hab sie nur gesehen. Sie saß mit einem Bekannten von mir im Café. Er ist auch Deutscher, neu hier.«

Jetzt verstand Trine. Es ging Dimitri überhaupt nicht um Rebecca.

Sie räusperte sich. »Hast du das Gefühl, du müsstest ihn vor ihr beschützen?«

Dimitri sah an ihr vorbei auf ein Plakat an der Wand, das über die Gefahren des Alkoholmissbrauchs aufklärte. »Er ist ihr nicht gewachsen. Er hat sich gerade von seiner Frau getrennt.«

Bei seinen Worten fiel Trine wieder ein, warum der Kontakt zwischen Dimitri und Rebecca auf Eis gelegt war. Hans Sörensen. Und sie hatte von einer Banalität gesprochen. Große Güte! Wäre Dimitri nicht gerade gestresst von der Untersuchung, hätte eine solche Bemerkung sehr leicht einen Streit provozieren können. Sie warf dem Russen einen schnellen Blick zu und beschloss, das Thema nicht weiter zu verfolgen. »Du musst jetzt auf das Trimmrad für das Belastungs-EKG«, sagte sie. »Du kannst dich hinter dem Schirm umziehen. Der Oberkörper muss frei bleiben. Ich hole in der Zwischenzeit unseren neuen Arzt.«

»Ihr habt einen neuen Arzt?«, rief Dimitri ihr hinterher.

»Ja, die Schwangerschaftsvertretung für Solveig.«

Sie eilte durch den Flur.

Der neue Arzt hatte sein Büro nur ein paar Räume weiter. Als sie die offene Tür erreichte, sah sie, dass er mit hinter dem Rücken verschränkten Händen vor seinem Fenster stand und in die Dämmerung hinausblickte.

Sie klopfte gegen den Türrahmen. »Thomas? Ich brauche dich jetzt für das Belastungs-EKG.«

Er drehte sich um. Er war recht attraktiv mit einem markanten Gesicht, etwa in ihrem Alter, groß gewachsen, grau meliert und besaß eine Figur, die darauf schließen ließ, dass er eine Ausdauersportart betrieb. Sie hatte noch nicht die Gelegenheit gehabt, ihn zu fragen, was es war. Normalerweise waren die Ärzte deutlich jünger, die nach Spitzbergen kamen. Sie würde noch herausfinden müssen, ob er sich auf die Stelle beworben hatte oder schlicht und ergreifend versetzt worden war. Was bisweilen auch passierte. Und sollte er sich beworben haben, war es eine Überlegung wert, welche Geschichte dahinterstecken könnte.

»Hallo, Trine«, sagte er. »Ich kann mich nur schwer von dem Anblick dieser ewigen Dämmerung losreißen, wobei ich mir noch nicht sicher bin, ob sie mir gefällt oder mich beklemmt.«

»Wenn du hier erst richtig angekommen bist, wirst du bisweilen gar nicht mehr wissen, welche Tageszeit wir gerade haben. Und wenn du zu Hause bist, wird es dich auch nicht interessieren, weil du schlafen willst«, erwiderte sie augenzwinkernd.

»Das klingt wenig romantisch«, stellte er trocken fest.

Trine schob die Hände in die Taschen ihres Kittels und zuckte mit den Schultern. »Entbehrt unser Beruf nicht generell der Romantik?«

Er lächelte flüchtig. »Kommt darauf an, mit wem man zusammenarbeitet.«

Trine spürte, wie sie unter seinem Blick errötete. Das war ihr schon lange nicht mehr passiert.

»Der Patient wartet«, bemerkte sie und rettete sich damit in die Sachlichkeit.

Thomas folgte ihr zum Untersuchungszimmer, wo Dimitri sich bereits auf das Fahrrad gesetzt hatte. Thomas begrüßte ihn kurz und stellte sich vor, während Trine bereits mit geübten Griffen die selbstklebenden Sensoren an seinem Oberkörper befestigte und dabei nicht umhinkonnte zu bemerken, dass er für seine Mitte fünfzig noch immer über ansehnlich viel Muskelmasse verfügte.

Während er strampelte, überwachte Trine den Computer auf der anderen Seite des Raums. Thomas stand neben ihr, die Hände in den Taschen seines Arztkittels.

»Du musst nicht die ganze Zeit dabei sein«, sagte sie.

»Ich hab gerade nichts anderes zu tun«, gestand er, »und der Mann hat eine hervorragende Fitness, das sieht man sich gern an.« Er warf einen Blick in Dimitris Akte. »Auch die anderen Werte sind gut bis sehr gut.«

»Sag ihm das«, bat sie. »Er glaubt jedes Mal, dass er die Untersuchung nicht besteht.«

»Warum macht er sie denn? Ah, hier steht es ja. Flugtauglichkeit.« Er sah zu Dimitri, dem der Schweiß inzwischen von der Stirn tropfte. »Ist er Pilot?«

»Seit zwanzig Jahren.«

»Interessant«, Thomas lachte kurz auf. »Das wollte ich eigentlich auch werden. Ich hatte vor, mich beim Militär zu verpflichten. Aber stattdessen habe ich mich dem Diktat meines Vaters gebeugt und bin Arzt geworden.« Und als er Trines fragenden Blick sah, fügte er lapidar hinzu: »In meiner Familie sind alle Mediziner.«

Was er so nebenbei erzählte, weckte ihre Neugier mehr, als sie sich eingestehen wollte. Ein wenig irritiert über sich selbst ließ sie die beiden Männer allein und ging mit den Unterlagen in ihr eigenes Büro. Von ihrem Computer aus hatte sie genauso Zugriff auf die Ergebnisse und konnte sie auch gleich für Dimitri ausdrucken, sodass er sie nach Tromsö mitnehmen konnte. Oder sollte sie sie per Mail schicken? Noch während sie versuchte, sich zu erinnern, klopfte es, und Dimitri kam herein.

»Ich wollte mich verabschieden.«

Sie stand auf. »Wie war das jetzt? Nimmst du die Untersuchungsergebnisse mit oder …?«

»Du schickst sie per Mail nach Tromsö. Hier ist die Adresse.« Er reichte ihr einen Zettel. Sie ließ sich von ihm in den Arm nehmen und spürte seine kratzige Wange an der ihren. »Sag Sanne die Grüße.«

»Die ist unterwegs. Ist heute Nacht nach Oslo geflogen.«

»Oh, wann kommt sie zurück?«

»So, wie ich es verstanden habe am Wochenende. Aber es wäre nicht das erste Mal, dass sie stattdessen von unterwegs anruft, um mir zu sagen, dass sie weiter nach London oder Calgary fliegt.«

Trine begleitete ihn zum Ausgang. Der Wartebereich hatte sich inzwischen merklich geleert. Ihr nächster Patient war ein wissenschaftlicher Mitarbeiter der Universität, der sich bei einer Exkursion eine Erfrierung zugezogen hatte.

12.

MARTIN

Martin stand auf dem schaukelnden Schlitten und drohte jede Sekunde mit dem Fuß von der schmalen Kufe zu rutschen. Sie waren gerade abgefahren, und noch konnte er das leiser werdende Gebell der zurückgelassenen Hunde in ihren Zwingern hören. Es vermischte sich mit dem Schnaufen der sechs Tiere vor ihrem Schlitten, schwingende graubraune Rücken und Muskeln unter dichtem Fell, die kräftig anzogen, um die erste Steigung der Tour zu bewältigen. Martin wagte nicht, sich umzudrehen. Aber er wusste auch so, dass der Fjord hinter ihnen in dem leichten Nebel versank, der an diesem Morgen über dem Meer gestanden hatte. Er entstand bei großer Kälte, wenn das Wasser wärmer war als die es umgebenden Landmassen. In feinen Spiralen stieg er auf, bevor er sich schließlich zu einer Decke verdichtete. Von seinem Fenster im Büro der Universität hatte Martin das Phänomen in den vergangenen Tagen schon des Öfteren beobachtet. Im Zwielicht des Februars wirkte es, als ob das Meer koche.

Für einen Moment sehnte er sich an das Ufer des Fjords. Allerdings weniger wegen des Blicks auf das Wasser als hinsichtlich des Gedankens, dass er dort auf seinen eigenen zwei Beinen stehen würde, statt sich auf dem Schlitten mühevoll ausbalancieren zu müssen. Sicher gab es genügend Möglichkeiten, sich festzuhalten. Das bewies Rebecca, die scheinbar mühelos neben ihm stand, den Blick konzentriert nach vorn gerichtet. Doch damit war es nicht getan, und was Martin bei Tommys Einweisung nicht ganz ernst genommen hatte, stellte jetzt eine riesige Herausforderung dar: Tommy hatte von *Rollerfahren* gesprochen, und damit Assoziationen in Martins Hirn ausgelöst, die in nichts, in absolut gar nichts mit der Situation vergleichbar waren, in der er sich nun befand. Ebene Wege, warmer Wind im Haar und ein beinahe lautloses Gleiten, ein paarmal anstoßen und rollen. Das war in seiner Kindheitserinnerung Rollerfahren gewesen. Die Konzentration auf die Koordination seiner Bewegungen forderte seine ganze Energie. Gerade jetzt zu Beginn ging es stetig bergauf, und häufiger als angenommen musste er die Hunde des Gespanns unterstützen, das sanft ansteigende Gelände zu bewältigen. Er hatte keine Kapazitäten übrig, um etwas von der Weite, den Bergen oder dem blauen Licht in sich aufzunehmen, das sie umgab. Allein den genauen Zeitpunkt für das *Rollertreten* zu erwischen, erschien ihm eine Kunst für sich.

Vom ersten Moment an hatte er Zweifel an der Aktion gehabt, und jetzt, wo er mittendrin steckte, fragte er sich, warum er nicht, wie es sonst seine Art war, erst gründlich das Für und Wider bedacht hatte, bevor er sich darauf eingelassen hatte. Nachgedacht hatte er schon, sich dafür sogar einige Tage Zeit gelassen. Aber nicht mit der notwendigen Distanz und schon gar nicht unvoreingenommen. Die Aussicht auf das Wiedersehen mit Rebecca hatte alles andere zweitrangig werden lassen.

Tommy, der wie üblich an der Spitze der kleinen Karawane fuhr, hatte ihm den letzten der vier Schlitten zugewiesen, da die beiden mittleren mit jeweils einem Touristenpärchen ausgelastet waren. Der kurze beklemmende Moment, als die Hunde aus dem Zwinger gestürzt waren, war schnell verflogen beim Anblick der freundlichen Arbeitswilligkeit dieser vierbeinigen Gesellen und der freudigen Überraschung, dass er den Schlitten nicht allein steuern musste, sondern dass Rebecca neben ihm auf den Kufen stehen würde.

Obwohl sie sich sichtbar ins Zeug legten, wurden die Hunde nun langsamer, während sie genau der Spur der vorausfahrenden Schlitten folgten. Martin ahnte, dass er gleich wieder gefordert sein würde, zögerte jedoch, seinen linken Fuß erneut in den knietiefen Schnee zu stemmen. Er war noch außer Atem von der letzten Steigung und obwohl das Thermometer bei ihrer Abfahrt zwölf Grad unter null angezeigt hatte, war ihm so warm geworden, dass sich sein Rücken feucht anfühlte. Da stieß Rebecca nicht gerade sanft gegen seinen Arm, und er bemerkte peinlich berührt, dass sie längst keuchend und dabei dicke weiße Atemwolken ausstoßend gegen die Elemente arbeitete und deshalb auch nicht reden konnte. Hastig folgte er ihrer stummen Anweisung, und fast unverzüglich nahm der Schlitten wieder Fahrt auf, was die Hunde mit einem kurzen Bellen honorierten. Wenig später öffnete sich eine kleine Senke vor ihnen. Sie bescherte ihnen eine mäßige Gleitfahrt und bot Zeit zum Verschnaufen.

»Ho, ho, ho, wir sind ein Team«, hörte Martin Rebecca rufen.

Er selbst atmete noch so schwer, dass er nicht glauben konnte, jemand anders könne in der Lage sein zu reden, geschweige denn, laut zu rufen. Er sah zu ihr. Rebecca hatte den Schal aus dem Gesicht unter ihr Kinn gezogen. Ihre schneebestäubte Kapuze war unbemerkt nach hinten gerutscht, und eine feucht gewordene Strähne ihres blonden Haars lugte unter der bunten Strickmütze hervor. Mit leuchtenden Augen erwiderte sie seinen Blick und schien auf eine Antwort zu warten.

Aber wo ein anderer spontan reagiert hätte, konnte Martin nicht einfach antworten. Stattdessen gingen ihm unzählige Fragen durch den Kopf. Hatte sie mit dem *Team* die Hunde und sich gemeint? Schloss sie ihn mit ein? Oder hatte ihr Ausruf überhaupt keine tiefere Bedeutung gehabt und war einfach nur Ausdruck plötzlicher Freude gewesen?

Während er einen Wackler ausglich und noch damit beschäftigt war, diese Fragen für sich zu beantworten und eine mögliche Replik zu formulieren, knuffte Rebecca ihn erneut und fügte hinzu: »Oder etwa nicht?«

Mehr als ein schlichtes und etwas überraschtes »Ja, klar« brachte Martin, so kurzatmig, wie er war, nicht hervor, gleichzeitig ärgerte er sich über sein gedankliches Phlegma.

Doch dann nahm ihn die Stille der kurzen Gleitphase gefangen. Endlich konnte er seinen Blick über die Rücken der schneebedeckten Berge gleiten lassen, die durch diese Schicht aus zu Pulver gewordenem Wasser viel von ihrer Schroffheit verloren. Auch das Weiß war nicht einfach nur Weiß. Es gab unzählige Schattierungen von Bläulich-Schimmernd über Grauweiß bis hin zu jenem reinen, jungfräulichen Eischneeweiß, das er schon als Kind ganz besonders geliebt hatte. Außerdem nahm er jetzt, da er nicht mehr vor Anstrengung durch den Mund atmen musste, sondern die eiskalte Luft durch die Nase einsaugen konnte, auch den klaren, reinen Geruch des Frosts wahr. Die von fern wie von Watte gedämpften Kommandos, die Tommy seinem Leithund zurief, waren genauso wenig störend wie das Hecheln der vor ihm laufenden Hunde, deren Rücken sich nach wie vor in einem beruhigend gleichmäßigen Takt bewegten. Tatsächlich empfand Martin die sie umgebende Stille so intensiv, dass in ihm das Gefühl aufkam, etwas sagen zu müssen. Hatte Rebecca nicht ein Recht darauf, Anerkennung für das zu bekommen, was sie ihm mehr oder weniger aufgedrängt hatte?

»Etwas anstrengend ist es schon für jemand, der lange nicht mehr einen Schlitten den Berg hinaufgezogen hat«, bemerkte er betont locker, »doch für diese Aussicht hat es sich gelohnt.«

Ein strahlendes Lächeln von Rebecca war die Antwort. »Das Beste kommt noch«, fügte sie hinzu. »Wir sind gleich da. Dafür müssen wir uns allerdings noch einmal anstrengen, um auf das Plateau hinaufzukommen.«

Diesmal verpasste er seinen Einsatz nicht, fast zeitgleich mit Rebecca nahm er einen Fuß von der Kufe und trat kräftig seinen Roller.

»Sieh, Tommy muss seine Hunde gar nicht mehr antreiben, weil sie wissen, dass es gleich Fressen gibt.«

Martin fragte sich, was die Hunde wohl zu fressen bekamen in dieser gefrorenen Wüste, und verwarf den Gedanken an eine Dose Nassfutter so schnell wieder, wie er ihm gekommen war.

Als sie das Plateau erreichten, hatte Tommy seinen Schlitten bereits gestoppt und wies den anderen Fahrzeugen ihre Parkposition zu. Für das ungeübte Auge war nichts zu erkennen außer einer glatten weißen Fläche. Martin blickte mit in Falten gelegter Stirn und seine Brille fester auf die Nasenwurzel drückend Rebecca nach, die ihn ohne ein Wort der Erklärung stehen gelassen hatte und auf das erste Gespann zuhielt. Was sollte er nun tun? Durch den gerade einsetzenden leichten Schneefall konnte er beobachten, dass Rebecca den anderen Teilnehmern der Tour im Vorbeigehen etwas zurief, doch er konnte das Gesagte weder verstehen noch an der Reaktion der Angesprochenen deuten, worum es gehen mochte. Mit dem Fuß drückte er den von Rebecca gesetzten Anker, der verhinderte, dass das Gespann sich verselbstständigte, fester in den Schnee. Dabei bemerkte er, wie die sechs vor dem Schlitten sitzenden Hunde völlig regungslos ihre ganze Aufmerksamkeit auf das gleiche Ziel richteten. Wie hypnotisiert starrten sie auf Rebecca und Tommy, die gemeinsam etwas von Tommys großem Schlitten hoben. Mit einer Tüte in der Hand kam Rebecca zu Martin zurück, und die anfänglich noch still mit der Rute wedelnden Tiere brachen in wildes Gebell aus.

»Mahlzeit!«, rief Rebecca Martin über den Lärm hinweg zu, und mit den Worten »Jetzt gibt es gleich was zu fressen für unsere tapferen Vierbeiner« ließ sie die Tüte in den Schnee fallen. Das Geräusch, das dabei entstand, erinnerte Martin daran, wie es klang, wenn tiefgefrorene Lebensmittel aneinanderstießen.

»Erst müssen wir die Treuen ausspannen und an der Kette festmachen«, fuhr Rebecca geschäftig fort. »Entschuldige, dass ich dir nichts davon gesagt habe, dann hättest du das schon mal erledigen können.«

Eine Kette? Martin sah sich ratlos um. Er hatte bisher nichts dergleichen entdecken können. Doch während er noch suchte, tauchte Rebecca bereits mit beiden Armen in den lockeren Schnee und förderte mit einem kräftigen Ruck wenige Schritte von den Hunden entfernt eine lange, am Boden verankerte Kette zutage. Der Rest war schnell gemacht, da die Tiere das Prozedere kannten und stillhielten, um möglichst schnell an ihr Futter zu kommen.

Rebecca drückte ihm die Tüte mit beiden Händen an die Brust. »Das kannst du übernehmen. Aber achte darauf, dass jeder nur ein Stück bekommt.« Dabei kam sie ihm einen kurzen Moment so nah, dass er die Wärme ihres Atems spürte. Sie sah ihm direkt in die Augen, und er fragte sich, ob ihr bewusst war, was sie mit einem solchen Verhalten bei einem Mann auslöste.

Um sich abzulenken, öffnet er die Tüte und zog einen unförmigen grauweißen und nicht sehr appetitlichen Klumpen aus der Tüte. Bei seinem Anblick war er froh, Handschuhe zu tragen.

»Das ist nichts Ekliges, nur gefrorenes Walfett, eine Delikatesse für unsere Freunde«, erklärte Rebecca, als sie seinen Gesichtsausdruck wahrnahm. Dann wandte sie sich von ihm ab und stapfte auf einen imaginären Punkt in dem sie umgebenden Weiß zu.

Er verteilte an jeden der Hunde einen der Klumpen und beobachtete, wie sie sich in den Schnee legten und zufrieden drauf rumkauten, bevor er Rebecca zu einem mit grob zusammengenagelten Brettern abgedeckten Loch in einer Wand aus Eis folgte, das nichts anderes war als der Zugang zu einer Höhle. Dort erklärte Tommy den bereits versammelten übrigen Tour-Teilnehmern, dass das einer Tür ähnelnde Konstrukt dafür sorgte, den schräg nach unten führenden Abstieg in das Innere des Gletschers zugänglich zu halten. Bevor sie hinabstiegen, machte er sie mit den Sicherheitsbestimmungen vertraut und zeigte ihnen die notwendige Schutzausrüstung und wie man dieselbe anlegte.

Martin rutschte als Vorletzter mehr oder weniger unkontrolliert durch den etwa zwei Meter tiefen Schacht in einen Raum, der ihn an das Innere eines Iglus erinnerte. Fasziniert von den natürlich geformten Wänden, die durch das Licht der Grubenlampen an den Helmen der anderen in unterschiedlicher Intensität leuchteten, blieb er einen Moment zu lange an seiner Landeposition sitzen. Mit einem heftigen Schlag prallte Rebecca lachend auf seinen Rücken und hielt sich mit den Händen an seiner Kapuze fest, um nicht noch weiter zu purzeln. Die dicke Fütterung der Overalls verhinderte, dass sie sich bei dem Aufprall verletzten, doch sie verhinderte nicht, dass Martin Rebeccas Nähe sehr eindeutig wahrnahm. Sein Unterbewusstsein signalisierte nachdrücklich, dass es die Formen des weiblichen Körpers nicht vergessen hatte, als er Rebeccas Schenkelinnenseiten auf seinen Hüften und ihre Brüste in seinem Rücken spürte.

»Sorry!«, hauchte Rebecca in Martins Ohr und glitt eine Spur zu langsam von ihm weg. Martin registrierte dieses Zögern sehr wohl und wandte sich demonstrativ ab. Nicht nur, weil er den Abstieg in die eigentliche Höhle nicht verpassen wollte. Er wollte damit auch der Peinlichkeit entgehen, die ihn befiel, als alle Augen und Kopflampen der Gruppe sich auf ihn und Rebecca richteten. Im Gegenlicht konnte er die Mienen der anderen nicht genau erkennen, dennoch glaubte er darin eine Mischung aus Belustigung über seine Tollpatschigkeit und Empörung über die körperliche Balgerei zu lesen. Er meinte sogar die Worte »Hey, damit könnt ihr doch bis heute Abend warten« zu hören.

Ostentativ griff er einen Sicherheitsgurt aus einer der bereitstehenden Kisten und begann umständlich, ihn anzulegen. Dabei ging er bewusst zwei, drei Schritte in Richtung der kleinen Französin, die neben Tommy und Rebecca als Dritte die Tour begleitete, um für die anderen sichtbar Rebeccas Hilfe und Nähe zu entgehen.

Endlich begann die Exkursion in das Innere des Gletschers mit einem weiteren Abstieg über eine schmale Aluminiumleiter. Die

Beklemmung, die Martin normalerweise befiel, wenn er enge Räume betrat, wurde vollständig von dem Anblick dessen in den Hintergrund gedrängt, was sich unerwartet vor seinen Augen auftat.

Schmelzwasser hatte über Jahrhunderte eine unregelmäßig verlaufende Grotte in das mehrere Hundert Meter dicke Eis des Gletschers geschnitten. Sie war nicht sehr hoch und schon gar nicht breit und präsentierte sich ihnen nicht nur mit zahllosen unbeschreiblichen Formen und Windungen aus Eis in verschiedenen Schichten und Farbtönen, sondern auch mit faszinierenden Spiegelungen durch die Brechung des Lichts. An manchen Stellen bestand sie nur aus Schlupflöchern, deren Überwindung einige Kletterkünste erforderte.

Um auf einer der glatten Schrägen nicht auszurutschen, hielt sich Martin an einer Eissäule fest, die wie zu seiner Hilfe aufgestellt zu sein schien. Als sein Blick an ihr nach oben glitt, bemerkte er, dass sie zu einer Gruppe armdicker weiterer Eiszapfen gehörte, die von der Decke der Höhle bis zum Boden reichten und diese zu stützen schienen. Sie waren glasklar und von solcher Reinheit, dass er sich prompt in ihrem Anblick verlor.

»Ich bin auch jedes Mal aufs Neue von diesen Säulen beeindruckt, obwohl ich sie schon so oft gesehen habe«, vernahm er eine Stimme direkt hinter sich. Es war die der kleinen Französin Mathilde, die als Letzte in der Reihe dafür zu sorgen hatte, dass niemand zurückblieb. »Aber fast noch schöner finde ich die wellenartigen Flächen mit den vielen verschiedenen Blautönen dort vorn rechts«, lenkte sie Martins Aufmerksamkeit auf einen anderen Punkt in der Höhle. »Wie mögen die wohl entstanden sein? Bislang konnte mir niemand eine plausible Antwort darauf geben.«

Martin konnte nur nicken. Er unternahm nicht einmal den Versuch einer Erklärung, da er mit den Augen bereits an grünlich schimmernden, hinter einer gläsernen Wand eingeschlossenen Blasen hängen geblieben war. Weintrauben hinter klarem Eis. Er zog einen Handschuh aus und strich behutsam mit den bloßen Fingern darüber. Vierhundert Jahre altes Gletscherwasser, gefroren, getaut und wieder gefroren, es war wie eine Achterbahnfahrt wechselnder Eindrücke und Emotionen. Martin verlor jegliches Zeitgefühl, jede Erinnerung, dass eine Welt außerhalb der Höhle existierte, und wurde unsanft aus seinem Traum gerissen, als Tommy das Ende des Besuchs der Gletscherhöhle einleitete. Während der Kletterei hatte er nur wenig zur Entstehungsgeschichte der Grotte erklärt und dazu, welche thermischen Effekte die einzigartigen Erscheinungen hervorgebracht hatten. Aus Erfahrung wusste Tommy, dass seine Worte kaum wahrgenommen wurden angesichts der zu bestaunenden Wunder. Also behielt er sich das alles bis zum Schluss vor. »Dieser kleine Eiscanyon verläuft noch ein ganzes Stück weiter«, erklärte er abschließend, während er auf ein fassgroßes Loch zeigte. »Wie weit kann man ohne technische Hilfsmittel allerdings nicht bestimmen.«

Martin entdeckte in der Richtung, in die Tommy wies, noch weitere kleine Öffnungen. Keine davon war so groß, dass ein normal gebauter Mann hätte hindurchschlüpfen können. Aber vielleicht würde ein kleiner Mensch es schaffen, dachte er bei sich, verwarf jedoch den Gedanken sofort, als er merkte, dass er die zierliche Gestalt der neben ihm stehenden Mathilde diesbezüglich taxierte.

»… deshalb gehen wir jetzt langsam ohne Hast zurück«, fuhr Tommy fort und fügte verschmitzt hinzu: »Ihr werdet feststellen, dass der gleiche Weg, in der Gegenrichtung beschritten, jede Menge Details zum Vorschein bringt, die euch vorhin entgangen sind. Achtet aber trotzdem auf eure Sicherheit, die Anzahl der gefährlichen Stolperstellen ist gleich geblieben.«

Diesmal der trittsicheren Französin folgend meisterte Martin den Parcours ohne nennenswerte Probleme. Als er sein Kinn über die letzte Sprosse der Leiter reckte und den um so viel größer wirkenden Iglu-ähnlichen Raum wiedererkannte, von dem aus sie gestartet waren, verspürte er zwar Erleichterung darüber, aus der Enge befreit zu sein, größer aber war das Bedauern, die im Dunkel verlöschende Schönheit zurücklassen zu müssen.

13.

REBECCA

Rebecca, die als Erste über die Leiter zurück in das Iglu geklettert war, blickte in die nach und nach auftauchenden Gesichter der übrigen Teilnehmer der Tour und meinte in jedem eine ähnlich entrückte Verzauberung zu erkennen, wie sie sie selbst noch verspürte. Auch wenn sie bereits ihren dritten Winter auf Spitzbergen verbrachte und die Tour zur Gletscherhöhle schon so oft mitgemacht hatte, dass sie aufgehört hatte zu zählen, nahm die Atmosphäre sie doch jedes Mal wieder gefangen.

Schließlich waren alle da, und Rebecca öffnete eine der Kisten, die sie zusammen von Tommys Schlitten abgeladen und hergetragen hatten. Sofort streckten sich ihr helfende Hände entgegen. Die Touristen, mit denen sie heute unterwegs waren, bildeten ein gutes Team. Jeder half jedem, Essen wurde weitergereicht, Tüten geöffnet, Wasser eingefüllt. Rebecca genoss diese Atmosphäre, denn das hatte sie auch schon ganz anders erlebt. Bald saß die ganze Truppe verteilt an den Wänden des Iglus im Schnee, die Wangen rot glänzend, die Augen strahlend. Die dicken Overalls bewahrten sie vor der Kälte, und in der Windstille des geschützten Unterschlupfs zog manch einer sogar den Reißverschluss auf, weil es zu warm wurde. Sie nahm sich selbst ein Päckchen mit einem der dehydrierten Nudelgerichte, griff nach einer der Thermosflaschen mit heißem Wasser und sah zu Martin, der neben Mathilde saß und gerade über einen Witz lachte, den die Französin gemacht hatte. Dann schien er sich ihres Blickes bewusst zu werden, sah zu ihr auf, lächelte einladend und sagte: »Hier ist noch ein Platz für dich.«

»Prima«, erwiderte sie. »Ich hatte gehofft, dass du ihn für mich frei hältst.«

Sie waren sich während der Fahrt immer wieder nah gekommen. Es hatte sich gut angefühlt, völlig unverkrampft, ganz anders als vor ein paar Tagen noch im Café, was sicher auch daran lag, dass sie sich hier draußen in ihrem Element fühlte. Hier konnte ihr niemand etwas vormachen, sie war diejenige, die sich auskannte im Umgang mit den Hunden und den Schlitten.

Ihre Tüte mit den Nudeln in der einen Hand und die Thermosflasche in der anderen, ließ sie sich freihändig im Schneidersitz neben Martin nieder und mit einem leisen Aufstöhnen gegen die Eiswand fallen. Die Anstrengungen des bisherigen Tages forderten mit einem Mal ihren Tribut. Sie kannte das schon. Auch den Heißhunger, der sich plötzlich einstellte, obwohl sie vorher nicht einmal an Essen gedacht hatte. Die meisten anderen schaufelten die kalorienreichen Portionen bereits schweigend in sich hinein. Nur Tommy erzählte die ein oder andere Anekdote von vergangenen Touren, aber er war auch aus anderem Holz geschnitzt. Erst zum Nachtisch, der aus Kaffee und Schokoriegeln bestand, lebte das Gespräch wieder auf.

Mathilde erhob sich, um Fotos zu machen.

»Rückt mal zusammen«, sagte sie zu Martin und Rebecca.

Martin legte einen Arm um Rebeccas Schultern und zog sie dicht zu sich heran. So zurückhaltend, wie sie ihn bisher kennengelernt hatte, hätte er das in einer anderen Umgebung vermutlich nie getan, aber hier draußen verloren sich die Grenzen, und man rückte dichter zusammen. Sie ließ es nicht nur geschehen, sondern drückte ihr Gesicht an seine Wange, während Mathilde hinter der Kamera Faxen machte, um sie zum Lachen zu bringen.

»*Magnifique*«, sagte Mathilde schließlich und zog zu ihren nächsten Opfern.

Martins Griff um Rebeccas Schultern löste sich nicht sofort.

»Wie fühlst du dich?«, fragte sie.

»Ein bisschen erschlagen, vor allem wenn ich dran denke, dass wir noch die Rücktour vor uns haben. Aber der Ausflug gefällt mir. Wirklich. Ich bin positiv überrascht.«

Rebecca lächelte zufrieden. Sie hatte fast damit gerechnet, dass er so antworten würde, schließlich hatte sie den ganzen Tag über beobachten können, wie seine Begeisterung gewachsen war, und in der Eishöhle war er wie alle anderen hingerissen gewesen.

»Zurück geht es hauptsächlich bergab«, beruhigte sie ihn. »Da müssen wir vor allem bremsen.«

»Das ist gut«, erwiderte Martin erleichtert. »Sonst wäre ich heute vermutlich zu nichts mehr zu gebrauchen. Ich fürchte, dass ich morgen einen ziemlichen Muskelkater haben werde.«

»Eine heiße Dusche oder besser noch ein heißes Bad nach der Rückkehr beugt dem vor.«

Er seufzte. »Ja, das wäre schön. Aber in meiner Unterkunft auf dem Campus der Universität gibt es ein Problem mit dem warmen Wasser. Sie arbeiten dran, und vielleicht ist es heute Abend auch schon wieder in Ordnung, aber die letzten Tage kam aus dem Duschkopf nur ein lauwarmes Tröpfeln.«

»Du kannst gern bei mir duschen oder baden.«

Am liebsten hätte sie sich auf die Zunge gebissen für ihre Worte. Aber es war zu spät. Sie waren raus, und nun hingen sie zwischen ihnen, blähten sich auf, sanken hinab. Wie konnte sie so unbedacht daherreden? Martin, der in etwa so überrascht von ihrem Angebot war wie sie selbst, sah sie erstaunt an. »Meinst du das ernst?«

Nein, wollte sie spontan erwidern, *ich weiß auch nicht, was mich gerade geritten hat. Es war nur Spaß*. Aber jetzt einen Rückzieher zu machen, würde die Situation nur verschlimmern. Und wenn sie ehrlich war, hatte sie in ihrer Spontanität nichts geäußert, was sie sich nicht auch wirklich wünschte. Sie wollte nicht, dass der Tag zu Ende ging und sie auseinandergingen, jeder zurück in seine eigene Welt, ohne zu wissen, ob aus dieser allmählichen Annäherung mehr werden konnte. Sollte. Musste.

»Klar«, sagte sie deshalb mit gespielter Gelassenheit. »Ich hab dich ja zu dem Unternehmen überredet, also muss ich auch dafür sorgen, dass du es möglichst unbeschadet überstehst, oder?« Und um den leichten Tonfall ihrer Worte zu unterstreichen, zwinkerte sie ihm zu.

Martin nahm seine Brille ab und putzte umständlich die Gläser. Sie hatte diese Geste bereits lieben gelernt, und ihr wurde klar, dass sich seit Hans kein Mann mehr so in ihre Gedanken verirrt hatte wie Martin, und sie war sich noch immer nicht sicher, was sie davon halten sollte. In den vergangenen Tagen hatte sie ihr Mobiltelefon nicht aus den Augen gelassen, in der Hoffnung auf eine Nachricht von ihm. Und das Warten hatte sie in gefühlsmäßige Extreme von freudig erregt bis zornig verzweifelt gleiten lassen. Sie kannte diese Symptome, was sie nur umso mehr in Rage mit sich selbst brachte. Sie wollte sich nicht verlieben. Und konnte sich doch nicht dagegen wehren.

Da er nicht gleich antwortete, fragte sie sich nun nervös, ob er gerade eine höfliche Absage formulierte, die sie nicht vor den Kopf stoßen, aber auch keinen Zweifel daran lassen sollte, dass sich ihre Wege nach dieser zwar netten, aber einzigen gemeinsamen Unternehmung unwiderruflich wieder trennen würden. Doch nichts dergleichen geschah.

Martin setzte seine Brille wieder auf und sah sie an. »Unter dem Gesichtspunkt deiner Fürsorge für mich wäre es geradezu verwerflich, dein Angebot abzulehnen«, sagte er ebenso augenzwinkernd wie sie. »Allerdings musst du dich danach von mir zum Essen ausführen lassen.«

»Damit habe ich kein Problem«, erwiderte sie spontan.

Die Rückfahrt verflog. Auf einmal tauchten aus der zunehmenden Dämmerung die verschneiten Hütten und Zwinger von Tommys Station auf. Wie so häufig nach einem solchen mit Erlebnissen angefüllten Tag spürte Rebecca bei den Teilnehmern ein

Bedauern über das Ende, einen gewissen Abschiedsschmerz bei der Verabschiedung von den Hunden, mit denen man gearbeitet, und dem Team, mit dem man gefahren war. Olek wartete schon mit dem Van. Mit einer recht fadenscheinigen Entschuldigung hatte Rebecca ihre abendlichen Aufgaben an Mathilde übertragen. Mathilde hatte sich einen Kommentar verkniffen, aber die Art, wie sie Rebecca angesehen und einen Seitenblick auf Martin geworfen hatte, als die beiden in den Van gestiegen waren, sprach Bände.

Rebecca schüttelte die Erinnerung daran ab, als sie durch die inzwischen vollständige Dunkelheit die wenigen Kilometer nach Longyearbyen zurückfuhren. Lichter glitzerten in der klaren Luft. Der Schnee funkelte im Scheinwerferlicht, wie er es nur tat, wenn die Temperaturen deutlich unter null lagen. Sie hatte schon gespürt, dass es kälter wurde. Tommy hatte davon gesprochen, dass sich ein Hochdruckgebiet näherte, das ihnen unter Umständen Temperaturen bis minus dreißig Grad bringen würde.

Als sie Longyearbyen erreichten, lud Olek sie alle am größten Hotel des Ortes ab.

»Ich würde mir gern noch etwas anderes zum Anziehen holen«, sagte Martin und rieb sich die Hände. Sein Atem kondensierte vor seinem Gesicht. »Zum Universitätsgelände sind es ja nur ein paar Schritte von hier.«

Sie nannte ihm den Namen ihrer Straße, die in der anderen Richtung lag, und beschrieb ihm das Haus. »Es liegt am Ende der Straße und ist nicht zu verfehlen. Mein Name steht an der Klingel. Hüttner.«

Wie schon beim letzten Mal sah sie ihm nach. Und ebenso wie beim letzten Mal drehte er sich nicht um. Was, wenn er es sich anders überlegte, sobald er in seiner gewohnten Umgebung war? Sie schob den Gedanken beiseite, doch ganz verdrängen ließ er sich nicht. Erst als es eine Viertelstunde später an ihrer Tür klingelte, atmete sie auf.

Sie hatte ihre Wohnung vor zwei Jahren möbliert übernommen. Das geradlinige, moderne skandinavische Design hatte ihr gefallen, und sie hatte ihre persönliche Note mit ihren aus Deutschland mitgebrachten Sachen und einigen kleinen Accessoires, die sie im Laufe der Zeit gesammelt hatte, hineingebracht. Da waren Steine und Muscheln, schlichte gläserne Kerzenhalter, ein niedriges Regal voller Bücher, einige wenige Fotos und Bilder, ein paar Kissen und ihr Laptop, der zusammengeklappt auf dem Couchtisch stand, sowie ein Kalender mit alten Bäumen. Es gab keine Bäume auf Spitzbergen, und bisweilen fehlten sie ihr.

Während der dunklen Jahreszeit hatte sie einen großen Verbrauch an Kerzen. In allen erdenklichen Formen und Farben und Größen hatte sie sie auf den Fensterbrettern platziert, und zu dem gedämpften Schein der verschiedenen Stehlampen brachten sie anheimelndes Licht in die Räume mit den hellen Holzwänden.

Sie beobachtete, wie Martin sich anerkennend umsah. »Gemütlich ist es hier.«

»Danke, möchtest du etwas trinken oder essen, bevor du in die Wanne steigst?«

Er blickte in Richtung des Badezimmers, dessen Tür halb geöffnet war. »Du hast wirklich eine Badewanne? Ich habe ewig nicht mehr gebadet.«

»Ich hab sogar schon begonnen, Wasser einzulassen.«

Die Wanne war groß, eingelassen in einen Sockel aus vielen kleinen Mosaiksteinen in warmen beigen und goldbraunen Tönen. Ein Spiegel, der eine der Wände fast gänzlich einnahm, machte den Raum größer, als er tatsächlich war. Vor der Wanne lag ein dicker Läufer, und um die wohnliche Atmosphäre zu unterstreichen, standen auch hier Kerzen und verbreiteten warmes Licht. Das Wasser rauschte, und leise Musik spielte im Hintergrund.

Martin grinste plötzlich. »Ein bisschen wie in Tausendundeiner Nacht.«

»Ich mag es im Bad halt verspielt«, gestand sie.

»Es hat was, auch wenn es nicht mein Stil ist.«

Sie sahen sich an.

Martins Brille beschlug von der Wärme und dem Wasserdampf. Ohne ein Wort nahm sie ihm das Gestell ab und legte es auf die Ablage über dem Waschbecken.

Er blinzelte, als müsse er seine Augen erst neu fokussieren, dann trafen sich ihre Blicke wieder, und er lächelte ein wenig unbeholfen. Nun war es der Zeitpunkt, sich zurückzuziehen und das Bad ihm zu überlassen. Sie machte einen Schritt Richtung Tür, mehr aber nicht.

Sie konnte nicht sagen, was sie daran gehindert hatte zu gehen. Warum sie stattdessen einfach ihren Pullover über den Kopf zog und zu Boden fallen ließ. Sie trug nicht mehr als ein dünnes, eng anliegendes T-Shirt darunter, das mehr preisgab als verbarg. Martin hielt den Atem an. Dann stieß er ihn heftig aus und wich zurück. An seinem Blick erkannte sie, wie er seine Erregung zu kontrollieren versuchte, die sich den ganzen Tag über durch so viele kurze Berührungen, Gesten und Blicke aufgebaut hatte. Es hat keinen Zweck, wollte sie ihm sagen, du kannst dich mir nicht entziehen. Sie machte einen Schritt auf ihn zu. Ein sanftes Berühren seiner Wange, ein Finger, der über seinen Hals hinab auf seine Brust glitt, ein Festhalten seines Blickes. Reglos verharrte er, kämpfte mit sich. Dann siegte die Begierde, und sie spürte seine Hände auf ihren Schultern.

Später begriff sie, dass das genau der Moment gewesen war, den sie herbeigesehnt hatte. Sie wollte, dass er sie begehrte. Sie wollte den Mann besitzen, der sie bislang unbewusst oder bewusst auf Abstand gehalten hatte. Es war ein Rückfall in alte, längst überwunden geglaubte Muster. Ein Spiel der Macht.

14.

MARTIN

Die Anzahl der teilnehmenden Studenten wirkt sich erheblich auf den Umfang der Finanzmittel aus, die wir aufwenden müssen«, sagte die nicht mehr ganz so junge Frau, die Martin gegenübersaß. Er hatte ihren Namen bereits vergessen.

Während sie fortfuhr und kritisch nach bedarfsorientierten Unterstützungsoptionen des sogenannten Mutterhauses fragte, ruhte sein Blick für einen Moment auf ihrem attraktiven Gesicht, wanderte über den geschwungenen Mund zu ihrer schlanken Halspartie, die in einem eng anliegenden Pullover verschwand, und blieb an ihrem Busen hängen. Der war so gut geformt und dimensioniert, dass er unwillkürlich zu sinnieren begann, ob er allein das Werk der Natur war oder Unterstützung fand durch ein wirkungsvolles Produkt der Bekleidungsindustrie. Dann wurde er sich bewusst, was er tat. Hastig wandte er den Blick ab und versuchte, sich mit einem Anflug von Scham auf die Inhalte des gerade Gesagten zu konzentrieren, aber der wohlproportionierte Busen unter dem feinen Strick stand noch immer vor seinem inneren Auge und ließ für den Moment nichts anderes zu als die Erinnerung an einen anderen Busen, der definitiv echt gewesen war und auch keine Unterstützung nötig gehabt hatte. Außer die seiner Hand vielleicht.

Martin spürte, wie ihm der Schweiß ausbrach, als sich ihm die Sinneseindrücke der vergangenen Nacht ungefragt aufdrängten. Er fühlte sich unangemessen hormongesteuert. Der Gedanke an Rebecca brachte ihn seit Tagen aus der Spur, die gemeinsame Nacht mit ihr hatte die Situation noch einmal verschärft. Seit er am Morgen etwas überstürzt die Tür ihrer Wohnung hinter sich ins Schloss gezogen hatte, kehrten seine Gedanken den ganzen Tag über immer wieder zu ihr, aber mehr noch zu dem gemeinsam erlebten Sex zurück. Zu den Rundungen ihres Körpers, der weichen Fülle ihrer Brüste, ihrer Schenkel und dem überwältigenden Gefühl ihrer nackten Haut an der seinen. Selbst hier in der sachlichen Umgebung des Konferenzraums schienen ihm ihre leisen geflüsterten Zärtlichkeiten realer als die Worte, die ihm von den anderen Teilnehmern des Meetings entgegenbrandeten.

Dabei ging es hier um seine Arbeit. Um *seine* Projekte, für die er sich normalerweise mit seinem ganzen Herzblut einsetzte. Entschlossen griff er nach einem Stift, zog sich den Schreibblock heran und wandte seine Aufmerksamkeit erneut der Sprecherin zu. Ihrem Gesicht. Nicht mehr.

Auf der Agenda des aktuellen Jour fixe stand die Kooperation zwischen Longyearbyen, als Außenstelle der Universität Tromsö, und Martins Projektaktivitäten in der Forschungsstation Nye-Alesund. Und zwar an erster Stelle. Natürlich hatte man ihm gesagt, dass diese Position keinen Hinweis auf die Bedeutung oder den Grad der Wichtigkeit dieser Zusammenarbeit gab. Dass er zuerst abgehandelt wurde, hätte rein administrative Gründe. Doch der Teilnehmerkreis der wöchentlich tagenden Runde war um einige wenige *wichtige* Personen erweitert worden. Sogenannte Entscheidungsträger. Wie die Frau ihm gegenüber. Als sein Blick erneut über ihre Figur abzudriften drohte, kniff er sich in den Unterarm.

Er hatte selbst keinen Redebeitrag. Er war zwar von Freja zur Teilnahme gebeten worden, um eventuell aufkommende Fragen zu seinem Fachgebiet sofort beantworten zu können, der bisherige Verlauf der Sitzung hatte jedoch zu seiner Erleichterung schnell erkennen lassen, dass seine Expertise nicht gebraucht werden würde.

Verstohlen sah er zu der Uhr über der Tür. Es war bereits später Nachmittag. Da die restlichen Themen des Jour fixe nur für die permanenten Mitglieder des Kontrollorgans von Bedeutung waren, würde er zusammen mit den extra geladenen Personen vor Beginn des nächsten Tagesordnungspunktes entlassen werden. Und das war gut so. Denn erneut verselbstständigten sich seine Gedanken, ohne dass er etwas dagegen tun konnte. Fortwährend spielte ihm sein Gehirn das eine Bild vor Augen, das für ihn den Anfang eines Erlebnisses markierte, das er noch nicht wirklich verarbeitet hatte: Rebecca vor ihm im Badezimmer. Wieder sah er, wie der Stoff des dünnen T-Shirts sich dehnte, wie sie ihn dabei ansah, wohl wissend, was der Anblick in ihm auslöste. Und nicht nur die Ereignisse selbst, die sich mit rasender Geschwindigkeit dieser initialen Szene angeschlossen hatten, brachten ihn dazu, sich in schier endlosen Gedankenstrudeln zu verlieren, sondern vor allem das damit einhergehende Gefühl des völligen Kontrollverlustes. Und genau das beherrschte ihn noch immer. Und es war kein gutes Gefühl. Er fühlte sich ausgeliefert. Nicht zuletzt seiner Lust. Selbst nach einer ganzen Nacht von intensivem Sex. Oder vielleicht gerade deshalb? Sein Verstand kämpfte dagegen an. Es ging ihm alles zu schnell, er war noch nicht wieder bereit, sich zu verlieben, und doch geschah genau das. Wenn er an Rebecca dachte, klopfte sein Herz schneller, und sein Hirn setzte aus. Er wollte nichts anderes als bei ihr sein, sie fühlen, ihre Stimme hören, alles mit ihr teilen. Die klare Symptomatik maßloser Verliebtheit und kompletten Verlustes der Kontrolle.

Er hatte sich immer zurückgehalten, die Reaktionen anderer Menschen als naiv zu bezeichnen. Niemand war gefeit davor, in bestimmten Situationen naiv zu handeln. So wie er beim Annehmen von Rebeccas Einladung, in ihrer Wohnung ein Bad zu nehmen. Das war Naivität in Reinkultur gewesen.

Oder vielleicht doch nicht?

Hatte er sich im Iglu wirklich einreden wollen, dass es nur um eine mit heißem Wasser gefüllte Badewanne ging? Sein analytisch geschultes Gehirn arbeitete sich an der Frage ab.

Die Zeichen waren mehr als deutlich gewesen. Und zwar nicht erst hinsichtlich Mathildes hochgezogener Augenbrauen beim Abschied aus der Schlittenhundestation. Seine Empfänglichkeit für Rebeccas Blicke und der während der Tour wiederholte Körperkontakt mit ihr hatten den Weg bereitet. Er war kein Kind mehr. Er hätte wissen müssen, was passieren würde. Er hatte sich willig mitziehen lassen, um dann … ja, was? Rebecca die Schuld zuzuschieben? Die Verantwortung auf sie abzuwälzen? Über Kontrollverlust zu klagen? Weil er alles, aber keine wie auch immer geartete Beziehung zu einer Frau haben wollte, nicht so kurz nach all dem Streit mit Andrea, von der er noch nicht einmal geschieden war?

Das war nicht alles.

Was ihn tatsächlich bewegte, war schlicht und ergreifend Angst. Angst vor seinen eigenen Gefühlen. Angst davor, enttäuscht zu werden. Denn egal wie sehr er versuchte, die Diskussion mit sich selbst zu versachlichen, er konnte dem irritierenden Gefühl nicht entfliehen, sich mit einer Frau eingelassen zu haben, von der und über die er nichts, rein gar nichts wusste und die darüber hinaus auch nicht bereit zu sein schien, etwas von sich preiszugeben. Jeder Frage nach ihrer Person, ihrem Leben, ihren Wünschen und Vorstellungen war Rebecca ausgewichen. Nicht nur während ihres Gesprächs im Café, auch in den kurzen Sequenzen der Nacht, in denen sie nicht ineinander verschlungen das Denken ausgeschaltet hatten. Er wusste, dass er keine Ruhe finden würde, bevor er nicht mehr über sie erfahren hatte und genügend Informationen für sich gesammelt hatte, um zu entscheiden, ob er den eingeschlagenen Weg weitergehen konnte, ohne erneut über eine Klippe zu stürzen. Und dafür hatte er bereits einen Plan.

»Martin, wir wären dann so weit.«

Er schreckte auf.

Freja sah ihn über den Konferenztisch hinweg direkt an. Alle anderen hatten sich bereits von ihren Plätzen erhoben und waren im Begriff, den Raum zu verlassen. Was hatte er verpasst?

»Wir sind fertig mit dem Tagesordnungspunkt und machen jetzt eine kurze Pause«, fuhr sie fort, scheinbar unbeeindruckt von seiner mentalen Abwesenheit, doch der Schein währte nur kurz. Dann ging ihr Temperament mit ihr durch, und sie schlug mit der Faust auf den Tisch. »Verdammt, Martin, was war denn los mit dir? Du warst überhaupt nicht bei der Sache, dabei ging es um so wichtige Entscheidungen für unser gemeinsames Projekt.«

Martin sog scharf die Luft ein. »Tut mir leid«, stammelte er. »Ich …«

Er hatte keine Ahnung, was er sagen sollte.

Sie raffte ihre Unterlagen zusammen und stand so abrupt auf, dass ihr Stuhl hinter ihr umfiel und mit einem lauten Scheppern gegen die hohen Fenster fiel.

Martin sprang auf. »Freja, ich …«

Freja schwankte, griff Halt suchend nach der Tischkante, die Unterlagen fielen ihr aus der Hand, und er sah, wie sie plötzlich leichenblass wurde.

Geistesgegenwärtig eilte er um den Tisch herum und fing sie auf. Ein, zwei schwere Atemzüge lang krallten sich ihre Finger in die Ärmel seines Pullovers, dann war sie wieder bei sich. Die Farbe kehrte in ihr Gesicht zurück.

»Alles okay?«, fragte Martin besorgt. »Was war das?«

»Es war nichts«, erwiderte sie kühl, zupfte ihr hellbeiges Kostüm zurecht und strich sich das gelockte brünette Haar aus dem Gesicht. »Ich bin nur zu schnell aufgestanden.«

Martin bückte sich, um ihre Unterlagen aufzusammeln. Er wagte nicht, ihr zu widersprechen, obwohl der Vorfall auf ihn ernster gewirkt hatte, als sie ihn glauben lassen wollte.

Seine Zweifel schienen ihm ins Gesicht geschrieben zu sein,

denn Freja trat ganz dicht an ihn heran, als er ihr die Papiere reichte. So dicht, dass er erneut den sonst kaum wahrnehmbaren Geruch ihres Parfüms in die Nase bekam. Andreas Parfüm. »Es war nichts, hörst du? Am besten vergisst du meinen kleinen Schwächeanfall sofort wieder«, sagte sie mit drohendem Unterton. »Wie ich dann vergessen werde, dass du wie unter Drogen in einer der wichtigsten Sitzungen deiner Karriere gesessen hast. Was hast du nur gemacht? Die ganze Nacht gevögelt? So siehst du zumindest aus.«

Die letzten Sätze schleuderte sie ihm mit so viel Verachtung entgegen, dass er sich vor Aufregung an seiner eigenen Spucke verschluckte. Hustend versuchte er, wieder zu Luft zu kommen. Für Freja war seine Reaktion der Beweis, dass sie richtiglag. Das wiederum entnahm er ihrem Gesichtsausdruck.

»Was ich außerhalb der Universität mache, ist immer noch meine Privatangelegenheit«, gab er schließlich ungehalten zurück, als ihm aufging, wie viel Ähnlichkeit mit Andrea Freja in dieser Situation zeigte. Es war nicht nur der Geruch des Parfüms, das die Erinnerung an seine Ex-Frau lebendig werden ließ.

»Nur so lange, wie diese *Aktivitäten* deine Arbeit hier nicht beeinträchtigen«, warf sie ihm entgegen und ließ ihn stehen.

Erst als er auf dem Weg in sein Büro war und sich die Gedanken an Andrea verflüchtigten, fragte er sich, ob Freja ihm vielleicht gerade eine völlig unangebrachte Szene gemacht hatte, weil sie eifersüchtig war. Er erinnerte sich an die Einladung zum Bier. An den ein oder anderen Blick, den sie ihm zugeworfen hatte, an zufällige Berührungen. Nein. Er bewertete die Situation über. Sie war einfach nur sauer gewesen, weil er in der Sitzung neben sich gestanden hatte. Aber seine Zweifel ließen sich nicht so leicht besänftigen. Frejas Reaktion war zu heftig gewesen, zumal kein Schaden entstanden war.

Auf jeden Fall stand für ihn fest, dass er sich heute keine Minute länger in den Räumen der Universität aufhalten wollte. Er eilte in sein Büro und packte seine Sachen. Als er seinen Laptop in seine Tasche gleiten ließ, kamen ihm kurz noch einmal Zweifel, ob das, was er plante, wirklich richtig war, aber dann schob er sie beiseite.

Auf seinem Weg nach draußen passierte er die Mensa. Dieser große, nach zwei Seiten geöffnete Raum mit seinen hohen Fenstern und dem im Zentrum gelegenen offenen Kamin war ein zu jeder Tageszeit lebhaft besuchter Platz. Stimmengewirr drang zu ihm, und der Geruch von Essen und das Klappern von Tellern, Tassen und Besteck ließen Martins Hungergefühl, das er bereits seit Stunden unterdrückte, wiedererwachen. Aber er war nicht in der Stimmung, hier etwas zu essen und dabei möglicherweise mit Menschen reden zu müssen. Mit dem Gedanken an den Vorrat von Obst und Müsli in seinem Zimmer beschleunigte er seine Schritte, verließ den überschaubaren Uni-Komplex und erreichte nur wenige Minuten später seine Unterkunft auf dem Campus. Die möblierte Zweizimmerwohnung war nordisch funktional eingerichtet und versöhnte ihn mit einem großartigen Blick auf den Fjord und die dahinterliegenden Bergketten für ihre Unpersönlichkeit.

Den Hunger hatte er bereits wieder vergessen, als er seinen Computer aus der Tasche nahm und einschaltete, noch bevor er seine Jacke auszog.

Jetzt war er endlich an dem Punkt angelangt, dem er den ganzen Tag über entgegengefiebert und gleichzeitig vor sich selbst zu rechtfertigen versucht hatte. Der Browser war gestartet und über ein VPN mit einem Server in Deutschland verbunden. Mit diesem in der Computerwelt oft genutzten künstlichen privaten Tunnel war nicht nur der Datenverkehr zwischen Martins Rechner und dem Internet verschlüsselt, auch seine Adresse konnte nicht ohne Weiteres identifiziert und zurückverfolgt werden.

Nachdem er sich noch einmal der richtigen Schreibweise vergewissert hatte, gab er den Namen in das leere Feld der Suchmaschine ein.

Rebecca Hüttner

Sein Finger schwebte über der Enter-Taste.

Doch er konnte sich nicht entschließen, sie zu drücken. Was würde er erfahren, was er vielleicht nicht wissen wollte? Was sehen, was er vielleicht nicht sehen wollte? Wir sollten eine Frage immer nur dann stellen, wenn wir sicher sind, dass wir die Antwort hören wollen. Wer hatte das gesagt?

Das Problem der Legalität dagegen betrachtete er als gelöst. Auch Firmen googelten ihre neuen Mitarbeiter, jeder tat das heute. Aber wie war es mit den moralischen, ethischen und zwischenmenschlichen Aspekten? Hinter dem Rücken eines Menschen Informationen zu sammeln, erschien ihm wie ein Verrat. Dennoch drückte er schließlich die Enter-Taste.

Wie immer startete seine Recherche mit der Bildersuche. Das lieferte für ihn am schnellsten eine erste griffige Aussage für den gewählten Suchbegriff. Was sich jetzt auf dem Bildschirm aufbaute, hatte er in etwa schon erwartet. Jede Menge Fotos von weiblichen Personen, die nicht einmal annähernd Ähnlichkeit mit Rebecca hatten, sogar Männer waren darunter. Porträts, Schulklassen, Gruppenfotos, Sportbilder, Sexwerbung, Firmenpräsentationen und vieles mehr. Schnappschüsse waren genauso dabei wie offensichtlich inszenierte Kunstwerke.

Aber hier, das war sie doch!

Eine junge Frau, die direkt in die Kamera schaute, geschäftsmäßig gekleidet, im Hintergrund eine lobbyähnliche Einrichtung. Ja, das war Rebecca. Kein Zweifel. Das Bild schien bereits vor einigen Jahren aufgenommen worden zu sein. Sie sah ein wenig anders aus, jünger und irgendwie – dynamischer. Ein weiteres Foto zeigte sie in einer Gruppe Menschen unterschiedlichen Geschlechts und Alters, vom Habitus her eher intellektuell, vielleicht ein Teamfoto. Sie stand links der Mitte, strahlte Autorität und Selbstbewusstsein aus, als hätte sie dieses kleine Team eben zu einem Erfolg geführt. Auch hier unterstrich ihre Kleidung, ein modischer Hosenanzug, diesen Eindruck.

Er klickte die Website an, von der das Bild stammte, las die Bildunterschrift, und stutzte. Dann versuchte er, sich das wenige zu vergegenwärtigen, was er über Rebecca wusste und wie er sie in der kurzen Zeit, die sie sich kannten, wahrgenommen hatte. Wieder blickte er auf den Bildschirm. Zweifelte. Das war nicht die Rebecca, die er kannte. Oder doch?

15.

REBECCA

Abwesend nahm Rebecca einen Schluck aus ihrem Kaffeebecher, während sie am Fenster stand und in die dichter werdende Dunkelheit hinausblickte. Sie konnte die Landschaft, die sich unterhalb von Tommys Hütte erstreckte, nur noch erahnen, die lang gezogenen Bergrücken zu beiden Seiten des Fjords, die weite weiße Ebene zwischen ihnen, den Fjord selbst, der sich wie das Delta eines breiten Flusses in das Nordmeer öffnete. In den vergangenen zwei Jahren hatte sie diese Landschaft lieben gelernt. Im Winter jedoch mehr als im Sommer, wenn statt dem Weiß jenseits der sich bis zum Meer erstreckenden Gletscherzungen Braun die alles beherrschende Farbe wurde, und auch wenn sich im kurzen Frühjahr die öden Landflächen in blühende Meere verwandelten, wenn die Sonne im Sommer Tag und Nacht auflöste, weil sie rund um die Uhr alles in blendendes Licht und warme Farben tauchte, blieb der Winter die Jahreszeit, in der sie sich am wohlsten fühlte. Lag erst überall Schnee, war die Landschaft wie verzaubert, die Sterne waren zum Greifen nah, und wenn der Mond sein silbriges Licht verströmte, war es auf gespenstische Weise fast taghell. Der Winter war die Zeit, wenn die weiblichen Eisbären sich in Höhlen zurückzogen und ihre Jungen gebaren. Und bisweilen hatte Rebecca das Gefühl, im Schutz der Polarnacht selbst in einer solchen Höhle zu leben, warm und geborgen, weit fort von allem, was Unruhe in ihr Leben brachte. Bis jetzt.

Akira schob ihre Schnauze unter ihre Hand und lehnte sich gegen ihren Oberschenkel.

»Du spürst, dass es mir nicht gut geht, nicht wahr?«, wandte sich Rebecca der großen Hündin zu.

Eisblaue Augen erwiderten ihren Blick.

Akira lief nicht mehr vor dem Schlitten. Es war nicht zu übersehen, dass sie bald werfen würde. Deshalb hatte Tommy auch nichts dagegen gesagt, als Rebecca die Hündin an diesem Nachmittag mit ins Haus gebracht hatte. Zwischen Overalls und Schneestiefeln hatte sie sich im Vorraum zusammengerollt, während Rebecca sich bei Lynn einen Kaffee abgeholt hatte. Sie war mit ihrer Arbeit längst fertig, aber Olek, der sie mit nach Longyearbyen nehmen sollte, war noch mit dem Van unterwegs.

Rebecca stellte den Kaffeebecher auf den großen Holztisch in der Mitte des Raums und ging neben Akira in die Hocke. Die Hündin legte ihr den Kopf auf die Oberschenkel und ließ sich kraulen. Sie war sonst nicht so anhänglich, aber Rebecca hatte gelernt, dass einige der Huskys die Stimmungen der Menschen sehr genau wahrnahmen. Dann spendeten sie auf ihre Weise Trost. So wie Akira jetzt.

Vielleicht würde es ganz gut sein, einen der Welpen nur für sich zu haben. Einen ständigen Begleiter. Sie hatte schon mit ihren Vermietern, einem jungen norwegischen Ehepaar mit zwei kleinen Kindern, darüber gesprochen, die sehr aufgeschlossen reagiert hatten. »Für die Kinder wird es großartig sein«, hatten die beiden ihren Wunsch befürwortet.

Der Tag war lang gewesen. Anstrengend nach den wenigen Stunden Schlaf. Zum Glück hatte sie heute keine Tour begleiten müssen, sondern sich mit der Instandsetzung der Ausrüstung beschäftigt. Irgendetwas ging immer kaputt an den Schlitten oder der Bekleidung, und Tommy bestand darauf, dass einer aus dem Team einmal die Woche alles durchsah und gegebenenfalls gleich die nötigen Reparaturen vornahm. Rebecca übernahm diese Aufgabe häufiger, da sie sie als willkommene Abwechslung zur normalen Routine empfand. Heute jedoch hätte sie sich etwas zu tun gewünscht, das sie gedanklich mehr in Anspruch genommen hätte, um nicht über Martin zu grübeln.

Sie hatte ihm nachgesehen, als er am Morgen beinahe fluchtartig ihre Wohnung verlassen hatte und im Licht der Laternen die Straße hinuntergeeilt war, halb rutschend, halb rennend. Dabei hatte sie noch immer seine Lippen auf den ihren gespürt, den hastigen Kuss, die fahrige Geste, mit der er ihr zum Abschied mit den Fingern durchs Haar gestrichen hatte.

Sie hatten verschlafen.

Und Martin hatte gleich morgens eine Vorlesung halten müssen. Im ersten Moment hatte es sich entsetzlich angefühlt, auf diese Weise aus der Traumwelt dieser gemeinsamen Nacht gerissen zu werden und sich der Nüchternheit des Alltags stellen zu müssen. Aber vielleicht war es auch gut so gewesen. Auch ihr war nicht viel Zeit geblieben, sie hatte sich nur flüchtig waschen können und dann eilig ihre Sachen übergestreift, während sie schon hörte, wie der alte, klapprige Van die Straße hinauf schnaufte. Olek hatte sie mit einem vielsagenden Blick bedacht und etwas von *schwerer Nacht* gemurmelt. Und sie war sich bewusst geworden, dass sie noch immer nach Sex roch. Nach Martin.

Sie konnte sich nicht erinnern, wann sie das letzte Mal eine solche fast rauschhafte Nacht mit einem Mann verbracht hatte. Unterbrochen nur von kurzen Phasen erschöpften Schlafs, hatten sie nicht voneinander lassen können. Aber auf jeden Rausch folgte der Kater. Zwischen zerschlissenen Seilen und einer angebrochenen Schlittenkufe war sie zur Besinnung gekommen und hatte sich mit einem Mal gefragt, was sie getan hatte. Warum sie diese Nacht provoziert hatte. Sie erinnerte sich an ihre Gedanken im Bad. Das Gefühl des Triumphes, als sie das Begehren in Martins Blick wahrgenommen hatte. Sie hatte ihn besitzen wollen. Koste es, was es wolle. Und nun?

Sie war nicht in Berlin, wo sie sich hinter dreieinhalb Millionen Menschen verstecken konnte, wenn sie nicht gefunden werden wollte. Longyearbyen war nicht der Ort für spontane One-Night-Stands. Und Martin nicht der Mann dafür.

War es das, was sie an ihm gereizt hatte, abgesehen von seiner höflichen Zurückhaltung, die ihr in dieser Form neu war? Und warum war es ihr nicht egal, was diese Nacht mit ihm machte? Hatte sie sich sonst um das Gefühlsleben der Männer gesorgt, mit denen sie das Bett geteilt hatte?

Sie dachte an Hans, während sie sich zu Akira auf den Boden setzte, die Hand auf dem Rücken der großen Hündin. Hans Sörensen. Sie waren sich bei einem Essen im Haus von Dimitri und Sanne begegnet, und er war das völlige Gegenteil von Martin gewesen. Strahlend und selbstbewusst hatte er sie sozusagen im Sturm erobert. Aber nur so lange, wie alles ein unverbindliches Spiel blieb. Hans hatte sie besitzen wollen. Das war der Anfang vom Ende gewesen. Ihre Finger verkrampften sich im Fell der Hündin. Wie würde es mit Martin weitergehen? Würde es überhaupt weitergehen? Wenn sie tief in sich hineinhorchte, wünschte sie sich genau das. Gleichzeitig baute sich allein bei dem Gedanken daran ein Gefühl in ihr auf, das sie nur zu gut kannte.

»Sie haben Angst vor Nähe«, hatte ihr die Psychologin damals in Berlin gesagt. »Und diese Angst entsteht aus Ihrer Angst vor Verlust. Sie lassen keine Nähe zu, um sich nicht dem möglichen Schmerz des Verlustes aussetzen zu müssen. Wie begründet sich Ihre Verlustangst? Wo hat sie ihre Wurzeln?«

Rebecca hörte die leise Musik aus dem Autoradio. Es war kurz vor Weihnachten. Die raue Stimme von Chris Rea. Driving home for Christmas. *Sie durfte vorne sitzen auf dem Beifahrersitz, als wäre sie schon groß. Draußen war es dunkel, bis auf die Weihnachtsbeleuchtung, die über die Straße gespannt war. Glitzernde Sterne, Bogen, ein Weihnachtsmann auf einem Rentierschlitten. Rebecca liebte die leuchtenden Bilder.*

»Schau, Mama, der Weihnachtsmann bewegt seinen Kopf!«

Ihre Mutter beugte sich hinter dem Lenkrad vor, sah nach oben.

»Ja«, erwiderte sie. »Er schaut zu uns.«

Ihre Mutter hatte eine wunderschöne weiche Stimme gehabt, mit der sie Menschen verzaubern konnte. Wenn sie sprach, klang es immer, als ob sie singen würde. Es hieß, dass manche Menschen nur in ihre Andachten in der evangelischen Kirche kamen, um ihrer Stimme, nicht ihren Predigten zu lauschen.

Ja, er schaut zu uns.

Ein Knall.

Dunkelheit.

Es gab keine weitere Erinnerung. Seit sechsundzwanzig Jahren musste sie mit der Dunkelheit leben, die stattdessen in ihr wohnte.

Driving home for Christmas.

»Wie begründet sich Ihre Verlustangst? Wo hat sie ihre Wurzeln?«

Das Atmen fiel mit einem Mal schwer. Akira drängte sich dicht an sie, leckte ihre Hand. »Schon gut«, flüsterte Rebecca erstickt. »Schon gut.«

Draußen hupte es.

»Olek ist da«, rief Lynn aus der Küche.

»Ja, ich hab es gehört, danke«, antwortete Rebecca und war erleichtert, dass ihre Stimme trotz allem fest klang. »Bis morgen!«

»Bis morgen!«

Sie brachte Akira in ihren Zwinger und verabschiedete sich von ihr mit einem Stück gefrorenem Walfleisch.

Olek stand neben dem Auto und hatte eine Zigarette zwischen den Zähnen. Der Gestank des Krauts, das er rauchte, wehte bis zu Rebecca.

»Wo hast du deine Zigaretten nur her?«, fragte sie, als sie ihn erreichte. »Jeder normale Mensch stirbt, wenn er raucht, was du rauchst.«

Olek lachte heiser auf, hustete und spuckte in den Schnee. »Ich hab ein paar Freunde in Barentsburg«, sagte er dann.

Klar, Olek, der mit vollem Namen Oleksander Tarassow hieß, war Ukrainer, und die Russen in Barentsburg beschäftigten viele seiner Landsleute, weil sie billige Arbeitskräfte waren.

»Hast du früher nicht auch dort gearbeitet?«, fragte sie. Sie hatten fast täglich miteinander zu tun, aber sie wusste nahezu nichts über ihn. Vielleicht lag es daran, dass sie ihn selten allein traf. Meistens waren Touristen dabei oder Mitarbeiter der Station, und Oleks Gesprächigkeit nahm rapide mit der Anzahl der Menschen ab, die ihn umgaben.

Auf ihre Frage hin nickte er, drückte seine Zigarette am Reifen des Autos aus und ließ den Stummel in seiner Jackentasche verschwinden. »Im Bergbau.«

Sie stiegen in den Van.

Der Geruch des starken Tabaks hing noch an Olek, und Rebecca versuchte, möglichst flach zu atmen, bis der Motor ansprang und die Lüftung ihren Dienst tat.

»Wie bist du hierhergekommen? Gehen die meisten Ukrainer, die in Barentsburg arbeiten, nicht nach zwei oder drei Jahren wieder nach Hause, ähnlich wie die Leute hier in Longyearbyen?«, fragte sie, mehr um sich von ihren eigenen Gedanken abzulenken als aus wirklichem Interesse. Sie war innerlich noch immer aufgewühlt, nach wie vor brannten Tränen hinter ihren Lidern.

»Dimitri hat mich damals mitgenommen.«

»Dimitri Poljakowitsch?«

Wieder nickte er, während er den Van vorsichtig den vereisten Weg hinunter zur Straße lenkte. »Er meinte, auf dieser Seite der Insel könnten wir mehr Geld verdienen.«

»Aber er ist doch deutlich älter als du.«

»Etwa zehn Jahre.«

Nach einer Weile des Schweigens fragte Rebecca: »Und, hast du es bereut?«

»Was?«

»Na, dass du hiergeblieben bist.«

»Nein.«

Mehr bekam sie nicht aus ihm heraus. Das wurde ihr bei seinen einsilbigen Antworten klar. Vermutlich hatte er mit diesem Gespräch seinen Wörtervorrat für die ganze Woche verbraucht.

Immerhin hatte sie jetzt etwas, worüber sie nachdenken konnte. Dimitri Poljakowitsch hatte dem jungen Olek also unter die Arme gegriffen. Dimitri und sein weiches Herz. Leider schlug es mehr für seinen Freund Hans als für sie. Sie bedauerte, dass es diesen Bruch gegeben hatte und Dimitri so unversöhnlich war.

Sie erreichten die Straße, in der sie wohnte.

»Du kannst mich hier rauslassen«, sagte sie und zog ihre Handschuhe über. »Den Rest gehe ich zu Fuß.«

Es war inzwischen fünf Uhr nachmittags. Während sie den Berg hinaufstieg, blieb sie immer wieder stehen und blickte hinunter auf den Ort. Auf die Lichter der Häuser und Straßenlaternen und die Scheinwerfer der wenigen Autos, die unterwegs waren. Sie lauschte dem Brummen der Motorschlitten und dem Rufen einer Gruppe Kinder, das gedämpft zu ihr empordrang. Kurz bevor sie das Haus erreichte, kreuzte ein Rentier mit einem etwa einjährigen Kalb ihren Weg. Das weißbraune Tier blieb mitten auf der Straße stehen und sah sie an, bis das Jungtier vorbeigelaufen war, dann verließ auch die Mutter die Straße, und beide verloren sich zwischen den Häusern.

Rebecca blickte auf zu ihren Fenstern und sah nur leere, dunkle Vierecke, die nichts Heimeliges an sich hatten. Warum hatte sie nicht wie sonst die kleine Lampe über dem Bücherregal im Wohnzimmer angelassen? Sie hatte auch das Bett nicht gemacht und nicht aufgeräumt, bevor sie am Morgen die Wohnung verlassen hatte. Die Spuren der vergangenen Nacht würden sie begrüßen, sobald sie die Tür aufschloss.

Den ganzen Tag über hatte sie nichts von Martin gehört. Kein Anruf. Keine Nachricht. Aber auch sie hatte sich nicht bei ihm gemeldet. Verschlafen zu haben, war wie eine Entschuldigung gewesen, auseinanderzustürmen ohne weitere Worte oder Verabredungen.

Allmählich drang die Kälte durch die Sohlen ihrer Schuhe und zog in den Ärmeln ihrer Daunenjacke empor. Sie war müde und hungrig. Sie hatte Lynns Einladung zum Essen ausgeschlagen. Warum eigentlich? Dann wäre wenigstens dieser Punkt erledigt gewesen.

Sie war unschlüssig, wie sie ihren Abend gestalten sollte, ob sie überhaupt nach Hause gehen oder vielleicht gleich die *Svalbar* aufsuchen sollte. Sie hatte keine Lust, sich etwas zu kochen, wohl aber etwas Warmes zu essen. Sie hatte den ganzen Tag über nur von Brot und Obst gelebt. Und zu viel Kaffee.

Früher war sie häufiger bei Dimitri und Sanne zu Gast gewesen. Wenigstens einmal in der Woche hatte Sanne für sie gekocht, und wenn sie wieder einmal unterwegs war, weil sie irgendwo in der Welt eine NGO juristisch beraten musste, hatte Dimitri für sie beide Fisch oder Garnelen auf den Grill geworfen und dazu Wodka auf den Tisch gestellt.

Rebecca selbst war keine besonders gute Köchin, aber alles rund ums Backen hatte sie schon als Jugendliche begeistert. Daher hatte sie das Berufspraktikum während ihrer Schulzeit in einer Konditorei absolviert. Noch heute erinnerte sie sich gern daran zurück, und es gab wahrlich nicht viel, woran sie im Hinblick auf ihre Kindheit und Jugend gern dachte.

Die Konditorei war klein gewesen mit einem angegliederten Café und mitten in Münsters Fußgängerzone gelegen, die Meisterin eine handfeste, strenge Frau, die Rebecca einen Rahmen gegeben hatte, den sie sonst in ihrem Leben vermisste. Und die ihr Talent erkannte und förderte. Rebecca hatte auch nach Beendigung ihres Praktikums oft in der Konditorei ausgeholfen. Sie hatte sich in den Kopf gesetzt, dort eine Ausbildung zu machen. Doch ihr Vater hatte seine Zustimmung verweigert. Seine Töchter würden studieren. Das hätte ihre Mutter so gewollt.

Rebecca hatte sich gefügt und damals und in all den Jahren danach versucht, seinen Ansprüchen gerecht zu werden. Bis zum

Tod ihrer Schwester. Dieses Ereignis hatte alles verändert. Es war wie das Schließen eines Kreises gewesen. Mit einem Mal war alles an seinen Platz gefallen, hatte sich alles sortiert, was bis dahin nur Chaos gewesen war. Sie hatte ihre Schwester verloren und gleichzeitig ein Leben gewonnen. Eine Zukunft. Einen Neuanfang. Spitzbergen. Hier hatte sie sogar wieder begonnen zu backen. Und ausgerechnet Dimitri hatte ihren Kuchen besonders geliebt.

Das Klingeln ihres Telefons riss sie aus ihren Gedanken. Sie zog es aus ihrer Jacke. Ihr Display war vor zwei Tagen gesprungen, sodass sie nicht erkennen konnte, von wem der Anruf kam. Zögernd meldete sie sich.

»Hallo … Rebecca? Ich bin es, Martin.«

»Martin, wie schön … ich …« Ihr Herz schlug ihr bis zum Hals, doch sie versuchte, sich ihre Aufregung nicht anmerken zu lassen, auch wenn sie doch die ganze Zeit nur darauf gewartet hatte, dass er sich melden würde.

Er schien ihre Unsicherheit nicht zu bemerken. »Du hast noch eine Einladung zum Essen bei mir gut«, sagte er. »Dazu sind wir gestern irgendwie nicht mehr gekommen.«

»Essen, ja … heute?« Sie war völlig überrascht.

»Passt es nicht?«

»Doch, doch, es passt.« Natürlich passte es. Und wenn nicht, würde sie es passend machen.

»Wollen wir uns in der *Svalbar* treffen? In einer Stunde?«

»Eine Stunde? Ja, das schaffe ich.«

Sie räusperte sich, gab sich einen Ruck. »Ich freue mich.«

»Das ist gut.«

Sie lächelte, als sie das Telefon in ihre Jackentasche gleiten ließ. Ihr Herz klopfte noch immer eine Spur zu heftig, doch für den Moment verbot sie sich jeden Zweifel, jede Diskussion mit sich selbst. Eine Stunde würde gerade reichen. Für eine Dusche, frische Sachen, ein bisschen Wimperntusche und den Weg in die

Svalbar. Alles Weitere danach. Und dann wurde ihr bewusst, was gerade passiert war. Martin hatte sie angerufen. Es würde ein *Danach* geben. Die dunklen Fenster ihrer Wohnung erschienen ihr nicht mehr ganz so bedrückend. Der Gedanke an das ungemachte Bett, die Gerüche, die darin noch hängen mochten, verstörten sie nicht mehr. Sie wischte ihre Bedenken beiseite. Die Erinnerung an die Worte der Psychologin. *Sie haben Angst vor Nähe.*

ZWEITER TEIL

16.

MARTIN

DREI WOCHEN SPÄTER

Martin reckte sich auf seinem Schreibtischstuhl. Vor einer Woche hatte er seinen Arbeitsplatz in der Forschungsstation in Nye-Alesund kurzfristig wieder in Besitz genommen, und eigentlich sollte er zufrieden sein. Die für das Projekt ausgewählten Studenten hatten gute Arbeit geleistet, weshalb er sich nicht mehr mit dem Klein-Klein der Feldarbeit abmühen musste. So hatte er die während seiner Lehrtätigkeit in Longyearbyen verlorene Zeit aufgeholt. Allerdings nur zum Teil. Was er in seiner gedanklichen Planung völlig vernachlässigt hatte, war sein in wenigen Wochen vorzulegender Bericht, der als Beitrag des Forschungsnetzwerkes in den Klimabericht des *Intergovernmental Panel on Climate Change (IPCC)* einfließen würde. Bei dem Routinetelefonat mit einem seiner Jenaer Kollegen an diesem Morgen war eine heiße Welle durch Martins Nervenbahnen gerast, als der Mann beiläufig erwähnte, dass die »Bonner« mit dem Institut Kontakt aufgenommen hatten. Jeder deutsche Forscher, der sich mit dem Klima beschäftigte, wusste, dass sich hinter dieser laxen Bezeichnung die deutsche Koordinierungsstelle des *IPCC* in Bonn verbarg, die sicherstellte, dass alle Teilergebnisse für den bis 2022 fertigzustellenden Bericht *AR6* sachgerecht verarbeitet wurden. Das hatte nicht nur für Martin erhebliche Bedeutung. Die Klimaberichte des *IPCC* galten seit dreißig Jahren als solide wissenschaftliche und weltweit anerkannte Basis der nationalen und internationalen Klimapolitik.

Nun lagen Martin die neuesten Zahlen vor. Ihre Analyse im richtigen Zusammenhang konnte eine Teilerklärung liefern, wie das komplexe Zusammenspiel zwischen Organismen im arktischen Boden und den Treibhausgasen in der Atmosphäre ablief. Seine diesbezüglichen Ergebnisse waren valide, auch wenn es noch einige Auswertungen brauchte, um die große Menge angehäufter Rohdaten zu plausiblen Folgerungen zu führen. Allerdings gehörte es nicht zu Martins Stärken, daraus einen gleichzeitig wissenschaftlichen, aber auch allgemein verständlichen Text zu produzieren. Noch heute würde er nach Longyearbyen zurückkehren, um dort seinen Lehrauftrag parallel zu seinen Forschungen weiterzuführen, und er fragte sich, wie er zwischen allem, was ihn dort erwartete, die Zeit finden würde, den besagten Bericht zu schreiben.

Auf dem Weg zu seiner Unterkunft schlug er den Kragen seiner Jacke hoch und zog den Kopf zwischen die Schultern. Regen peitschte ihm entgegen, und er ärgerte sich, dass er seine Mütze vergessen hatte. Vor zwei Tagen war das Wetter umgeschlagen, das stabile Hoch der vergangenen Wochen war einem Tiefdruckgebiet mit einer für diese Jahreszeit viel zu warmen Strömung gewichen. Nicht nur die Klimaforscher machten diese immer häufiger auftretenden Wetterphänomene nervös, die Veränderungen, die sie auf Spitzbergen auslösten, sorgten stets aufs Neue über die Fachgebiete der Wissenschaftler hinweg für Gesprächsstoff. Er passierte die Kantine, aus deren Fenstern ein gelblicher Schein hinaus in die Dunkelheit fiel und helle Lichtpfützen auf den Schnee warf. Schemenhaft konnte er hinter den beschlagenen Scheiben die Umrisse derer erkennen, die dort gerade am Mittagstisch saßen. Der Anblick erinnerte ihn an das gemeinsame Abendessen mit Ole Petersen, das nur wenig mehr als einen Monat zurücklag. An Oles damalige Einschätzung, dass Martin ein vorübergehender Ortswechsel die Eingewöhnung auf Spitzbergen erleichtern und damit mehr Kapazität für seine Arbeit bescheren würde. Martin seufzte unwillkürlich bei dem Gedanken. Natürlich hatte der erfrischende Austausch mit den Studenten, ihre Neugier, ihre Bereitwilligkeit zur Teilnahme am Projekt und auch die neue Umgebung dazu beigetragen, dass er zunächst den Kopf frei bekommen hatte, wie Ole es genannt hatte. Aber der vermeintliche Freiraum war sehr schnell und unerwartet erneut geflutet worden.

Martin hatte inzwischen das Gebäude erreicht, in dem die Unterkünfte lagen. Erleichtert ließ er die Tür hinter sich zufallen, nahm seine Brille ab und schüttelte die Regentropfen von seiner Jacke und aus seinen Haaren. Er stieg die Treppe hoch und schloss seine Zimmertür auf. Mit einer leisen Wehmut betrachtete er den unpersönlichen Raum. Im Gegensatz zu seinem ersten Aufenthalt hier hatte er während der vergangenen sieben Tage die Ruhe und Abgeschiedenheit der Forschungsstation genossen, denn diese Woche war nicht nur voller Arbeit und Überstunden, sie war auch eine Zeit der Besinnung gewesen, eine Zeit des ungestörten Nachdenkens, wie er es mochte. Und das hatte er verdammt nötig gehabt.

Vor seiner Rückkehr nach Nye-Alesund hatten er und Rebecca zwei Wochen wie im Rausch miteinander verbracht. Erstaunlicherweise war es ihm gelungen, seine Zweifel nach seiner Internet-Recherche für diese Zeit komplett beiseitezuschieben. Er hatte sich einfach treiben lassen. Und so hatten sie jede freie Minute genutzt, waren trotz unwirtlicher Temperaturen Händchen haltend durch Longyearbyen oder am Fjord entlangspaziert und hatten die Wunder des arktischen Winters bestaunt, die ihnen in ihrer Verliebtheit so besonders erschienen, wie ihnen alles besonders und wunderbar erschien, solange sie nur zusammen sein konnten. Jeden Abend hatten sie gemeinsam gegessen, sie hatten unendlich viel geredet, gelacht, geschwiegen und sich jede Nacht ekstatisch geliebt, und er war nicht nur körperlich, sondern auch mental in unbeschreiblicher Atemlosigkeit von einem Höhepunkt zum nächsten geeilt. Erst als er allein in seiner kargen Unterkunft in Nye-Alesund angekommen war und der Erinnerung an seine ersten einsamen Wochen gegenübergestanden hatte, war mit dem

Denken auch eine gewisse Ernüchterung eingetreten. Da Rebecca ungebunden war und er in Scheidung lebte, war ihre Situation moralisch nicht verwerflich, sie waren ein Liebespaar wie viele andere auch. Für Martin aber, den ständigen Zweifler, den immer alles Bedenkenden, war dieser Zustand dennoch nicht wirklich tragbar. Trotz allem, was sie geredet hatten, trotz ihrer intensiv gelebten Nähe war etwas unausgesprochen geblieben, gab es eine Kluft, die er nicht hatte sehen wollen oder können, die er nun aber umso mehr spürte, wo er wieder auf sich selbst zurückgeworfen war. Und so hatte er fast jeden Abend still mit einem Bier in der Hand am Fenster gesessen und sinniert, und wenn er an diese ruhigen Abende zurückdachte, an dieses endlose Schweifen der Gedanken völlig ohne Druck, bedauerte er es, dass die Woche in Nye-Alesund schon vorüber war. Denn er war noch nicht zu einem Schluss gekommen, wie es weitergehen sollte.

Ein stetig sich näherndes Motorengeräusch erinnerte ihn, warum er auf sein Zimmer gegangen war. Dimitri war im Landeanflug und würde mit den laufenden Motoren nicht lange warten wollen. Martin nahm seine Reisetasche, die er schon am Morgen nach dem Aufstehen gepackt hatte, stellte sie aufs Bett und warf einen letzten Blick hinein, um sich zu vergewissern, dass er an alles gedacht hatte. Obwohl die Parkposition einige Hundert Meter von den Wohngebäuden entfernt war, schlug ihm das laute Dröhnen der Maschine vom Typ King Air 250 laut entgegen, als er die Gebäudetür aufstieß. Als er sich dem Flugzeug näherte, waren die Propeller gestoppt. Im Gegenlicht der grellen Scheinwerfer konnte er eine Gruppe Menschen erkennen, die sich in seine Richtung bewegten, vermutlich seine Mitreisenden. Martin schaute sich um und ließ den Blick ein letztes Mal über die Forschungsstation gleiten. In der Dämmerung liegende rote Häuser vor einem mächtigen weißen Gebirgspanorama, die Einsamkeit, die der Anblick verströmte, längst nicht mehr bedrohlich, sondern vertraut. Schneemobile standen neben den Gebäuden, in

Schneeoveralls bis zur Unkenntlichkeit vermummte Menschen bewegten sich zwischen ihnen. Der Regen gefror auf dem eisigen Boden, es war glatt und unwegsam, dichte Wolken verhießen noch mehr Niederschlag. Dennoch verspürte Martin keine Tristesse. Es war nicht der Ort gewesen, nur seine eigene Unfähigkeit loszulassen, die ihn bei seinem ersten Aufenthalt belastet hatte.

Als er die Maschine erreichte, richteten sich seine Gedanken nach vorn, unter anderem auf Dimitri. Der Russe würde wieder im Cockpit sitzen, wie Martin von Sanne wusste, mit der er vor zwei Tagen telefoniert hatte. Auf dem Hinflug vor einer Woche hatte ein ihm unbekannter Pilot der Gesellschaft *Luftfracht* den Flug durchgeführt, weil Dimitri Urlaub genommen hatte. Wie Sanne erzählt hatte, war Dimitri zu seiner lang vorbereiteten Motorschlittentour aufgebrochen. Martin freute sich darauf, ihn endlich wiederzusehen. Nach dem Erklimmen der schmalen flugzeugeigenen Gangway und noch bevor er sich einen Platz suchte, ging sein erster Blick deshalb in Richtung des Piloten. Er konnte sein Gesicht nicht sehen, aber der breite Rücken und die Rückseite des markanten Schädels waren unverwechselbar. Dimitri saß leicht vornübergebeugt, hielt ein Klemmbrett in der Hand und war auf die Instrumente fokussiert. Als hätte er gespürt, dass Martin ihn fixierte, drehte er sich unvermittelt um, und die Strenge, die trotz der vielen Falten um die Augen häufig seine Züge beherrschte, brach in ein strahlendes Lächeln auf. »Hallo, Professor! Darf ich dich in eine etwas wohnlichere Gegend bringen?«

Martin, der sonst selbst bei ihm vertrauten Menschen immer eine kurze Phase des Warmwerdens brauchte, ließ sich anstecken von Dimitris Lockerheit und gab mit einem Schmunzeln auf den Lippen verwegen zurück: »Na, alter Eisbär, hast du es ohne dein Flugzeug im Schnee nicht mehr ausgehalten?«

»Das verrate ich dir später«, erwiderte Dimitri und wandte sich wieder den Startvorbereitungen zu, was Martin als Aufforderung verstand, seinen Platz einzunehmen. Umständlich zwängte er sich in den Sitz gleich hinter Dimitri und lehnte sich zurück, als er spürte, wie das Flugzeug Geschwindigkeit aufnahm und beinahe schwerelos abzuheben schien. Durch das kleine Fenster sah er schemenhaft, wie die Forschungsstation unter ihm wegsackte, und eine Weile ließ er die Bilder der Schneelandschaft unter sich vorbeiziehen, ohne dabei an etwas anderes zu denken als an das, was das blaue Licht preisgab. Dann jedoch verselbstständigte sich sein Geist und flog schneller als das Flugzeug über die Endlosigkeit des Eises und des Nordpolarmeers hinweg bis hinter den Horizont nach Longyearbyen.

»Was wirst du zuerst tun, wenn du wieder in der Zivilisation bist?«, fragte Dimitri, ohne den Blick von seinen Instrumenten zu nehmen.

Martin räusperte sich verlegen. »Ehrlich gesagt, hab ich noch keinen Plan.«

Dimitri lachte ungläubig auf. »Das kann ich mir von dir nicht wirklich vorstellen.«

»Ja, nun …«, bekannte Martin zögerlich. »Ein paar Ideen hab ich schon, aber …«

»Schon gut«, fiel Dimitri ihm gut gelaunt ins Wort. »Ich will dir nicht deine Geheimnisse entlocken.«

»Geheimnisse.« Martin schüttelte den Kopf. »Ich hab mal gehört, dass man die in diesem Archipel sowieso nicht haben kann.«

»Sehr richtig«, bekräftigte Dimitri. Es schien, als ob er noch etwas hinzufügen wollte, aber ein Funkspruch unterbrach ihr Gespräch, was Martin in gewisser Weise erleichterte.

Selbstverständlich hatte er einen Plan für alles, was zu erledigen war, und auch dafür, was in dieser Liste Priorität besaß, aber das würde er in einer Situation, wo alle anderen Passagiere ihr Gespräch mithören konnten, sicher nicht verbreiten. Er freute sich auf Rebecca, auf den intensiven Blick ihrer blauen Augen, das Lächeln ihres großen Mundes, die Zartheit ihrer Haut. Auf ihr Lachen. Ihren Geruch. Er wollte die noch junge Vertrautheit zwischen ihnen so schnell wie möglich erneuern. Doch gleichzeitig fürchtete er sich vor dem, was unausgesprochen geblieben war. Auch bei ihren Telefonaten. Er bereute inzwischen, sie gegoogelt zu haben und hinter ihrem Rücken versucht zu haben zu erfahren, wer oder was sie wirklich war, obwohl sie ihm das augenscheinlich nicht erzählen wollte. Hätte es nicht funktionieren können getreu dem Spruch *Was ich nicht weiß, macht mich nicht heiß*?

Das Problem hatte ihn die gesamte Woche über beschäftigt und sich allmählich zu einer Bedrohung ausgewachsen, je länger er die Klärung aufschob. Wie konnte er die Beziehung mit einer Frau zu seiner Zufriedenheit gestalten, wenn etwas zwischen ihnen stand, das Potenzial besaß, alle Bemühungen für immer zu vernichten?

Ihr Verhalten warf Fragen auf. Sie trug etwas mit sich herum, das sie belastete, worüber sie aber nicht sprechen wollte. Das war ihr gutes Recht, aber es lag in seiner Natur, Klarheit zu finden. Dass sich ihr Verhältnis von ihnen beiden gewollt hatte weiterentwickeln können, war nur möglich gewesen, weil er verdrängt hatte, dass das, was er über sie erfahren hatte, nicht zu dem passte, wie er sie in den letzten Wochen erlebt hatte. Doch so konnte, so durfte es nicht weitergehen. Für Martin stand nach dieser Woche der inneren Einkehr fest, dass er etwas unternehmen musste, sonst würde es unweigerlich zu einer Katastrophe kommen – und zwar zu einem völlig unpassenden Zeitpunkt. Aber wie? Und wann?

Die Veränderung des Motorengeräusches und ein leichtes Knacken in seinen Ohren zeigten ihm an, dass Dimitri die Maschine in den Landeanflug brachte. Die Landebahn war von Schnee und Eis frei geräumt, nur Wasser stob auf, als das Flugzeug aufsetzte, wie Martin durch das Fenster auf der von Scheinwerfern angestrahlten Runway sehen konnte. Die Maschine rollte aus, und gleich darauf hörte er das Klicken der Sitzgurte. Reißverschlüsse zirpten, Taschen schrammten an ihm vorbei. Martin ließ es geschehen. Er wusste, dass sie diesmal nicht ohne ihn abfahren würden, die Uni hatte ihren Minibus geschickt, um ihn und zwei weitere Mitarbeiter abzuholen. Die anderen Fluggäste würden die nächsten zwei Stunden am Flughafen verbringen, bis ihre Linienmaschine nach Tromsö abging.

»Danke für den kurzweiligen Flug«, rief er in Dimitris Richtung, der mit seinen Instrumenten beschäftigt war. »Die Zeit mit dir in der Luft verging fast zu schnell.«

Dimitri lachte auf. »Ich habe noch einige Minuten zu tun, aber dann kann ich dich wieder mitnehmen«, entgegnete er mit einem Augenzwinkern und in Anspielung auf ihre erste Begegnung.

Martin grinste. »Nicht nötig, diesmal wurde extra ein Bus für mich geordert, danke.«

»Warte«, bat Dimitri, als er bemerkte, dass Martin seine Brille zurechtrückte und bereits den Ausstieg fixierte. »Warum kommst du morgen Abend nicht zu uns zum Essen? Ich hab jede Menge von meiner Tour zu erzählen, und dir war sicher auch nicht langweilig.«

»Sehr gern«, erwiderte Martin freudig überrascht. Die Vorstellung, einen Abend mit dem rustikalen Russen und seiner lebhaften Frau zu verbringen, war verlockend und drängte die Gedanken an Rebecca für einen Moment in den Hintergrund. »Gegen acht?«

Dimitri nickte.

Martin verabschiedete sich und stieg hinaus in die Kälte, wobei ihn die Erinnerung an sein ungelöstes Problem wieder einholte. Er straffte die Schultern und stiefelte durch den Schnee, als hätte er eine Mission zu erfüllen.

17.

REBECCA

Rebecca blickte erstaunt auf ihr Telefon. Sie hatte eine Nachricht von Trine Mikkelsen.

Bist du heute Abend zu Hause? Kann ich kurz vorbeikommen?

Rebecca zögerte, bevor sie antwortete. Heute würde Martin aus Nye-Alesund zurückkommen. Sie hatten sich noch nicht darüber ausgetauscht, ob und wann sie sich sehen wollten, aber sie konnte sich nicht vorstellen, dass er dem nicht ebenso entgegenfieberte wie sie.

Was mochte Trine veranlassen, so unvermittelt nach einem Treffen zu fragen? Sie hatten lange keinen engeren Kontakt mehr gehabt. Rebecca kramte in ihrer Erinnerung. Konnte es etwas mit dem Krankenhaus zu tun haben? Nun, sie würde es nicht herausfinden, wenn sie nicht antwortete.

Jetzt bin ich zu Hause. Später eventuell nicht mehr. Wann wolltest du denn kommen?

Damit legte sie das Telefon aus der Hand und stieg in die Badewanne. Mit einem wohligen Seufzen tauchte sie in das warme Wasser und schloss die Augen. Selbst wenn Trine sich sofort auf den Weg machen würde, blieb für dieses ersehnte Bad genügend Zeit.

Vor einer knappen Stunde war Rebecca nach Hause gekommen, nachdem sie erneut eigenverantwortlich mit einer Gruppe Touristen zum Gletscher gefahren war. Doch heute war nicht alles glatt verlaufen. Eine Engländerin hatte sich verletzt und musste, nachdem sie vor Ort so weit versorgt worden war, vorzeitig zurückgebracht werden. Über das Satellitentelefon hatte Rebecca sich mit Tommy über die Vorgehensweise ausgetauscht, und schließlich hatte sich Mathilde mit der Frau auf den Weg gemacht. Zum Glück war das Wetter noch gut gewesen, der Himmel klar, die Sicht weit, keine Gefahr von Lawinen. Inzwischen hatte es sich zugezogen und der Regen, der auf den nördlichen Inseln schon seit Tagen fiel, war auch hier angekommen. Rebecca war erst wieder zur Ruhe gekommen, als sie die Nachricht erhielt, dass die beiden gut auf der Station angekommen waren. Doch die Aufregung hatte ihren Tribut gefordert. Nach ihrer Rückkehr hatte sie sich völlig erschlagen und vor allem durchgefroren gefühlt, ein sicheres Zeichen von Überanstrengung. Tommy hatte sie sofort nach Hause geschickt. Da Olek seinen freien Tag hatte, war sie selbst gefahren. Nun stand der alte Van vor ihrer Haustür, was ein seltener Luxus war. Sie hoffte nur, dass er am nächsten Morgen ohne Probleme anspringen würde.

Mit einem leisen Summen kündigte ihr Telefon den Eingang einer neuen Nachricht an.

Rebecca hatte sich an die Geräusche dieses neuen Mobilgeräts noch nicht gewöhnt. Erst am Vortag hatte sie es auf der Poststelle abgeholt, nachdem sie vergangene Woche kurz entschlossen ein neues bestellt hatte. Ihr altes hätte sie für die Reparatur des Displays aufs Festland schicken müssen, und da es wirklich schon *alt* war, hatte sie auf den Aufwand verzichtet. Rebecca trocknete ihre Hände ab und griff nach dem Telefon, um zu lesen, was Trine geschrieben hatte.

Ich könnte in einer halben Stunde bei dir sein.

Sie runzelte die Stirn.

Worum geht es denn?

Eine spannende Geschichte, aber zu lang, um zu schreiben.

Ich hab nicht viel Zeit.

Kein Problem. Geht wirklich schnell.

Okay. Bis gleich.

Rebecca legte das Telefon wieder weg und schloss erneut die Augen. Ob Martin schon gelandet war?

Sie hatte sehr schnell lernen müssen, dass er nicht der Mensch war, der gern telefonierte. Oder Nachrichten schickte. Sie hatte noch nicht ganz verstanden, warum, aber es schien etwas mit der Direktheit des Kontakts zu tun zu haben. Den fehlenden Eindrücken von Mimik und Gestik beim Telefonieren und der Mehrdeutigkeit von Kurznachrichten. Vermutlich dachte er über Letztere einfach zu lange nach. Sie lächelte unwillkürlich bei dem Gedanken an Martins mangelnde Spontanität, die ihr tatsächlich ein Gefühl von Sicherheit vermittelte. Wenn er eine Entscheidung traf, dann hatte er sie auch durchdacht. Es sei denn, er wurde überrumpelt.

Bei dem Abendessen am Tag nach ihrer ersten miteinander verbrachten Nacht hatte er ihr gestanden, dass er überrascht gewesen war von der Plötzlichkeit, mit der sie zusammengekommen waren, auch wenn er die Erfahrung nicht missen wollte. Als Wissenschaftler war er sehr gradlinig in seiner Wortwahl. An jenem Abend hatte sie das Gefühl gehabt, als wäre noch mehr gewesen, was er ihr hatte sagen wollen, oder anders, worüber er hatte sprechen wollen, aber er hatte den Einstieg nicht gefunden und sie nicht gewagt, ihn zu drängen.

Die Klingel ihrer Wohnungstür schreckte sie mit ihrem unmelodischen Klang aus ihren Überlegungen. Das musste Trine sein. Rebecca warf einen Blick auf die Uhr auf der Ablage und konnte kaum glauben, dass tatsächlich schon eine halbe Stunde vergangen war. Sie stieg aus der Wanne und warf den Bademantel über. Ihre nassen Füße hinterließen Spuren auf dem Holzboden, als sie zur Tür eilte und den Öffner drückte.

»Hallo, schön, dass es so spontan geklappt hat«, rief Trine ihr entgegen, während sie noch die Treppe hinaufstieg. Sie trug einen langen dunklen Daunenmantel über einer ebenso dunklen Schneehose. Ihre Schneestiefel hatte sie schon unten im Flur ausgezogen. Auf den blondierten Locken saß eine beigefarbene Pudelmütze. Selbst diese wattierten Sachen konnten nicht verbergen, wie schlank Trine war. Dabei wusste Rebecca, dass sie nicht der Mensch war, der auf gutes Essen verzichtete. Sie hatte sie schon Portionen verschlingen sehen, die einem Holzfäller zur Ehre gereicht hätten. Und trinkfest war sie auch. Aber Rebecca hatte auf Spitzbergen noch keinen Norweger kennengelernt, der das nicht war. Dabei war der hochprozentige Alkohol für die Bewohner des Archipels rationiert. Der Zusammenhang zwischen Tageshelligkeit und Hang zum Alkoholismus war bewiesen, und so gab es für jeden eine Art Stempelkarte, mit der man in dem an den Supermarkt angrenzenden *Vinmonopolet* seine Ration für den Monat kaufen konnte. Aber wie überall gab es Mittel und Wege, diese Einschränkung zu umgehen. Manchmal reichte es, Dimitri zu kennen.

Trine sah überrascht auf Rebeccas nasse Haar und den übergeworfenen Bademantel. »Bin ich zu früh?«

»Nein, komm rein, ich hab die Zeit vergessen. Hatte heute einen anstrengenden Tag.«

»Warst du mit der Gruppe draußen, zu der die Engländerin gehörte, die sich verletzt hat?«

Rebecca nickte.

Trine legte ihr mitfühlend eine Hand auf die Schulter. »Das war sicher nicht schön. Aber ich kann dich beruhigen. Der Frau geht es gut. Sie hat sich zwei Finger angebrochen. Wir haben geröntgt und konnten sie hier im Krankenhaus behandeln. Unser neuer Arzt, Thomas, ist wirklich kompetent und bereit, Verantwortung zu übernehmen. So haben wir ihr das Ausfliegen ersparen können.«

»Das ist gut zu hören«, sagte Rebecca erleichtert. »Aber jetzt leg erst einmal ab und komm richtig rein. Möchtest du etwas trinken?«

Trine schüttelte den Kopf. »Ich will dich nicht länger aufhalten als nötig. Du hast gesagt, dass du noch etwas vorhast.« Dann sah sie Rebecca genauer an. »Deinen langen Tag sieht man dir übrigens nicht an. Du siehst fantastisch aus. So …«, sie suchte nach dem richtigen Wort, »…so strahlend. So habe ich dich noch nie gesehen. Was ist passiert?«

Rebecca lächelte. Sie nahm Trine diese direkte Art nicht übel. Es besaß etwas Mütterliches, wie sich die Krankenschwester, die wirklich jeder kannte und die selbst auch jeden zu kennen schien, um die Menschen ihrer kleinen Gemeinschaft kümmerte. Rebecca hatte in ihrer Anfangszeit oft ihre Hilfe angenommen und viele überraschend offene Gespräche mit ihr geführt, sodass sie ihr gegenüber zwar nicht direkt Freundschaft fühlte, aber doch mehr, als wäre sie bloß eine Bekannte. Dennoch fiel es ihr jetzt schwer zu antworten.

»Ich habe jemanden kennengelernt«, sagte sie schließlich aber doch nach einem Moment des Zögerns. »Aber ich weiß noch nicht, wohin es führt.«

»Ist er Norweger?«

»Nein, Deutscher. Wissenschaftler.«

Trine nickte nachdenklich, sodass Rebecca klar wurde, dass sie vermutlich schon wusste, um wen es sich handelte.

»Warum bist du denn nun hier?«, lenkte Rebecca die Aufmerksamkeit von dem für sie heiklen Thema fort, bevor Trine eine weitere Frage stellen konnte.

Trine hängte ihren Mantel auf und schlüpfte aus der Schneehose. Dann folgte sie Rebecca ins Wohnzimmer.

»Ich wollte dich fragen, ob du bereit wärst, einem Autor ein paar Fragen zu beantworten.«

»Wie meinst du das?« Rebecca war erstaunt. »Und warum ich?«

Trine lachte auf. »Weil du ziemlich repräsentativ bist. Du bist hier hängen geblieben, wie so viele, die zunächst nur für eine Saison gekommen sind. Außerdem arbeitest du auf einer Schlittenhundestation, einem unserer größten touristischen Zweige, und kannst darüber sicher kompetent Auskunft geben. Der Autor ist übrigens Jan Morten Olsen.«

Jetzt brachte Rebecca eins und eins zusammen. »Der hält doch auch eine Lesung hier. Ich hab die Plakate in der *Svalbar* und im Supermarkt gesehen und mich schon gefragt, wie ihr seine Gage zahlen wollt.«

Trine barst fast vor Stolz. »Das hat Maritt an Land gezogen. Jan kommt eigentlich für eine Recherche, weil er einen Roman schreiben will, der auf unseren Inseln spielt. Sie unterstützt ihn, und dafür liest er im Museum.« Sie erzählte, dass sie sich bereits mitten in der Planung befanden und die kleine Eingangshalle des Museums entsprechend aus- und umgeräumt hatten, um der Lesung mit der anschließenden Feier den gebührenden Rahmen zu verschaffen. »Ich glaube, seit wir Besuch aus dem Königshaus hatten, haben wir nicht mehr einen solchen Aufwand betrieben«, schloss Trine schließlich. »Du bist nebst Begleitung natürlich eingeladen, wenn du uns beziehungsweise Morten zur Verfügung stehst für seine Fragen.«

Rebecca lächelte. »Ich werde morgen mit Tommy darüber reden, wenn er nichts dagegen hat, mache ich es gern.«

»Sehr schön«, freute Trine sich, »aber ich war eigentlich überzeugt, dass wir auf dich zählen können.« Sie rieb ihre Hände aneinander. »Das war es eigentlich schon. Dann will ich dich auch nicht länger aufhalten.«

»Na, einen Moment habe ich schon noch«, hielt Rebecca sie zurück. Die Frage nach dem Interview hätte Trine auch telefonisch stellen können. Dass sie sich extra auf den Weg gemacht hatte, um persönlich mit ihr zu sprechen, bedeutete Rebecca plötzlich viel. »Willst du nicht vielleicht doch etwas trinken? Ich habe gestern einen richtig guten Rotwein gekauft.« Sie wies auf eine Flasche spanischen Weins, der auf dem Fensterbrett stand.

»Hast du den nicht für einen anderen Zweck besorgt?«, fragte Trine augenzwinkernd.

Rebecca verspürte eine lang entbehrte Vertrautheit in sich aufsteigen. Warum sollte sie diesen Abend nicht mit Trine verbringen? Sie hatten schon seit Ewigkeiten keine Gelegenheit mehr gehabt, sich in aller Ruhe auszutauschen. Und vielleicht war Martin noch gar nicht zurück. Es passierte häufiger, dass die Flüge zwischen den Inseln Verspätung hatten oder gar ausfielen. »In Deutschland sagt man: Feste soll man feiern, wie sie fallen. Wir haben so lange nicht zusammengesessen, meinst du nicht …« Sie ließ den Rest des Satzes ungesagt im Raum schweben.

»Wirfst du etwa gerade deine Pläne über den Haufen?«, erwiderte Trine amüsiert. »Aber warum nicht? Klingt nach einem prima Mädelsabend.«

Rebecca holte einen Flaschenöffner, zwei Gläser und fand im Schrank sogar noch eine Packung Chips, die sie in eine Schüssel füllte. »Wenn du schon mal die Flasche aufmachst, dann ziehe ich mir etwas an.«

Als sie in ihrem Schlafzimmer eine Jogginghose und einen Sweater überstreifte, klingelte ihr Telefon. Es war Martin. Wie immer beim Klang seiner Stimme schlug ihr Herz schneller. »Bist du zurück?«

Er war gerade angekommen. »Soll ich vorbeikommen?«

Rebecca kämpfte mit sich. »Ich habe eine Freundin zu Besuch«, sagte sie. »Vielleicht morgen?«

Nein, da hatte er schon eine Einladung zum Essen. Sie verabredeten sich für den Tag darauf. Als sie aufgelegt hatte, starrte Rebecca einen Moment nachdenklich auf ihr Telefon, bevor sie zurück ins Wohnzimmer ging. Hatte Erleichterung in seiner Stimme gelegen, als sie ihr Wiedersehen verschoben hatten?

18.

DIMITRI

Dimitri schüttelte die Tropfen aus seiner Jacke und schlüpfte aus seinen Stiefeln, dabei hörte er Sanne in der Küche werkeln. Leise öffnete er die Tür. Sie stand mit dem Rücken zu ihm, zerlegte gerade einen Fisch und summte dabei leise vor sich hin. Er liebte es, nach Hause zu kommen und seine Frau in der Küche zu sehen. Natürlich hätte er ihr das nie gesagt, er würde ihrer feministischen Ader nicht freiwillig Zündstoff liefern. Dabei liebte Sanne das Kochen so sehr, wie er es liebte, ihr dabei zuzusehen.

Er hatte lange darüber nachgedacht, was wohl der Grund dafür sein mochte, und war zu dem Schluss gekommen, dass der Anblick deshalb ein solches Gefühl der Geborgenheit und Ruhe in ihm auslöste, weil er ihn in seiner Kindheit und Jugend komplett vermisst hatte. Er konnte sich nicht erinnern, dass seine Mutter auch nur einmal so gekocht hätte, wie er es von Sanne kannte. Selbst hier auf Spitzbergen gelang es ihr immer irgendwie, frische Zutaten zu bekommen. Spezielle Gewürze und selbst Gemüse brachte sie oft auch von ihren Reisen mit, weswegen sie nie nur mit Handgepäck unterwegs war. Und in den Städten, in denen sie zu tun hatte, sei es Oslo, Hamburg, London, Madrid oder in Übersee liebte sie es, nach getaner Arbeit über Märkte zu schlendern und durch Supermärkte zu streifen. Hin und wieder ließ sie sich auch das ein oder andere mit der Post nachsenden.

Sanne stammte aus einer Familie, in der sich das Leben ähnlich wie jetzt bei ihnen vorwiegend in der Küche abgespielt hatte. Sie war der zentrale Raum des Hauses gewesen, hier wurde gekocht, gegessen, getrunken, diskutiert, geliebt und gelitten.

Dimitris Kindheit dagegen war bestimmt gewesen von undefinierbaren dünnen Suppen und Eintöpfen aus der Schulkantine. Wenn es zu Hause überhaupt etwas anderes gegeben hatte als Brot, dann war es etwas Aufgewärmtes aus der Dose gewesen, die Küche ein schmaler Schlauch zwischen Wohnzimmer und Bad, in dem nicht einmal ein Stuhl Platz gehabt hatte, mit einem Fenster zum Hof und den Mülltonnen.

Er hatte einen Freund gehabt, zu dessen Großmutter die Familie ihn einmal mitgenommen hatte. Irgendwo auf dem Land. Alles war noch ärmlicher gewesen als in Sewerodwinsk, es hatte nicht einmal fließend Wasser gegeben und nur einen Ofen in der Küche, aber von dieser Küche hatte Dimitri später immer wieder geträumt. In ihr war Platz für alle gewesen an einem großen rohen Tisch, über dem Knoblauch, Zwiebeln und getrocknete Kräuter von der Decke gehangen hatten. Es hatte eine Speisekammer gegeben mit Kartoffeln, Rüben, Äpfeln und Eiern und einem geräucherten Schinken, von dem jeder von der Schwarte ein kleines Stück zum Kauen bekam, während sie gemeinsam Kartoffeln und Rüben für das Essen geschält hatten. Es war warm gewesen an dem Kohleherd, und das Essen, obwohl es auch nur ein Eintopf gewesen war, hatte so ganz anders geschmeckt als zu Hause oder in der Schule.

»Hallo, Poljakowitsch«, begrüßte Sanne ihn gut aufgelegt und riss ihn aus seinen Erinnerungen. »Hast du an das Bier gedacht?«

Dimitri griff hinter sich und nahm die Palette auf, die er beim Reinkommen gleich neben der Tür abgestellt hatte. »Direkt aus unserer Brauerei«, sagte er und stellte sie auf den Tisch.

»Ist es kalt?«, fragte Sanne.

Er nahm eine Dose, trat zu ihr und hielt sie ihr an die Wange. »Ist das kalt genug?«

»Perfekt.«

Er öffnete zwei, während Sanne den Fisch beiseitelegte und sich die Hände abspülte.

»*Skål*«, prostete sie ihm gleich darauf zu und nahm einen kräftigen Schluck.

Auch das, war etwas, was er an ihr liebte. Ihre Bildung, ihre Manieren und alles, was sie umgab, hinderten sie nicht daran, sich gehen zu lassen. Man konnte mit ihr bechern wie mit einem Minenarbeiter. Und er war sich sicher, dass sie so manchen Mann auf Spitzbergen unter den Tisch trinken würde, wenn sie es darauf anlegen würde.

»Hab ich das gerade richtig gesehen, als du reingekommen bist? Regnet es immer noch draußen?«, fragte sie, stellte die Bierdose neben sich auf der Anrichte ab und griff wieder zum Messer.

»Schon wieder. Es hat angefangen, kurz nachdem ich gelandet war. Zum Glück erst dann. Wenn es so weitergeht, werden sie den Linienflug aus Oslo wohl absagen müssen.«

»Wir hatten das jetzt schon ein paar Mal diesen Winter«, bemerkte Sanne nachdenklich, während sie den in Stücke geschnittenen Fisch zusammen mit Kohl und Kartoffeln in eine Auflaufform schichtete. »Hast du mir letzte Woche nicht auch etwas dazu erzählt, was dir während deiner Motorschlittentour aufgefallen war?«

Dimitri nickte. »Ja, ich hab dir von den ungewöhnlich vielen toten Rentieren erzählt, die ich unterwegs gesehen habe.«

»Jetzt erinnere ich mich. Was war es noch? Finden sie nicht genug zu fressen? Oder waren es zu viele für das vorhandene Nahrungsangebot?«

»Weder noch. Wenn der Regen auf den gefrorenen Boden trifft, bildet sich eine Eisschicht, die sie mit ihren Hufen nicht durchstoßen können.«

Sanne seufzte bedrückt. »Genau, das war es. Dort, wo sie normalerweise den Schnee wegscharren, um an die Flechten und Gräser zu kommen, ist jetzt Eis.« Einen Moment lang hackte sie schweigend Kräuter, während Dimitri neben ihr stand und die zweite Dose Bier öffnete. Schließlich wandte sie sich zu ihm um.

»Meinst du, es ist Zufall oder sind das tatsächlich die Auswirkungen des Klimawandels?«

»Ich hab diese Woche mit Hakan vom Norwegischen Polarinstitut darüber gesprochen und ihm auch die Fotos gezeigt, die ich von den toten Tieren gemacht habe. Habe ich dir davon schon erzählt?«

Sie schüttelte den Kopf.

»Sie haben in den vergangenen Jahren einige Studien durchgeführt und Statistiken aufgestellt, die ganz klar belegen, dass diese Wetterphänomene ihre Ursache im Klimawandel haben. Die Temperaturen sind gestiegen, was der Regen belegt, der immer wieder statt Schnee fällt, auch im Sommer ist es wärmer, was zur Folge hat, dass sich die Vegetation verändert. Das Packeis geht seit vielen Jahren zurück. Und das sind nur ein paar der Auswirkungen, die hier in der Arktis einfach so viel mehr zu spüren sind als in anderen Regionen der Welt. Deshalb forschen hier ja auch alle.«

»Das macht mir Angst, Dimitri«, sagte sie, ohne ihn anzusehen, aber an der Art und Weise, wie sie die Kräuter mit dem Messer bearbeitete, wusste er, wie sie sich fühlte. »Dabei denke ich gar nicht einmal so sehr an uns. Wir beide werden das nicht mehr erleben. Aber ich denke an Jona, er ist gerade zweiundzwanzig, und ich denke an all die Kinder, die jetzt geboren werden. Was werden wir ihnen erzählen, wenn sie uns fragen, warum wir nichts getan haben? Warum wir zugesehen haben, wie die Welt zerstört wird?«

»Tun wir das denn, du und ich?«, fragte Dimitri.

»Ich denke schon. Wir gehören doch zu dieser Generation der Boomer und leben in dem Teil der Welt, in dem die Menschen den größten CO2-Fußabruck haben. Wenn ich mir allein überlege, wie häufig ich zu all diesen Konferenzen fliegen muss. Das ist einfach nicht mehr zeitgemäß.«

»Du wirst die Erde nicht retten, wenn du damit aufhörst.«

Sie sah ihn erstaunt an. »Das sagst du? Du bist doch sonst derjenige, der …«

»Ich weiß«, fiel er ihr ins Wort. »Aber das Gespräch mit Hakan hat mich sehr ernüchtert. All die Zahlen und Fakten, die er auf den Tisch gelegt hat. Natürlich kann und sollte jeder von uns seinen Beitrag leisten, das ist schon eine moralische Verpflichtung, nicht zuletzt um, wie du ganz richtig sagst, den nachfolgenden Generationen in die Augen sehen zu können, aber wirklich etwas ändern wird sich nur, wenn die Menschen ihre Gier überwinden und global in der Politik und Wirtschaft neue Wege beschritten werden.«

Sie sahen sich schweigend an. Dimitri spürte, dass Sanne noch etwas sagen wollte, aber da es in diesem Moment an der Tür klingelte, kam sie nicht mehr dazu.

Dimitri öffnete und bat Martin herein, der Schutz suchend unter dem kleinen Vordach stand. Die Temperaturen, die normalerweise bei minus zehn bis minus fünfzehn Grad lagen, waren bis auf den Gefrierpunkt geklettert, und Regenschauer peitschten noch immer über den Fjord und das mit Schnee bedeckte Land. Auf dem gefrorenen Boden hatte sich eine gefährliche Eisschicht gebildet. Aus Erfahrung wusste Dimitri, dass die Temperaturen bald wieder sinken und der Regen in Schnee übergehen würde. Dennoch stimmte er Martin zu, als dieser vor dem Betreten des Hauses seine Jacke ausschüttelte und »Verdammtes Scheißwetter« murmelte.

»Komm rein«, fügte Dimitri hinzu, »hier ist es warm und trocken, und Sanne hat gerade den Auflauf in den Ofen geschoben.«

Martin zog seine Schuhe aus und schlüpfte in die Filzpantoffeln, die Dimitri ihm reichte. Dann zog er aus der Innentasche seiner Jacke eine eingewickelte Flasche und folgte Dimitri in die Küche.

»Hallo, Martin«, begrüßte Sanne ihren Gast, rieb sich die Hände an einem Küchenhandtuch trocken und kam auf sie zu. Sie nahm den deutschen Wissenschaftler, der sie um Haupteslänge überragte, in den Arm und drückte ihn an sich, als würden sie sich seit Jahren kennen. »Schön, dass du da bist.«

Sannes unkomplizierte Herzlichkeit verfehlte ihre Wirkung nicht. Martin lächelte entspannt, und etwas von der Steifheit, die immer in seinen Bewegungen zu liegen schien, verlor sich. »Danke für die Einladung«, sagte er und hielt seinen Gastgebern sein Mitbringsel hin.

Sanne griff zu. »Was hast du uns denn da Schönes mitgebracht?« Sie wickelte eine Flasche russischen Wodka aus.

»Na, ob die den heutigen Abend überlebt?«, bemerkte Dimitri erfreut mit einem Blick auf das Etikett. »Wo hast du den her? Den gibt es hier doch gar nicht zu kaufen.«

Martin freute sich, dass seine Überraschung so gut gelungen war. »Ich hab ihn mir mitbringen lassen von einem Kollegen, der vor zwei Wochen zu einem Kongress nach Moskau geflogen ist.«

»Du hast also schon auf diese Essenseinladung spekuliert, was?«, flachste Dimitri und zwinkerte Sanne zu, die Martin unterhakte und zum Tisch führte.

»Wenn ich ehrlich bin«, gab Martin zu und schob seine Brille die Nase hinauf, »hatte ich darauf gehofft. Darüber hinaus bin ich gern vorbereitet.«

Dimitri lächelte. Er hatte diesen ungelenken, sperrigen Deutschen, der selbst, wenn er versuchte, locker zu sein, immer ein bisschen so wirkte, als hätte er einen Stock verschluckt, seit ihrer ersten Begegnung in sein Herz geschlossen.

Sanne reichte Martin eine Dose Bier. »Das hat Dimitri aus unserer Brauerei mitgebracht. Schon mal probiert?«

Martin strich das Kondenswasser von der Dose und nickte. »In der *Svalbar* schenken sie das Bier auch aus, oder?«

»Genau«, bestätigte Dimitri. »Der Besitzer der Brauerei hat zwölf Jahre für die Genehmigung gekämpft, auf Spitzbergen Bier brauen zu dürfen. Inzwischen exportiert er es sogar auf das norwegische Festland.«

»Ich hab es schon in Südnorwegen getrunken, in Stavanger«, warf Sanne ein.

»Ihr seid wirkliche Lokalpatrioten, was?«, stellte Martin fest.

Dimitri zuckte mit den Schultern. »Ja, nun. Sollen wir es leugnen?«

Martin öffnete sein Bier und prostete ihnen zu.

»Warte nur, bis du länger hier bist«, warnte Sanne spaßig. »Dann wird dich das Virus auch infizieren. Wie ich gehört habe, bist du ja auf einem guten Weg, hier sesshaft zu werden.«

Martin wurde rot und senkte den Blick, und Dimitri fragte sich, was er verpasst hatte. Er war in den vergangenen Wochen viel unterwegs gewesen, erst in Tromsö zu seiner Flugtauglichkeitsuntersuchung, die er natürlich, wie Trine ihm prophezeit hatte, ohne Einschränkung bestanden hatte. Dann war er für neun Tage mit Ole zu ihrer alljährlichen Motorschlittentour aufgebrochen, danach hatte ihn die Arbeit voll ausgelastet. Er konnte sich nicht erinnern, wann er das letzte Mal in der *Svalbar* gewesen war. Er warf Sanne einen fragenden Blick zu, doch die schüttelte nur mit einem kurzen Wink hinsichtlich Martins Verlegenheit den Kopf, und so wechselte Dimitri das Thema und erzählte bis zum Essen von der Tour. Martin lauschte gespannt.

»Wie ist das, wenn du da draußen ganz allein in der Wildnis bist?«, fragte er und gab sich gar keine Mühe, seine Aufregung zu verbergen.

»Ja, wie ist es, wenn ich nach acht langen Stunden quer durch unwegsames Gelände mit einer Dose Bier in der Hand abends auf meinem Schneemobil liege und in die Sterne schaue und nichts höre außer dem Knacken des Eises auf dem Meer und dem leisen Singen des Windes?« Er sah Martin direkt in die Augen. »Es ist ein Moment puren Glücks. Jedes Mal wird mir dann wieder klar, dass ich sonst nichts brauche auf dieser Welt.«

Bei seinen Worten spürte er Sannes Blick auf sich. Es war nicht leicht für sie, ihn immer wieder gehen zu lassen. Sie vertraute seinen Fähigkeiten und seiner Erfahrung, aber natürlich sorgte sie sich um ihn in dieser lebensfeindlichen Umgebung, auch wenn sie sich bemühte, es nicht zu zeigen. Daher meldete er sich jeden Abend mit einem kurzen Okay über das Satellitentelefon. Und verschwieg das ein oder andere Problem, das sie beunruhigt hätte.

In Martins Augen blitzte bei Dimitris Antwort Abenteuerlust auf. Dimitri konnte sich jedoch kaum vorstellen, dass Martin selbst eine solche Tour unternehmen würde, dafür war er überhaupt nicht der Typ, aber jemanden zu kennen, der dazu fähig war, das war für ihn etwas ganz Großes.

Während des Essens erzählte Martin von seiner Arbeit in Nye-Alesund und der in seinen Augen hervorragenden Kooperation mit den Universitäten in Longyearbyen und Tromsö. »Alle sind hier sehr flexibel«, sagte er, »das kenne ich von Wissenschaftlern sonst nicht in diesem Maß.«

»Ohne Flexibilität funktioniert auf diesem Breitengrad nichts«, behauptete Sanne. »Es ergibt keinen Sinn, am einzigen Tag der Woche, an dem das Wetter Outdooraktivitäten zulässt, im Hörsaal zu sitzen. Dann plant man halt um.«

»Das ist an anderen Universitäten und Instituten, die ich kenne, keine Selbstverständlichkeit.« Martin schob sich den letzten Bissen in den Mund und dann mit einem wohligen Seufzen den Teller von sich. »Das war ziemlich gut. Aber die nächsten Tage brauche ich vermutlich nichts mehr zu essen.«

Dimitri schüttelte belustigt den Kopf. Er stand auf und ging zum Gefrierschrank, in den er vor dem Essen die Wodkaflasche gelegt hatte. »Du brauchst jetzt nur was zum Verdauen.«

Er kam mit der vereisten Flasche und drei Gläsern an den Tisch zurück.

»Weißt du, wie ich mich am Morgen nach unserem letzten Besäufnis gefühlt habe?«, fragte Martin, während er das Glas, das Dimitri vor ihn auf den Tisch stellte, halbherzig von sich schob.

Dimitri schob es zurück und schenkte ein. »Ich hab gesehen,

dass du in Sannes Arbeitszimmer wie ein Baby auf der Couch geschlafen hast. Das kannst du heute Nacht wieder tun. *Na zdorov'ye!*«

»Himmel, ist der gut.« Sanne leckte sich die Lippen, als sie ihr leeres Glas absetzte.

Dimitri lachte und schenkte nach. »Trinkfestigkeit gehört auf Spitzbergen dazu«, sagte er dann zu Martin gewandt. »Was war das übrigens vorhin für eine Bemerkung, dass du hier sesshaft werden willst? Kaum bin ich mal nicht vor Ort …«

»Ach, nichts«, fiel Martin ihm ins Wort, dann schien er sich jedoch einen Ruck zu geben. »Na ja, aber du erfährst es ja sowieso in diesem Dorf … Also, ich hab da jemanden kennengelernt …« Er räusperte sich verlegen.

Dimitri lehnte sich neugierig über den Tisch, die Wodkaflasche noch in der Hand. »Jemanden kennengelernt … Ist es ernst?«

»Ich weiß noch nicht«, druckste Martin. »Es ist auf jeden Fall … intensiv.«

»Und wer ist die Auserwählte?«

»Rebecca«, sagte Sanne an Martins Stelle.

Dimitri sah seine Frau ungläubig an. »Rebecca?«, wiederholte er mit drohendem Unterton. »Rebecca Hüttner?«

Sanne nickte, wobei sie Dimitri einen Blick zuwarf, mit dem sie ihn unmissverständlich davor warnte, etwas Falsches zu sagen.

Aber Dimitri spürte bereits, wie der Zorn, gepaart mit dem Wodka, mit ihm durchging. »Rebecca. Na, dann viel Spaß«, sagte er überschwänglich und mit einer Spur Boshaftigkeit im Ton. »Aber bei dir kann sie ja wenigstens keine Ehe mehr zerstören.«

»Poljakowitsch!«, entfuhr es Sanne.

Martin sah überrascht vom einen zum anderen. »Hier gibt es anscheinend etwas, wovon ich nichts weiß«, sagte er plötzlich nüchtern. »Klärt ihr mich auf?«

»Ich weiß nicht, ob das sinnvoll ist«, begann Sanne. »Aber wo wir schon einmal angefangen haben …« Mit einigen wenigen knappen Sätzen erläuterte sie Martin, dass *seine* Rebecca, wie sie betonte, eine Affäre mit einem Pilotenkollegen Dimitris gehabt hatte. Dieser Mann hatte ihr zuliebe seine Frau und zwei kleine Kinder verlassen, mitten in dem ganzen Trennungsprozess aber hatte Rebecca einen Rückzieher gemacht. »Sie hat es wohl mit der Angst zu tun bekommen«, meinte Sanne. »So, wie ich es verstanden habe, ging ihr alles zu schnell.«

»Als sie hatte, was sie wollte, war es uninteressant für sie«, widersprach Dimitri heftig, »und so hat sie Hans fallen lassen wie eine heiße Kartoffel.«

Sannes Wangen begannen zu glühen, wie immer, wenn sie wütend wurde. »Wie kannst du nur immer seine Seite einnehmen? Ich erinnere mich noch genau an den Abend, als sie sich bei uns kennengelernt haben, und daran, wie Hans sich an Rebecca rangeworfen hat. Der Mann war doch völlig schwanzgesteuert.«

Dimitri holte tief Luft, aber bevor er etwas sagen konnte, fuhr sie schon fort: »Seine Ehe war genau deswegen längst kaputt, das weiß ich von seiner Frau. Sie waren nur noch zusammen, weil sie noch keine Lösung für das gemeinsame Haus und die Kinder gefunden hatten.«

»Ach, du hast also mit Hans' Frau gesprochen. Davon hast du mir aber nie erzählt!«, gab Dimitri wütend zurück.

»Nein, weil man mit dir in solchen Dingen und Momenten auch nicht reden kann!«

»Stopp!«, rief Martin dazwischen.

Dimitri verschluckte die Replik, die ihm schon auf der Zunge gelegen hatte.

Sannes Gesicht verzog sich peinlich berührt. »Entschuldigung.«

»Schon gut«, sagte Martin. »Wenn zwei Hitzköpfe aufeinanderprallen, kann es mal krachen.«

»Darauf trinken wir noch einen«, schlug Dimitri vor und schenkte nach.

Er beobachtete, wie Martin erst zurückhaltend an dem Wodka nippte, dann jedoch das Glas mit einem Zug leerte und es mit entschlossener Geste auf dem Tisch abstellte. »Ihr kennt Rebecca also näher?«

Aha, daher wehte der Wind.

»Sie war eine Zeit lang regelmäßig unser Gast«, erwiderte Dimitri möglichst neutral.

»Wir haben uns einmal in der Woche zum Essen getroffen«, konkretisierte Sanne die Aussage ihres Mannes. »Und Rebecca hat bei Dimitri die Liebe zu deutschem Kuchen geweckt.«

»Rebecca kann backen?«

»Ganz hervorragend«, gestand Dimitri.

Martin nahm seine Brille ab und putzte sie umständlich. Dimitri kannte diese Geste schon von ihm.

»Wisst ihr …«, begann Martin zögernd, »… warum sie … ich meine, was sie bewogen haben könnte, in Deutschland alles hinter sich zu lassen?«

Sanne sah ihn aufmerksam an. »Ich nehme an, du hast schon einmal versucht, sie das selbst zu fragen?«

Martin nickte und folgerte gleich: »Sie war diesbezüglich euch gegenüber also auch nicht wirklich mitteilsam.«

»Nein«, antwortete Dimitri. »Rebecca hat über sich sehr wenig gesprochen.«

Martin seufzte. »Ich hab sie gegoogelt.«

Dimitri konnte sehen, dass Martin diese Offenbarung alles andere als leichtfiel. Und er schämte sich ganz offensichtlich für das, was er getan hatte. Warum eigentlich? Informierte sich heute nicht fast jeder im Netz? Natürlich war der Fall hier nicht ganz unkompliziert.

Das sah auch Sanne so. »Ist ja erst einmal nichts Schlimmes, über jemanden im Internet zu recherchieren. Das macht heutzutage fast jede Firma. Nur in dieser speziellen Situation …« Sie senkte den Blick. Nachdenklich strich sie mit der Hand über den

Tisch. »Du hast vermutlich etwas herausgefunden, das …« Sie suchte nach Worten.

»… nicht zu dem Bild passt, das ich von ihr habe«, beendete Martin den Satz für sie.

Sanne warf ihm einen dankbaren Blick zu. »Genau. Sonst hättest du wohl nicht das Bedürfnis, darüber zu reden.«

»Was ist es?«, fragte Dimitri.

Martin antwortete nicht gleich.

Dimitri fragte sich, ob sein Vorstoß zu direkt gewesen war. Aber brachte sie dieses ganze vorsichtige Sondieren weiter? Um das plötzliche Schweigen aufzulockern, füllte er erneut ihre Gläser.

Wieder trank Martin und fasste sich ein Herz. »Rebecca hat Geologie studiert und bis vor zwei Jahren am Institut für geologische Wissenschaften in Berlin in der Fachrichtung Paläontologie als assoziierte Wissenschaftlerin zur Thematik *Frühzeitliche Vegetationsentwicklung* geforscht.«

Dimitri zuckte mit den Schultern. »Was ist daran besonders? Ich verstehe nicht, wo dein Problem ist.«

»Sie war erfolgreiche Teamleiterin in dem Projekt, für das das Institut sie engagiert hatte, sie hatte, wie es scheint, die Jahre davor auf genau diesen Karrieresprung hingearbeitet. Und dann hat sie all das hinter sich gelassen.«

»Das machen Menschen bisweilen, und zwar aus den seltsamsten Gründen«, bemerkte Sanne ruhig.

»Auf den Fotos, die ich von ihr im Internet gesehen habe, hatte sie eine ganz andere Haltung, eine völlig andere Ausstrahlung. Viel selbstbestimmter, autoritärer …«

»Da war sie auch in einer völlig anderen Lebenssituation«, fiel Sanne ihm ins Wort. »Meinst du nicht, dass dadurch das Auftreten beeinflusst wird, die Art, wie andere einen wahrnehmen?«

Martin runzelte die Stirn. »Ja, schon …«

»Wo ist dein Problem?«, wiederholte Dimitri seine Frage.

Martin wandte sich ihm beinahe ungeduldig zu. »Ich bin mit

einer Frau zusammen, die vor zwei Jahren ihr Leben komplett verändert hat, aber nicht darüber spricht.«

»Ist das nicht ihr gutes Recht? Was ändert sich für dich, wenn du die Gründe kennst?«

»Es ändert sich vermutlich nichts«, gab er zu, »aber ich habe das Gefühl – und das war auch der Grund, warum ich sie überhaupt gegoogelt habe –, dass da etwas ist, das sie belastet.«

»Du hast das *Gefühl*, dass da etwas ist«, sagte Sanne. »Das heißt aber noch nicht, dass da tatsächlich etwas ist.«

Dimitri verzog das Gesicht. Jetzt wurde es schwierig. »Wann hast du sie denn gegoogelt?«, fragte er.

»Vor drei Wochen.«

»Und so lange trägst du das nun mit dir rum?«

»Sieht ganz so aus.«

Sanne stand auf und begann in der Küche auf und ab zu gehen. Das tat sie häufig, wenn ein Problem sie beschäftigte. »Im Grunde geht es hier doch um dich und nicht um Rebecca«, sagte sie schließlich.

»Wie kommst du denn darauf?«, begehrte Martin auf. Er wurde dabei tatsächlich lauter.

Sanne hob beschwichtigend eine Hand. »Du bist verunsichert, was völlig normal ist. Das würde anderen auch so gehen. Gerade zu Beginn einer Beziehung bewegt man sich emotional zwischen allen Extremen.«

Dimitri beobachtete, wie Sannes Worte in Martin arbeiteten. Der Wodka hemmte seine Denkfähigkeit, andererseits machte der Alkohol ihn lockerer und zugänglicher. Vermutlich hätte er ohne die vier Gläser und die drei Dosen Bier nie so offen über seine Sorgen gesprochen.

»Ja, Himmel, aber was soll ich denn nun tun?«, brach es aus Martin heraus. »Ich habe eigentlich gar keine Zeit für all das! Ich habe so viel Arbeit und stecke mitten in einer Scheidung und …« Mit einer wegwerfenden Handbewegung brach er ab.

Dimitri lachte auf. »*So etwas* kommt nie zur passenden Zeit. Das ist das Leben.«

»Sprich mit Rebecca«, sagte Sanne.

Martin erwiderte unsicher ihren ernsten Blick.

»Erzähl ihr, was du weißt«, bekräftigte sie ihre Aufforderung. »Sonst werden über kurz oder lang all die Fragen, die in deinem Kopf umherschwirren und auf Antworten warten, eure Beziehung zerstören, bevor sie überhaupt angefangen hat.«

Weise Worte, dachte Dimitri. Wird es helfen?

»Rebecca ist schwierig, das weißt du selbst, Sanne. Und mit der Wahrheit stand sie schon immer auf Kriegsfuß.«

Sanne wollte auffahren, doch Martin legte ihr zu Dimitris Überraschung eine Hand auf den Arm. »Wie meinst du das?«, fragte er zu Dimitri gewandt.

Der zuckte die Schultern. »Vielleicht habe ich es zu harsch formuliert. Wie ich heute Abend schon einmal sagte, sie gibt nicht viel über sich preis. Eigentlich gar nichts. Ich will nicht sagen, dass sie lügt, aber sie laviert sich um die Wahrheit herum.« Er sah provozierend zu seiner Frau. »Sag du mir, was wissen wir wirklich über sie?«

»Nicht viel«, gestand sie und sah dann zu Martin. »Rebecca war immer sehr verschlossen in Bezug auf ihre Vergangenheit, da hat Dimitri recht. Es scheint einiges zu geben, woran sie nicht erinnert werden möchte.« Sie holte tief Luft. »Kann man das nicht einfach akzeptieren?«

»Könnte man, wenn man weiter nichts mit ihr zu tun hat, aber in einer Partnerschaft erwarte ich Offenheit«, erklärte Dimitri. »Das wird eine Aufgabe, Martin. Bist du ihr gewachsen? Oder anders: Willst du dich damit wirklich auseinandersetzen?«

Martin starrte in sein leeres Glas. Dann schob er es kommentarlos über den Tisch zu Dimitri.

Dimitri schenkte nach.

»*Na zdorov'ye*«, sagte Martin sarkastisch.

19.

MARTIN

Aus dem geschäftigen, einer Behörde vergleichbaren Hintergrundrauschen drängte sich ein lauter werdendes Klopfen in Martins Bewusstsein. Irritiert sah er von seinem Laptop auf und drehte sich zur Tür. Dabei fragte er sich, wie lange diese Bitte um Einlass zwischen der Gemengelage von nahen und fernen Schritten, menschlichen Stimmen in unterschiedlicher Lautstärke, klappernder Tassen und Becher wohl schon um seine Aufmerksamkeit gebuhlt haben mochte.

»Oh, Freja, du bist es!«, begrüßte er die Dänin zurückhaltend und machte Anstalten, sich umständlich zu erheben. Obwohl er sich gegönnt hatte, seine Arbeit später als sonst zu beginnen, fühlte er sich bei Weitem nicht so fit, wie er es sich gewünscht hätte.

Freja bemerkte das sehr wohl. »Du bleibst besser, wo du bist«, erwiderte sie, wobei sie beide Hände wie zur Abwehr hob. »Was ist denn mit dir passiert? Geht es dir nicht gut, bist du krank?«

Freja strotzte normalerweise nicht vor Empathie, daher war ihm ihre Fürsorglichkeit suspekt, und er straffte sich intuitiv. »Nein, alles gut, nichts Bedrohliches«, winkte er ab und wies mit der Hand auf den einzigen freien Stuhl in der Nähe seines Arbeitsplatzes. »Möchtest du dich setzen?«

Als er am Morgen in den Spiegel geblickt hatte, hatte er die Spuren seines Trinkgelages mit Sanne und Dimitri wohl sehen können, war jedoch überzeugt gewesen, dass sie sich im Laufe des Tages verlieren würden. Frejas Reaktion verriet ihm, dass dem nicht so war. Diese Erkenntnis in Kombination mit seinem flauen Magen machte ihm wieder einmal klar, dass er seinen Vorsatz, sich in Sachen Alkohol in Zukunft zurückzuhalten, erneut außer Acht gelassen hatte.

»Was kann ich für dich tun?«, riss er sich von seinen Gedanken los.

Freja, die inzwischen Platz genommen hatte, betrachtete ihn schmunzelnd. »Diesen leidenden Geschichtsausdruck kenne ich«, stellte sie fest. »Zu viel gutes Essen, zu viel Alkohol und zu wenig Schlaf.«

»Das hilft mir jetzt auch nicht« reagierte Martin ungewöhnlich wirsch. »Lass uns zum Punkt kommen. Sonst hast du doch auch nie Zeit, wenn es um Banalitäten geht.«

»Wenn es um besonders sympathische Mitarbeiter geht, schon«, erwiderte sie nicht ohne Ironie. Doch rasch kehrte die Ernsthaftigkeit, für die sie im Haus bekannt war, zurück. »Aber grundsätzlich hast du recht, Mitgefühl ist nicht meine Stärke. Allerdings nicht, weil ich Empathie ablehne. Ich habe nur einfach keine Zeit dafür.« Sie sah ihn entschuldigend an. »Ich bin im Moment ziemlich unter Druck, da wir nach wie vor chronisch unterbesetzt sind. Ich weiß bisweilen nicht, wo mir der Kopf steht. Mit deinen Vorlesungen hast du uns echt aus der Patsche geholfen. Ich hoffe, du kannst das noch drei oder vier Wochen fortsetzen, bis Gunnar dann hoffentlich wieder einsteigen kann.«

Deswegen war sie also gekommen. Er war fast erleichtert.

»Das ist kein Problem«, erwiderte er daher ohne Umschweife. »Ich war schon darauf vorbereitet.« Er räusperte sich. »Ich dachte allerdings immer, die Wissenschaftler reißen sich darum, hier zu forschen und zu unterrichten. Ich musste mich bei meiner Bewerbung gegen fünf andere durchsetzen.«

Sie strich sich mit einer müden Geste das Haar aus dem Gesicht. »Es kommt ganz auf das Gebiet an. Biologen gibt es tatsächlich reichlich. Aber wir haben zum Beispiel gerade zwei Stellen für Geologen ausgeschrieben, die wir nicht besetzen können. Erleichterung brächte schon ein Geologie-Assistent, aber selbst darauf warten wir vergeblich.« Mit einem Seufzen sah sie zum Fenster hinaus in den graublauen Tag.

»Ich kann es trotzdem nur schwer nachvollziehen, dass ihr Stellen nicht besetzen könnt«, sagte Martin, der bei der Nennung des Begriffs Geologie aufhorchte.

Seine Anteilnahme ermutigte Freja, weiter ins Detail zu gehen. »Ja, stell dir vor, ich hatte die Ausschreibung einer vollen Stelle initiiert, um die administrativen Abläufe neu zu ordnen. Jetzt wäre ich schon zufrieden, wenn ich jemanden bekäme, der uns für zehn Stunden in der Woche unterstützen könnte.« Sie machte Anstalten aufzustehen. »Aber genug davon. Ich will dich nicht weiter aufhalten. Du hast sicher selbst genug zu tun.«

Martin folgte ihr zur Tür. »Ich kann dir leider nicht aus deiner Misere helfen.«

»Du unterstützt uns ganz großartig«, widersprach sie und berührte flüchtig seinen Arm.

»Danke.« Er räusperte sich, unsicher, ob er das, was ihm gerade durch den Kopf ging, aussprechen sollte. »Vielleicht kann ich ja doch einen Kontakt herstellen«, fügte er schließlich hinzu. »Ich denke mal drüber nach.«

Freja sah ihn interessiert an.

»Nichts Konkretes, Freja«, wiegelte er ab, und um von seiner spontanen und vielleicht nicht ganz überdachten Äußerung abzulenken, schlug er vor: »Wir sollten bald mal unsere Verabredung einlösen.«

Ein Lächeln huschte über ihr Gesicht. »Du hast es nicht vergessen«, bemerkte sie, und der Klang ihrer Stimme verriet, dass sie sich freute. »Wie schön. Ich wüsste auch schon, wann und wo wir uns treffen könnten.«

Natürlich. Freja hatte immer einen Plan. Wenigstens darin unterschied sie sich von Andrea.

»Hast du die Plakate gesehen, auf denen zur Autorenlesung in unser Museum eingeladen wird?«, wollte sie wissen. »Jan Morten

Olsen ist einer der bekanntesten Autoren Norwegens. Das wäre die perfekte Gelegenheit!«

Martin konnte ihre Euphorie nicht ganz teilen. Autorenlesungen gehörten nicht zu seinen favorisierten Veranstaltungen.

»Dort wird es auch eine Diskussionsrunde geben, in lockerer Atmosphäre mit Bier und Musik«, fuhr sie fort.

»Okay«, erwiderte Martin schließlich ausweichend, um Freja nicht vor den Kopf zu stoßen.

»Es wäre wirklich eine gute Gelegenheit, denk mal drüber nach.« Mit einem freundschaftlichen Klaps auf seinen Arm wandte sie sich ab, aufgeladen mit neuer Energie, wie es schien.

Martin nahm sich vor, auf die erwähnten Plakate zu achten, um sich den Termin zu merken, auch wenn er nicht wusste, ob er ihn wahrnehmen wollte. Er ging zurück zu seinem Schreibtisch, klappte seinen Laptop wieder auf und versuchte, seine Gedanken neu zu sortieren, wobei er schon ahnte, dass er an diesem Tag nicht mehr zu intellektuellen Meisterleistungen fähig sein würde. Die alkoholgeprägte Mattigkeit war ein Grund, jedoch nicht der entscheidende.

Obwohl er sich verzweifelt nach Rebecca sehnte, hatte er das Treffen mit ihr bislang hinausgezögert. Er hätte bereits zwei Nächte bei ihr verbringen können, selbst nach seiner Sauferei mit Dimitri und Sanne hätte sie ihn vermutlich noch aufgenommen. In der kurzen Zeit ihres Zusammenseins hatte Martin erkannt, dass sie in dieser Hinsicht wie die meisten Menschen auf Spitzbergen eher gelassen reagierte.

Er wusste genau, warum er ihr auswich. Er hatte sich vorgenommen, bei ihrem nächsten Zusammentreffen das Gespräch mit ihr zu suchen. Und seit gestern gab es kein Zurück mehr. Bis zum Vorabend war er mit all seinen Überlegungen allein gewesen, hatte in diese und jene Richtung gedacht und dabei häufig auch im Kreis. Nun aber gab es Menschen, die sein Dilemma kannten, was er als Fluch und Segen zugleich empfand. Wie hatte es nur dazu kommen können, dass er sich Sanne und Dimitri geöffnet hatte? Hatte die wie von selbst zwischen ihnen entstandene Vertrautheit dazu geführt oder war es doch nur das Resultat des Augenblicks gewesen? Spontan empfand er es als beruhigend, dass sie ihn nicht verurteilt hatten. Gleichzeitig hallte Sannes dringende Empfehlung in ihm nach, diese Sache so schnell wie möglich aus der Welt zu schaffen. Dass er sich dazu längst entschlossen hatte, brachte ihm allerdings keine Ruhe. Im Gegenteil. Der Plan trübte nachhaltig seine Vorfreude auf das Treffen mit Rebecca. Würde es statt Wiedersehensfreude Streit geben, wenn er zur Sprache brachte, was ihn quälte? Aus jüngstem Erleben konnte er davon ausgehen, dass sie etwas zu essen vorbereitet haben würde, er wusste, sie freute sich unbändig, ihn zu sehen, weil sie über eine Woche getrennt gewesen waren. Und dann kam er mit seiner Offenbarung. Er konnte nur hoffen, sie nicht zu sehr zu enttäuschen.

Mit diesen unangenehmen Gedanken kehrte er zur Vorbereitung der Vorlesung zurück, die er am folgenden Tag vor einem erweiterten Zuhörerkreis zu halten hatte, und war im Grunde froh über die Ablenkung von seinen privaten Problemen. Aufgrund der Aktualität des Themas war er gebeten worden, fachgebietübergreifend eine Zusammenfassung des Ende 2019 im ozeanografischen Museum in Monaco während einer Pressekonferenz des IPCC veröffentlichten *Special Report on the Ocean and Cryosphere in a Changing Climate* zu geben. Trotz seines angeschlagenen Zustands gelang es ihm, die nächsten Stunden konzentriert zu arbeiten, wobei er jegliches Zeitgefühl verlor, bis ihn sein Smartphone daran erinnerte, sich der eigentlichen Herausforderung des Tages zu stellen.

Als er wenig später vor Rebeccas Wohnungstür stand, holte ihn seine Nervosität endgültig ein. Seine beim Eintreten in das Haus beschlagene Brille hatte er inzwischen dreimal geputzt. Als ihm das bewusst wurde, drückte er entschlossen den Klingelknopf über ihrem Namensschild, und augenblicklich flog die Tür auf, als hätte Rebecca direkt dahintergestanden, weil sie sein Kommen nicht hatte erwarten können. Das machte es nicht leichter. Ebenso wenig wie ihr Anblick.

Von diffusem Kerzenlicht eingerahmt und leiser Musik umspielt, stand sie vor ihm und lächelte ihn an. Ihre ganze Erscheinung sprach davon, dass sie entgegen ihrer sonstigen Gewohnheit eine Weile vor dem Spiegel zugebracht haben musste. Er wusste, dass Rebecca es bevorzugte, sich funktionell zu kleiden und den Gebrauch von *gesichtsbetonenden Hilfsmitteln* auf ein Minimum zu beschränken. Aber heute Abend hatte sie all diese Prinzipien über Bord geworfen.

»Hallo…«, war das Einzige, was Martin mit belegter Stimme über die Lippen brachte. Die mitgebrachte in Papier eingewickelte Flasche Wein hielt er wie zur Abwehr vor seinen Körper.

»Hey, da bist du ja!«, begrüßte Rebecca ihn ungestüm.

Sie fieberte darauf, ihn zu berühren, er sah es, spürte es, aber sie bremste sich, wollte ihn nicht überfallen, doch gegen ihre Freude hatte diese erzwungene Beherrschung keine Chance. Im nächsten Augenblick schon drückte sie die Tür bis zum Anschlag auf, nahm ihm die Flasche aus der Hand und umarmte ihn so unvermittelt und leidenschaftlich, dass Martins Vorsätze prompt ins Wanken gerieten. Ihre Begeisterung, ihn wieder bei sich zu haben, hüllte ihn ein, und selbst durch seine gepolsterte Daunenjacke spürte er ihren Körper, dessen unaufdringlicher, aber intensiver Duft sein Verlangen weckte und ihn für diesen Augenblick der Nähe alles andere vergessen ließ.

Schließlich löste Rebecca sich von ihm, nahm seine Hand und zog ihn an sich vorbei in den schmalen Gang ihrer Wohnung. Wortlos beobachtete sie, wie er Jacke und Schal an einen Haken hängte und seine Stiefel abstreifte. Mit den Fingern strich sie ihm zärtlich über den Arm bis zu seiner Hand und drückte diese kurz, bevor sie ins Wohnzimmer ging. Während er ihr folgte, glitt sein Blick über ihre Schulterpartie ihren Rücken hinab.

Es könnte so einfach sein.

Er musste nur alle Fragen beiseiteschieben und dem Begehren folgen. Sich einfach treiben lassen, das Gehirn ausschalten. Aber konnte er das? Würde ihn dann das Wissen oder, besser gesagt, das Nichtwissen über Rebecca nicht umso schwerer belasten?

Nein, er durfte sich nicht gehen lassen. Er musste heute Klarheit finden.

Als ob Rebecca sein Zögern spürte und sein Vorhaben konterkarieren wollte, drehte sie sich just in diesem Moment zu ihm um. Ihre Finger berührten sein Gesicht, zogen spielerisch die Linien seiner Augenbrauen und Wangenknochen nach, dann kam sie näher, und ihre Lippen streiften seinen Mund, ihre Zunge suchte die seine. Ohne die trennende Winterbekleidung nahm er jede einzelne ihrer Rundungen wahr, und als sie ihm mit leicht geöffneten Beinen ihr Becken entgegenstreckte und er ihren Venushügel deutlich am Ansatz seines Oberschenkels spüren konnte, reagierte sein Körper unmissverständlich auf die Eindeutigkeit dieser Einladung. Doch er gab dem Sehnen nicht nach.

Rebecca entging seine Zurückhaltung nicht. Ohne sich von ihm zu lösen, suchten ihre Augen die seinen. Sie begriff, dass ihn etwas umtrieb. Aber was? Sah er in ihrem Blick plötzliche Zweifel, gar Angst?

Er *musste* mit ihr reden. Jetzt. Aber wie? Womit sollte er beginnen? Hunderte Sätze hatte er sich zurechtgelegt und jeden einzelnen davon wieder verworfen …

Rebecca trat einen Schritt zurück.

»Hast du Hunger?«, fragte sie und tat, als ob sie sein Zögern und seine Unsicherheit nicht bemerkte, doch in ihre Stimme hatte sich eine angespannte Note geschlichen, und als er nicht sofort antwortete, fügte sie hinzu: »Du weißt, dass ich keine geniale Köchin bin, deshalb habe ich nur ein paar Kleinigkeiten vorbereitet.« Sie redete zu schnell, wie um die Peinlichkeit der Situation und ihre Enttäuschung zu kaschieren, und wies mit einer einladenden Armbewegung in Richtung der Sitzecke.

Er blickte auf den liebevoll gedeckten Tisch. »Wow, du hast Ciabatta gebacken« stellte er mit etwas zu viel Enthusiasmus fest. »Das ist gut! Ich habe Riesenhunger.«

»Ja, ich hab gebacken, hoffentlich magst du es«, hörte er sie sagen, während er es sich auf dem Sofa bequem machte.

Er schenkte Wein ein, griff nach einem Stück Brot, kaute geistesabwesend. Und wieder spürte er ihren Blick. Sie wusste, dass etwas zwischen ihnen stand. Er durfte sie nicht länger im Ungewissen lassen.

»Warum arbeitest du eigentlich nicht in deinem Beruf?«, platzte es aus ihm heraus, und kaum dass die Worte ausgesprochen waren und zwischen ihnen über den Kerzen schwebten, den Servietten, dem funkelnden Besteck, über die Tomaten, Oliven, den in Scheiben drapierten Schinken und den Camembert hinwegglitten, wurde ihm siedend heiß.

Rebecca verharrte in der Bewegung. Sie hatte sich gerade eine Olive in den Mund gesteckt, spuckte nun den Kern in ihre Hand und antwortete, nachdem sie das Fruchtfleisch heruntergeschluckt hatte: »Ich arbeite in meinem Beruf. Hier in der Abgeschiedenheit in Schnee und Eis. Das ist genau das, was ich schon immer wollte.« Sie sah ihn an. »Ich verstehe deine Frage nicht.«

Martin fühlte sich in die Ecke gedrängt. Was hatte er nur gesagt? Warum kam alles so verkehrt heraus? Sein Mund wurde trocken, seine Hände feucht. So beiläufig wie möglich fügte er hinzu: »Als Geologin könntest du doch auch hier auf Spitzbergen ...«

Rebeccas weit aufgerissene Augen schnitten ihm jedes weitere Wort ab. »Niemand hier weiß, dass ich Geologin bin, wie, zum Teufel, kommst *du* darauf?«, schoss sie ihre Frage förmlich auf ihn ab.

Ihre heftige Reaktion verstärkte Martins schlimmste Befürchtungen: Sein Eingeständnis würde diese Beziehung sofort beenden. Auf seinen Teller blickend sagte er leise: »Ich habe dich gegoogelt.«

20.

REBECCA

Du hast was?«, entfuhr es Rebecca. »Du hast mich gegoogelt?« Sie starrte Martin an. Ihr Herz schlug ihr bis zum Hals.

Er nickte verstört.

Was hatte er über sie herausgefunden? Mit wem hatte er darüber gesprochen? Was für Konsequenzen zog das nach sich? Tausend Gedanken schossen durch ihren Kopf. Während sie versuchte, sich zu beruhigen und ihren Zorn zu bändigen, kristallisierte sich aus der wirren Menge ein einziger, sehr klarer Gedanke heraus: *Menschen googelten heutzutage ihre Mitmenschen.*

Es grenzte an ein Wunder, dass in den vergangenen zwei Jahren bislang noch niemand auf die Idee gekommen war. Und sie begriff, dass sie nicht wütend war, weil er im Internet über sie recherchiert hatte, sondern weil sie sich vorgeführt fühlte. In eine Falle gelockt.

Warum arbeitest du eigentlich nicht in deinem Beruf?

Warum hatte er nicht gleich gesagt, worum es ging?

Sie sah zu ihm. Selbst in seiner Verzweiflung war er noch so verdammt attraktiv. Vermutlich hatte er ewig lange darüber gebrütet, wie er ihr sagen sollte, was er herausgefunden hatte.

Sie sollte kein Mitleid haben. Er war ein erwachsener, sehr intelligenter Mann. Warum nur versuchte sie ständig, ihn in Schutz zu nehmen? Viel wichtiger war doch: Was hatte er wo über sie herausgefunden? Was wusste er noch über ihre Vergangenheit? Mit wem hatte er womöglich darüber gesprochen? Sie atmete tief durch. In der Stille, die gerade entstanden war, weil der Song zu Ende war, klang es wie ein Seufzen.

Martin sah nicht auf.

Auf Hans wäre sie längst wie eine Furie losgegangen. Doch Martin würde sich nur weiter in sein Schneckenhaus verkriechen, wenn sie ihn anschrie. Er war solchen Auseinandersetzungen nicht gewachsen.

»Wie lange weißt du es schon?«, fragte sie mit möglichst ruhiger Stimme.

»Drei Wochen.« Die Antwort kam ohne Zögern, als wäre er froh, endlich alles erzählen zu können.

»Drei Wochen!«, entfuhr es ist. »Warum hast du nicht früher mit mir gesprochen?« Er antwortete nicht, und sie rechnete zurück. Drei Wochen. So lange lag auch ihre erste gemeinsam verbrachte Nacht zurück.

Warum?, wollte sie fragen, unterließ es aber, als ihr ihre Gespräche der vergangenen Wochen in Erinnerung kamen. Seine zaghaften Versuche, etwas über sie und ihr Leben vor Spitzbergen in Erfahrung zu bringen. Aus gutem Grund hatte sie alles abgeblockt. Sie wollte nicht darüber reden. Wenn man immer darüber redete, verlor sich das Vergangene nicht, dann blieb es lebendig und beherrschend, aber sie hatte abgeschlossen damit. Was geschehen war, war vorbei. Es war nicht mehr Teil ihres heutigen Lebens. Sie war eine andere. Die Musik hatte wieder eingesetzt. Leise indifferente Barmusik. Rebecca blickte auf ihr Spiegelbild im Fenster. Auf diese Frau, von der sie lange nicht gewusst hatte, wer sie war. Sie hatte so viel erreicht seither. Sie würde das nicht aufgeben.

Aber wie ging es nun weiter?

Noch kein Mann hatte solche Gefühle, solche Gedanken in ihr ausgelöst wie Martin. Eine solche Sehnsucht. Bei keinem vorher war ihr wirklich wichtig gewesen, was er über sie dachte. Bei keinem vorher hatte sie mehr über ihn als über sich nachgedacht. Es würde sie nicht voranbringen, wenn sie ihm Fragen stellte. Sie musste ihm Antworten geben.

»Ja, ich bin Geologin«, sagte sie. »Aber vor zwei Jahren habe ich meinen Beruf an den Nagel gehängt. Ich habe alles hinter mir gelassen, als ich nach Spitzbergen gekommen bin.«

Ihre Worte waren so nah an der Wahrheit und gleichzeitig doch so weit davon entfernt. Aber das konnte Martin nicht wissen. Das würde er im besten Fall nie erfahren.

Langsam sah er auf. In seinen Zügen spiegelte sich überraschte Erleichterung. Er hatte mit dieser Reaktion nicht gerechnet. Er hatte Wut erwartet, Tränen.

Er suchte nach Worten, schluckte, was seinen Adamsapfel hüpfen ließ. Er war einer dieser Männer mit einem ausgeprägten Adamsapfel, normalerweise mochte sie das nicht, aber es gab so vieles, was anders war mit ihm. So vieles, was sie bei anderen abgelehnt, worüber sie sich aufgeregt hätte. Hieß das, dass sie ihn liebte? Nach so kurzer Zeit schon? Zu lieben bedeutete, verletzlich zu sein. Es war das Letzte, was sie sich erlauben konnte.

»Du hast vor zwei Jahren alles hinter dir gelassen«, wiederholte er skeptisch, »du hast eine Karriere aufgegeben, einen akademischen Beruf, um hier am Ende der Welt auf einer Schlittenhundefarm zu arbeiten.«

Warum macht man das? Warum machst *du* das? Er sprach die Frage nicht aus, aber sie stand deutlich zwischen ihnen.

»Ein halbes Jahr bevor ich gegangen bin, habe ich einen Menschen verloren, der mir sehr nahestand«, sagte sie und merkte, wie ihre Stimme bebte. Sie wollte dieses Beben nicht. Aber sie konnte nichts dagegen tun.

»Oh, mein Gott«, entfuhr es Martin, der sich unwillkürlich aufrichtete. »Das tut mir leid. Wenn ich das gewusst hätte, hätte ich nicht …«

Mit einer Handbewegung schnitt sie ihm das Wort ab. »Wie hättest du es wissen sollen? Du musst dich nicht entschuldigen.«

Er fuhr sich mit der Hand durchs Haar. Sie wollte diese Hand nehmen, halten, an ihre Wange legen. Sie wollte ihn spüren. Seinen Körper. Seine Lust. Nicht mehr denken, nur fühlen. So wie in dem kurzen Moment ihrer Begrüßung. Es wäre nicht das erste Mal gewesen, dass sie von der Tür ins Bett gefallen wären, eine Spur hastig abgelegter Kleider hinter sich herziehend. Aber Martin war zu rational, um sich nur von seiner Leidenschaft leiten zu lassen. Sie hatte seine Zurückhaltung gespürt. Nach einer ganzen Woche der Trennung war sie wie eine Ohrfeige gewesen. Und sie hatte die alte Angst in ihr ausgelöst.

Sie lassen keine Nähe zu, um sich nicht dem möglichen Schmerz des Verlustes aussetzen zu müssen.

Wurde sie jetzt dafür bestraft, dass sie es diesmal gewagt hatte? Es war zunächst das Einzige, woran sie denken konnte. Und viel zu schnell entwickelte sich aus diesem Gedanken ein wilder, unkontrollierbarer Reigen: Was hatte er sich während der Woche in Nye-Alesund überlegt? Sie erinnerte sich der eher oberflächlichen Telefonate, die sie geführt hatten. Wollte er ihre Beziehung beenden? Sicher war er nur deswegen hier! Wollte er …

»Warst du verheiratet?«, fragte er in ihr wachsendes Entsetzen.

Was hatte er gefragt? Verheiratet?

»Ich … nein … ich habe keinen Partner verloren. Nicht in dem Sinn.« Sie biss sich auf die Lippe. Der Schmerz hinderte sie am Weinen. »Es … es war meine Schwester. Wir standen uns sehr nah.«

»Deine Schwester!« Bestürzung und Erleichterung schienen sich die Waage zu halten. »War sie krank oder …«

»Es war ein Unfall.«

Vier Worte, die ein Meer von Erinnerungen auslösten. Unzählige Bilder flogen an ihrem inneren Auge vorbei, Gesprächsfetzen … dunkle Wogen, die sie nach unten zogen und zu verschlingen drohten. Hatte sie wirklich geglaubt, darüber sprechen zu können? War sie noch immer so naiv? Damals, als es gerade geschehen war, war es einfacher gewesen. Sie hatte nichts gefühlt, nicht einmal weinen können, eine gnädige Betäubung hatte sie geschützt vor etwas, das zu groß, zu entsetzlich war für ihren Verstand, für ihr Herz, ihr ganzes Sein. Erst als sie begriffen hatte, dass sie ihrem Vater erzählen musste, was geschehen war, waren die Tränen gekommen.

»Ich kann das nicht!«, hatte sie hysterisch geschrien. »Ich kann es ihm nicht erzählen. Ich kann sie ihm doch nicht nehmen!«

»Das müssen Sie auch nicht«, hatte einer der Rettungssanitäter versucht, sie zu beruhigen, und sie hatte gespürt, wie sich der Druck von ihrer Brust löste. Sie musste ihrem Vater nicht die Tochter nehmen, die er so über alles liebte. Niemand würde sie dazu zwingen. Jeder würde verstehen, wenn sie es nicht tat.

Eine silberne Kette mit einem Kreuz hatte um den Hals des Sanitäters gehangen. Sie erinnerte sich noch an das Blitzen des Sonnenlichts auf dem Metall. »Sie müssen mit niemandem darüber sprechen, bis Sie sich dazu in der Lage fühlen.«

Sie war ihm so dankbar gewesen.

»Was ist passiert?«, hörte sie Martins Stimme von weit. Von sehr weit.

Sie sah ihn an. Er war völlig verschwommen. Da wusste sie, dass sie weinte. Im nächsten Augenblick schon war er bei ihr, zog sie in seinen Arm, und sie vergrub ihr Gesicht an seiner Schulter, bis der Geruch seines Pullovers und Martins ganz eigener unverwechselbarer männlicher Duft die Erinnerungen verblassen ließ.

»Du musst nichts erzählen«, flüsterte er an ihrem Ohr. »Alles ist gut. Ich bin ja hier bei dir.«

»Und du gehst auch nicht fort?«, schluchzte sie.

»Nein, ich gehe nicht von dir fort. Warum sollte ich das?«

Allmählich beruhigte sie sich. Er reichte ihr eine Serviette, und sie trocknete ihre Tränen und schnäuzte sich.

»Tut mir leid«, flüsterte sie.

Er schüttelte den Kopf. »Mir tut es leid, dass ich davon angefangen habe.«

Die Versuchung, auf dieses Angebot des Schweigens einzugehen, war groß, aber sie widerstand ihr.

»Ich habe hier noch mit niemandem darüber gesprochen.« Sie nahm seine Hand und hielt sie, wie um sicherzugehen, dass sie sich nicht erneut in der Vergangenheit verlor, und suchte seinen Blick. »Meine Schwester und ich waren zusammen auf einer Bergwanderung in den deutschen Alpen. Es war ein wunderschöner Frühsommertag. Die Luft war voller Leben. Wir haben diese Berge geliebt, wir sind dort oft zusammen gewandert.«

Martin lauschte schweigend, als sie beschrieb, wie ihre Schwester an einer Stelle, an der heftige Regenfälle im Frühjahr den Weg unsicher gemacht hatten, auf Geröll ausgerutscht und gestürzt war, wie sich weitere Steine gelöst hatten und ein Teil des Hangs ins Rutschen geraten war und ihre Schwester vor ihren Augen unter sich begraben hatte.

»Ich wollte ihr helfen, sie befreien, aber ich kam nicht zu ihr, der Hang war völlig instabil, bei jedem Schritt rutschte alles, es rutschte und rutschte …«, Rebecca hörte selbst, wie die Worte immer schneller aus ihr heraussprudelten, sich geradezu überschlugen. Sie verstummte und rang nach Luft. Wieder geschah es. Während sie ihrer eigenen Stimme lauschte, schienen sich die vergangenen zwei Jahre aufzulösen, das Erlebte wurde lebendig, als wäre es gestern geschehen, ebenso wie der Schmerz mit voller Wucht präsent war und das Entsetzen über die eigene Hilflosigkeit. »Ich konnte ihr nicht helfen, ich konnte ihr einfach nicht helfen …«

Wieder hielt Martin sie im Arm, bis sie sich nach einer ganzen Weile beruhigte. Verschämt fuhr sie sich mit der Hand über das Gesicht. Sie zitterte am ganzen Körper.

»Ich habe ewig nicht mehr so geweint«, flüsterte sie.

»Hat es geholfen?«

Sie nickte.

»Ich bin dankbar, dass du es in meiner Gegenwart konntest.« Er strich ihr über das Haar. »Was ihr erlebt habt, ist wirklich furchtbar.«

Sie lehnte den Kopf gegen seine Hand und atmete tief durch. »Vielleicht verstehst du jetzt, warum ich nicht in Berlin bleiben konnte.« Ihre Stimme war noch immer unsicher, zitternd. »Ich war völlig überfordert von allem, was mich umgab. Ohne lange darüber nachzudenken, habe ich die erstbeste Möglichkeit ergriffen, die Stadt zu verlassen. Als ich hier in Longyearbyen aus dem Flugzeug gestiegen bin, war ich plötzlich in einer anderen Welt. So weit weg von allem. Es war eine unglaubliche Erleichterung.«

»Das Gefühl kenne ich«, sagte Martin. »Ich meine, das mit der anderen Welt. Erleichtert habe ich mich allerdings nicht gefühlt. Es ist so abgeschieden und dunkel hier. Anfangs hielt ich es für eine hervorragende Umgebung, um depressiv zu werden.«

Seine Formulierung brachte sie ungewollt zum Lachen. Sie nestelte an ihrer Kleidung, strich sich das Haar aus dem Gesicht. »Bereust du deine Entscheidung, hierhergekommen zu sein?«, fragte sie schließlich.

Es lag sehr viel Wärme in seinem Blick, als er sich zu ihr beugte und sie küsste. »Jetzt nicht mehr.«

Was sie nicht für möglich gehalten hätte, trat ein. Sie waren sich mit einem Mal näher als zuvor. Trotz oder gerade wegen allem, was passiert war. Und es war eine warme, weiche, völlig unaufgeregte Nähe.

Sie sprachen noch viel und lang an diesem Abend. Nicht mehr über Vergangenes, sie verloren sich eher im Philosophischen. Vielleicht lag es am Wein, fast zwei Flaschen leerten sie und naschten nebenbei von dem Essen. Rebecca empfand es ungemein beruhigend, nach einer solch emotionalen Berg-und-Tal-Fahrt gemeinsam in die Normalität zurückkehren zu können.

»Eins verstehe ich nicht, da musst du mir mal helfen«, sagte Martin irgendwann mit schon schwerer Zunge. »Du bist Akademikerin, Wissenschaftlerin, fehlt es dir denn gar nicht, intellektuell zu arbeiten?«

Rebecca sah ihn erstaunt an. »Nein. Wie kommst du darauf?«

»Mir würde es fehlen.«

»Ich bin sehr zufrieden mit meiner Arbeit.«

»Und wenn sich dir eine Gelegenheit böte, wieder als Geologin zu arbeiten?«

»Wie meinst du das?«

»Die Universität hier in Longyearbyen sucht händeringend zwei Geologen. Sie können die Stellen einfach nicht besetzen.«

Rebecca schüttelte den Kopf. »Ich kann doch Tommy nicht von heute auf morgen sitzen lassen.«

»Das habe ich mir schon gedacht. Aber die Abteilung ist derart in Not, dass es schon eine Hilfe wäre, wenn sie nur für zehn Stunden die Woche Unterstützung bekämen.«

»Martin, ich möchte das nicht.«

»Wenn dir so daran gelegen ist, auf Spitzbergen zu bleiben, würdest du dir damit doch ein viel sichereres Auskommen verschaffen, überhaupt mehr Sicherheit, als wenn du auf einer Schlittenhundestation arbeitest. Es gibt Mitarbeiter an der Uni hier, die sind seit …«

»Martin, nein!«, fiel sie ihm lauter als beabsichtigt ins Wort.

Martin zuckte zurück. »Entschuldigung, ich wollte dich nicht bedrängen.«

»Tust du aber.«

Das plötzliche Schweigen war drückend.

»Versteh doch, ich habe mein Leben nie nach meinen Wünschen ausrichten können«, begründete sie deshalb ihre Weigerung. »Ich habe studiert, weil mein Vater es wollte. So vieles in meinem Leben habe ich gemacht, nur um ihm zu gefallen. Spitzbergen war eine Flucht, ja, das ist richtig, aber zum ersten Mal habe ich selbst entschieden, nur für mich. Ich werde das nicht aufgeben.« Ihr Herz klopfte heftig. Aber die Erwähnung ihres Vaters verfehlte seine Wirkung nicht.

Martin hob beschwichtigend die Hände. »Ich verstehe das. Ich werde nicht wieder davon anfangen.«

Da war sie sich nicht so sicher, und der Gedanke bereitete ihr Kopfzerbrechen, aber für den Moment war die Gefahr gebannt. Plötzlich müde, warf sie einen Blick auf ihre Armbanduhr.

»Schmeißt du mich jetzt raus?«, interpretierte Martin ihre Geste auf seine Art.

Sie schüttelte den Kopf.

Als sie wenig später in seinem Arm lag und sich dem Gefühl von Sicherheit und Geborgenheit hingab, fragte sie sich, wohin der Weg mit Martin sie führen würde. Es war noch so vieles offen zwischen ihnen. So vieles zweifelhaft.

Aber es barg auch so viel Hoffnung.

21.

MARTIN

Mit ihren fast achthundert Studenten aus mehr als vierzig Nationen war die Universität in Longyearbyen vergleichsweise klein. Als Martin sich vor einigen Wochen darangemacht hatte, für eine Feldarbeit im Rahmen seines Projekts entsprechende Ressourcen und technische Unterstützung anzufordern, war er daher davon ausgegangen, dass die formellen Hürden nicht sehr hoch sein würden. Doch er wurde schnell eines Besseren belehrt. Schon bei der Einhaltung von Fristen fühlte er sich an deutsche Verhältnisse erinnert. Nur mit Frejas Hilfe und ihrem persönlichen Interesse an seinem Projekt war es gelungen, die bürokratischen Anforderungen zu minimieren. Was ihm allerdings nicht erspart geblieben war, war die Vielzahl schriftlicher Anträge, die sogenannten *booking forms,* sowie die Beschaffung von Erklärungen und Zertifikaten, die im Vorfeld einer Exkursion vorgelegt werden mussten. Dazu gehörte unter anderem der Nachweis der eigenen Gesundheitsuntersuchung, die nicht länger als sechs Monate zurückliegen durfte, und die erfolgreiche Teilnahme an einer speziellen Schießausbildung. Weiteres konnte erfreulicherweise auch per E-Mail erledigt werden, sonst hätten sie den heutigen Termin nie einhalten können.

Dicht gedrängt saß Martin nun mit zwei Studenten aus dem Studiengang arktische Mechanik und einem Techniker neben Freja in dem Polarschneemobil, das sie zu der Testfläche bringen sollte. Da Gespräche in der kleinen Kabine aufgrund der Geräuschkulisse kaum möglich waren, hing jeder seinen Gedanken nach.

Ohne Freja, die bei der Exkursion keine aktive Rolle besaß, hätten sie auf der einstündigen Fahrt sicher mehr Platz gehabt. Aber wer hätte ihr den Wunsch mitzufahren abschlagen können? Als sie unerwartet in ihrem dunkelroten Schneeoverall in der Materialhalle aufgetaucht war und sich zu dem Kreis der Testteilnehmer gesellte, war zunächst niemand sonderlich überrascht gewesen, erst ihr kurzes Statement, dass sie mit an Bord sei, hatte den einweisenden Techniker für einen Moment ins Stocken gebracht. Frejas Position in der Universität erlaubte ihr jedoch, jedes Vorhaben nach eigenem Ermessen zu begleiten und zu prüfen. Das Gelingen von Martins Projekt lag ihr, wie viele wussten, besonders am Herzen, und so wagte auch niemand, ihre Entscheidung zu kritisieren.

»Wenn der Vorstand mich so fragend ansehen würde wie du, würde ich sagen, dass ich diese Fahrt für meine Beurteilungskompetenz brauche«, rechtfertigte sich Freja jedoch gegenüber Martin, als sich ihre Blicke beim Einsteigen in das Fahrzeug begegneten.

Martin, der mit dieser Erklärung nicht gerechnet hatte und auch nicht wusste, ob Freja ihre Bemerkung ernst meinte oder nur Spaß machte, suchte noch nach einer passenden Erwiderung, als sie bereits hinzufügte: »Ehrlich gesagt musste ich einfach mal raus, weg vom Schreibtisch. Hast du mir nicht sogar dazu geraten?«

»Das kann schon sein«, hatte er gemurmelt und war ganz froh gewesen, dass die beginnende Fahrt jegliche Kommunikation unterband. Durch die Fenster sah er die Landschaft langsam vorbeigleiten. Das Wetter hatte sich wieder beruhigt. Der Regen hatte sich verzogen, und der Himmel war aufgeklart. Die einzelnen Gipfel der Bergkette, die sich am Fjord entlang in das Innere der Insel zog, zeichneten sich scharf gegen das tiefe Blau des Himmels ab, wobei die Spitzen der höchsten Gipfel in einem zarten Rosé leuchteten, die erste Ankündigung der Sonne, die in etwa zwei Wochen für wenige Minuten auch in das Tal von Longyearbyen scheinen würde. Noch fiel es Martin schwer, sich vorzustellen, die ewige blaue Dämmerung und die Dunkelheit der Polarnacht gegen das Leuchten der Mitternachtssonne einzutauschen. So wie die Kollegen und auch Rebecca es beschrieben hatten, war es ein nicht minder faszinierendes Farbspiel.

In den kommenden Stunden musste er nun den Spagat zwischen der Konzentration auf den Test und einem Mindestmaß an Aufmerksamkeit für Freja hinbekommen. Und er hatte noch keine Ahnung, wie er diese Doppelbelastung bewältigen sollte. Er sah zu ihr. Nur ein Teil des Gesichts mit der in Falten gelegten Stirn schaute aus ihrer pelzbesetzten Kapuze des dunkelroten Overalls heraus. Ihre Augen waren unbeweglich auf ein Funksendemodul geheftet, das unmittelbar neben einem der Studenten am Holm des Kettenfahrzeugs befestigt war. Sie schien gedanklich sehr weit weg. Jeder kannte sie so, immer grübelnd, denkend, kalkulierend, sobald es Gelegenheit dazu gab, niemals Leerlauf. Doch trotz dieser Anspannung entging ihr sein Blick nicht.

Martins Gefühl, ertappt worden zu sein, verflog schnell wieder, als sich in Frejas Gesicht ein Lächeln ausbreitete. Stumm legte sie den Kopf kurz zur Seite, schüttelte ihn leicht und hob gleichzeitig die Schultern, als wollte sie sagen, *war nichts Wichtiges.* Martin lächelte zurück. Er war erleichtert, dass sich ihr Verhältnis entspannt hatte, auch wenn er gelernt hatte, dass er bei Freja stets auf der Hut bleiben musste. Er versank wieder in seiner eigenen Gedankenwelt, bis das abschwellende Geräusch der Laufketten des Geländefahrzeugs die Ankunft am Zielort ankündigte.

Weiche Stille nahm die kleine Menschengruppe in Empfang. Die vor der Abfahrt in der warmen Materialhalle der Universität besprochene Aufgabenverteilung ließ Martin einen Moment Zeit, die Umgebung und die klare Kälte wahrzunehmen. Sie befanden sich auf einer sanft gewellten Ebene, die in der Regelmäßigkeit ihrer Erhebungen und Senken einer pazifikähnlichen Dünung glich. In einem riesig erscheinenden Kreis war sie eingefasst von zwei in der Ferne ansteigenden Bergketten. Die Sonne stand noch immer unter dem Horizont, doch ihr Licht spiegelte sich an den wenigen Wolken, und das reine Weiß des Schnees verstärkte die diffuse Helligkeit, sodass sie ohne künstliche Beleuchtung arbeiten konnten. Nicht zum ersten Mal bemerkte Martin beeindruckt, dass Weiß in dieser unwirtlichen Umgebung nicht einfach nur Weiß war. Selbst bei bedecktem Himmel bildete es unzählige Schattierungen, vergleichbar mit den abgestuften Grüntönen der hintereinanderliegenden Höhenzüge eines deutschen Mittelgebirges im Morgendunst.

Der gesamte Bereich, in dem sie nun arbeiten wollten, war aufgrund seiner geologischen Besonderheit geschützt. Das von der Universität genutzte Gelände war auf den Quadratmeter genau vermessen und unterlag einer strengen Überwachung. Die vier Bohrungen, die sie in den nächsten drei Stunden durchführen würden, waren per GPS genau festgelegt und mussten in einem vorgegebenen Zeitfenster abgeschlossen sein. Einige Schritte entfernt von der Installation, die sie zu ihrer mobilen Bohrstation ausbauen würden, versuchte Martin, noch einen weiteren Moment das ihn umgebende Panorama aus Schnee und Eis auf sich wirken zu lassen, doch die bevorstehende Arbeit ließ ihm nicht die Ruhe dafür.

Eigentlich bestand kein Grund für Anspannung, denn der als Test geplante Vorgang war nicht mehr als eine Einweisung. Die Bohrmaschine war neu im Gerätearsenal der Universität. Selbst der anwesende Techniker hatte sie noch nicht in der Praxis eingesetzt. Wenn diese kompakte Maschine, die nicht größer als ein mittlerer Strauchhäcksler war, in der Forschungsstation Nye-Alesund zum Einsatz kommen würde, musste Martins Team ohne Unterstützung aus Longyearbyen in der Lage sein, sie aufzubauen, einzusetzen und wieder abzubauen.

»Ich hatte schon vergessen, wie schön es hier draußen sein kann.« Freja war unbemerkt zu ihm getreten. Martin löste seinen

Blick von der fast fertig aufgestellten Apparatur, sah erst Freja an und dann über ihre Schulter in die Ferne. »Im Moment ist es sehr schön und ruhig«, gab er zu. »Hoffentlich bleibt es auch so, bis wir hier fertig sind.«

Freja schüttelte freundlich lächelnd den Kopf und klopfte Martin mit ihrem dicken Fäustling beruhigend auf die Schulter. Winzige Schneekristalle stoben auf. »Nicht so skeptisch, alter Freund, das wird schon klappen.« In ihrer Stimme lag ein jovialer Unterton.

Martin wurde von der Frage eines Studenten abgelenkt, und in der nächsten Stunde nahm ihn die Überwachung des Aufbaus der Bohreinrichtung völlig in Anspruch. Darüber vergaß er Frejas Gegenwart weitestgehend und zuckte zusammen, als sie in einer kurzen Arbeitspause mit einem Becher heißen Tees neben ihm auftauchte.

»In Bezug auf die offenen Geologenstellen hast du neulich angedeutet, dass du vielleicht etwas bewegen könntest«, sagte sie, während sie ihm den Becher reichte. »Gibt es was Neues?«

Die Frage kam so unvermittelt, dass er zunächst nicht antwortete. Er hätte sich ausrechnen können, dass Freja darauf zurückkommen würde. An dem Abend mit Rebecca, der so angstvoll begonnen und dann glücklicherweise in Harmonie geendet hatte, waren auch zahlreiche unfertige Gedanken dabei gewesen, wie er Freja am besten erklären könnte, sich voreilig geäußert zu haben. Aber er hatte das Problem nicht lösen können, und genau diese Nachlässigkeit rächte sich jetzt.

Die Mischung aus Mitgefühl, das er für Rebeccas schweren Verlust empfand, dem Verständnis für ihren daraus resultierenden Neuanfang und ihrer für ihn nach wie vor nicht nachvollziehbaren Weigerung, wieder in den Beruf einzusteigen, hatte es ihm bislang unmöglich gemacht, sich eine abschließende Meinung zu bilden. Klar war für ihn nur eins: Rebecca brauchte seinen Schutz.

»Und, bist du fertig mit Nachdenken? Weißt du endlich, was du mir auf meine Frage antworten möchtest?« In der ihr eigenen Direktheit hakte Freja nach, nicht unfreundlich, aber ein wenig ungeduldig, weil er in ihren Augen viel zu lange nach passenden Worten suchte.

Martin strich mit der behandschuhten Hand über den Rand seines dampfenden Teebechers. »Äh, Freja, es ist so …«

Unter keinen Umständen wollte er so naiv erscheinen, wie er gewesen war, als er Rebecca vor seinem geistigen Auge noch als Geologin gesehen hatte. Und was er jetzt über sie wusste, musste er für sich behalten, wenn er das in ihn gesetzte Vertrauen nicht beschädigen wollte.

»Kannst du oder willst du mich nicht an deinen Überlegungen beteiligen?« Frejas Ungeduld gewann langsam die Oberhand.

»Na, also, so kompliziert ist es nicht«, beschwichtigte Martin. »Ich hatte an eine Person gedacht, von der ich wusste, dass sie Geologin ist und möglicherweise kurzfristig einspringen könnte.« Vorsichtig versuchte Martin, die gefährliche Klippe zu umschiffen und eine Erklärung zu liefern, ohne zu viel preiszugeben.

»Ach, und das klappt jetzt nicht, weil …?« unterbrach Freja ihn erneut.

»Sie hat eine feste Anstellung hier in Longyearbyen. Ihr Arbeitgeber könnte sie nicht so schnell ersetzen. Zum anderen gibt es wohl persönliche Gründe«, erklärte er vage. Er trank seinen Tee aus und reichte Freja den Becher, um zurück zu der Bohrstelle zu gehen, da er die kurze Unterhaltung für beendet hielt.

»Rebecca Hüttner ist Geologin?«, rief Freja ihm hinterher.

Wie vom Blitz getroffen blieb Martin stehen.

Wie konnte Freja das wissen, er hatte doch nichts angedeutet?

Langsam wandte er sich um und entdeckte Genugtuung in den attraktiven Zügen der Dänin. Seine Reaktion ließ keinen Zweifel, dass sie mitten ins Schwarze getroffen hatte. Das ärgerte Martin nur noch mehr.

»Martin, es bleibt in dieser kleinen Gemeinde nicht viel verborgen«, versuchte sie, die Wogen zu glätten. »Es weiß doch jeder, dass ihr ein Verhältnis habt und …« Sie ließ den Rest des Satzes ungesagt.

Er wusste nicht, auf wen er wütender sein sollte, auf sie oder sich selbst. Er hätte ahnen müssen, dass eine Freja, die derart unter Druck stand und fieberhaft nach Entlastung suchte, nicht so schnell lockerlassen würde. Vermutlich würde sie nicht zögern, Rebecca direkt anzusprechen. Er musste sich zwingen, keine drohende Haltung anzunehmen, als er auf sie zuging. »Freja, es ist ganz allein Rebeccas Angelegenheit. Es ist ihre Entscheidung, nicht als Geologin arbeiten zu wollen, und wir haben das zu respektieren«, stieß er zwischen zusammengepressten Zähnen hervor. Vor Zorn bebend stand er vor ihr und fixierte sie mit seinem Blick, während er verzweifelt nach den richtigen Worten suchte. »Ich möchte nicht, dass du sie darauf ansprichst!« Sein Atem hing in dicken weißen Wolken zwischen ihnen.

Freja, die trotz ihres Mangels an gezeigter Empathie durchaus in der Lage war, Emotionen richtig zu deuten, schaltete auf Deeskalation. »Beruhige dich, Martin. Ich verstehe, dass du Rebecca schützen willst.« Sie trat nahe an ihn heran und strich mit ihren Fäustlingen an den Außenseiten seiner Oberarme langsam auf und ab, als ob sie ihn entspannen wollte. »Aber du kannst mir nicht verbieten, mit ihr zu reden!«

22.

TRINE

Trine stapfte nicht ohne Mühe den Hang zu Longyearbyens ältestem Ortsteil hinauf. Nachdem die Inseln vor einigen Tagen von einer Warmfront gestreift worden waren, die ihnen Regen und Sturm gebracht hatte, lagen die Temperaturen nun wieder deutlich unter dem Gefrierpunkt. Neuschnee war gefallen, und das Eis, das sich durch die kurze Phase des Tauwetters gebildet hatte, knackte an manchen Stellen unter Trines dicken Winterstiefeln. Trotz der Kälte schwitzte sie, da sie die Serpentinen abkürzte, indem sie einfach querfeldein ging. Das unebene Terrain und die Schneeverwehungen machten den Aufstieg zu einer sportlichen Übung, und das dicke, in Zeitungspapier gewickelte Bündel in ihrem Arm schien mit jedem Schritt schwerer zu werden. Als sie auf halbem Weg die Treppe der alten Schule erreichte – das Einzige, was von dem Gebäude noch übrig war –, nahm sie die Gelegenheit wahr, zu verschnaufen und dabei die vier deutschen Touristen zu beobachten, die dort Fotos machten. Ihre Stimmen und ihr Gelächter hallten zu ihr herüber, einige Brocken von dem, was sie sprachen, verstand sie sogar, sie hatte in der Schule immerhin vier Jahre Deutsch gehabt und frischte es immer wieder auf, wenn sie Gelegenheit dazu erhielt. Jetzt las eine der Frauen aus ihrem Reiseführer vor, dass am achten März die Einwohner Longyearbyens von dieser Treppe aus die ersten Sonnenstrahlen begrüßen würden. Nur aus diesem Grund stand die Treppe noch, weil sie der erste Fleck im Tal war, den die Sonne nach der langen Polarnacht traf. Dieser Moment wurde jedes Jahr mit einem großen Fest gefeiert. Trine seufzte unwillkürlich, als sie daran dachte. Wie immer am Ende eines langen Winters war die

Sehnsucht nach Licht und Sonne groß, tatsächlich konnte man den Tag irgendwann kaum noch erwarten, und jeder hoffte und betete, dass der Himmel dann auch klar sein möge, sodass man die Sonne wirklich auch sehen und nicht nur erahnen konnte.

Ihr Blick glitt über die wenigen Häuser hinauf zur Kirche. Ursprünglich war der Holzbau vor einhundert Jahren in nur fünfzig Tagen errichtet worden, bei der Bombardierung der Inseln im Zweiten Weltkrieg durch die Deutschen jedoch zerstört und erst in den Fünfzigerjahren wiederaufgebaut worden. Die *Svalbard Kirke* war die nördlichste Kirche der Welt, die einzige auf dem Archipel, und wurde nie abgeschlossen, sodass jeder jederzeit Einlass hatte. Trine mochte die freundliche Atmosphäre sehr, das helle Holz der schlichten Innenräume, die sanften Farben der Altarbilder.

Seit nun fast zwei Jahren brachte sie einmal in der Woche frische Blumen hierher. Sie hatte die Aufgabe von einer jungen Frau übernommen, die wieder aufs Festland zurückgekehrt war. Obwohl Trine nicht gläubig war, war der Besuch in dem Gotteshaus jedes Mal eine Zeit der inneren Einkehr für sie und tat ihr ebenso gut wie der weite Blick über Longyearbyen und den Fjord, den man aus den hohen Fenstern hatte.

Selten waren andere Menschen dort, wenn sie kam, tatsächlich plante sie ihre Besuche auch so, dass sie sicher sein konnte, allein zu sein. Daher blieb sie erstaunt stehen, als sie zehn Minuten später die Tür aufstieß und Klaviermusik hörte, und zwar keine kirchlichen Melodien, sondern einen beschwingten Ragtime. Während sie ihre Stiefel auszog und ihre Daunenjacke ablegte, streifte ihr Blick die Ablagefächer und den Waffenschrank, konnte dort aber nichts finden, was Rückschlüsse auf den Pianisten gegeben hätte. Mit den eingepackten Blumen im Arm stieg sie die Treppe zum ersten Stock hinauf, vorbei am Souvenirshop in das Kirchencafé, einem lang gestreckten Raum mit gemütlichen Sitzgruppen, der direkt in die eigentliche Kirche mündete.

Der Ragtime ging in leichten beschwingten Jazz über. Trine ging neugierig weiter. Wer auch immer dort spielte, verstand seine Profession.

Die junge dunkelhaarige Frau, die hinter dem Klavier saß, war völlig in die Musik vertieft. Während Trine noch überlegte, wo sie die zierliche Erscheinung unterbringen sollte, entdeckte diese sie, und ihr Spiel endete abrupt.

»Oh, bitte, lass dich durch mich nicht stören«, bat Trine mit einer grüßenden Geste.

Doch die junge Frau war bereits aufgesprungen und rieb sich verlegen ihre Hände. »Ich dachte, ich wäre allein. Ich hab dich gar nicht hereinkommen hören«, erwiderte sie auf Englisch mit einem charmanten französischen Akzent. Sie trug wie Trine eine Schneehose, darüber einen bunt gemusterten Pullover. Ihr Haar war sehr kurz, dennoch lockte es sich um ihre Ohren, was ihr etwas Kindliches verlieh.

»Ich glaube, niemand hat etwas dagegen, wenn du hier spielst«, versuchte Trine, sie zu beruhigen.

»Nein, ich weiß, ich habe auch die Erlaubnis des Pastors ...« Die junge Frau räusperte sich. »Aber ich bin mir nicht sicher, wie er es findet, wenn ich in seiner Kirche Barmusik spiele.«

Trine betrachtete sie genauer. »Arbeitest du nicht bei Tommy auf der Schlittenhundefarm? Ich glaube, ich habe dich schon mit Rebecca zusammen gesehen.«

»Genau. Ich bin Mathilde«, bestätigte sie Trines Vermutung und kam mit ausgestreckter Hand auf sie zu. »Mathilde Bouvier. Ich bin seit drei Monaten hier.«

Trine ergriff die Hand und freute sich über den festen Händedruck. »Ich bin Trine Mikkelsen, ich arbeite im Krankenhaus.«

»Ach, du bist das! Ich hab schon von dir gehört. Lynn und Tommy haben über dich gesprochen, und ich glaube, eine Menge anderer Leute auch«, sagte Mathilde und grinste schelmisch.

»Ja, ich gehöre hier zum lebenden Inventar der Inseln«, gab

Trine genauso vergnügt zurück. Die Lebhaftigkeit der Französin gefiel ihr. »Deshalb kennt mich auch jeder. So wie einen bunten Hund.«

Mathilde lachte auf, doch gleich darauf wurde sie wieder ernst. »Du verrätst mich nicht an den Pastor, oder?«

»Meinst du wirklich, dass er sich daran stört, was du spielst? Wie kommt es überhaupt dazu? Begleitest du die Gottesdienste oder ...«

»Nein, ich spiele Klavier seit meiner Kindheit, aber da ich seit einigen Jahren ständig unterwegs bin, versuche ich, immer irgendwo ein Klavier zu finden, auf dem ich spielen kann, damit ich nicht aus der Übung komme.«

»Und dafür brauchst du keine Noten?«

»Nicht für das, was ich gerade gespielt habe. Für kompliziertere klassische Stücke schon, aber ich habe immer ein paar dabei.« Sie wies auf einen Stapel Papiere auf dem Deckel des Klaviers.

Trine war fasziniert. »Das klingt großartig.« Sie dachte kurz nach. »Spielst du auch vor Publikum?«

Mathilde zuckte mit den Schultern. »Klar. Wenn es nicht anders geht, verdiene ich auch mein Geld damit.«

»Warum nur, wenn es nicht anders geht?«

»Für den Job als Barpianistin braucht man ein dickes Fell und ein schnelles Mundwerk, um sich all der Männer zu erwehren, die einen für Freiwild halten.«

»Aber das schnelle Mundwerk hast du doch, oder?«

Mathilde zwinkerte ihr zu. »Ich hab's mir antrainiert.«

Trine setzte sich auf einen der Kirchenstühle und legte die Blumen neben sich. »Darf ich dir ein wenig zuhören?«

»Sicher.« Mathilde setzte sich wieder hinter das Klavier und begann zu spielen. Trine verstand nicht viel davon, aber doch genug, um zu bemerken, dass die junge Frau improvisierte und gekonnt von einem musikalischen Thema zum nächsten wechselte.

»Könntest du dir vorstellen, hier in Longyearbyen eine Veranstaltung musikalisch zu begleiten?«, fragte sie, als Mathilde eine Pause machte und sich reckte.

»Eine Veranstaltung?«

»Ja, ich habe gerade überlegt, dass du die perfekte Abrundung für unsere Autorenlesung wärst.«

»Die im Museum?«

Trine nickte.

»Und wo bekommen wir ein Klavier her?«

»Das lass meine Sorge sein.«

»Was stellst du dir denn musikalisch vor? Eher klassisch oder …«

»Das, was du hier gerade gespielt hast, wäre der perfekte musikalische Rahmen, wenn wir nach der Lesung noch etwas zu trinken anbieten.«

Mathilde rieb sich die Nase. »Klingt gut. Kann ich mir vorstellen. Allerdings müsste ich wenigstens einmal vorher auf dem Klavier spielen, das ihr dort haben werdet.«

»Klar. Gibst du mir deine Telefonnummer, damit ich dich anrufen kann?«

»Wann ist denn die Veranstaltung?«

»Am Wochenende. Also in drei Tagen.«

»Das ist gut. Da hab ich frei.«

Sie tauschten ihre Nummern aus, dann blickte Mathilde aus dem Fenster. Es war inzwischen früher Nachmittag. »Ich glaube, ich muss mich jetzt auf den Weg machen. Ich muss noch arbeiten, die Hunde werden es mir nicht verzeihen, wenn sie nicht pünktlich ihr Futter bekommen.«

Trine sah ihr nach, wie sie gleich darauf in ihrem Schneeoverall vor der Kirche auf eins der geparkten Schneemobile stieg und davonbrauste. Aus einer Tasche, die an der Seite befestigt war, lugte der Lauf eines Gewehrs. Sie stellte sich Mathilde von Angesicht zu Angesicht mit einem Eisbären vor und war sich nach dem, wie sie Mathilde kennengelernt hatte, sicher, dass die kleine Französin einer solchen Situation gewachsen war. Trine wandte sich vom Fenster ab, nahm die Vasen vom Altar und die Blumen von der Bank und ging in die Teeküche. Die ersten Tulpen der Saison, die ihren Weg von Holland nach Spitzbergen gefunden hatten. Sie hielt die Nase an die noch geschlossenen Blütenköpfe. Ein ganz feiner, kaum merkbarer Duft nach Frühling entströmte ihnen. Trine seufzte. Sie liebte Blumen. Sie gehörten zu den wenigen Dingen, die sie hier in der Arktis bisweilen vermisste.

23.

DIMITRI

Dimitri und Olek hatten auf ihrer Fahrt von Longyearbyen nach Barentsburg die schrägen, vereisten Hänge der sich ins Landesinnere ziehenden Bergketten, den in bizarren Formen erstarrten Flusslauf und die von Frost und Schnee zerklüfteten Spalten hinter sich gelassen und waren im leichter zu bewältigenden Teil der Strecke angekommen. Die Motoren dröhnten mit konstanter Drehzahl, gut isolierende Handschuhe, beheizte Griffe und ihre windabweisenden Overalls ebenso wie die Gesichtsmasken aus Neopren schützten sie vor dem eisigen Fahrtwind und den Temperaturen, die an diesem Tag bei mehr als minus fünfundzwanzig Grad lagen. Es hatte Neuschnee gegeben, aber nach der Warmfront und dem Regen war der alte Schnee darunter zum Teil verharscht und vereist, was das Fahren auf dem ersten, herausfordernden Teil der Strecke nicht gerade angenehm gemacht hatte. Nun aber hatte sich das Gelände geweitet, sie steuerten auf ein Hochplateau zu und konnten bequem nebeneinander über die weite weiße Fläche gleiten. Seit fast zwei Stunden waren sie unterwegs, und die Hälfte der Strecke lag hinter ihnen. Höchste Zeit, eine Rast einzulegen.

Dimitri schaute hinüber zu seinem Partner, der bis zur Unkenntlichkeit vermummt leger auf seinem Schneemobil saß und seinen Blick über die leicht ansteigenden Berge zu seiner Rechten schweifen ließ.

Wenn sie zusammen unterwegs waren, verstanden sie sich meistens wortlos, mehr noch, zur gleichen Zeit dachten sie häufig das Gleiche. In sehr gut funktionierenden engen Beziehungen war das nichts Außergewöhnliches, was für Dimitri ein steter

Quell der Erheiterung, aber auch der geheimen Freude war. Es gab nicht viele Menschen in seinem Umfeld, die aus einem ähnlichen Kulturkreis stammten wie er.

In den vielen Jahren, die sie nun schon gemeinsam Touren unternahmen, hatte Dimitri jedes Detail der Körperhaltung, Motorik und Bewegungsdynamik seines Freundes abgespeichert, sodass er selbst bei Dunkelheit hätte sagen können, dass es sich um Olek handelte. Die Art, wie der Ukrainer mit minimaler Kraftanstrengung sein Fahrzeug lenkte und in dieser weglosen Weite völlig unaufgeregt einen optimalen Track für das Mobil mit dem raupenartigen Kettenantrieb fand, nötigte ihm jedes Mal aufs Neue Respekt ab.

Die vor ihnen liegende Hochebene, die sie nach der nächsten Steigung erreichen würden, war an diesem fast windstillen Tag perfekt geeignet, denn die Sicht war gut und gab den Blick frei auf ein arktisches Panorama, das auch Dimitri trotz der Jahrzehnte, die er nun schon hier oben lebte, jedes Mal wieder faszinierte. Außerdem freute er sich auf eine Zigarette, die Olek vermutlich genauso nötig hatte. Der Ukrainer würde jedoch nicht von sich aus um eine Pause bitten, das kannte Dimitri von anderen Unternehmungen. Olek war der Typ Teamplayer, der nie fragte, was zu tun war, da er einen Blick für das Notwendige besaß und einfach anpackte. Selten wurde er daher von Entscheidungen überrascht, weil er meistens so tief in der Materie steckte, dass er ahnte, welche getroffen werden würden, und diesen folgte, als wären es seine eigenen. Auch jetzt hatten sie sich nicht über einen Stopp ausgetauscht, aber kurz vor dem Platz, den Dimitri gedanklich schon ausgewählt hatte, lenkte Olek seine Maschine dichter an ihn heran und sah zu ihm herüber. Dimitri nickte knapp, und gleich darauf hielten sie mit etwa fünf Meter Abstand hintereinander.

Dimitri schaltete das Schneemobil ab und wartete, dass auch Oleks Maschine verstummen würde, wusste allerdings, dass er auf den Moment der absoluten Stille, den er nirgendwo sonst als in dieser weißen Einöde bislang erfahren hatte und den er liebte, noch warten musste. Olek würde den Motor erst abstellen, nachdem er sich einer alten Angewohnheit folgend auf den Sitz seines Schneemobils gestellt und langsam einmal rundherum geschaut hatte. Es war eine alte Geschichte, schon so oft überliefert, dass immer wieder neue Versionen davon erzählt wurden. Sie handelte von der Gefahr durch Eisbären, die besonders groß war, wenn man sich zu nahe an Senken, Felsvorsprüngen, Eisaufschichtungen oder anderen Versteckmöglichkeiten aufhielt. Bären waren raffinierte Jäger, die sich Deckungen ausnutzend heranschlichen und dann mit hoher Geschwindigkeit auf ihr Opfer zustürmten. Olek wurde nachgesagt, etwas Ähnliches erlebt und knapp überlebt zu haben. Dimitri hätte gern mehr darüber erfahren, es hatte jedoch keinen Sinn, danach zu fragen, Olek würde nicht darüber reden.

Endlich verklang auch das Geräusch des Motors von Oleks Schneemobil, und die ersehnte Stille breitete sich aus. Kein Klappern, kein Rascheln, keine Stimmen störten sie, und genau im Süden in einer einem Pass gleichen Einkerbung zwischen zwei Bergen nahm Dimitri einen Lichtfleck wahr, der heller war als alles andere.

Die Sonne.

Wolken und Dunst verschleierten die direkte Sicht, aber hie und da gelang es einem einzelnen Strahl durchzubrechen. Dimitri starrte wie gebannt darauf und spürte, wie sich ein Lächeln in ihm ausbreitete. Nach so vielen Monaten das erste Mal wieder das Sonnenlicht zu sehen, war ein besonderes, das Herz erwärmendes Erlebnis.

Oleks dicke Boots knirschten im Schnee und rissen Dimitri aus einer persönlichen Andacht. Aus der Transportbox hatte Olek zwei Dosen Bier hervorgekramt und die Zigaretten aus der Tasche seiner Jacke gezogen. Wie immer, wenn sie in der Wildnis Rast machten, saßen sie schließlich Rücken an Rücken rauchend und damit in entgegengesetzte Richtungen schauend auf einem der beiden Schneemobile. Die wenigen Worte, die sie wechselten, fielen in Russisch, als ob sie sich nach dem Englischen, das sie in Longyearbyen vorwiegend gebrauchten, wieder auf ihre Landsleute einstellen mussten.

In Barentsburg würden sie bei einem Bekannten Dimitris übernachten, einem der wenigen Russen unter den vorwiegend ukrainischen Bewohnern dieses Ortes. Er war der Kontaktmann in der Angelegenheit, die sie dort hinführte und die auch der Grund für die beiden großen Lastenschlitten war, die sie im Schlepp hatten. Dimitri lächelte zwischen zwei Zügen von seiner Zigarette. Sie waren diesmal gut in der Zeit. Es würde kein Problem geben, ihre kostbare Ware in Empfang zu nehmen.

»Das Schiff liegt noch bis morgen früh an der Pier«, sagte Dimitri als Abschluss seiner Gedanken in die Stille hinein.

Olek quittierte die Worte mit einem Brummen. Anscheinend war die Information keine Neuigkeit für ihn. Seit der Fjord nicht mehr jedes Jahr zufror, gab es auch im Winter Versorgungsfahrten aus Russland in die kleine Bergarbeitersiedlung. Neben den Gütern des täglichen Bedarfs, langfristigen Bestellungen und nicht eiligen Ersatzteilen war genug Platz auf den Schiffen, um kostengünstig größere Posten an privater Fracht zu befördern. Das hatte sich Dimitri, gemeinsam mit einigen Vertrauten, schon vor Jahren zunutze gemacht, um sich angesichts der Rationierung von Alkohol auf dem Archipel eine lukrative Einnahmequelle zu erschließen.

Wie das genau vor sich ging, welche Gesetze er übertrat und welchen Gefahren er sich dabei aussetzte, darüber sprach er grundsätzlich nicht. Nicht einmal mit Sanne, was immer wieder zu einer gereizten Stimmung zwischen ihnen führte, sobald der Ortsname Barentsburg fiel.

Dimitris Stirn legte sich unwillkürlich in Falten als er sich an sein Gespräch mit seiner Frau erinnerte, kurz bevor sie vor zwei

Tagen für einen mehrtägigen Kongress nach Stockholm aufgebrochen war. Sie war guter Dinge gewesen, weil sie bei ihrem Sohn Jona wohnen würde, der in Stockholm studierte, und sie sich auf die gemeinsame Zeit mit ihm freute. Ihre gute Laune war jedoch verflogen, als sie durch das Küchenfenster beobachtete, wie Dimitri die Kufen des Anhängers prüfte, was er nur tat, wenn er eine längere Tour vorbereitete.

»Der Besuch bei deinen russischen Freunden ist wohl wieder fällig«, blaffte sie ihn an, als er kurz darauf ins Haus kam.

Er richtete es immer so ein, dass Sanne nicht auf der Insel war, wenn er nach Barentsburg fuhr. Je weniger sie wusste, desto besser. Deshalb reagierte er auch jetzt lediglich mit einer ausweichenden Geste.

»Poljakowitsch, wenn du Scheiße baust, sind wir geschiedene Leute«, setzte sie in schärferem Ton hinzu.

»Du hast zu viel Fantasie, *moya krasavitsa*«, hatte er sie mit *meine Schöne* zu beschwichtigen versucht. Er wollte sie in den Arm nehmen und küssen, was ihren Zorn normalerweise immer besänftigte. An jenem Tag hatte er jedoch keinen Erfolg damit gehabt.

Mit einem ungehaltenen Kopfschütteln schob er die Erinnerung von sich, nahm einen Schluck Bier und wandte sich wieder Olek zu. »Ich habe gehört, dass Kyrill auch wieder an Bord ist.«

Auch diese Bemerkung über seinen alten Schulfreund, mit dem er sich regelmäßig um den Verstand trank, entlockte Olek nur ein weiteres Brummen. Dimitri war klar, dass dies bis zur Ankunft die einzige Reaktion bleiben würde. Letztlich spielte es auch keine Rolle, ob, wann und wo sich Olek mit seinem Kumpel treffen würde. Wenn sie am nächsten Vormittag die Rückfahrt mit reichlich Last auf ihren Schlitten antreten würden, würde er mehr oder weniger nüchtern, vor allem aber pünktlich zur Stelle sein, das war sicher.

In diesem Moment erhob sich Olek plötzlich, drückte, ohne

hinzusehen, den Stummel seiner filterlosen Zigarette mit den behandschuhten Fingern aus und steckte ihn in die Jackentasche, während er gleichzeitig einen Punkt in der Ferne fixierte. Dimitri war sofort alarmiert. Wenn sein ukrainischer Freund sich so hastig bewegte, musste es einen guten Grund dafür geben. Und in dieser eisigen Einöde gab es nur wenig Gründe, sich zu beeilen. Möglichst lautlos erhob sich Dimitri ebenfalls und folgte Oleks Blick. Zunächst konnte er an dem fast nahtlosen Übergang vom weißgrauen Horizont zum fast ebenso gefärbten Himmel nichts Auffälliges entdecken.

Da streckte Olek seinen Arm aus. »*Medved!*«, sagte er nur. Bär.

Dimitri sah noch immer nichts, zweifelte jedoch keinen Augenblick an Oleks Beobachtung. Möglicherweise war es ein männliches Tier auf der Suche nach Futter. Sie befanden sich zwar einige Kilometer von der Küste entfernt, was das Aufeinandertreffen mit diesen Einzelgängern nicht sehr wahrscheinlich machte, doch es war auch bekannt, dass sie oft weite Wege über Land streiften, wenn das fehlende Eis auf den Fjorden ihnen die Jagd erschwerte.

Dann erblickte Dimitri das Tier. Es war nicht mehr als ein Schemen, perfekt getarnt in der schneebedeckten Umgebung. Der Bär bewegte sich schnell, aber er war zu weit weg, um eine Gefahr für sie zu sein, zudem stand der Wind so, dass er sie nicht wittern konnte.

Olek hielt es dennoch für besser, das Schicksal nicht herauszufordern. Wortlos nahm er Dimitri die leer getrunkene Bierdose aus der Hand, stapfte zu seinem Fahrzeug zurück und zog die Neoprenmaske über, die sein Gesicht vor dem Fahrtwind schützte. Dimitri folgte ihm, vermummte sich ebenfalls, und gleich darauf waren sie wieder unterwegs, am Ort ihrer Rast nur Abdrücke im Schnee hinterlassend, die in wenigen Stunden nicht mehr zu sehen sein würden.

Wenig später erreichten sie den Fjord, an dem die russische

Siedlung am Berghang lag. Das Wasser war grau gegen die schneebedeckten Ufer, hinter den jenseits davon liegenden Bergketten schickte die Sonne ein violettrotes Leuchten in den Himmel. Das Aufeinandertreffen mit einer Gruppe von vier Schneemobilen, die ihnen kurz vor Barentsburg entgegenkamen, war die einzige menschliche Begegnung während der gesamten Tour. Es musste sich um Touristen handeln, da war Dimitri sicher. Die verkrampfte Haltung auf der schmalen Sitzbank und der starre Blick auf das vorausfahrende Gefährt sprachen von Ermüdung und Anspannung. Sie hatten vermutlich das übliche Programm erlebt mit einer Hinfahrt, auf der ihr Guide sie antrieb, um im Zeitplan zu bleiben, einem russisch-traditionellen Mittagessen mit Brot, Buchweizengrütze und Wurstsuppe im einzigen Hotel von Barentsburg, auf das ein kurzer Ortsrundgang auf eigene Faust folgte, den die meisten nutzten, um wenigstens einen Blick in die verwitterte hölzerne Kirche zu werfen und ein Selfie mit Lenin zu schießen, der in Stein gemeißelten Büste des Führers der sozialistischen Revolution in Russland.

Das durch die Suche nach Kohle entstandene Barentsburg war eigentlich nichts Besonderes. Holländer hatten die Ansiedlung gegründet und nach nicht einmal zwei Dekaden ihre Schürfrechte an eine sowjetische Minenfirma verkauft. In ihrer Hochzeit hatten mehr als tausend Menschen in dieser kommunistisch geprägten Stadt gelebt, bevor mit dem Rückgang des Bergbaus auch die Einwohnerzahl geschrumpft war. Fast einhundert Jahre nach der ersten Besiedlung lebten nur noch rund vierhundert Menschen in eher kargen Verhältnissen gemeinsam mit der verbliebenen Lenin-Büste und Resten von sowjetischer Architektur in dem Ort. Auch der aufkommende Tourismus, vorwiegend repräsentiert durch in der Bucht ankernde Kreuzfahrtschiffe und kleine Gruppen von Menschen aus aller Welt, die entweder mit dem Boot aus Longyearbyen kamen oder ein Ziel für eine Schneemobilfahrt brauchten, hatten ihm bisher nicht zu neuer Blüte verholfen.

Die beiden Lastschlittengespanne hatten die letzte Erhebung genommen und fuhren nun direkt auf den Fjord zu. Die lange Dämmerung bot ihnen noch vage Sicht auf die Berge am gegenüberliegenden unbewohnten Ufer, diesseits wiesen ihnen der Lichtschein der Weglaternen und die wenigen beleuchteten Fenster der versprengt liegenden Häuser den Weg zurück in die Zivilisation.

Auf ihrem Weg passierten sie die Ruine einer alten Gerätehalle. Das aus roten Ziegeln gemauerte und mit seinen leeren schwarzen Fensterhöhlen wie ein totes Lebewesen wirkende Gebäude war schon verlassen gewesen, als Dimitri vor Jahrzehnten das erste Mal hergekommen war. Er erinnerte sich an die unangenehmen Gefühle, die der Anblick damals in ihm ausgelöst hatte, und musste schmunzeln, weil ihm auffiel, dass ihn auch jetzt noch, so viele Jahre später, jedes Mal die gleichen Gedanken bewegten, wenn er daran vorbeifuhr.

Einige Hundert Meter weiter kamen sie an dem zerbeulten, kaum lesbaren Schild vorbei, das die Stadtgrenze markierte. Wer über diesen Weg das erste Mal nach Barentsburg fuhr, bekam keinen besonders positiven Eindruck von der Stadt, dachte Dimitri nicht ganz ohne Wehmut. Als Russe, der noch dazu einige Zeit hier gemeinsam mit seinen Landsleuten Kohle gefördert hatte, verband ihn etwas mit diesem Landstrich, was er nicht wirklich beschreiben konnte. Nationalbewusstsein konnte man es vielleicht nennen, ganz sicher aber Stolz. Stolz darauf, dass hier am nördlichsten bewohnten Punkt des Erdballs eine Siedlung existierte, die von Russen geschaffen worden war. Dimitri rief sich zur Räson, als er merkte, dass er sich, wie oft in vergleichbaren Situationen, selbst verklärte. Die Sache mit dem Nationalbewusstsein und Stolz eines Russen war sehr komplex und für Außenstehende nicht immer leicht nachzuvollziehen.

Nun kamen zwei modernere hintereinanderstehende mehrgeschossige Wohnblocks in Sicht, die Fassaden mit roten und blauen Rechtecken verziert. Einer unbestimmten Vorfreude folgend versuchte Dimitri, Licht in einem der Fenster in dem blauen Block auszumachen. Dort würde er die Nacht verbringen, wenn die Formalitäten an der Pier erledigt sein würden.

Das Brummen von Oleks Motor kam näher, als wolle dieser ihn daran erinnern, dass sie gleich abbiegen mussten. Sie fuhren an dem erleuchteten Gebäude der Brauerei vorbei, durch dessen Fenster blanke Kessel und Rohrleitungen zu sehen waren, an der Außenstelle der Verwaltung der Kohlefördergesellschaft und orientierten sich schließlich links zum Hafen, der diesen Namen nicht unbedingt verdiente, da er nicht mehr als zwei Liegeplätze für mittelgroße Schiffe bot und einige Schwimmpontons für Boote. Neben den typischen Bandförderanlagen zum Umschlag der Kohle und einem in die Jahre gekommenen Kran war eine Stellfläche für etwa fünfzig Container eingerichtet worden. Dimitri hielt genau darauf zu. In einem dieser verwitterten Stahlbehälter warteten hoffentlich die Kisten, für die sie gekommen waren. Zwei davon hatte er Trine und Maritt versprochen für ihre Kulturveranstaltung, die schon am nächsten Tag stattfinden sollte. Er schmunzelte, als er an die Aufregung der beiden Frauen angesichts ihres berühmten Gastes dachte. Kultur hin, Kultur her, auf Spitzbergen war eine jede solcher Veranstaltungen ein willkommener Anlass für eine besonders feuchtfröhliche Feier. Das würde diesmal nicht anders sein, und er würde gut daran verdienen.

24.

REBECCA

Gemeinsam mit Martin betrat sie das Museum. Während ihrer Zeit auf Spitzbergen war Rebecca tatsächlich erst einmal hier gewesen, ganz zu Beginn, um sich auch vor Ort einen Eindruck über die Geschichte und die Gegebenheiten auf den Inseln zu machen. Sie war noch nie ein begeisterter Museumsbesucher gewesen, mit Ausnahme vielleicht des Senckenberg Museums in Frankfurt, und das vermutlich auch nur, weil sie es als Kind mit ihren Eltern und ihrer Schwester besucht hatte und heute noch ein Foto ihrer Mutter wie einen Schatz hütete, das diese vor einem der ausgestellten Dinosaurierskelette zeigte. Seither hatte sich in der Museumspädagogik viel getan. Sie arbeitete mit modernen Medien und Installationen und war interaktiv. Das Angebot hier in Longyearbyen konnte natürlich nicht mit Frankfurt mithalten, war für den kleinen Rahmen jedoch recht spannend gestaltet.

Die Lobby hatte an diesem Abend allerdings nichts mit dem gemein, was Rebecca von jenem Besuch vor zwei Jahren in Erinnerung hatte. In zehn Reihen waren Stühle in einem Halbrund vor einer improvisierten Bühne aufgebaut, deren Hintergrund geschmückt war mit den Ankündigungsplakaten für die Veranstaltung, zahlreichen großformatigen Bildern des Autors selbst, seiner Bücher und einigen Landschaftsaufnahmen von Spitzbergen. Neben der Bühne verstellte ein Klavierflügel den Eingang zum Museumsrundgang. Der Deckel des Flügels war aufgeklappt, neben ihm stand eine große Bodenvase mit weißen und roten Lilien. In den Randbereichen waren Stehtische aufgebaut mit langen weißen Tischdecken und Schüsseln mit Salzgebäck darauf, die Cafeteria war umgebaut zu einem Ausschank, auf dem Tresen lagen in großen Eiskübeln Sekt- und Weißweinflaschen, glitzernde Reihen von Gläsern standen daneben. Während sie ihre Schuhe auszog, konnte Rebecca Dimitri beobachten, der durch eine Hintertür seitlich der Bühne eine Kiste voll mit Flaschen hereinreichte, die eine der Hilfskräfte sofort in den Kühlschrank sortierte. Es war ungewohnt, ihn einmal nicht in seiner Fliegerjacke und Schneehose zu sehen, sondern in einem Anzug mit weißem Hemd, allerdings ohne Krawatte. Sie fragte sich, ob sie ihn überhaupt schon einmal so gesehen hatte und wie Sanne, die ihm in einem figurbetonten schwarzen Cocktailkleid folgte, ihn dazu gebracht hatte, sich so auszustaffieren. Es kleidete ihn auf jeden Fall fantastisch, und er bewegte sich darin so lässig und selbstverständlich, als ob er nie etwas anderes tragen würde. Rebecca zupfte ihr dunkelblaues Wollkleid zurecht und zog die Pumps über, die sie in ihrer Tasche mitgebracht hatte. Der hohe Absatz brachte sie mit Martin fast auf Augenhöhe.

Er betrachtete sie still. Sie spürte, dass er ihr etwas sagen wollte, aber nicht wusste, wie er es formulieren sollte.

»Du siehst toll aus«, flüsterte er ihr schließlich ins Ohr. »Die schönste Frau im Raum.« Letzteres fügte er mit einer Spur Verlegenheit hinzu, als wäre es ihm zu spät eingefallen.

Sie lächelte geschmeichelt und beugte sich zögernd zu Maritt, die ein für ihre Figur und ihr Alter deutlich zu glänzendes kurzes Kleid über einer schwarzen Strumpfhose trug und mit vor Aufregung roten Wangen jeden Neuankömmling am Eingang begrüßte. »Hallo, Rebecca, wie schön, dass du gekommen bist.« Dann sah sie zu Martin. »Wir kennen uns noch nicht, oder?«

»Martin van der Zaar«, stellte Martin sich vor, der in seinem dunkelbraunen Anzug mit passender Fliege in Rebeccas Augen zwar nicht mit Dimitris Lässigkeit mithalten konnte, ihn aber an Eleganz um ein Vielfaches übertraf.

Rebecca blickte amüsiert in die Runde. »Schau sie dir alle genau an«, sagte sie. »Jetzt sehen sie noch brav und durchschnittlich aus. Warte erst, wenn der Wodka fließt.«

»Hast du das schon einmal erlebt?«

Rebecca nickte mit vielsagender Miene.

In der Nähe des Flügels entdeckte sie Mathilde in einem schwarzen Hosenanzug ganz im Stil der Goldenen Zwanziger des vorigen Jahrhunderts.

»Kann ich dich allein lassen?«, wandte sie sich Martin zu. »Bevor es losgeht, würde ich gern ein paar Worte mit Mathilde wechseln. Ihretwegen bin ich schließlich gekommen.«

»Ich habe schon begriffen, wo deine wahren Sympathien liegen«, bemerkte Martin spöttisch. Er spielte darauf an, dass er zunächst eine Absage von Rebecca bekommen hatte, als er sie für diesen Abend um ihre Begleitung gebeten hatte.

Sie warf ihm einen entschuldigenden Blick zu. »Ich interessiere mich nun einmal nicht für Autorenlesungen.«

»Nicht einmal, wenn du eine solche Berühmtheit wie Jan Morten Olsen im kleinen Rahmen und aus nächster Nähe erleben darfst?«

Die Ironie in seiner Stimme war nicht zu überhören. Sie wusste nicht, wem zuliebe Martin heute Abend hier war, aus eigenem Antrieb war er jedenfalls nicht gekommen. Er hatte sich vage in diese Richtung geäußert, ohne Details zu nennen, als er sie zu Hause abgeholt hatte. Sie war ganz seiner Meinung. Sicher war der norwegische Schriftsteller ein Star am internationalen Buchhimmel und sein Auftritt etwas Besonderes im kleinen abgelegenen Longyearbyen, aber musste man daraus gleich ein gehobenes Party-Event machen?

Martin schien ihre Gedanken zu lesen, lächelte und drückte flüchtig ihre Hand. »Ich schaue mal, ob ich etwas zu trinken für uns bekomme. Was möchtest du?«

Sie folgte seinem Blick und sah am Ausschank neben Dimitri und Sanne einen großen fülligen Mann mit rotem Haar, der in ihre Richtung blickte und winkte. »Ich denke, ich fange mit Sekt an. Aber lass dir Zeit.«

Als sie sich durch die wachsende Zahl an Gästen schlängelte, entdeckte sie eine elegante Trine im Gespräch mit ein paar Leuten vom Vorstand der Universität, neben ihr stand ein hagerer, hochgewachsener Mann ihres Alters, vermutlich der neue Arzt, von dem sie erzählt hatte. Er lauschte mit einem versonnenen Lächeln, während Trine in ihrer lebhaften Art eine Anekdote zum Besten gab. Sie standen dicht beieinander, ein wenig zu dicht für Menschen, die weiter nichts miteinander zu tun hatten, außer Kollegen zu sein. Rebecca gefiel der Gedanke.

Mathilde lockerte gerade ihre Finger.

»*Ah, bonsoir, ma chère*«, begrüßte sie Rebecca Küsschen gebend. »Hättest du gedacht, dass das hier so eine große Nummer wird?«

Rebecca zuckte mit den Schultern. »In allen skandinavisch geprägten Ländern feiert man gern Feste, und das auch gern sehr exzessiv.«

Mathilde grinste. »Da können wir doch mithalten, oder?«

»Na, ich weiß nicht. Wie lange hast du frei?«

»Bis Montag.«

»Könnte knapp werden. Aber du kannst ja mit Lynn sprechen. Da kommt sie gerade.«

»Hallo, ihr beiden Hübschen«, begrüßte Tommys stämmige Frau sie und gesellte sich zu ihnen.

»Wo hast du deinen Mann gelassen?«, wollte Mathilde wissen.

»Er meint, Lasse könne nicht allein bleiben«, antwortete sie und verdrehte die Augen.

Rebecca lachte auf. »Ich kann es ihm nachfühlen.« Tommy war nicht für gesellschaftliche Events gemacht. Der berufliche Austausch mit den Touristengruppen war ihm mehr als genug.

Mathilde stieß Rebecca in die Seite und wies mit einer unauffälligen Kopfbewegung in Richtung der Gruppe um Martin, Dimitri und Sanne. Eine brünette Frau in einem hellen Kostüm war dazugetreten und unterhielt sich angeregt mit Martin. Dabei kam sie ihm sehr nah und legte wie selbstverständlich eine Hand auf seinen Unterarm. Rebecca versuchte, das unangenehme Bauchgefühl, das der Anblick in ihr auslöste, zu ignorieren. »Wer ist die Frau?«, wollte Mathilde wissen.

Lynn wandte sich um. »Das ist Freja Moeller. Sie ist Dekanin an der Uni.«

Rebecca kannte Freja natürlich. Sie war in etwa so lange auf den Inseln wie sie. »Sie ist Martins Vorgesetzte«, erklärte sie Mathilde.

Mathilde runzelte ihre kindliche Stirn, ebenso wie Rebecca war ihr nicht entgangen, wie nahe Freja bei Martin stand, wie sie sich zu ihm lehnte und ihn mit einem Augenaufschlag bedachte, der Bände sprach. »Sie scheint ihre Position auszunutzen, oder ist sie eine dieser Frauen, die alles *begreifen* muss?«, fragte sie spöttisch.

»Ach, ich würde das nicht überbewerten«, wiegelte Lynn ab. »Freja gehört tatsächlich zu jenen Menschen, die jeden und alles anfassen müssen. Sie geht mit allen so um.«

Selbst über die Entfernung bemerkte Rebecca den Blick, mit dem Dimitri Freja beobachtete, bevor er sich recht abrupt abwandte und die Gruppe verließ. Das verhieß nichts Gutes. Bevor sie jedoch in irgendeiner Form reagieren konnte, sah Sanne zu ihnen herüber, winkte, als sie Rebecca entdeckte, und kam mit schnellen Schritten durch den Raum auf sie zu.

Sie umfasste Rebeccas Hände mit ihren. »Wir haben uns lange nicht gesehen«, sagte sie, und der Klang ihrer Stimme ging Rebecca durch und durch. Wenn sie jemals etwas wie eine Freundin auf Spitzbergen gehabt hatte, dann war es trotz des Altersunterschieds Sanne gewesen. »Warum kommst du uns nicht wieder einmal besuchen?«

Rebecca räusperte sich verlegen. »Ich denke nicht, dass Dimitri sich darüber freuen würde.«

Sanne grinste. »Ich glaube, dass sich inzwischen genug neues Eis auf dem Gletscher gebildet hat, um über euren Streit hinwegzusehen. Das habe ich Poljakowitsch auch gesagt.«

Mathilde sah Rebecca überrascht an und wies in die Richtung, in die Dimitri verschwunden war: »Du kennst diesen interessanten Russen näher?«

Sanne und Rebecca lachten auf. »Ja, in der Tat!«, sagten sie wie aus einem Mund.

In diesem Moment trat Maritt auf die Bühne. Sie hatte hart darum gekämpft, *ihren* Autor begrüßen zu dürfen, eigentlich wäre es das Privileg der Sysselmannin gewesen. Die Gespräche verstummten, und alle sahen gespannt zu ihr, als sie nun Jan Morten Olsen ankündigte, der sich von einer Gruppe Studenten löste und zu ihr gesellte. Rebecca war er bis dahin nicht aufgefallen. Wie sie bei ihrem Treffen für das Recherchegespräch auf der Schlittenhundestation schon festgestellt hatte, war er älter als auf den Fotos, schlank, grau meliert und ein wenig vornübergebeugt. Auftritte war er gewohnt, das zeigte die Lässigkeit, mit der er sich bewegte. Aus dem Augenwinkel bemerkte Rebecca, wie Freja sich mit einer ungewöhnlich intimen Geste von Martin verabschiedete, um sich einen Platz zu suchen. Auch Mathilde war das nicht entgangen. Sie warf Rebecca einen vielsagenden Blick zu. »Sie ist bestimmt zehn Jahre älter als du, aber alles andere als hässlich, und sie hat Macht und Einfluss. Das macht sexy.«

Rebecca schluckte, als sie sah, wie Martin nun mit zwei Gläsern in der Hand auf sie zukam. »Wo möchtest du sitzen?«, fragte er.

Sie suchte einen Platz möglichst weit weg von Freja.

25.

DIMITRI

Dimitri blickte durch den Raum. Im Hintergrund spielte die kleine Französin auf dem Flügel ein nostalgisches Jazzstück, das erotische Gedanken in ihm weckte. Aber vielleicht war auch der Wodka dafür verantwortlich. Oder Sannes Kleid zusammen mit den flüchtigen Berührungen seiner Frau, wenn sie an ihm vorbeiging, ihn wie zufällig streifte und im Vorbeigehen anlächelte. Sie hatten kaum Zeit gefunden, miteinander zu sprechen, seit sie angekommen waren. Aber das war auch nicht nötig. Fürs Erste war es ihm genug, sie zu beobachten.

Er griff nach seinem Glas und leerte den Rest der klaren Flüssigkeit darin mit einem Zug. Es war guter Wodka. Besser als das Zeug, das sie das letzte Mal gekauft hatten. Nicht weit entfernt stand Anna Hauglund, die Sysselmannin, im Gespräch mit einem der Geschäftsführer der norwegischen Minengesellschaft. Sie blickte zu ihm herüber, als er das Glas absetzte, und drehte ihm dann betont den Rücken zu. In letzter Zeit hatte sie ihm das Leben einigermaßen schwer gemacht, das war ihr gutes Recht, und normalerweise nahm er es sportlich. Allein weil er wusste, dass sie auch anwesend sein würde, war es ihm eine Genugtuung gewesen, zusätzlich zu den beiden verkauften Kisten für die Veranstaltung eine ganze weitere zu spendieren. Die Sysselmannin war allerdings eher humorlos. Er hatte gehört, dass sie eigentlich aus dem Süden kam, Stavanger oder Kristiansand, da nahmen es die Menschen mit einigem genauer als im Norden. Aber Sysselmannen und -manninnen kamen und gingen. Er wusste nicht, wie viele er schon erlebt hatte.

Er schenkte sich nach. Es gab genau zwei Möglichkeiten, einen Abend wie diesen zu überstehen. Er hatte sich dafür entschieden, sich zu betrinken, statt die Party, die langsam, aber sicher zu eskalieren begann, frühzeitig zu verlassen.

Mit steigendem Alkoholpegel wurde es lauter und legerer. Jacketts hingen über Stühlen, die gestapelt an der Seite standen, um Platz zum Tanzen zu schaffen. So manche Frau hatte ihre High Heels dazugelegt. Und die kleine Französin am Flügel gab seit dem Ende der Lesung ihr Bestes. Er hatte sich eine Weile mit ihr unterhalten, nachdem sie plötzlich neben ihm am Ausschank aufgetaucht war. Wenn sie irgendwann erwachsen war, würde sie vermutlich eine interessante Frau sein.

Sanne war mit Jan Morten Olsen in ein Gespräch vertieft. Er gefiel ihr, das konnte Dimitri an der Aufmerksamkeit erkennen, mit der sie ihm zuhörte, und der Art, wie sie sich dabei das Haar aus dem Gesicht strich. Sein Freund Ole Petersen hatte schon die Segel gestrichen und saß mit leerem Blick am Rand des Geschehens auf einer Bank. Vermutlich war er schon zu betrunken, um noch aus eigener Kraft den Weg nach Hause zu finden. Es wäre nicht das erste Mal, dass er ihm dabei helfen musste. Aber heute war ausnahmsweise auch seine Frau da.

Nicht weit von Ole stand Martin und unterhielt sich mit einigen anderen Dozenten. Wie immer wirkte er ein wenig unbeholfen, überfordert fast von den vielen Menschen und den ständig neuen Situationen, auf die er sich einstellen musste. Wie zum Zeitvertreib zählte Dimitri die Sekunden, bis Martin als kompensierende Geste für seinen Gemütszustand wieder seine Brille die Nasenwurzel emporschieben würde. Rebecca tanzte mit Lynn in der Mitte der Tanzfläche. Beide hatten ihre Schuhe ausgezogen und schwoften Arm in Arm zum Rhythmus der Musik. Aus Richtung der Toiletten tauchte Freja auf. Makellos wie immer. Dimitri konnte sich nicht erinnern, sie jemals anders erlebt zu haben. Ihr suchender Blick blieb an Martin haften und verriet, dass sie etwas im Schilde führte, da war er sich sicher. Gleich nachdem er angekommen war, hatte sie ihn in ein Gespräch verwickelt, ihn geradezu umgarnt, bis der Beginn der Lesung ihren Bemühungen ein Ende gesetzt hatte. Martin hatte sich nicht wohlgefühlt dabei. Das war Dimitri nicht entgangen, aber sein Professor hatte auch nicht gewusst, wie er der Situation entkommen sollte, ohne Freja vor den Kopf zu stoßen. Dimitri hatte gehört, dass sie sich in der Universität mit besonderer Aufmerksamkeit für seine Belange einsetzte. Vermutlich erhoffte sie sich für ihre eigene Karriere Vorteile davon, wenn er Oles Andeutungen von neulich in der alten Fischhalle richtig verstanden hatte.

Als er sah, dass sie auf den Ausschank zusteuerte, trat er mit seinem Glas in der Hand so in den Schatten, dass sie ihn nicht bemerkte. Sie ließ sich ein Glas Wasser geben, lehnte sich mit dem Rücken an den provisorischen Tresen und beobachtete die Menschen, wie er es Augenblicke zuvor selbst noch getan hatte. Das Musikstück war zu Ende. Die Tänzer klatschten, warteten, dass es weiterging. Rebecca umarmte Lynn, sah kurz zu Martin und wandte sich dann Richtung Ausschank. Dimitri hatte sie schon lange nicht mehr in einem Kleid gesehen, unter dem sich ihre Rundungen so vorteilhaft abzeichneten. Sie war erhitzt, weshalb sich ihr blondes Haar um ihr Gesicht herum leicht lockte. Ihre Wangen schimmerten. Eine schöne Frau. Das musste auch Freja denken, er konnte ihr Gesicht nicht sehen, wohl aber, wie sich ihre Schulterpartie verkrampfte, als ob sie sich auf einen Angriff vorbereitete, während Rebecca neben ihr stehen blieb und ein Bier bestellte.

»Hallo, Rebecca«, hörte er Freja sagen. »Wie geht es dir? Du siehst fantastisch aus.«

Dimitri sah, wie Rebecca die Röte ins Gesicht stieg. »Danke, Freja. Du aber auch.«

»Wie hat dir der Abend gefallen?«

Rebecca zuckte mit den Schultern. »Ich bin eigentlich nur hier, weil Mathilde den Abend musikalisch begleitet, und auch ein wenig Martin zu Gefallen.«

Freja lachte gekünstelt. »Ach, ja, Martin. Hat er dir gesagt, dass ich ihn überredet habe, heute zu kommen? Wir haben seit Ewigkeiten eine offene Verabredung zu einem Bier.«

Chertova suka, dachte Dimitri. Verdammtes Luder.

»Dann war das heute ja eine gute Gelegenheit, euch einmal außerhalb des Arbeitsumfeldes auszutauschen.« Rebeccas Stimme klang ruhig, aber Dimitri kannte sie gut genug, um das leise Zittern darin zu hören.

»Das ist es noch, würde ich sagen.« Freja nahm einen Schluck von ihrem Wasser. »Aber tatsächlich warte ich schon den ganzen Abend darauf, mit dir unter vier Augen sprechen zu können.«

Rebecca zog fragend eine Braue hoch. »Mit mir?«

»Ja, genau. Du könntest mir aus einer recht verzweifelten Situation helfen.«

»Ich verstehe nicht, worauf du hinauswillst.«

»Ach, okay …« Freja fuhr mit dem Finger über den Rand ihres Glases. »… ich dachte, Martin hätte mit dir gesprochen.«

»Worüber sollte er mit mir gesprochen haben?« Rebeccas Nervosität war mit einem Mal greifbar.

Dimitri fragte sich, was Freja plante. Ihr unschuldiger Tonfall verhieß nichts Gutes, und er war kurz davor, sich in das Gespräch einzumischen, um ihr einen Strich durch die Rechnung zu machen.

»Na, darüber, dass wir in meinem Fachbereich an der Uni händeringend einen Geologen suchen«, antwortete Freja auf Rebeccas Frage.

Dimitri sah, wie Rebecca blass wurde. »Tut mir leid, ich … also …«, begann sie stockend.

Freja legte ihr eine Hand auf den Arm. »Ich weiß, du hast eine ganze Weile nicht in deinem Beruf gearbeitet, aber das ist überhaupt kein Problem.«

Rebecca entzog sich Frejas Hand und trat einen Schritt zurück. Sie schien völlig perplex zu sein. »Tut mir leid, Freja, ich kann dir nicht helfen«, brachte sie schließlich hervor.

Freja seufzte. »Das ist wirklich sehr schade. Ich hatte so gehofft, dass ich dich überreden kann. Es wäre ja auch nicht für ewig, ich meine …«

Rebecca schüttelte den Kopf.

Freja seufzte erneut. »Schon gut, ich werde dich nicht weiter bedrängen.« Sie räusperte sich. »Obwohl es wirklich, und das meine ich ehrlich, wirklich sehr schade ist. Du musst wissen, ich habe mir die Zeit genommen, deine letzte Forschungsarbeit zu lesen …«

Dimitri versuchte erst gar nicht, dem wissenschaftlichen Diskurs zu folgen, in dem Freja sich nun verlor. Stattdessen beobachtete er Rebecca. Und versuchte, trotz seines vom Alkoholkonsum gelähmten Verstandes zu verstehen, was er gerade gehört hatte, und die Emotionen zuzuordnen, die sich in Rebeccas Zügen spiegelten. Er meinte vor allem Wut herauszulesen. Entsetzen. Und eine gewisse Verzweiflung. Warum ließ sie Freja nicht einfach stehen, wo sie sich doch ganz augenscheinlich von Beginn an überhaupt nicht mit ihr unterhalten wollte.

Freja schwieg und blickte Rebecca erwartungsvoll an, und Dimitri begriff, dass sie ihr eine Frage gestellt hatte.

Rebecca wurde noch blasser als zuvor. Die Hand, die das Bier hielt, zitterte. Das konnte Dimitri selbst auf die Entfernung erkennen. Auch Freja bemerkte es.

»Tut mir leid, Freja«, sagte Rebecca schließlich gepresst und ohne auf die Frage einzugehen. »Aber wie ich bereits sagte, stehe ich nicht zur Verfügung.«

Geh doch endlich, dachte Dimitri, lass sie einfach stehen!

Genau das tat Rebecca jetzt auch. »Ich wünsche dir noch einen schönen Abend.« Sie drehte sich um und wollte gehen, doch da griff Freja nach ihrem Arm und hielt sie zurück.

»Weißt du was, Rebecca«, sagte sie leise, aber doch laut genug, dass Dimitri jedes Wort verstehen konnte, und ihre Stimme war plötzlich sehr kalt. »Ich glaube, du hast gar keine Ahnung von dem, was ich dir gerade erzählt habe. So leer wie du haben mich das letzte Mal Erstsemester bei einer Einführungsveranstaltung angestarrt. Willst du deshalb nicht für uns arbeiten?«

Rebeccas Gesicht wurde grau. »Lass mich los!«, zischte sie. »Lass mich verdammt noch einmal los und sprich nie wieder so mit mir!«

Dimitri runzelte die Stirn. Das war eine heftige Reaktion.

Ganz langsam ließ Freja Rebeccas Arm los und trat einen Schritt zurück. Rebecca wandte sich ab und eilte davon.

Daran, wie sich ihr Körper aufrichtete, sie die Schultern zurücknahm und den Kopf in den Nacken warf, erkannte Dimitri, dass Freja tief durchatmete. Dann wandte sie sich um, und er konnte ihr das erste Mal direkt ins Gesicht sehen. Sie lächelte wie eine Katze, die gerade eine Schale Sahne leer geschleckt hatte.

Er trat aus seiner Ecke, klatschte leise in die Hände und sah mit Genugtuung, wie Freja zusammenzuckte.

»Viel Feind, viel Ehr, sagt man nicht so?«, bemerkte er spöttisch.

Sie maß ihn mit einem kühlen Blick von oben bis unten. »Was hast du gehört?«

Dimitri lächelte. »Alles?«

»Dann weißt du ja auch, dass ich nicht ruhen werde, bevor ich herausgefunden habe, was hier faul ist«, warf sie ihm bissig entgegen.

»Und warum, Freja? Weil Martin sie dir vorzieht?« Dimitri besaß genug Menschenkenntnis, um zu erkennen, dass Frejas Motiv, Rebecca anzugreifen, sich nicht nur durch wissenschaftlichen Ehrgeiz erklärte. Sie war dabei, eine noch junge Beziehung zu zerstören, und überschritt für ihn damit eine rote Linie. »Du hast heute Abend wirklich alle Register gezogen, um die beiden auseinanderzubringen. Es könnte sein, dass du diesmal zu weit gegangen bist.«

Sie lächelte boshaft. »Vielleicht, Dimitri. Vielleicht bin ich aber auch einfach nur Sklavin meiner Wissenschaft.«

26.

MARTIN

Er tanzte nicht gern. Die Choreografie eines Tanzes überforderte völlig seine Fähigkeit, Bewegungen zu koordinieren, zudem konnte er sich die Schritte nicht merken und schon gar nicht die Führung übernehmen. Sich einfach unkontrolliert zu einem Rhythmus zu bewegen, war ihm noch viel mehr ein Graus. Seit die Lesung beendet und die Veranstaltung in eine lockere Party übergegangen war, hatte Martin sich daher mit verschiedenen Gesprächspartnern über Wasser gehalten, um der Tanzfläche so lange wie möglich zu entgehen. Rebecca stand freundlich interessiert an seiner Seite, zumindest hatte er sich das eingebildet, erst als sie ihn mitten in einem Satz zu sich heranzog und ihm ins Ohr flüsterte, dass *sie* nun tanzen gehen würde, beschlich ihn die Ahnung, dass sie sich vielleicht gelangweilt haben könnte. Fortan konnte er dem Gespräch mit einem der Dozenten der Universität nur noch auszugsweise folgen. Seinem Gesprächspartner entging Martins Unkonzentriertheit nicht, und bei der ersten sich bietenden Gelegenheit zog er sich höflich zurück. Verzagt blickte Martin sich um. Nun würde er sich der Pflicht vermutlich nicht mehr entziehen können, doch da sprachen ihn zu seiner Erleichterung zwei Vertreter des Norwegischen Polarforschungsinstituts an. Vor Kurzem erst hatte er mit dem Leiter des Instituts, dessen Büros, Labors, Besprechungs- und Werkräume zum Gebäude der Universität gehörten, über die neuesten Daten zur Eisentwicklung in der Region gesprochen, und da ihn der sich jetzt spontan entfaltende fachliche Gedankenaustausch nahezu vollständig gefangen zu nehmen drohte, vergewisserte er sich mit einem Seitenblick, dass Rebecca sich beim Tanzen mit einer anderen Frau nach wie vor prächtig zu amüsieren schien. Sein Einsatz konnte noch etwas warten.

Als er sich einige Zeit später von den beiden Wissenschaftlern verabschiedete und sich nach Rebecca umsah, konnte er sie allerdings nicht mehr entdecken. Mathilde spielte noch immer, oder schon wieder, falls es eine Pause gegeben hatte, hatte er sie nicht bemerkt. Das Publikum hatte sich bereits gelichtet. Ein mulmiges Gefühl stieg in Martin auf. Es musste viel mehr Zeit verstrichen sein, als er angenommen hatte. Wo war Rebecca? Wenn sie nur zur Toilette gegangen wäre, müsste sie längst zurück sein.

In diesem Moment fing er von Dimitri, der gerade dabei war, eine weitere Flasche Wodka aus einem Pappkarton zu ziehen, quer durch den Raum einen Blick auf, den er nicht deuten konnte. Mit langen Schritten überquerte er die Tanzfläche. »Weißt du, wo Rebecca ist?«

Dimitri richtete sich zu seiner vollen Größe auf und sah Martin aus leicht geröteten Augen an. »Ach, hast du sie verloren?«

Seine Stimme war nicht mehr ganz fest, aber sein sarkastischer Tonfall ließ keinen Zweifel daran, dass er sehr wohl wusste, was er sagte.

Martin fühlte sich nicht ernst genommen. »Dimitri, mir ist gerade nicht nach Spaß zumute.«

»Es sollte auch kein Spaß sein«, erwiderte Dimitri und wirkte plötzlich sehr nüchtern. »Rebecca ist etwa vor einer halben Stunde gegangen.«

Martin starrte ihn verständnislos an. »Rebecca ist gegangen? Ich … Was meinst du damit?«

»Ja, was meine ich wohl damit?«

Martin versuchte, ruhig zu bleiben. »Okay, sie ist gegangen … weißt du, wohin?«

Dimitri öffnete die Flasche, die er in der Hand hielt. »Wohin kann man hier schon gehen? Nach Hause vermutlich.«

»Ohne sich von mir zu verabschieden?«

Dimitri sah ihn einen Moment stumm an. »Es würde mich nicht wundern«, sagte er dann in einem Ton, der zwischen Bedauern und Ärger schwankte.

Martin verstand überhaupt nichts mehr. Warum hatte Rebecca die Veranstaltung verlassen, ohne sich von ihm zu verabschieden? Was war vorgefallen? Dimitri machte mit seinem ganzen Auftreten keinen Hehl daraus, dass er mehr wusste.

»Dimitri, was ist passiert? Spann mich nicht auf die Folter! Es ist doch nicht normal, wenn eine Frau einfach geht, ohne sich von ihrem Partner zu verabschieden.«

»Normalerweise nicht. Da stimme ich dir zu. Aber unter diesen Umständen schon«, bemerkte Dimitri nicht weniger kryptisch.

Martins Stimme hob sich zu einer Lautstärke, die für ihn ungewöhnlich war. »Was meinst du mit *Umständen?* Was ist hier los?«

Die Bedienung und einige andere sahen herüber. Mit funkelnden Augen fixierte Martin den schweigenden Russen.

»Ich warte!«, presste er ungehalten hervor, als sich die Pause ins Unermessliche zu dehnen schien.

»Dein Mädchen ist Freja in die Arme gelaufen. Ein Zufall war das sicher nicht«, lüftete Dimitri endlich das Geheimnis, während er ein Glas mit Wodka füllte. »Ich konnte nicht verstehen, worum es im Einzelnen ging, bin jedoch sicher, dass dein Name gefallen ist und über Geologie gesprochen wurde.«

Dimitri sagte noch etwas, was Martin aber nicht mehr hörte. Nur mühsam konnte er die Wut unterdrücken, die in ihm hochkochte. Freja hatte ihre vor wenigen Tagen im Testfeld angedeutete Drohung wahrgemacht. Er hätte sich ausrechnen können, dass die beiden an diesem Lesungsabend nicht nur im gleichen Raum sein würden, sondern ein Aufeinandertreffen nahezu unvermeidbar war. Warum hatte er die Gefahr nicht erkannt? Sein Zorn brodelte weiter, auf Freja, aber auch auf sich selbst, weil er nicht weit genug gedacht und schon im Vorfeld etwas dagegen unternommen hatte.

Längst hatte er Dimitri vergessen und ließ seine Augen durch den Raum schweifen, ohne dass ihm klar war, wonach er suchte. Es konnte nicht am Alkohol liegen, dem er diesmal nur sehr vorsichtig zugesprochen hatte, dass ihm plötzlich heiß war. Sein Kopf dröhnte, und er fragte sich, wann er sich das letzte Mal so miserabel befühlt hatte. Da entdeckte er *sie*, angeregt plaudernd in der Nähe des Flügels.

Eine leichte Berührung an seinem Arm hielt ihn zurück, erneut über die Tanzfläche zu stürmen. »… lass uns noch einen trinken.« Dimitri hielt ihm das randvoll gefüllte Glas Wodka hin.

Martin sah erst in das lächelnde Gesicht des Russen und dann irritiert auf das Glas mit der wasserklaren Flüssigkeit. Dimitri begriff. Martin war nicht der Typ, der seinen Kummer ertränken würde. Mit einer einzigen fließenden Bewegung setzte er das Glas an und trank es selbst leer. »Freja ist eine *bitch*«, sagte er dann, »es bedeutet nur Stress, wenn du dich mit ihr anlegst. Vergiss es einfach.«

Wie um sich von Dimitris Feststellung zu überzeugen, schaute Martin erneut zum Flügel hinüber. Ohne sich bei dem, was sie gerade sagte, zu unterbrechen, begegnete Freja seinem Blick, lächelte ihn an und winkte dabei verspielt in seine Richtung. Dimitri hatte recht, so betrunken er auch sein mochte.

Auf einen Schlag war Martin klar, was er zu tun hatte. Mit der flachen Hand schlug er auf den Tresen, dass die Gläser hüpften. »Wir sehen uns, *bye!*«

»Was hast du vor?«, rief Dimitri ihm nach, der Martin wohl noch nie so entschlossen gesehen hatte.

Martin hörte nicht. Innerhalb von Sekunden hatte er den Raum verlassen. Dabei machte er einen Bogen um Freja und ignorierte sie, als wäre sie Luft. Geistesabwesend griff er im Foyer nach seiner Daunenjacke und eilte hinaus ins Freie. Eisige Kälte schlug ihm entgegen. Aber er war zu gefangen, um sie zu bemerken. Gedanken und Sätze sortierend schlitterte er in seinen lederbesohlten Schuhen über die glatt getretenen Wege. Mit einem leisen Fluch verwarf er es, zurückzugehen, um die vergessenen Winterstiefel anzuziehen. Rebeccas Wohnung lag nur wenige Minuten entfernt. Er legte sich Worte der Entschuldigung zurecht. Er würde ihr sagen, wie leid es ihm tat, welch unglückliche Wendung der Abend genommen hatte, und suchte nach Argumenten, die bekräftigen konnten, dass es keineswegs seine Absicht gewesen war, sie an Freja auszuliefern. Doch nichts von dem, was ihm in den Sinn kam, klang glaubwürdig genug.

Sein Atem ging schnell und stieg in weißen Wolken vor ihm auf, als er schließlich vor Rebeccas Haustür stand. Den Knopf am unbeleuchteten Klingeltableau musste er nicht suchen, so oft war er schon hier gewesen. Erst als nach einiger Wartezeit keine Reaktion auf das mehrmalige Drücken des Schalters erfolgte, spürte er die Kälte durch seine dünnen Anzughosen steigen. Seine Füße waren fast taub, genauso wie seine Finger und Ohren. In seiner Aufregung hatte er auch Handschuhe und Mütze im Museum liegen lassen. So würde er nicht lange durchhalten. Er trat von der Tür zurück, um auf die Fenster sehen zu können. Rebeccas Wohnung war die einzige, die zu so später Stunde beleuchtet war. Wenn sie zu Hause war, warum öffnete sie dann nicht? Sie konnte sich doch denken, wer vor ihrer Tür stand. Gleichzeitig wurde ihm bewusst, dass genau dieses Wissen der Grund sein dürfte, warum sie ihn nicht einließ.

Hoffnung keimte in ihm auf, als das Licht in ihrer Wohnung durch einen sich bewegenden Schemen zerteilt wurde. Rebecca war ans Fenster getreten und schaute hinaus. Er konnte den Ausdruck ihres von der Straßenbeleuchtung kaum erhellten Gesichtes nicht erkennen. Ihre Reaktion war jedoch eindeutig. Mit beiden Händen griff sie in die Vorhänge und zog sie zu.

27.

REBECCA

Sie ließ die Hände sinken und starrte auf die geschlossenen Vorhänge. Ihr Herz klopfte heftig, ob vor Wut, Enttäuschung, Trauer oder einer Mischung aus allen dreien – sie wusste es nicht, und es war auch egal. Seit ihrem Gespräch mit Freja hatte sie keinen vernünftigen Gedanken mehr fassen können. Ohne sich noch einmal umzusehen, war sie zur Garderobe geeilt, hatte mit zitternden Händen ihre Winterkleidung übergestreift und vor Aufregung kaum ihre Schuhe schnüren können. Sie wollte nur fort. Niemanden sehen. Mit niemandem reden. Sie hatte zu viel getrunken, und sobald sie in die Kälte der Nacht trat, vervielfachte sich die Wirkung des Alkohols, ihr wurde schwindelig, und sie übergab sich nur wenige Meter vom Museumseingang in den Schnee. Die eisige Luft brannte in ihren Lungen, als sie stolpernd nach Hause lief, ihre Tränen gefroren auf ihren Wangen. Und die ganze Zeit über stoben Satzfragmente und Wortfetzen wie in einem Karussell durcheinander.

Ich dachte, Martin hätte mit dir gesprochen … Sie hat Macht und Einfluss … Das macht sexy… Du hast gar keine Ahnung von dem, was ich dir gerade erzählt habe …

Sie drückte die Hände fest auf die Ohren, um nichts mehr zu hören, aber die Stimmen waren in ihrem Kopf, sie konnte sie weder aussperren noch zum Schweigen bringen. Was hatte Freja über sie herausgefunden? Rebecca fiel das Atmen plötzlich schwer bei dem Gedanken. Das Leben, das sie sich aufgebaut hatte, verlor seine Stabilität, war plötzlich fragil und gefährdet. Sie spürte Martins Gegenwart draußen auf der Straße. Sie sehnte sich nach der Geborgenheit, die er ihr in den vergangenen Wochen gegeben hatte. Der Wärme. Dem Gefühl von Nähe. War jetzt alles verloren? Zerstört? Wie würde er reagieren, wenn er begriff, dass noch immer Geheimnisse zwischen ihnen standen?

Aber hatte nicht auch er sie verraten und ihr Vertrauen verletzt? War alles nur Illusion gewesen? Was sollte sie nur tun?

Sie wandte sich vom Fenster ab.

Ihr war immer noch kalt. Und schlecht. Sie war müde und wusste doch, dass es unmöglich sein würde zu schlafen. Sie ging ins Bad und holte sich eine Wärmflasche. In der Küche stellte sie Wasser für einen Tee auf und kramte in der Schublade nach der richtigen Sorte. Irgendetwas, das sowohl den Magen als auch den Geist beruhigte. Sie fand nur Pfefferminze.

Ohne dass sie etwas dagegen tun konnte, kamen ihr wieder die Tränen. *Hochmut kommt vor dem Fall,* war das Lieblingssprichwort ihrer Großmutter gewesen. War sie hochmütig gewesen? Oder einfach nur leichtsinnig? Sie hatte Martin vertraut, und bis vor wenigen Stunden war alles gut gewesen. *Du siehst toll aus. Die schönste Frau im Raum.* Martin machte selten Komplimente. Aber wenn, meinte er es ehrlich. So vieles war ehrlicher gewesen mit ihm. Hatte sie gedacht. Bis heute Abend.

Hatte er etwas mit Freja?

Hatte die Dänin sie deswegen so gedemütigt?

Sie wusste, dass Martin noch verheiratet war und auf seine Scheidung wartete. Sie hatten das nie weiter thematisiert, aber in diesem Zusammenhang gewann auch diese Angelegenheit mit einem Mal mehr Bedeutung.

Rebecca schlug mit der Faust so heftig auf die Arbeitsplatte, dass der Teebecher hüpfte. Warum konnte sie nicht aufhören, über all das nachzudenken? Warum konnte es ihr nicht einfach egal sein?

Weil ihr kleines heiles Dasein am Ende der Welt einen Sprung bekommen hatte. Nichts würde mehr sein wie vorher, wenn diese für sie so besondere Beziehung zu Martin zerbrach. Überall würden Orte mit Erinnerungen sein, die sie nicht ertragen würde. Stopp. Das war Irrsinn. Natürlich würde sie darüber hinwegkommen, ihn nicht mehr zu sehen. Nicht mehr mit ihm zu schlafen. Selbst auf dem begrenzten Terrain, das ihnen hier zur Verfügung stand, konnten sie sich aus dem Weg gehen. Und irgendwann waren seine Forschungen schließlich abgeschlossen. Er würde zurückgehen nach Deutschland.

Du willst ihn nicht verlassen.

Sie versuchte, die leise Stimme zu ignorieren, die sich in dem Maße in ihr Bewusstsein drängte, wie ihre erste glühende Wut allmählich verrauchte und das Denken wieder einsetzte.

Warum hast du ihn nicht hereingelassen?

Weil Martin schuld daran war, dass Freja sie hatte aussehen lassen wie eine Idiotin. Was war nur in ihn gefahren, dass er ihr alles über sie erzählt hatte. Aber hatte er das wirklich oder …

Martin war so ungeschickt in Gesprächen.

Rebecca atmete tief durch.

Martin hatte in seinem Abendanzug unten gestanden. Er hatte nur eine Daunenjacke darübergeworfen, keine Winterstiefel an den Füßen gehabt, keine Mütze auf dem Kopf. Er musste Hals über Kopf aufgebrochen sein, als er erfahren hatte, dass sie fort war.

Sie rannte zurück ins Wohnzimmer und riss die Vorhänge auf. Die Straßenlaterne ließ die nähere Umgebung gelb schimmern, wenn sie genau hinsah, meinte sie, die Abdrücke von Martins Schuhen im Neuschnee vor dem Haus zu erkennen. Von ihm war jedoch keine Spur mehr. Niemand war auf der Straße um fast zwei Uhr nachts.

Martin war nicht der Mensch für dramatische Gesten. Er würde ihr nicht spontan in völlig unpassender Kleidung durch die Nacht nachlaufen, um sich dann mit Ausreden aus der Affäre zu ziehen. Dann wäre er gar nicht gekommen. Vielleicht hatte er Freja überhaupt nichts erzählt. Vielleicht war er genauso Opfer wie sie, Rebecca, und hatte sich von seiner Abteilungsleiterin Informationen abringen lassen, die er nicht hatte preisgeben wollen. Und nun quälte er sich mit den Gedanken, was er angerichtet hatte. Sie *musste* mit ihm reden und klarstellen, was tatsächlich geschehen war. In ihrer Handtasche kramte sie hektisch nach ihrem Telefon und wählte seine Nummer, legte aber wieder auf, bevor die Verbindung hergestellt werden konnte. Telefonieren war jetzt nicht das Richtige. Sie wollte seine Mimik, seine Gestik, den Blick seiner Augen deuten, wenn sie mit ihm sprach. Ihm gegenüberstehen.

Sie zog das Wollkleid aus, das sie noch immer trug, und schlüpfte in Jeans und Pullover, bevor sie ihre Winterkleidung darüberzog. Augenblicke später passierte sie die Straßenlaterne, die einen gelben Lichtfleck im Weiß hinterließ. Es war totenstill im Ort. Der Schnee dämpfte die Geräusche, es wehte kein Wind, nur die Kälte verbiss sich in sie, legte sich auf jede Stelle ihres Körpers, die auch nur den Hauch einer Angriffsfläche bot. Rebecca achtete nicht darauf und eilte den Hang hinab zum Campus der Universität, wo Martin zwei Zimmer in einem der Gästehäuser bewohnte.

Sie versuchte auch, die Übelkeit nicht zu beachten, die sich erneut in ihren Verdauungsorganen ausbreitete, und den leichten Schwindel des übermäßigen Alkoholgenusses. Martin konnte sicher ebenso wenig schlafen wie sie. Sie stellte ihn sich vor, wie er auf seinem Bett saß und in die Nacht starrte. Wie er verzweifelt nach einer Lösung aus der Situation suchte, in die Freja ihn gebracht hatte. Immer mehr festigte sich in Rebecca der Verdacht, dass die Dänin für das ganze Dilemma verantwortlich war. Sie versuchte, sich in Erinnerung zu rufen, was sie aus zweiter Hand über sie wusste. Lynn hatte hin und wieder von ihr gesprochen, sie war selbst Dekanin neben ihrer Dozententätigkeit. Auch Dimitris Freund Ole Petersen hatte über die ein oder andere Begegnung erzählt, zu Zeiten, als sie sich noch gemeinsam in Dimitris und Sannes Haus zum Essen getroffen hatten. Sowohl in Lynns als auch in Oles Worten hatte zurückhaltender Respekt gelegen. Jeder schien Freja für eine Bereicherung für die Universität zu halten, aber jeder wusste auch, dass das seinen Preis hatte.

Sie selbst kannte Freja kaum. Daher war sie überrascht gewesen, als diese sie an diesem Abend so freundschaftlich angesprochen hatte. Wäre sie nüchtern gewesen, hätte sie sich vielleicht aus der Situation retten können, so aber war sie mehr oder weniger blind in die Falle getappt.

Rebecca spürte, wie die Kälte in ihre Fäustlinge kroch, und rieb ihre Finger aneinander, um sie warm zu halten. Hatte ihre Weigerung, die vakante Geologenstelle zu besetzen, die Situation eskalieren lassen, oder war Freja von vornherein darauf aus gewesen, sie zu brüskieren? Und wenn ja, warum?

Als Rebecca klar wurde, dass das einzige Bindeglied zwischen ihnen Martin war, spürte sie erneut Erbitterung in sich aufsteigen. Diesmal jedoch nicht über Martin, sondern über Freja. Was fiel ihr ein? Meinte sie, sich besondere Rechte bezüglich der Mitarbeiter ihrer Abteilung herausnehmen zu dürfen? Wieder sah sie die Dänin vor sich. Chic, makellos, überlegen. Mathilde hatte recht, Freja war gut zehn Jahre älter als sie, aber das sah man ihr nicht an. Zudem verfügte sie über genug Geld für eine teure Garderobe und machte keinen Hehl daraus, dass es ihr gefiel, wenn andere sich neben ihr zweitklassig fühlten.

Die Umrisse der Universität tauchten vor Rebecca auf. Im Museum brannte noch Licht, das flackernde Rechtecke auf Schneehaufen und glitzernde Eisflächen warf, die Party war scheinbar noch nicht zu Ende. Sie eilte daran vorbei und zwischen den Gebäuden hindurch Richtung Fjord, wo die Gästehäuser lagen. Der Weg war schmal, rechts und links türmte sich das von Räumfahrzeugen zusammengeschobene Weiß, über ihr schob sich der Mond durch die Wolken und warf silbriges Licht und harte Schatten auf den Schnee. In diesem Licht meinte Rebecca vor sich etwas zu sehen. Was hatte sich da bewegt? Rebecca kniff die Augen zusammen. Ihre leichte Kurzsichtigkeit machte ihr vor allem bei mäßigen Lichtverhältnissen zu schaffen. Ja, zwischen den Häusern war jemand. Rebecca verlangsamte ihre Schritte, blieb stehen und lauschte, ob sie das Knirschen von Schritten im Schnee vernehmen konnte. Ihr Atem ging schwer, und die eisige Luft brannte in ihren Lungen. Sie verfluchte sich für ihren Leichtsinn, kein Gewehr mitgenommen zu haben, als sie erleichtert erkannte, dass es sich nicht um einen Bären handelte. Bären trugen keine langen weißen Daunensteppmäntel. Es musste eine Frau sein, da war sich Rebecca sicher, auch wenn die Gestalt die fellbesetzte Kapuze tief ins Gesicht gezogen hatte, denn unter dem Mantel hervor lugten türkisfarbene Winterstiefel. Wahrscheinlich kam die Frau von der Party im Museum und war auf dem Weg nach Hause.

Langsam setzte Rebecca sich wieder in Bewegung. Als sie sich der Frau näherte, nahm sie vor sich in der kalten Luft den Geruch eines Parfüms wahr, das sie nur zu gut kannte. Es hatte Freja im Museum umgeben wie eine unsichtbare Wolke, und Rebeccas Herz klopfte ihr plötzlich bis zum Hals, als ihr klar wurde, wer dort vor ihr auf dem Weg war, der genau zu Martins Gästehaus führte. Die Wut und auch die Eifersucht, die noch immer in ihr brodelte, loderten hell auf, ließen die Übelkeit, den Schwindel, die Kälte und auch den Gedanken an Martin in den Hintergrund treten.

Sie ballte die Fäuste in ihren Handschuhen und stemmte ihre Füße in den dicken Boots fest in den Schnee. Hier und jetzt würde sie Freja zur Rede stellen. Sie würde ihr eine Entschuldigung abringen für ihre demütigenden Worte und ihr anmaßendes Verhalten.

28.

TRINE

Trine steckte den Schlüssel in das vereiste Schloss ihrer Tür und lauschte dem leisen Klacken, mit dem sich der Riegel löste. Das Haus, in dem sie seit sechs Jahren wohnte, das sie mit ihren Möbeln und Büchern aus Tromsö und Magnus' Schallplattensammlung eingerichtet hatte, war ein heiliger kleiner Rückzugsort für sie. Hier konnte sie sich von der Last des Alltags erholen, hier waren all die schönen Dinge, die sie im Lauf ihres Lebens gesammelt hatte, Dinge, die, wenn man sie genau betrachtete, nicht nur Geschichten über Trines Leben, ihre Reisen und die Menschen, die ihr wichtig waren, erzählten, sondern vor allem über sie selbst. Es war ein Heim, das den Begriff heimelig wirklich verdiente, auch wenn das von außen nicht zu erkennen war, denn in seiner Uniformität unterschied sich ihr Haus nur in der Farbe von den anderen Häusern in der Straße, die auf die Entfernung wie bunte Schachteln an einem der schneebedeckten Hänge von Longyearbyen klebten.

Es gab nur eine Handvoll Menschen, denen Trine zu diesem Refugium Zugang gewährte. Dimitri und Sanne gehörten dazu, ebenso Maritt. Mit den meisten anderen traf sie sich im Café, im Restaurant, in der Kirche und der Bibliothek, vor allem aber im Krankenhaus. Da Trine dort so häufig anzutreffen war, hielt sich das Gerücht, dass sie dort lebte und mit dem Gebäude eine Symbiose eingegangen war, ohne die weder sie noch die Heilstätte existieren konnte. Sie fand den Gedanken amüsant und unternahm nichts, um ihn zu korrigieren.

Ihr Haus besaß einen ganz eigenen Geruch wie eigentlich jedes Haus. Trine liebte diesen Geruch, der sich aus Wachs und Holz und Kaffee, einem Hauch ihres Parfüms, ein wenig Bücherstaub und Kardamom zusammensetzte. Sie hatte immer ein paar der zerstoßenen Samen auf der Fensterbank in der Küche liegen. Darüber hinaus achtete sie darauf, dass keine fremden Gerüche den Duft ihres Hauses störten. Vielleicht lud sie deshalb ungern andere Menschen zu sich ein. Menschen brachten ihre eigenen Gerüche mit, die bisweilen tagelang in den Räumen hängen blieben, selbst wenn ihre Träger längst fort waren. Trine war in dieser Hinsicht seit ihrer Kindheit besonders empfindlich gewesen. Vielleicht fühlte sie sich deshalb in der Arktis so wohl. Die Kälte reduzierte die meiste Zeit des Jahres die Wahrnehmung von Gerüchen.

Maritt war die Einzige, die diesen Tick Trines kannte, aber sie hatte es aufgegeben, mit ihr darüber zu reden.

»Ich habe durch meine Arbeit mit so vielen Gerüchen und Menschen zu tun, das halte ich nur mit einem solchen Rückzugsort aus. Darüber müssen wir nicht diskutieren«, hatte Trine ihr irgendwann abschließend zu verstehen gegeben.

Der Geruch war für Trine auch für eine Beziehung das entscheidende Kriterium. Sie wusste, dass es für alle Menschen so war, die Chemie, die sich nicht zuletzt in Gerüchen äußerte, musste stimmen. Nicht umsonst gab es den Ausspruch: *Ich kann dich gut riechen.* Bei ihr war es einfach nur sehr viel ausgeprägter. Natürlich hatte Magnus darum gewusst und sie gern damit aufgezogen. Mit ihm hatte es bei der ersten Begegnung gefunkt. *Richtig gerochen,* wie er es immer schmunzelnd genannt hatte. Durch seine Gegenwart hatte er ihren Tick zwar nicht ganz auflösen können, ihm aber von seiner Intensität genommen. Als sie in Longyearbyen die Möbel und all ihre anderen Sachen ausgepackt hatte, hatte sie gemerkt, dass Magnus' Geruch noch immer in ihnen wohnte. Das hatte sie glücklich gemacht und sie ein wenig damit versöhnt, dass sie sein Grab auf dem Friedhof in Tromsö nicht mehr besuchen konnte.

An ihrer Haustür, aus der sie jetzt den Schlüssel aus dem Schloss zog, hing noch der Kranz aus Fichtengrün, den sie jedes

Jahr in der Weihnachtszeit aufhängte und dort beließ, bis die Sonne sich das erste Mal wieder im Tal zeigte. Eiskristalle hingen darin und glitzerten im Licht der nahen Laterne. Sie wollte die Klinke hinunterdrücken und die Tür aufmachen, zögerte aber im letzten Moment.

Es war weit nach Mitternacht, ging schon auf Morgen zu, und um sie herum herrschte die tiefe Stille, wie sie nur in einer Schneenacht jenseits größerer Ansiedlungen möglich war. Das Einzige, was sie durchbrach, war das Geräusch ihres eigenen Atmens. Und dem von Thomas. Er stand am Fuß der kleinen Treppe, die zu ihrer Tür hinaufführte, die Hände tief in den Taschen seiner dicken Jacke vergraben. Seinen Kopf schützte eine Wollmütze, die auch von Eiskristallen übersät war, ein Schal verbarg sein Gesicht bis auf die Nase und die Augen. Er war ihr den ganzen Abend während der Veranstaltung im Museum nicht von der Seite gewichen. Und, ja, sie hatte schon im Krankenhaus festgestellt, dass sie ihn gut riechen konnte. Aber nun, da sie hier vor ihrer Tür standen, kamen ihr Zweifel. Wie würde sich sein Geruch in ihrer ureigenen Umgebung ausnehmen? Was, wenn es nicht passte? Selbst wenn sie nur einen Kaffee zusammen tranken, sie mussten weiter miteinander arbeiten, auch über diesen Abend, diese Nacht hinaus. Vielleicht sollte sie ihn einfach hier auf der Schwelle verabschieden. Alles dabei belassen, wie es war.

Inzwischen hatte sie natürlich in Erfahrung bringen können, warum er in seinem Alter hier gelandet war, obwohl ihnen normalerweise viel jüngere Ärzte geschickt wurden. Er hatte sich tatsächlich für die freie Stelle beworben.

»Ich wollte einfach das Leben hier oben erleben, bevor es das nicht mehr gibt«, hatte er ihr gestanden. »Schon als Kind habe ich Bücher über die Arktis verschlungen.«

Eine Familie, auf die er hätte Rücksicht nehmen müssen, gab es nicht. Seine Kinder waren erwachsen und in die Welt hinausgezogen, von seiner Frau war er seit einigen Jahren geschieden. Er war, wie sie schon vermutet hatte, Ausdauersportler und begeisterte sich vor allem für Skilanglauf. Dafür gab es hier die besten Bedingungen. Wenn man das Risiko der Begegnung mit einem Eisbären nicht auf die leichte Schulter nahm.

Sie sah, dass ihm kalt war. Er wollte es nicht zeigen, aber seine hochgezogenen Schultern zeugten davon. Sie stellte sich vor, wie sie gemeinsam das Haus betreten würden, wie er sich umsah, vielleicht Fragen stellte, sich an den Küchentisch setzte, während sie einen Espresso kochte. Die Gedanken waren surreal.

Sie suchte noch immer nach einer Lösung, als sich der Pieper in seiner Jacke meldete. Fast erleichtert nahm sie das Geräusch wahr. Irgendwo musste es einen Notfall geben. Thomas zog sein Telefon aus der Tasche und wählte die Nummer des Krankenhauses.

»Ja«, sagte er, während er konzentriert zuhörte. »Ich verstehe.« Er nannte Trines Adresse.

»Was ist passiert?«, fragte sie.

Mit knappen Worten erzählte er ihr, was er gerade erfahren hatte. »Ein Rettungswagen ist vor Ort, aber sie brauchen einen Arzt. Wir werden abgeholt. Es wird wohl das Beste sein, wenn wir dem Wagen entgegengehen.«

Damit drehte er sich um. Alles andere war vergessen. Trine schloss ihre Tür ab und folgte ihm. Es dauerte keine zwei Minuten, bis sie die Scheinwerfer sehen konnten, die sich zwischen Schneebergen und den dazwischen abgestellten Fahrzeugen und Schlitten den Hang hinaufarbeiteten. Augenblicke später hielt ein robuster Geländewagen neben ihnen.

»Ist es nicht vielleicht besser, wenn ich ins Krankenhaus gehe, statt dich zu begleiten?«, schlug Trine vor. »Ich kann dort alles vorbereiten.«

Thomas schüttelte den Kopf, während er schon die Beifahrertür öffnete. »Nein, ich hätte dich gern vor Ort.«

Trine stieg im Fond ein, und kaum, dass sie die Tür geschlossen hatte, wendete der Fahrer.

Die Szenerie hatte etwas Gespenstisches. Seit Trine vor sechs Jahren auf den Inseln angekommen war, hatte sie so etwas noch nicht erlebt. Das Blaulicht des Rettungswagens warf flackernde Schatten über den Schnee, daneben parkte der SUV von Anna Haugland, der Sysselmannin, die in einen schwarzen Daunenmantel gehüllt davorstand und in ihr Telefon sprach. Als sie Trine und Thomas entdeckte, legte sie auf und kam ihnen entgegen. »Sagt mir bitte, dass hier kein Verbrechen stattgefunden hat.«

Thomas erwiderte nichts, eilte nur an ihr vorbei, Trine klopfte ihr beruhigend auf die Schulter und folgte ihm. Es war erst vier Uhr morgens, dennoch gab es einige Schaulustige. Trine nahm an, dass das Blaulicht sie aus ihren Betten gelockt hatte. Sie warf dem Fahrer des Rettungswagens einen schnellen Blick zu. Womöglich war er sogar mit Sirene gefahren. Was für ein Unsinn. Zwei Angestellte aus dem Büro der Sysselmannin versuchten, die Menschen hinter der provisorisch errichteten Absperrung zu halten, die sie aus in den Schnee gesteckten Skistöcken und einem schwarz-gelben Flatterband errichtet hatten.

»Wir haben erst gedacht, hier wäre jemand einem Eisbären zum Opfer gefallen«, sagte eine junge, gegen die Kälte dick vermummte Frau, als sie Trine und Thomas erkannte. Sie war es, die den Notruf gewählt hatte.

»Sei froh, dass es kein Bär war«, bemerkte Trine. »Das hätte anders ausgesehen.«

Die Frau, die sichtlich angetrunken war, lächelte nervös. Trine erinnerte sich, sie auf der Lesung gesehen zu haben.

Der Rettungswagenfahrer trat zu Thomas.

»Was hast du bislang gemacht?«, wollte dieser wissen, während er neben dem am Boden liegenden Körper in die Hocke ging.

»Die Werte sind schlecht«, wandte er sich gleich darauf an Trine. »Massive Unterkühlung.« Er strich ein Büschel Haar zur Seite. »Und hier … eine Kopfverletzung.« Er sah zur Sysselmannin auf. »Wir können ein Fremdverschulden nicht ausschließen.«

Er sprach leise mit dem Rettungswagenfahrer.

»Wir bringen sie jetzt ins Krankenhaus und müssen einen Transportflug nach Tromsö anfordern«, wandte er sich wieder an die Verwaltungschefin. »Wir sind nicht dafür ausgerüstet, die Folgen einer solchen Unterkühlung aufzufangen.«

Trine sah, wie die Sysselmannin widersprechen wollte, dann aber doch zum Telefon griff. Doch es war bereits zu spät. Während sie in den Rettungswagen gehoben wurde, starb Freja Moeller.

29.

MARTIN

Martins Finger zitterten noch immer vor Kälte, als er sich eine Notiz auf einem hastig abgerissenen Zettel machte. Er durfte unter keinen Umständen vergessen, die Winterstiefel und seine übrigen Sachen aus der Garderobe des Museums abzuholen. Seine Schrift war kaum lesbar, und er rügte sich selbst für seine Unbeherrschtheit, so gedankenlos hinter Rebecca hergelaufen zu sein wie ein Sechzehnjähriger, dem die erste Liebe abhandengekommen war. Wo war sein strukturiertes Denken geblieben, als er es am dringendsten gebraucht hätte? War er im nichtwissenschaftlichen Umfeld überhaupt zu strukturiertem Denken fähig? Rebeccas abweisendes Verhalten hatte ihn völlig perplex zurückgelassen. Zu seiner Rechtfertigung gegenüber sich selbst konnte er immerhin vorbringen, dass er nicht im Entferntesten mit Rebeccas Reaktion gerechnet hatte. Die Art, wie sie die Vorhänge zugezogen hatte, war so unmissverständlich gewesen, dass er es nicht gewagt hatte, sie sofort nach der Rückkehr in seinen eigenen vier Wänden anzurufen. Er sah sich darüber hinaus auch nicht in der Lage, mit ihr zu sprechen. Die Daueranspannung an diesem Abend und besonders die letzten Ereignisse hatten ihm zusammen mit der Kälte seine ganze Kraft geraubt. Um des Zitterns Herr zu werden, beschloss er zu duschen, und zwar so heiß, wie er es ertragen konnte. Vielleicht würden ihm unter der Dusche auch brauchbare Ideen kommen, wie er mit der Situation zwischen Rebecca und Freja umgehen sollte.

Augenblicke später rannen ihm Sturzbäche heißen Wassers über den Körper, und er schloss seufzend die Augen. Doch die mit der Wärme zurückkehrenden Lebensgeister brachten auch

Rebecca wieder in seine Gedanken, und er ahnte bereits, dass er trotz der Müdigkeit, die sich jetzt ebenfalls in ihm ausbreitete, nicht würde schlafen können, solange er keine befriedigende Strategie gefunden hatte für die Lösung seines Problems. Vielleicht sollte er sie doch noch in dieser Nacht anrufen. Auch wenn sie das Gespräch nicht annahm, würde sie sehen, dass er es zumindest versucht hatte. Während er sich überlegte, was er ihr sagen könnte, meinte er auf einmal ein Geräusch zu hören, das weder zum Plätschern der Dusche noch zur Stille dieser nächtlichen Stunde passte. Er lauschte einen Moment regungslos, dann drehte er den Wasserhahn zu.

Nichts!

Er hatte die Hand schon wieder am Ventil, als er deutlich ein Klopfen hörte, das nur von seiner Appartementtür kommen konnte. Wer konnte das sein? Er warf sich ein Handtuch um den Hals und den Bademantel über und rief ein »Ich komme schon!« in den Flur.

Seine nassen Füße hinterließen eine feuchte Spur auf dem filzartigen Bodenbelag auf seinem Weg zur Tür, wo es ihm ohne Brille weder gelang, sofort den richtigen Schlüssel aus dem Bund zu tasten, noch, ihn in das Schloss einzuführen, in dem er aus Gewohnheit zweimal den Schlüssel herumgedreht hatte.

»Einen Moment noch!«, rief er.

Schließlich zog er die Tür einen Spalt weit auf, und die aus dem Treppenhaus einströmende Kälte brachte seinem Körper mit einem Schauer in Erinnerung, dass er noch nicht wieder vollends aufgewärmt war. Das Bild, das sich ihm bot, ließ ihn das jedoch sofort vergessen. Niemand anderes als Rebecca stand vor ihm. Sie umschlang sich selbst mit ihren Armen, als ob sie sich vor etwas schützen müsse. Unsicher trat sie von einem Fuß auf den anderen, und ihr von der eng anliegenden Kapuze umrahmtes Gesicht drückte eine Mischung aus Angst, Zweifeln und Hoffnung aus. Er war unglaublich erleichtert, sie zu sehen.

»Komm rein!«, sagte er daher nur und öffnete die Tür gerade weit genug, dass sie an ihm vorbeischlüpfen konnte.

Unschlüssig blieb sie in dem schmalen Flur stehen.

»Was ist passiert, ist alles in Ordnung?«, fragte er angespannt.

Sie nickte erst, dann schüttelte sie den Kopf.

»Okay«, sagte er beruhigend. »Jetzt bist du hier. Alles wird gut. Geh schon mal vor ins Wohnzimmer, ich zieh mir nur schnell etwas an.« Angesichts ihrer Nervosität mischte sich seine Erleichterung mit Sorge.

Als er gleich darauf mit einem Jogginganzug und dicken Socken bekleidet zurückkehrte, stand Rebecca regungslos mitten im Wohnzimmer. Sie hatte keinen Versuch unternommen, ihren Anorak abzulegen, überhaupt benahm sie sich, als sei sie das erste Mal hier. Doch der kurze Zeitraum des Alleinseins während des Anziehens hatte Martin genügt, sich zu fassen. »Ich bin froh, dass du da bist«, sagte er sanft. Behutsam drehte er sie zu sich um und nahm sie in den Arm. Wortlos erwiderte sie seine Umarmung, schmiegte sich an ihn und verbarg ihr Gesicht an seiner Schulter, und dann sagte ihm ein erst leichtes, aber immer heftiger werdendes Zucken, dass sie weinte. Er zog sie fester an sich, spürte, wie die Erleichterung die Sorge verdrängte. Sie war zu ihm gekommen, und was auch immer sie bedrückte, sie würden sich aussprechen und alles Belastende aus der Welt schaffen.

Schneller als erwartet, löste sich Rebecca aus einer Umarmung und trat so weit zurück, dass sie ihn aus verweinten Augen ansehen konnte. »Es tut mir so leid …«

Er zog sie wortlos in seine Arme.

Schließlich hatte sie sich so weit gefangen, dass eine Unterhaltung möglich zu sein schien. Er suchte ihren Blick, um sich zu vergewissern, dass sein Gefühl ihn nicht trog, und ein zaghaftes Nicken bestätigte ihm seinen Eindruck.

»Ich mach jetzt einen Kakao für uns«, schlug er vor. »Lass uns in Ruhe reden, dann wird sich alles aufklären.«

Behutsam wollte er ihr aus Schal und Jacke helfen, hielt aber abrupt inne.

»Was ist?«, fragte Rebecca nervös angesichts seines starren Blicks.

Er berührte ihren Schal mit seinen Fingern. »Hast du dich verletzt?«

»Nein … warum fragst du?«

Ihre Antwort ignorierend, tastete er sie suchend ab. »Da ist Blut!«

Überrascht schaute Rebecca an sich herunter. »Blut? Ich verstehe nicht …«

»Hier auf deinem Schal!«

Er nahm ihr den hellen Wollschal ab, auf dessen feinem Muster sich dunkelrote Flecken abzeichneten.

»Ach, du meine Güte«, entfuhr es ihr. »Das kann nur von Freja sein.«

»Von Freja?«, rief Martin entsetzt aus und trat einen Schritt zurück. In Erwartung einer Erklärung verharrte er reglos, den Schal noch immer in seiner ausgestreckten Hand haltend. »Wie kommt Frejas Blut auf deinen Schal?«

Rebecca schluckte und strich sich fahrig eine Haarsträhne aus dem Gesicht. »Ich hab sie gerade eben auf dem Weg zu dir getroffen und sie angesprochen. Sie hat sich mir gegenüber im Museum so entsetzlich benommen, das wollte ich nicht auf mir sitzen lassen.«

»Du hast Freja gerade eben noch getroffen?«, wiederholte Martin ungläubig.

Rebecca nickte.

Martin ließ die Hand mit dem Schal sinken. »Was ist passiert?«

»Nichts, Martin. Überhaupt nichts.«

»Aber warum hast du dann Frejas Blut auf deinem Schal?«

Fragen überschlugen sich in seinem Kopf. Wie wahrscheinlich war es, dass zwei Frauen, die sich am Abend gestritten hatten, in der gleichen Nacht noch einmal aufeinandertrafen? Wie aufgebracht musste Rebecca gewesen sein, um Freja noch einmal zur Rede stellen zu wollen? Konnte ein Gespräch unter diesen Bedingungen klärend sein? Welche Rolle spielte das Blut? Sagte Rebecca ihm die Wahrheit? Was war passiert?

»Martin, meine Güte, schau mich nicht so entsetzt an! Was denkst du von mir?«

Martin wusste nicht, was er glauben sollte. Die Situation war völlig surreal. »Nichts, ich denke gar nichts von dir«, entgegnete er. »Ich will nur wissen, woher das Blut kommt …«

Rebecca sah ihn für sein Gefühl einen Moment zu lange an, bevor sie antwortete. »Freja hatte Nasenbluten.«

»Nasenbluten?«, wiederholte Martin. »Warum?«

»Woher soll ich das wissen!«, fuhr Rebecca auf. »Sie hatte auch eine Schramme auf der Stirn und war irgendwie unsicher auf den Beinen.«

Martin schüttelte irritiert den Kopf. »Und … hast du dich um sie gekümmert?«

»Ja, sicher, ich bin zu ihr gegangen, wollte sie stützen und habe ihr Hilfe angeboten, doch sie hat mich weggestoßen. Dabei muss etwas von ihrem Blut an meinen Schal gekommen sein.«

»Und dann?«

»Nichts und dann.« Rebecca zuckte mit den Schultern. »Da sie meine Hilfe kategorisch abgelehnt hat, habe ich nichts weiter gemacht. Ich habe ihr nur einen Moment nachgeschaut, als sie gegangen ist.«

»Bist du sicher, dass sie gut zu Hause angekommen ist?«

Wieder zuckte Rebecca mit den Schultern. »Ich gehe mal davon aus. Natürlich kann ich nicht sicher sein, weil ich es nicht gesehen habe, aber sie schien wieder etwas sicherer auf den Beinen.« Rebecca hatte ihre Handlungsfähigkeit vollständig zurückgewonnen. Tatsächlich, so kam es ihm vor, waren die emotionalen Zustände nun umgekehrt. Während er noch versuchte, sich nach diesem Schreck zu beruhigen, legte sie nun scheinbar völlig gelassen ihren Mantel ab und sah ihn erneut entschuldigend an. Das Thema Freja war für sie erledigt. »Es tut mir so leid, dass ich dich nicht reingelassen habe, als du bei mir vor der Tür gestanden hast«, sagte sie stattdessen. »Ich war entsetzlich wütend auf dich, weil ich sicher war, du hättest mich Freja gegenüber bloßgestellt.« Sie schüttelte den Kopf. »Wie ein dummes Schaf bin ich ihr in die Fänge gelaufen und habe dir die Schuld dafür gegeben, ohne einen Beweis dafür zu haben.«

»Es ist okay, ich hab es überlebt«, bemerkte er mit einem Schulterzucken, um die Situation zu entspannen, und bedeutete ihr mit einer einladenden Handbewegung, sich zu setzen. So ganz war er noch nicht bei der Sache. Er versuchte, nicht zu dem Schal zu sehen, den Rebecca achtlos über die Lehne der Couch gelegt hatte. Auf die dunklen Flecken. Er konnte sich vorstellen, dass Freja jede Hilfe abgelehnt hatte, hatte er sie nicht selbst einmal in einer ähnlichen Situation erlebt? Dennoch blieb ein ungutes Gefühl. Wo hatte sich die Dänin verletzt? Und müsste nicht jemand nach ihr sehen?

Rebecca nahm auf der Couch Platz und erzählte weiter von dem Wechselbad der Gefühle, das das Gespräch mit Freja während der Veranstaltung im Museum in ihr ausgelöst hatte. Auf den Gedanken, dass er vielleicht gar nichts mit der verfahrenen Situation zu tun haben könnte, sei sie erst gekommen, nachdem sie ihn in der eisigen Kälte hatte stehen lassen. Um die Situation zu bereinigen, sei sie ihm gefolgt und dabei auf Freja getroffen. »Ich war so wütend, auf mich selbst, auf Freja, auf alles. Verstehst du, ich musste mit ihr reden, um wenigstens einen Teil dieses Gefühls loszuwerden, das sie durch ihre Demütigung in mir ausgelöst hatte.« Sie seufzte. »Aber das war nicht möglich.«

Martin versuchte, ihrem Wortschwall zu folgen und gleichzeitig die Glaubwürdigkeit ihrer Geschichte zu prüfen. Das Unbehagen über das Zusammentreffen von Rebecca und Freja wich nicht.

Wie wäre er mit dieser Situation umgegangen? Er überlegte, wie weit Freja bis zu ihrer Wohnung noch zu gehen gehabt hatte von der Stelle, an der sich ihr Weg mit dem Rebeccas gekreuzt hatte. »Vielleicht sollten wir kurz bei Freja anrufen, um sicher zu sein, dass alles in Ordnung ist«, schlug er vor.

»Du glaubst mir immer noch nicht«, stellte Rebecca fest, und der Klang ihrer Stimme ließ darauf schließen, dass sie gekränkt war.

Nein. Eifersüchtig. Das wurde ihm klar, als ihre Blicke sich trafen. Himmel, sie war eifersüchtig auf Freja! Martin wurde heiß und kalt bei der Erkenntnis.

»Rebecca, natürlich glaube ich dir«, erwiderte er deshalb beschwichtigend, »aber ...«

Sie stand auf. »Vielleicht war es ein Fehler zu kommen, es ist wohl besser, wenn ich wieder gehe.«

War es wirklich nur Eifersucht oder war da mehr, was sie quälte? »Rebecca, bitte bleib«, versuchte er abzulenken. »Ich bin sehr froh, dass du gekommen bist. Ich mache uns noch etwas Warmes zu trinken, und dann gehen wir ins Bett und legen das Ganze einfach zur Seite, was meinst du? Die Nacht ist schon fast vorbei.«

Sie zögerte, warf ihm dann aber einen dankbaren Blick zu und setzte sich wieder. »Ich möchte auch gar nicht gehen.«

Er hauchte ihr einen Kuss auf den Haaransatz und stand auf. Sein Handy ließ er unauffällig in die Tasche seiner Jogginghose gleiten. Während er in der kleinen Küche nebenan Kakao kochte, versuchte er, Freja zu erreichen. Sie ging nicht ran. Er sprach ihr einen kurzen Text auf die Mailbox mit der Bitte zurückzurufen, wenn sie ihn abhörte.

Ein Schimmer von Helligkeit, der an den Rändern der zugezogenen Vorhänge den Fensterrahmen berührte, kündete davon, dass der Tag schon einige Zeit den Morgen hinter sich gelassen haben musste, auch wenn sein Körpergefühl ihm sagte, dass er gerade erst eingeschlafen war. Obwohl Martin nicht nur an den Werktagen, sondern auch an Wochenenden und in seiner sonstigen Freizeit nach einem durchdachten Plan lebte, gehörte er nicht zu den Menschen, die sich von einer Uhr mit beleuchteten Ziffern die Stunden der Nacht anzeigen ließen. Er spürte Rebeccas warmen Körper neben sich und erinnerte sich der Geschehnisse der vergangenen Nacht, versuchte aber, nicht weiter darüber nachzudenken. In der Dunkelheit der Nacht oder im Dämmerlicht eines anbrechenden Tages konnten für einen im Wachwerden begriffenen Geist selbst leichte Herausforderungen des Alltags zu unüberwindlichen Schwierigkeiten heranwachsen, darum sollte man um diese Zeit die wirklich schweren Probleme gar nicht erst anfassen. Das wusste Martin nur zu gut aus eigener Erfahrung und hatte sich daher schon vor Jahren abgewöhnt, sich morgendlichen Grübeleien hinzugeben.

Um Rebecca nicht zu wecken, schob er vorsichtig die Decke beiseite und schlich sich aus dem Schlafzimmer. Gleich darauf trat er mit einem Glas Wasser an das Fenster im Wohnzimmer und warf einen Blick auf sein Mobiltelefon. Freja hatte sich nicht gemeldet. Er versuchte noch einmal, sie zu erreichen, aber wieder antwortete nur die Mailbox. In dem nüchternen Dämmerlicht des Tages erschien ihm die Aufregung der Nacht und seine Zweifel an Rebeccas Glaubwürdigkeit surreal. Sicher würde sich alles in den nächsten Stunden aufklären. Um sich abzulenken, ließ er das kalte, weiße Fjordpanorama auf sich wirken, vor dem sich einige durch schmale Fahrwege verbundene flache Häuser wegduckten. Die Überlegungen, die ihn dabei bewegten, waren ihm nicht neu, doch seine Meinung festigte sich umso mehr, je länger er in dieser Region lebte und arbeitete. Spitzbergen war ein so besonderer Ort. Das Gefühl der Abgeschiedenheit, das einen hier umfing, war einzigartig. In größeren urbanisierten Gebieten ließ sich allein anhand der Geschäftigkeit auf den Straßen erkennen, ob es sich um einen Arbeitstag handelte. Dass das hier nicht möglich war, war an sich noch nichts Besonderes. Das Besondere am menschlichen Leben auf Spitzbergen war die bitter notwendige Nabelschnur aus Flugzeugen und Schiffen, die den Archipel mit der Zivilisation verband. Auch wenn alles vorhanden war, was ein durchschnittlicher Weltbürger für ein komfortables Leben brauchte, ließ sich trotz der Zollbefreiung an den meisten lokalen Lebensmittelpreisen ablesen, dass sehr viel Aufwand für eine sorgenfreie Existenz betrieben werden musste. Mit einem Seufzer wandte sich Martin vom Fenster ab und setzte sich auf die Couch. Während sein Blick durch das mehr oder weniger modern eingerichtete Zimmer schweifte, kam ihm eine diesbezügliche Unterhaltung des Vorabends in Erinnerung. Einer der Mitarbeiter des Norwegischen Polarinstitutes hatte halb im Spaß, aber doch mit einer gehörigen Portion Provokation in die kleine Runde gefragt, was denn die Menschen an einem Ort wie diesem eigentlich noch zu suchen hätten. Die Kohleförderung, die für sich genommen zweifelhaft genug war, wurde nur noch zum Eigenbedarf betrieben, Fischfang und Jagd waren entweder nicht ertragreich oder nicht erlaubt, und eine Universität müsste man hier auch nicht zwingend haben. Klar, die Forschung war wichtig, wäre aber mit viel weniger Aufwand möglich. Viele Menschen kamen nach Spitzbergen, weil sie vermeintlich eine Auszeit an einem entlegenen Ort suchten, und die wenigsten von ihnen besaßen eine Vorstellung davon, wie sehr sie mit ihrer Anwesenheit die arktische Natur belasteten. Der Mitarbeiter des Polarinstituts hatte sich in Rage geredet, als er schließlich auf den Tourismus zu sprechen kam, auf die Reiseveranstalter, die immer häufiger und immer mehr Kreuzfahrer in den Norden schickten, was in seinen Augen die Ignoranz vieler Menschen in Fragen von Umwelt und Klima unterstrich.

Das leise Quietschen der Schlafzimmertür unterbrach seinen Gedankenstrom. Gleich darauf wurde auch schon die Tür geöffnet. Tapsig, auf bloßen Füßen und sich verschlafen die Augen reibend kam Rebecca auf ihn zu und ließ sich auf die Couch fallen. Er setzte sich neben sie, und sie kuschelte sich in seinen Arm und angelte mit den Füßen nach der Wolldecke, die über der Lehne hing. »Ich hab Hunger«, seufzte sie.

Martin strich ihr das Haar aus dem Gesicht und hauchte ihr einen Kuss auf die Nase, obwohl ihr Anblick ihn an seine Zweifel der Nacht erinnerte. An Freja. Er schob die Gedanken von sich. Er konnte, wollte nicht glauben, dass Rebeccas Arglosigkeit gespielt war. »Lass uns frühstücken gehen, wenn man das so noch nennen kann, denn es ist schon Mittag durch«, schlug er vor, da das wenige Essbare, das er in seinem Vorrat hatte, weder einem Frühstück gerecht wurde noch für zwei Personen ausreichen würde.

Da sie nicht in eine City zum großen Schaulaufen aufbrechen wollten, genügten wenige Handgriffe und einige warme Sachen, und schon waren sie bereit und unterwegs. Es schneite leicht, und Martin beobachtete, wie sich einzelne Schneeflocken auf Rebeccas Mütze und in ihrem blonden Haar verfingen. Er bückte sich, formte aus dem Neuschnee einen Ball und warf ihn in ihre Richtung. Rebecca johlte auf, und schon waren sie in eine handfeste Schneeballschlacht verwickelt, bis sie sich außer Atem und mit von der Kälte rot glühenden Wangen lachend in die Arme fielen.

»Jetzt hab ich noch größeren Hunger«, bekannte Rebecca und schlitterte an seiner Hand wie ein Kind über eine Eisfläche, die sich auf der Straßenkreuzung gebildet hatte.

Ihre Hoffnung, in einem der wenigen Cafés ein ruhiges Plätzchen zu finden, wurde gedämpft, als sie von außen durch die teilweise beschlagene Scheibe feststellten, dass nur vereinzelte Stühle frei waren. Martin hatte nicht mehr auf der Rechnung gehabt, dass Feiertag war, was für die Einwohner Longyearbyens ein willkommener Anlass war, den heimischen vier Wänden zu entfliehen. Mit dem Eintreten in den dunstig warmen Raum, der sie mit einem Geräuschmix aus Gläserklingen, Tellerklappern, Kinderstimmen, Gelächter und Hintergrundmusik begrüßte, erinnerte sich Martin, dass er hier das erste Mal mit Rebecca gemeinsam Tee getrunken hatte, oder war es heiße Schokolade gewesen?

Er sah zu dem Tisch hinüber, an dem sie damals gesessen hatten, der von jungen bärtigen Männern belegt war, die sich augenscheinlich darauf eingerichtet hatten, noch längere Zeit zu bleiben. Mit einem Zupfen am Ärmel machte Rebecca ihn darauf aufmerksam, dass in der Nähe des Tresens, hinter dem die junge dunkelhäutige Frau hantierte, die sie schon kannten, etwas frei geworden war. Eilig steuerten sie darauf zu.

Während sich Rebecca nicht festlegen konnte, was sie frühstücken wollte, hatte sich Martin schon entschieden, bevor er die Speisekarte überhaupt in die Hand genommen hatte. Strukturiert, wie er war, besaß er auch für solche Fälle einen Plan oder zumindest ein Konzept. Schon im Vorfeld überlegte er, welche Speisen es in dem angesteuerten Lokal geben würde. Diese Gedankenliste verglich er mit dem, worauf er Appetit hatte. Fand er das entsprechende Gericht auf der Karte, war die Entscheidung augenblicklich gefallen. Auch diesmal hatte er nur Sekunden gebraucht, ein paar hungerstillende Kleinigkeiten auszuwählen. Ziellos ließ er nun seine Augen über die Menschen der angrenzenden und die der dahinterliegenden Tische schweifen. Unter den vielen Unbekannten entdeckte er auch einige Mitarbeiter und Studenten aus der Universität. Schließlich weckte eine Bewegung rechts von ihm seine Aufmerksamkeit. Der Name wollte Martin nicht einfallen, aber mit dem Norweger, der sich mit erhobener Hand grüßend ihrem Tisch näherte, hatte er in der Uni gelegentlich einige Worte im Zusammenhang mit seinem Projekt gewechselt. Mit ernstem Gesicht schob sich der nicht mehr ganz junge, aber sportlich wirkende Mann vorsichtig durch die letzte Barriere, die aus zwei besetzten, Rücken an Rücken gekehrten Stühlen bestand. Rebecca sah zu ihm auf, erwiderte das an sie gerichtete »Hey« mit einem Kopfnicken und setzte das Studium der Speisekarte fort.

»Hey, Martin«, begrüßte ihn der Norweger. Sein Name war Martin immer noch nicht präsent.

»Hey, ich grüße dich«, erwiderte er deshalb nur knapp und fragte sich gleichzeitig, was so wichtig sein könnte, dass er sich dafür durch dieses Gewimmel drängte. Der Mann beugte sich zu Martin über den Tisch und senkte seine Stimme. »Ich nehme an, du hast noch nichts von dem Vorfall der vergangenen Nacht gehört.«

Martin runzelte die Stirn und bestätigte mit langsamem Kopfschütteln, dass er nicht wusste, worum es ging. Rebecca senkte die Karte und blickte auf, um dem Mann direkt ins Gesicht zu sehen.

Dieser nickte ihr ein weiteres Mal zu, senkte die Stimme noch ein wenig mehr und sagte zu Martin gewandt: »Freja ist tot. Man hat sie heute Morgen völlig unterkühlt in der Nähe der Uni gefunden. Die Polizei hat die Ermittlungen aufgenommen. Stell dir vor, hier in Longyearbyen. Das hat es noch nie gegeben.«

Fassungslos starrte Martin ihn an. Was hatte er gerade gesagt? Freja war tot? Unterkühlt in der Nähe der Uni? Sein Blick flog zu Rebecca. Sie starrte ihn aus weit aufgerissenen Augen an, öffnete den Mund, als ob sie etwas sagen wollte, griff sich stattdessen jedoch mit den Händen an den Hals, würgte, röchelte und rang heftig nach Atem.

»Rebecca!« Er sprang auf und drängte den Norweger zur Seite, doch bevor er sie erreichte, sackte sie wie leblos auf ihrem Stuhl in sich zusammen. Er konnte sie gerade noch auffangen, ihr Körper schwer in seinen Armen.

DRITTER TEIL

30.

FREDERIK

Als Frederik Lund zu Beginn seines letzten Dienstmonats sein Büro im Gebäude der Polizeidirektion im Fritjof Nansen Vej in Oslo betrat, klingelte das Telefon auf seinem Schreibtisch bereits Sturm. Genau aus diesem Grund pflegte er seinen Arbeitstag normalerweise früher als seine Kollegen zu beginnen. An diesem Tag hatte er jedoch einen Zahnarzttermin gehabt, eine Behandlung, die er schon lange vor sich hergeschoben hatte, die unangenehm und schmerzhaft gewesen war und ihn fast zwei Stunden auf den Zahnarztstuhl gefesselt hatte. Sein halbes Gesicht fühlte sich nach wie vor taub an, als er, seinen teuren dunkelblauen Kaschmirmantel noch über dem Arm, nach dem Hörer griff. Es war sein Chef. Das hatte er sofort am eigens für ihn eingestellten Klingelton erkannt.

»Frederik, guten Morgen, kannst du bitte sofort zu mir ins Büro kommen?«

»Sicher«, erwiderte Frederik nur.

Er hängte seinen Mantel auf einen Bügel in seinen Schrank und strich seinen Anzug glatt, der vom gleichen Blau wie der Mantel war. Er hatte ihn bei einem italienischen Schneider in Mailand fertigen lassen. Zusammen mit einem halben Dutzend weiterer Anzüge für unterschiedlichste Ansprüche und Anlässe. Auch seine Hemden und Krawatten waren maßgeschneidert. Ebenso wie seine Schuhe. Feinstes italienisches Leder. Er griff kurz nach einem weichen Tuch und polierte über die Spitzen, bevor er den Schrank schloss und schließlich sein Büro verließ. Kaffeeduft wehte ihm im Flur entgegen und erinnerte ihn daran, dass er noch nichts gegessen und getrunken hatte. Der Zahnarzt hatte darum gebeten, dass er nüchtern kam.

Die Räume seines Vorgesetzten lagen im selben Stockwerk am anderen Ende des Gebäudes. Die Mehrzahl der Bürotüren, die er passierte, waren geöffnet. Im Vorbeigehen erhaschte er Blicke auf die Kollegen, von denen er die meisten nicht näher kannte. Mit einigen Unterbrechungen hatte er den größten Teil seiner Dienstjahre im Ausland verbracht, vor allem in der letzten Dekade war er kaum noch in Oslo gewesen. Was natürlich mit Francesca zu tun hatte. Seit zwölf Jahren war er mit ihr verheiratet, sie war mit ihren gerade fünfzig zehn Jahre jünger als er, darüber hinaus reich, schön und gebildet – alles, was ein Mann sich wünschte, wie er bisweilen scherzhaft zu sagen pflegte. Nach dem Tod ihres Vaters leitete sie in Mailand zusammen mit ihrem Bruder eine Im- und Exportfirma. Sie hatten sich im Rahmen einer Ermittlung, die er für Europol geleitet hatte, kennengelernt. Seither war sie nur einmal in Oslo gewesen, und nicht einmal die Inszenierung einer Oper in italienischer Sprache, in die er sie ausgeführt hatte, hatte sie wenigstens im Ansatz für die Stadt einnehmen können. Also hatte er seine Eigentumswohnung mit Blick auf den Fjord verkauft und über Europol hinaus im internationalen europäischen Austausch der Polizeikräfte einen langfristig angelegten Posten in Mailand besetzt.

»Hej, Kristian«, begrüßte er seinen Chef, der sofort von seinem Schreibtisch aufstand und auf ihn zukam, als Frederik das Büro betrat.

»Hej, Frederik!« Kristian Jenssen überragte ihn mit seinen fast zwei Meter Körpergröße um einiges. In seiner Jugend hatte er erfolgreich Handball gespielt, inzwischen war er in Frederiks Alter, aber wenn Frederik sich recht erinnerte, bewältigte Kristian seinen Arbeitsweg von gut acht Kilometern noch immer jeden Morgen joggend. Er war leger gekleidet, und Frederiks perfekt sitzender Anzug entlockte ihm ein Lächeln. »Wie immer wie aus dem Ei gepellt«, stellte er anerkennend fest. »Egal, was ich trage, neben dir fühle ich mich immer schlecht angezogen.«

Frederik tat das Kompliment mit einem Kopfschütteln ab. »Was kann ich für dich tun?«

Kristians Lächeln vertiefte sich. »Die Italiener haben dir in all der Zeit, die du mit ihnen verbracht hast, noch immer nicht die hohe Kunst des Small Talks beigebracht.«

Frederik trat ans Fenster und warf einen Blick hinaus auf die Straße. »Ich hatte heute Morgen einen Zahnarzttermin«, bemerkte er. »Und noch keinen Kaffee. Dein Anruf hat mich erwischt, als ich gerade reingekommen bin.«

»Ah, verstehe.« Kristian griff zu seinem Telefonhörer.

Gleich darauf stellte eine dunkelhaarige junge Frau, von der Frederik sicher war, sie noch nie gesehen zu haben, ein Tablett mit einer Thermoskanne, zwei Tassen und einem Teller Keksen auf dem Schreibtisch ab.

Frederik beobachtete schweigend, wie Kristian ihnen Kaffee einschenkte und ihm eine Tasse reichte.

»Also?«, fragte er dann. Kristians Fürsorglichkeit machte ihn misstrauisch.

»Ich muss dich bitten, heute noch nach Longyearbyen zu fliegen. Der nächste Flug geht heute Abend um neun.«

Frederik nahm einen Schluck von dem Kaffee, um sich Zeit zu verschaffen. Dann stellte er die Tasse behutsam auf dem Tisch ab und sah seinen Vorgesetzten an. »Das ist nicht dein Ernst.«

Kristian holte tief Luft. »Ich fürchte doch.« Er nahm wieder hinter seinem Schreibtisch Platz und wies auf den Stuhl neben Frederik. »Setz dich doch, damit wir das Ganze in Ruhe besprechen können.«

Frederik rührte sich nicht von der Stelle. »Was soll ich in Longyearbyen?«

»Die Kollegen dort haben um Unterstützung in einem ungeklärten Todesfall gebeten.«

»Das glaube ich nicht. Auf Spitzbergen geschehen keine Verbrechen.«

»Das sagt die Sysselmannin auch, die sehr gern darauf verzichten würde, dass wir jemanden schicken.«

»Warum ich?«

Kristian räusperte sich. Natürlich hatte er die Frage erwartet. »Du bist tatsächlich der Einzige, der derzeit frei ist und der entsprechend internationale Erfahrungen mitbringt.«

»Ich habe nur deshalb keinen Fall, weil ich in genau achtundzwanzig Tagen meinen Dienst beende. Ich habe einiges abzuwickeln.«

»Das weiß ich. Wir reden hier auch nicht von einem längeren Zeitraum der Ermittlungen. Ich denke, in zwei Tagen kannst du zurück sein.«

Frederik, noch immer stehend, griff erneut nach seiner Tasse. Das Trinken mit einem noch halb betäubten Gesicht war eine Herausforderung. »Für zwei Tage einen solchen Aufwand«, sagte er schließlich. »Die haben da oben einen Polizeihauptkommissar vor Ort. Was soll ich da noch?«

»Der Kommissar ist wegen eines Notfalls in seiner Familie in Hammerfest. Normalerweise übernimmt in einem solchen Fall sein Assistent. Der ist jedoch neu auf der Stelle und noch ohne Erfahrung.«

»Ich habe vermutlich keine Wahl«, stellte Frederik fest.

»Stella hat deinen Flug schon gebucht«, war Kristians Bestätigung seiner Mutmaßung.

Zurück in seinem eigenen Büro, starrte Frederik verdrossen auf die Ticketausdrucke und die Reservierung für das Hotel. Er hasste es, zu fliegen. Aus diesem Grund war ihm, als kenne er innerhalb von Europa nahezu jeden Autobahn- und Schienenkilometer, wobei er es bedauerte, dass die Schlafwagen immer mehr aus der Mode kamen. Aber mehr noch als das Fliegen hasste er Schnee und Eis und die Dunkelheit des nordischen Winters. Nicht zuletzt aus diesem Grund hatte er seinem Heimatland ohne Bedauern den Rücken gekehrt.

31.

TRINE

Es gab Situationen, in denen funktionierte Trine Mikkelsen, ohne nachzudenken, denn ihr Handeln war durch jahrelange Berufserfahrung automatisiert. So schob sie auch jetzt ohne viel Worte die Menschen zur Seite, die um die am Boden liegende Frau standen, und ging neben ihr in die Hocke. Sie zog ein Lid hoch, fühlte den Puls.

»Was ist passiert?«, fragte sie den dunkelhaarigen Mann mit der Brille, der ihr gegenüber hockte und hilflos Rebeccas Hand festhielt. Es war das erste Mal, dass sie Martin aus der Nähe sah.

»Sie hat sich plötzlich an die Kehle gefasst, als ob sie keine Luft bekommt, und sehr kurz und immer schneller geatmet …« Er sprach hastig und nervös.

»Hatte sie Krämpfe?«

Er nickte mit angespanntem Gesicht.

Trine sah, wie Rebeccas Augenlider flatterten.

»Sie wird gleich wieder zu sich kommen«, beruhigte sie ihn und machte Platz für die beiden Rettungssanitäter, die Rebecca mit geübtem Griff auf die Trage hoben und sie stabilisierten.

»Am besten kommst du mit, dann kannst du auch dem Arzt erzählen, was genau geschehen ist«, fügte Trine hinzu. »Er wird sicher noch ein paar zusätzliche Fragen haben.«

»Ja, natürlich.« Martin stand auf, nahm seine Jacke von der Stuhllehne und zog sie über.

Um sie herum traten die Menschen zurück, und jetzt erst nahm Trine wahr, wie voll und stickig es in dem Café war. Das Stimmengewirr übertönte die Musik aus den Lautsprechern, Kondenswasser lief an den großen Fenstern des Kubus herab, es roch nach Kaffee und gebratenen Eiern – Brunch an einem Feiertag.

»Nimm auch Rebeccas Sachen mit«, erinnerte sie ihn, als er ihr voraus dem Ausgang zustreben wollte.

»Ja, ja, natürlich«, wiederholte er fahrig.

Draußen vor der Tür schien ihn die eiskalte Luft zur Besinnung zu bringen. Er atmete tief durch. »Kann … kann das eine Panikattacke gewesen sein?«

Trine nickte. »Schon möglich.«

Als sie das Krankenhaus erreichten, bog Thomas gerade mit seinem SUV zwischen hohen Schneehaufen auf den Parkplatz ein. Nachdem im Todesfall von Freja Moeller alle Formalitäten, für die er gebraucht wurde, erledigt waren, hatte sie darauf bestanden, dass er sich ein paar Stunden Schlaf gönnte. Sie selbst war im Krankenhaus geblieben, hatte im Behandlungszimmer auf einer Liege die Augen zugemacht, aber das Schicksal Frejas hatte sie nicht zur Ruhe kommen lassen. Ihre Gedanken kreisten, sie dachte über ihre letzten Begegnungen nach, ihre Gespräche, ihren letzten Eindruck von Freja, wie sie sich schon in ihrem weißen Daunenmantel in der Tür des Museums noch einmal umgewandt und gewunken hatte.

Warum hatte sie sterben müssen?

In ihrem Berufsleben war Trine immer wieder mit dem Tod konfrontiert worden, aber die vergangenen Jahre auf Spitzbergen hatten sie entwöhnt. Anders konnte sie sich ihre Reaktion nicht erklären. Oder waren es die ungewöhnlichen Umstände?

Auch Thomas sah nicht aus, als hätte er gut geschlafen. Ohne seinen Arztkittel überzuziehen, eilte er in das Behandlungszimmer und kontrollierte Rebeccas Vitalfunktionen. Sie war bei Bewusstsein, aber nicht ansprechbar. Tränen liefen über ihre Wangen, ihr Atem ging noch immer schnell, ihre Finger krampften sich in die Decke, unter der sie lag.

»Sie war bewusstlos?«

Trine nickte.

Er wandte sich Rebeccas Begleiter zu, der gerade zur Tür hereinkam und versuchte, einen Blick auf Rebecca zu erhaschen. »Du warst dabei, als es passierte?«

»Ja, wir waren zusammen frühstücken.« Er streckte Thomas eine Hand hin. »Martin van der Zaar.«

»Thomas Moen, ich bin der leitende Arzt hier. In welchem Verhältnis stehst du zu Rebecca?«

»Wir sind befreundet, also, ich meine, wir sind zusammen ...« Martin hatte tatsächlich den Charme, rot zu werden, was Trine ein winziges Lächeln entlockte. Sie hatte die beiden schon am Vorabend bei der Lesung zusammen gesehen und gleich gewusst, dass es sich bei Rebeccas Begleiter um den deutschen Wissenschaftler handeln musste, von dem sie mit so leuchtenden Augen erzählt hatte. Die beiden hatten ein wunderschönes Paar abgegeben, und das Zittern in seiner Stimme, seine ganze Attitüde zeigten ihr, wie tief auch seine Gefühle für Rebecca sein mussten.

»Du hast gegenüber Trine angedeutet, dass es sich um eine Panikattacke handeln könnte. Wie kommst du darauf?«, fragte Thomas ihn jetzt.

Trotz seiner Aufregung beschrieb Martin knapp und sachlich, dass ein Kollege aus der Universität ihn angesprochen und von Frejas für alle überraschendem Tod erzählt hatte, wobei er nicht ausgelassen hatte, dass ein Fremdeinwirken nicht ausgeschlossen sei. »Rebecca hat ihn völlig entsetzt und sprachlos angesehen, sich an den Hals gefasst und um Luft gerungen, und dann ging alles sehr schnell.«

»Hat sie ein besonderes Verhältnis zu Freja gehabt?«

Martin schüttelte den Kopf. »Sie kannten sich nur oberflächlich.«

Trine sah, wie er die Jacke in seiner Hand knetete. Auch Thomas entging diese Reaktion nicht. »Hatten sie in letzter Zeit Kontakt?«, hakte er nach.

Martin wich Thomas' fragendem Blick zunächst aus, dann schien er sich jedoch eines Besseren zu besinnen. »Freja wollte Rebecca gern als Geologin in ihrem Team an der Universität haben«, erzählte er zögernd. »Rebecca hat das Angebot abgelehnt. Aus diesem Grund hatten sie gestern Abend eine Auseinandersetzung.«

Thomas nickte langsam. »Verstehe. Sie sind also nicht im Guten auseinandergegangen. Das kann in einem solchen Fall belastend sein.« Er schenkte Martin ein beruhigendes Lächeln. Was er nicht sagte, was Trine aber aus seinen Worten unmissverständlich herauslas: Das erklärt keine Panikattacke solchen Ausmaßes. Es musste einen weiteren, ihnen und vielleicht sogar Martin unbekannten Trigger gegeben haben.

»Hat sie solche Symptome schon einmal gezeigt?«, fragte Thomas folgerichtig.

»Nicht in meiner Gegenwart.«

»Okay. Was du schilderst, ebenso wie ihre Puls- und Herzfrequenz sprechen tatsächlich für eine Panikattacke. Wir müssen erst einige weitere Untersuchungen machen, um etwas Organisches auszuschließen, aber ...« Er unterbrach sich und schüttelte gedankenverloren den Kopf. Trine ahnte, woran er dachte. Er kannte Rebeccas Vorgeschichte. Ihre Angstzustände und Depressionen, die sie zu Beginn ihrer Zeit auf Spitzbergen gequält hatten. Die Medikamente, die sie sich hatte verschreiben lassen. Seit seiner Ankunft hatte Thomas sich mit einer Gründlichkeit, die sie beeindruckt hatte, jede Krankenakte der Patienten angesehen, die ihren Wohnsitz auf dem Archipel hatten. Und er hatte ein phänomenales Gedächtnis.

Trine sah zu Rebeccas Freund. Es drängte ihn, zu ihr zu gehen, sie zu trösten und zu beschützen, das war nicht zu übersehen. Aber das würde Rebecca im Moment nicht helfen. Sie war gefangen in ihren Ängsten, gefangen in sich und ihre äußere Wahrnehmung war entsprechend eingeschränkt. Der Zustand konnte gleich vorbei sein oder noch Stunden andauern, weshalb es das

Beste war, sie nach Abschluss der wichtigsten Untersuchungen vorerst ruhigzustellen.

»Wir werden ihr gleich etwas zur Beruhigung geben«, sprach Thomas ihre Überlegungen zu Martin gewandt aus. »Ich denke, sie wird dann erst einmal schlafen.«

Martin nickte angespannt. »Kann ich bei ihr bleiben?«

»Natürlich, keine Frage. Trine sagt dir Bescheid, wenn wir fertig sind.«

Martin wollte widersprechen, er wollte Rebecca nicht allein lassen, das sprach aus seinem ganzen Habitus, dennoch nahm Trine sanft seinen Arm und führte ihn zur Tür. »Rebecca ist nicht allein. Wir sind ganz nah bei ihr. Und es dauert nicht lang.« Konsequent schob sie die Tür hinter ihm ins Schloss.

»Hat sie schon Kalzium bekommen?«, fragte Thomas.

»Das habe ich ihr gleich als Erstes gegeben«, erwiderte Trine. Durch die schnelle, flache Atmung beim Hyperventilieren stieg der Sauerstoffgehalt im Blut an, das Kohlendioxid sank, und das Säure-Basen-Verhältnis veränderte sich, was Auslöser für die Krämpfe war. Eine gezielte Gabe von Kalzium entspannte die Muskeln wieder. Auch bei Rebecca hatte es schnell gewirkt.

Mehr oder weniger schweigend führten sie die übrigen Untersuchungen durch. Rebecca ließ alles widerstandslos mit sich geschehen, war aber nach wie vor nicht ansprechbar. Trine hatte ein solches Verhalten früher schon bei Angstpatienten beobachten können, im Rahmen eines Praxissemesters in der Psychiatrie, und damals wie heute war sie gleichzeitig fasziniert und erschreckt von der Gewalt, mit der seelisches Leiden das gesamte Sein eines Menschen beeinflussen konnte. »Wenn der Kopf nicht will, ist der Körper machtlos«, hatte damals ein erfahrener Arzt zu ihr gesagt. Im Laufe ihres weiteren Arbeitslebens hatte sie dafür immer wieder Bestätigung gefunden.

»Ich denke, ein organisches Problem können wir ausschließen«, riss Thomas sie aus ihren Gedanken. »Geben wir ihr etwas zur Beruhigung.« Er desinfizierte seine Hände an einem Spender an der Wand. »Ich würde sie gern bis morgen, vielleicht sogar bis übermorgen hierbehalten. Was meinst du?«

Trine nickte. »Sie ist sehr labil. Es wäre fahrlässig, sie sich in diesem Zustand selbst zu überlassen.«

»Genau«, bestätigte Thomas. »Und ihr Freund scheint mir mit der Situation überfordert. Kennst du ihn eigentlich?«

»Ich habe ihn heute tatsächlich zum ersten Mal gesehen. Nein, stimmt nicht. Gestern Abend. Aber da haben wir nicht miteinander gesprochen.«

»Er scheint einer dieser Vollblut-Wissenschaftler zu sein, der mit Hausschuhen unter die Dusche steigt, wenn man nicht auf ihn aufpasst.«

Trine schüttelte den Kopf. »Nein, das glaube ich nicht. Er weiß sehr wohl, wie das Leben außerhalb seiner Labore funktioniert, aber irgendetwas stresst ihn gerade entsetzlich.«

Thomas zog eine Braue hoch. »Seine Freundin ist vor seinen Augen zusammengebrochen.«

»Ja, sicher. Aber sie ist nicht in Lebensgefahr und bei uns in guten Händen. Der Mann denkt analytisch und ist nicht hysterisch. Rebecca tut ihm leid, er würde ihr gern helfen, sie beschützen und trösten, aber das wirft ihn nicht so aus der Bahn. Da muss mehr dahinterstecken.«

»Geht es uns etwas an?«, fragte Thomas und berührte vor dem Verlassen des Raums kurz und wie zufällig ihren Arm, was ein Lächeln in ihr Gesicht zauberte.

Sie schenkte ihm einen langen Blick. »Wenn du länger hier bist, wirst du feststellen, dass dich *alles* etwas angeht.«

Trine zog Rebeccas Decke hoch, dann ging sie in den Warteraum. Martin stand am Fenster und blickte hinaus in das hellblaue Licht. Hinter den Häusern schimmerte die Spitze des Operafjellet rosa. Der Anblick war wie ein Hoffnungsschimmer an diesem traurigen Tag.

»Martin?«

Er wandte sich abrupt um, rückte seine Brille zurecht und versuchte, sie möglichst neutral anzusehen, was ihm jedoch misslang. Die Anspannung grub eine tiefe Furche zwischen seine Augenbrauen. Sie war versucht, ihn zu fragen, was ihn über Rebeccas Zustand hinaus belastete – war es Frejas Tod oder steckte mehr dahinter? Sie wusste, sie konnte Menschen zum Reden bringen, er wäre nicht der erste, der ihr spontan das Herz ausschüttete. Aber etwas in seiner Haltung hielt sie davon ab. Er sprach vermutlich in den seltensten Fällen über seine Probleme. Und schon gar nicht mit Menschen außerhalb seines innersten Zirkels.

»Du kannst jetzt zu Rebecca.«

»Ja, danke.«

Sie sah ihm nach und erinnerte sich an Rebeccas strahlendes Lächeln, als sie von ihm gesprochen hatte an jenem Abend, den sie spontan miteinander verbracht hatten. Da waren zwei Menschen aufeinandergetroffen, die einander guttaten.

32.

DIMITRI

Leidensschwere Klavierklänge, die einem Schiff gleich durch die Melodiewogen der Streicher glitten, erfüllten in gedämpfter Lautstärke die Küche. Dimitri liebte das zweite Klavierkonzert von Rachmaninow ganz besonders, da er wusste, dass der Komponist nach einer Schaffenskrise bei der Uraufführung des Werkes in Moskau selbst am Flügel gesessen hatte. Bisher hatte er noch keine Gelegenheit gehabt, sich diese Komposition in einem der großen Musikhäuser anzuhören, doch eine Einspielung trug er auf seinem Smartphone immer bei sich, und an einem Tag wie diesem war sie genau das, was er brauchte.

Da Sanne mit einer Bekannten unterwegs war, hatte er das Haus für sich. Mit einem Becher dampfenden Kaffees in der Hand lümmelte er auf einem Küchenstuhl, seine Beine hatte er auf einem der anderen abgelegt, und seine Gedanken trieben ziellos im Sog der Musik. Es mochte am Älterwerden liegen, dass er nach Nächten mit viel Alkohol in geselliger Atmosphäre immer längere Ruhephasen brauchte, bis er wieder halbwegs betriebsbereit war. Ihm war klar, dass er nicht zuletzt hinsichtlich seiner beruflichen Tätigkeit als Pilot in Betracht ziehen sollte, künftig mehr maßzuhalten – ein Gedanke, der ihn nicht zum ersten Mal bewegte. Während er noch versuchte, einen diesbezüglichen Vorsatz zu konkretisieren, klopfte es an der Haustür.

Einem Reflex folgend, blickte er zum Fenster, aber es war zu dunkel, um erkennen zu können, ob neben den üblichen Fahrzeugen vor dem Haus ein weiteres geparkt war. Unwillig stellte er seinen Becher auf dem Tisch neben einem Stapel Zeitschriften ab und erhob sich, um durch den unbeleuchteten Flur zur Tür zu gehen. Der dritte Satz des Klavierkonzertes näherte sich gerade seinem Höhepunkt, die Störung ärgerte ihn. Er erwartete niemanden und fragte sich, wer wohl um Einlass bitten könnte, ohne vorher angerufen zu haben, wie es normalerweise üblich war.

»Oh, Professor, hallo!«, begrüßte er den unerwarteten Gast, ohne seine Überraschung zu verbergen, als er ihn im Schein der schwachen Außenlaterne erkannte. »Komm rein, alter Junge!«

Martin sagte nichts und folgte ihm ebenso schweigend ins Haus, was Dimitri zunächst irritierte, doch als er im Licht der Küche in das Gesicht des Deutschen blickte, vergaß er allen Unmut. Martin sah entsetzlich aus. Hohlwangig und blass, als hätte er die ganze Nacht nicht geschlafen. Dimitri griff in seiner Hosentasche nach seinem Handy, um die Soundanlage abzuschalten.

»Entschuldige, dass ich hier so hereinplatze«, sagte Martin in die plötzliche Stille hinein. Auch seine Stimme klang nicht wie sonst. »Ich hätte wenigstens vorher anrufen sollen.« Er räusperte sich und schob seine Brille mit einer Geste, die Dimitri als Zeichen großer Nervosität kannte, auf seiner Nase in die richtige Position. »Ich war so in meinen Gedanken verstrickt, dass ich gar nicht gemerkt habe, wohin ich gehe, und plötzlich fand ich mich vor eurer Tür wieder.«

»Alles gut, komm, zieh deine Jacke aus und setz dich.«

Mit hängenden Schultern ließ sich Martin von Dimitri durch die Küche bis zum Tisch bugsieren.

»Möchtest du etwas trinken?«

Martin schüttelte den Kopf.

Dimitris Gedanken rasten. Was konnte geschehen sein? War es Frejas überraschender Tod, der Martin so mitnahm? Dimitri hatte die Nachricht, die sich wie ein Lauffeuer durch den Ort verbreitet hatte, am Morgen erhalten, und auch ihn hatte sie nicht kaltgelassen, selbst wenn er Freja aufgrund ihres ausgeprägten Egos und ihrer Rücksichtslosigkeit nicht besonders gemocht hatte. Martin hatte in enger beruflicher Beziehung zu seiner Kollegin gestanden, darüber hinaus hatte es zwischen ihm, Freja und Rebecca Differenzen gegeben, das *musste* eine tiefere Wirkung zeigen.

»Ist es wegen Freja?«, fragte er und bemühte sich, Anteilnahme in seine Stimme zu legen.

Martin nickte nur, als könne er keine Worte finden.

»Ich kann das verstehen. Man erwartet nicht, plötzlich vom Tod eines Menschen zu hören, den man vor Stunden noch quicklebendig erlebt hat«, fügte er hinzu. »Freja war eine starke Frau, die immer genau wusste, was sie wollte, sehr zielstrebig und energiegeladen. Sie hinterlässt eine große Lücke.« Jetzt etwas Schlechtes über sie zu sagen, war für niemanden hilfreich. Am allerwenigsten für Martin.

Der reagierte noch immer nicht. Stumm starrte er auf einen imaginären Punkt auf dem Küchentisch. Dimitri trat an die Arbeitsplatte, um Tee zu kochen. Er konnte nicht einfach nur so dastehen. Bei schwierigen Gesprächen, vor allem, wenn es um Zwischenmenschliches ging, mussten seine Hände in Bewegung sein. Er hantierte mit dem Wasserkocher und nahm die Teedose aus dem Schrank, in dem auch seine Wodkavorräte lagerten. Kurz überlegte er, ob er Martin etwas davon anbieten sollte, einfach so, ungefragt, verwarf den Gedanken aber sofort wieder.

»Du hast mit ihr zusammengearbeitet«, fuhr er dann über seine Schulter hinweg fort in der Hoffnung, Martins Verschlossenheit aufzubrechen. »Ich kann gut verstehen, dass dich das besonders betroffen macht.«

»Ja, das stimmt«, gab Martin zu, »das allein wäre schon schlimm genug, aber das ist nicht alles.«

Dimitri stellte die Teedose ab und wandte sich um.

Martin blickte ihm direkt in die Augen. Sein Gesicht war so blass, dass Dimitri fürchtete, er würde gleich zusammenbrechen.

»Was ist passiert, Martin?«, fragte er mit erzwungener Ruhe.

»Rebecca hatte heute Mittag eine Panikattacke, als sie vom Tod

Frejas erfahren hat. Sie liegt jetzt im Krankenhaus, und ich kann nicht zu ihr«, platzte es aus Martin heraus.

Dimitri schwieg, nickte nur, denn jetzt, wo der Knoten gelöst war, purzelten die Informationen nur so aus Martin heraus. In sich überschlagenden Worten schilderte er, wann, wo und von wem sie von Frejas Tod erfahren hatten. »Ich kann das alles nicht verstehen, besonders Rebeccas Reaktion nicht«, endete er schließlich aufgelöst.

Dimitri wünschte sich, Sanne wäre da. Um Zeit zu gewinnen, goss er den Tee auf und holte zwei Becher und Zucker aus dem Schrank. Die alleinige Information vom Tod eines Menschen, den sie noch nicht einmal wirklich gut gekannt, geschweige denn gemocht hatte, würde bei Rebecca sicher nicht zu einer Panikattacke führen. Also, was war da noch, was Martin bislang nicht erwähnt hatte? Er platzierte die Teekanne in der Mitte des Tisches und schob einen Becher zu Martin hinüber.

»Nur weil man sich am Vorabend gestritten hat, fällt man nicht in Ohnmacht, wenn der Kontrahent am nächsten Tag tot ist.«

Martins Gesicht versteinerte.

Dimitri nahm darauf keine Rücksicht. »Was ist noch passiert?«

Martin wich seinem forschenden Blick aus.

Dimitri setzte sich ihm gegenüber auf einen Stuhl, goss seinen Becher halb voll und verschränkte demonstrativ die Arme vor der Brust, seine gesamte Haltung ein einziges Ultimatum: Ich bewege mich keinen Zentimeter mehr, bevor du mir nicht alles gesagt hast!

Martin verstand, verschaffte sich jedoch Zeit durch umständliches Befüllen seines Teebechers und einige Umdrehungen zu viel für das Auflösen des Zuckers. »Nachdem ich mich gestern von dir verabschiedet habe«, begann er endlich, »bin ich Rebecca gefolgt. Aber sie hat mich nicht in ihre Wohnung gelassen, obwohl sie mich vor dem Haus hatte stehen sehen.« Er nahm vorsichtig einen Schluck von dem heißen Tee.

Dimitri verharrte reglos mit gesenktem Kinn und bohrendem Blick. Das einzige Geräusch im Raum wurde vom Klingeln des Löffels erzeugt, als Martin, ohne es zu bemerken, seinen Becher auf ihm abstellte. »Ich bin nach Hause gegangen, weil ich sonst erfroren wäre. Rebecca ist mir nach einiger Zeit gefolgt.«

Dimitri löste seine fordernde Haltung und beugte sich nach vorn, wobei er seine Unterarme auf der Tischplatte ablegte.

»Auf dem Weg zu mir ist Rebecca Freja begegnet«, fuhr Martin fort.

Dimitri zog eine Braue hoch. Allmählich konnte er Martins Nervosität nachvollziehen.

Martin räusperte sich, rutschte auf seinem Stuhl hin und her, griff erneut zum Teebecher, führte ihn zum Mund und setzte ihn wieder ab, ohne getrunken zu haben. »Sie war irgendwie seltsam, als ich sie einließ«, fuhr er schließlich fort. »Eigentlich war sie gekommen, um sich bei mir dafür zu entschuldigen, dass sie dachte, ich hätte sie in die Sache mit Freja hineingezogen.«

Umständlich schilderte Martin, was er von Rebecca über dieses Zusammentreffen erfahren hatte, wobei Dimitri sich des Eindrucks nicht erwehren konnte, dass er um den heißen Brei herumredete.

»Komm zum Punkt, Martin«, unterbrach er ihn deshalb und fixierte ihn aus schmalen Augen.

Martin hielt abrupt inne und starrte ihn an. »Rebecca hatte Blut am Schal! Frejas Blut!«, sagte er dann atemlos.

Dimitri versuchte, sich seinen Schreck nicht anmerken zu lassen. »Bist du sicher, dass es Frejas Blut war?« Um seine Überraschung zu verbergen, griff er nach der Teekanne.

Martin nickte hoffnungslos.

»Sagtest du nicht, dass Freja Nasenbluten gehabt hat?«

Wieder nickte Martin. »Das ist zumindest das, was Rebecca mir erzählt hat.«

Dimitri verstand. »Du bist dir nicht sicher, ob du ihr glauben kannst.«

Martin sagte nichts, bewegte sich nicht, aber der Blick, mit dem er Dimitris begegnete, sprach Bände.

»Du denkst, Rebecca hat entgegen ihrer Behauptung Freja etwas angetan, was auch ihre Überreaktion erklären würde, als sie von ihrem Tod erfuhr«, ergänzte Dimitri.

Martin nickte kaum merkbar.

»Rebeccas Geschichte klingt für mich, ohne dass ich Näheres weiß, erst einmal ganz plausibel«, bemerkte Dimitri und versuchte, beruhigend zu klingen. »Ich habe übrigens gehört, dass Freja nicht ganz gesund sein gewesen sein soll.«

Bei seinen Worten blitzte in Martins Augen etwas auf.

»Erinnert dich das an etwas?«

»Ich hatte eine Situation mit ihr nach einer Sitzung, da ist sie fast zusammengebrochen. Sie war sehr ungehalten und hat mir gedroht, falls ich irgendjemandem etwas davon erzählen sollte. Das passt zu dem, was Rebecca beschrieben hat. Trotzdem ...« Martin schüttelte nachdenklich den Kopf.

Dimitri machte eine beschwichtigende Geste. »Ich weiß, ich habe nicht immer gut über Rebecca gesprochen. Ich mag ihre Verschwiegenheit und Geheimniskrämerei nicht, im Gegensatz zu Sanne hab ich da eher eine kurze Lunte. Aber egal, was ich über Rebecca denke, glaube ich nicht, dass sie einem anderen Menschen etwas antun könnte, nicht mal aus einer spontanen Wut heraus. Nach allem, wie ich sie in den vergangenen zwei Jahren kennengelernt habe, passt das nicht zu ihr.« Er machte eine kleine Pause. »Du solltest ihr vertrauen.«

Martin nickte zögerlich.

»Diese Panikattacke ist sicher eine äußerst merkwürdige Geschichte«, fuhr Dimitri fort, »aber vielleicht steckt etwas ganz anderes dahinter, als sich auf den ersten Blick vermuten lässt. Ist das nicht oft so?« Er lehnte sich vor und sah Martin ernst an. »Alles, was wir wissen, wird auch die Polizei sehr schnell herausfinden, deshalb musst du Rebecca davon überzeugen, das Geschehene so zu schildern, wie es tatsächlich gewesen ist, und den Schal als Beweisstück zu übergeben, sonst bringt sie sich in Teufels Küche.« Als Dimitri sich diese Worte sagen hörte, musste er an seine nicht ganz so legalen Nebengeschäfte denken und kam sich wie ein falscher Prophet vor, der von Wasser redet, selbst jedoch Wodka aus Wassergläsern trank.

Leise Hoffnung zeichnete sich in Martins Gesicht ab.

»Du sagtest, Rebecca ist im Krankenhaus«, nahm Dimitri den Faden wieder auf. »Wie geht es ihr jetzt?«

»Sie wurde ruhiggestellt und wird voraussichtlich bis morgen früh schlafen«, erwiderte Martin schon viel ruhiger als zu Beginn ihres Gesprächs.

»Gut«, nickte Dimitri. »Gleich morgen früh gehst du zu ihr. Zweifel sind nicht erlaubt. Du zeigst ihr, dass du ihr vertraust, und bereitest sie darauf vor, dass die Polizei mit ihr sprechen wird. Sie war nun einmal die Letzte, die Freja lebend gesehen hat.«

»Das ist vermutlich das Beste«, griff Martin nach dem ihm angebotenen Strohhalm. »Du hast recht. Erst einmal ruhig bleiben, ihr Glauben schenken.«

»Sie hat niemanden außer dir, dem sie vertraut«, bekräftigte Dimitri. »Denk immer daran.« Er schob den Teebecher von sich. Zum Teufel mit den guten Vorsätzen. Er stand auf, ging zum Schrank und holte eine Flasche und zwei Gläser. »Das besiegeln wir jetzt mit einem Schluck.«

Martin wollte ablehnen, aber Dimitri ließ ihn gar nicht zu Wort kommen.

33.

FREDERIK

Der Zug zum Flughafen Gardemoen, den Frederik gegen neunzehn Uhr vom Hauptbahnhof aus nahm, war voll besetzt. Um diese Zeit waren viele Geschäftsreisende unterwegs, die am kommenden Morgen frühe Termine hatten. Aber er entdeckte auch einige Urlauber, die, ihrem Gepäck und ihren Gesprächen nach zu urteilen, wenigstens für kurze Zeit dem Winter entfliehen und im Süden Sonne tanken wollten. Andere Menschen zu beobachten, sich zu überlegen, wie sie zusammengehörten und in welchen Lebenssituationen sie stecken mochten, war eine seiner Lieblingsbeschäftigungen auf Reisen, aber an diesem Abend fand er keine Ruhe dafür. Seine Gedanken kreisten um die Flugsicherheit und darum, ob er an alles gedacht hatte, was er für den ungewollten Aufenthalt in der Arktis benötigen würde. Dabei blickte er auf seine Füße in den schweren Winterstiefeln, die er kurz vor seiner Abreise noch gekauft hatte.

Lange Schlangen an den Sicherheitskontrollen brachten ihn in Zeitnot. Als er endlich am Gate ankam, erwartete er beinahe, dass das Boarding schon begonnen hatte, stattdessen jedoch blinkte auf der Anzeigetafel der Hinweis, dass sich der Abflug verschieben würde. Entnervt ließ er sich auf einen der letzten freien Plätze sinken. Zu seiner Überraschung erschien am Schalter kurz darauf der Kapitän des Fluges und klärte die Anwesenden darüber auf, dass man auf eine Maschine warte, die gerade aus Tromsö zurückkehrte, weil sie dort aufgrund eines Sturms nicht landen könne. An Bord seien fünfzig Passagiere für Longyearbyen, die man mitnehmen wolle. »Aber diese Verzögerung kommt uns entgegen«, endete der Mann, der, was Alter und Auftreten vermuten ließen, zumindest erfahren zu sein schien. »Die Wetterverhältnisse auf Spitzbergen sind ebenfalls nicht günstig. Das Enteisen der Landebahn dort wird noch einige Stunden in Anspruch nehmen. Bei pünktlichem Abflug hätten wir vermutlich nicht landen können.«

Frederik schloss die Augen und versuchte, das eben Gehörte über Sturm und Vereisungen nicht in einen kausalen Zusammenhang mit dem bevorstehenden Flug zu bringen, und tastete gleichzeitig nach den Reisetabletten in seiner Tasche. Er hatte noch keine genommen, da sie ihn über die Reise hinaus müde und unkonzentriert machten, und er wollte nach seiner Ankunft in Longyearbyen so schnell wie möglich die Arbeit aufnehmen, um seinen Aufenthalt nicht unnötig in die Länge zu ziehen.

Etwa anderthalb Stunden später konnte er endlich seinen Platz im Flugzeug einnehmen. Wie immer saß er am Gang. Kristian hatte seine Assistentin vermutlich entsprechend angewiesen. Er wusste um Frederiks Flugangst. Um sich während des Flugs abzulenken, nahm Frederik sein Notebook aus dem Handgepäck und beschäftigte sich mit dem vorläufigen Bericht, den er aus Longyearbyen erhalten hatte. Bei der Toten handelte es sich um eine Dekanin der Universität. Eine Dänin. Er betrachtete lange die beigefügten Fotografien, die von der Universität und der Polizeistation in Longyearbyen zur Verfügung gestellt worden waren.

Ihr Leichnam war bereits in Tromsö in der Rechtsmedizin. Die Obduktion sollte am nächsten Vormittag stattfinden. Ein Arzt des Krankenhauses hatte einen kurzen Bericht über eine Vorerkrankung geliefert. Hoher Blutdruck durch eine Verengung der Herzkranzgefäße, eigentlich ein eher männertypisches Leiden gerade im Altersband zwischen vierzig und fünfzig, aber vor ein paar Tagen hatte Frederik in einer Zeitschrift über gesundes Leben und Ernährung, die er digital abonniert hatte, einen Artikel darüber gelesen, dass auch immer mehr Frauen unter Herzerkrankungen litten. Das Thema Zivilisationskrankheiten in den Wohlstandsgesellschaften beschäftigte Frederik schon seit Langem, weshalb er seit vielen Jahren vegetarisch lebte, was ihm als Anhänger der sogenannten Mittelmeerdiät gerade in Italien nicht schwerfiel. Francesca teilte seine Leidenschaft glücklicherweise. Inzwischen hatten auch die Norweger die vegetarische und vegane Ernährung für sich zum Lifestyle erhoben. Vorher war es jedes Mal eine Herausforderung gewesen, ein anständiges Gericht ohne Fisch oder Fleisch zu bekommen.

Frederik blickte wieder auf die geöffnete Akte auf seinem Bildschirm. Und nicht zum ersten Mal wünschte er sich, es wäre möglich gewesen, die Obduktion abzuwarten. Bei der Vorerkrankung war es gut möglich, dass die Frau eines natürlichen Todes gestorben war. Aber wenn nicht, wenn tatsächlich ein Verbrechen stattgefunden hatte, war es natürlich unerlässlich *sofort* mit den Ermittlungen zu beginnen. Entsprechend hatte er gleich nach seinem Gespräch mit Kristian den Kontakt zur Dienststelle in Longyearbyen aufgenommen und die Routineaufgaben vergeben, die in einem solchen Fall zu erledigen waren. Seine jahrzehntelange Berufserfahrung ermöglichte es ihm, auch aus der Distanz die richtigen Fragen zu stellen. Und dabei ging es nicht nur darum, was Freja Moeller in den letzten zwölf Stunden vor ihrem Tod gemacht und mit wem sie Kontakt gehabt hatte. Einige Antworten hatte er bereits vor seinem Abflug erhalten, vor allem die Information, dass die Tote den Abend auf einer Veranstaltung im Museum mit sehr vielen anderen Gästen verbracht hatte, worauf er darum gebeten hatte, eine Liste mit allen Anwesenden aufzustellen, die er am nächsten Morgen nach seiner Ankunft auf seinem Schreibtisch erwartete, ebenso wie die Antworten auf seine übrigen Fragen. An dieser Anweisung hatte er keinen Zweifel gelassen. Er hatte veranlasst, dass ihr Computer in der Universität sichergestellt wurde und er Protokolle über die E-Mails und Webaktivitäten der letzten zwei Wochen bekam und ihr Telefon und ihre Wohnung überprüft wurden.

Seine Überlegungen wurden unterbrochen, als das Anschnallzeichen über ihm aufleuchtete und der Kapitän über Lautsprecher Turbulenzen ankündigte. Frederik spürte, wie seine Hände feucht wurden. Waren das die Ausläufer des Sturms über Tromsö? Um sich abzulenken, klickte er hektisch durch die Fotos vom Fundort. Schnee, überall Schnee und Eis, und in ihrer Winterkleidung kaum identifizierbare Menschen. Er überflog die Zeugenberichte. Die Maschine rüttelte und ruckte. In einer weiteren Durchsage wurde darum gebeten, alle elektronischen Geräte abzuschalten. Er klappte das Notebook zu, lehnte sich zurück und konnte nicht verhindern, dass seine Finger Halt suchend die Armlehnen umklammerten.

»Sie fliegen wohl nicht gern«, bemerkte sein Nebenmann, ein grauhaariger, neunmalkluger Brite in Outdoorkleidung, der ihm schon in Oslo am Gate aufgefallen war.

»Korrekt«, erwiderte Frederik nur und schloss die Augen, um damit jeder weiteren Konversation zu entgehen.

Nach gut drei Stunden setzte die Maschine endlich zum Landeanflug an, und Frederik fragte sich, was ihn gleich erwarten würde. Er hatte sich von Oslo noch gar nicht gelöst, fühlte sich tatsächlich, als wäre er mit einem Bein noch im Terminal der norwegischen Hauptstadt, wobei das andere schon Fuß zu fassen suchte in Longyearbyen. Diese Hatz um den Globus hatte nichts mit dem langsamen Vorankommen und Erschließen sich verändernder Landschaften und Regionen und dem allmählichen Erspüren eines Reiseziels zu tun, wie er es liebte. Aber wenn alles lief, wie er es geplant hatte, würde diese Flugreise tatsächlich seine letzte sein. Die Tickets für den Autozug nach Mailand in vier Wochen hatte er bereits gebucht.

Das Flugzeug setzte hart auf, und der Flugkapitän bremste so stark, dass Frederik für einen Moment alles vergaß angesichts des Entsetzens, das er verspürte, als ihm der Hinweis auf die vereiste Landebahn in Erinnerung kam. Sein Sitznachbar tätschelte beruhigend seinen Arm. »Die landen hier immer so.«

Frederik antwortete nicht.

Durch das Fenster konnte er das kleine, hell erleuchtete Terminal sehen, die Menschen, die darin auf genau diese Maschine warteten, um nach Oslo zurückzukehren. Es war inzwischen zwei Uhr dreißig in der Nacht. Rund um den Flughafen war nichts. Nur Dunkelheit. Und Eis und Schnee. Wie konnten Menschen hier freiwillig leben?

Als er sein Telefon einschaltete, gingen ein Dutzend Nachrichten ein. Er scrollte sie durch bis zu einer SMS, die ihm einer der Mitarbeiter der lokalen Polizeistation geschickt hatte, die nichts weiter besagte, als dass man aufgrund der Verspätung ein Taxi beauftragt hatte, ihn ins Hotel zu bringen, wo man ihn gegen neun Uhr abholen würde.

Da er nur Handgepäck dabeihatte, konnte er gleich durch das Terminal zum Ausgang gehen. Eisige Kälte schlug ihm entgegen, als er das Gebäude verließ, und er zog die Kapuze seiner Daunenjacke über die Ohren, während er auf den Bus und das einzige Taxi zuhielt, die im Abfahrtsbereich warteten. Dabei passierte er einen Wegweiser, der die Kilometerangaben zu den verschiedensten Orten der Welt anzeigte. Eintausenddreihundert Kilometer bis zum Nordpol. Frederik wandte den Blick ab.

Wenn er gewusst hätte, was für ein Kommunikationstalent der Taxifahrer war, hätte er sich für den Bus entschieden. Er konnte sich auf der zehnminütigen Fahrt nur schwer all der Fragen erwehren, die auf ihn einprasselten, und war erleichtert, als er das Foyer des Hotels betrat. Während er auf den Nachtportier wartete, las er mit Erstaunen die Bitte, die Schuhe im Vorraum auszuziehen und sich passende Hausschuhe aus dem Vorrat herauszusuchen. Der Gedanke war absurd. Er zog keine Schuhe an, die andere schon an ihren Füßen gehabt hatten, wer wusste schon, welche Bakterien und Keime sie dort zurückgelassen hatten.

»Dann müssen Sie auf Socken in Ihr Zimmer gehen«, belehrte ihn der Nachtportier, als er endlich auftauchte, ein jüngerer

Mann, der aussah, als ob er sich mit dieser Arbeit etwas zu seinem mageren studentischen Einkommen dazuverdiente. Er erzählte noch einiges von Bergarbeitern und Traditionen, aber Frederik hatte dafür kein Ohr mehr. Er entzog sich allem Weiteren, indem er einfach seinen Schlüssel nahm und ging. Ohne seine Winterstiefel auszuziehen. Niemand würde ihn dazu bringen, nachts um drei am Ende der Welt irgendwelchen albernen Traditionen zu folgen.

Natürlich konnte er nicht einschlafen. Bis um halb sechs wälzte er sich in seinem Bett hin und her, dann musste ihn der Schlaf schließlich übermannt haben, denn das Klingeln des Weckers um halb acht riss ihn aus einem wilden Traum, in dem ihn ein Eisbär über einen zugefrorenen See in Italien verfolgte, an den er im Sommer mit Francesca zum Baden zu fahren pflegte. Er zog das Rollo vor seinem Fenster hoch. Draußen war es noch stockdunkel. Außerdem war es so still, dass er sich fragte, ob er der einzige Gast in diesem Flügel des Hotels war. Er duschte lange und sehr heiß, zog die Sachen vom Vortag über, was er normalerweise nie tun würde, doch sein Entschluss, nur mit Handgepäck zu reisen, hatte eben auch Nachteile.

Zum Frühstück trank er lediglich einen Kaffee und aß ein wenig Obst. Die Angebote an frisch geräuchertem und eingelegtem Fisch, um die sich eine Gruppe Touristen förmlich riss, verursachten ihm allein vom Ansehen Magendrücken.

Er wartete nicht, bis er abgeholt wurde. Um acht Uhr dreißig machte er sich zu Fuß die wenigen Hundert Meter vom Hotel auf zum Verwaltungsgebäude des Ortes. Er hatte sich alle Wege bereits in Oslo am Computer angesehen. Draußen war es noch immer so eisig wie in den Stunden seiner Ankunft. Das Thermometer am Haupteingang des Hotels zeigte minus fünfzehn Grad, und der Schnee stob glitzernd um seine Stiefel auf, als er hinaustrat. Der Himmel war klar, er sah Sternbilder, die er nicht kannte, und eine schmale Mondsichel, die kaltes Licht verströmte. Schon jetzt deprimierte ihn die Dunkelheit. Er hatte gelesen, dass sich die Dämmerung bis in die Mittagsstunden hinzog, und hoffte, dass es dann wenigstens ein bisschen Tageslicht geben würde. Auf dem festgefahrenen Schnee machten die wenigen Autos, die an ihm vorbeifuhren, fast keine Geräusche. Er erreichte die Hauptstraße des Ortes, eine Fußgängerzone, die verlassen dalag, da die meisten Geschäfte angesichts der frühen Stunde noch geschlossen hatten. Nur in manchen Wohnungen in den ersten Stockwerken, im Verwaltungsgebäude und im Krankenhaus waren einige Fenster erleuchtet.

In den Räumen der Polizei traf er neben den Beamten auch auf Anna Hauglund, die Sysselmannin. Ganz augenscheinlich hatte seine Ankunft eine Ansprache ihrerseits unterbrochen. Dem betretenen Schweigen, das sich ausbreitete, als er eintrat, entnahm er, dass er vermutlich Gegenstand ihrer Rede gewesen war. Er betrachtete die energische Frau mit dem zu einem Pagenkopf geschnittenen Haar, und schon bei ihrem ersten Blickkontakt wurde ihm klar, dass die Zusammenarbeit mit ihr nur funktionieren würde, wenn sie das Sagen hatte.

»Hej«, grüßte er in die Runde, »Frederik Lund aus Oslo.«

Hände wurden geschüttelt. Kaffee angeboten. Auf seinen Wunsch hin hatte man ihm einen Arbeitsplatz eingerichtet, den er sofort in Beschlag nahm. Die Sysselmannin verabschiedete sich unter einem Vorwand. Frederik erinnerte sich an Kristians Worte. Sie würde sehr gern darauf verzichten, dass er die Ermittlungen übernahm. Er hätte auch gern darauf verzichtet. Aber nun war er hier.

»Ist das die Liste mit den Personen, die vorgestern Abend mit Freja Moeller zusammen auf dieser Autorenlesung waren?«, fragte er.

Arne Iversen, der Assistent des Polizeihauptkommissars, ein junger rothaariger Mann mit einem so unschuldigen Gesicht, dass Frederik sich fragte, wie er zur Polizei gekommen war, nickte eifrig. »Es waren fünfundsechzig Personen bei der Veranstaltung.«

»Freja Moeller wird vermutlich nicht mit allen gesprochen haben.«

»Nein, die Personen, zu denen sie engeren Kontakt hatte, sind hier.«

Frederik überflog die zweite Liste, die nur noch wenige Namen enthielt. Einer davon war Rebecca Hüttner. Eine der Servicekräfte hatte von einem Streit gegen Ende der Veranstaltung im Museum zwischen Rebecca und Freja gesprochen. Nachdem Rebecca am nächsten Tag erfahren hatte, dass Freja tot war, war sie in einem Café zusammengebrochen. Sie lag noch immer im Krankenhaus.

Frederik wies auf die übrigen fünf Namen und warf einen Blick auf seine Armbanduhr. Es war inzwischen halb zehn. »Bitte bestell diese Personen ein. Ab halb elf, würde ich sagen.« Dann stand er auf und griff nach seiner Jacke. »Ich gehe jetzt rüber ins Krankenhaus.«

34.

REBECCA

Es gab ein Bild, das Rebecca nicht aus dem Kopf ging. Ob sie die Augen offen oder geschlossen hielt, immer wieder sah sie Freja auf dem schmalen, freigeschaufelten Weg, der vom Museum zu den Unterkünften der Universität in der Nähe des Fjords führte, vor sich. Der Saum von Frejas weißem Daunenmantel hinterließ im Schnee ein Muster wie von einer großen Schwinge, als die Dänin sich zu ihr umwandte und sie mit kaltem Blick streifte.

Allein die Erinnerung beschleunigte Rebeccas Herzschlag. Ein boshaftes Lächeln hatte Frejas Züge entstellt, als sie sich das Blut von der Nase gewischt hatte, und Rebecca meinte wieder die dunklen Tropfen in den Schnee fallen zu sehen. »Du bist seiner nicht wert«, sagte die Dänin leise. »Er wird es schon bald merken.«

Rebecca riss die Augen auf. Atmete schwer. Hatte Freja wirklich mit ihr gesprochen? Oder träumte sie nur?

Freja war tot.

Tot.

Erneut glitt sie fort. Hörte ihren eigenen Atem, spürte den Schmerz der kalten Luft in ihren Lungen. Sie war zu schnell gerannt, den Berg hinunter, viel zu schnell, sie zerstörte das Muster im Schnee, es löste sich auf, verlor sich …

Unwirkliches Licht breitete sich hinter den Gipfeln jenseits des Fjords aus. Freja war tot.

Wieder schnappte Rebecca nach Luft.

Was war passiert?

Sie wusste nichts, kannte keine Details, nur eins: *Freja war tot!*

Niemand hatte mit ihr darüber geredet, seit sie heute Morgen hier im Krankenhaus aufgewacht war. An den vergangenen Tag konnte sie sich lediglich bruchstückhaft erinnern. Sie wusste nur noch, dass sie allein in Martins Bett aufgewacht war und ihn im Wohnzimmer gefunden hatte. Warum war er nicht bei ihr geblieben oder hatte sie geweckt? Martin brauchte bisweilen Zeit für sich, das hatte sie inzwischen gelernt, dennoch verunsicherte sie dieses Verhalten. Auf dem Weg ins Frühstücksrestaurant hatten sie sich eine Schneeballschlacht geliefert. Das war ihre letzte Erinnerung. Sie wusste nicht einmal mehr, ob sie in dem Café etwas gegessen hatte. Nur das Entsetzen in Martins Gesicht huschte noch wie ein Schatten durch diese Erinnerung, bevor die Angst alles überlagert hatte. Die Angst zu sterben. Die Angst, alles zu verlieren, was ihr etwas bedeutete. Sie lauerte noch immer, sie spürte ihre Gegenwart, aber man hatte ihr ein Benzodiazepin gegeben, um sie zu dämpfen. Die Wirkung dieser Beruhigungsmittel war ihr nur zu vertraut. Sie war von ihnen einmal abhängig gewesen. Aber das wusste hier niemand.

Ebenso wenig wie jemand etwas von der sogenannten generalisierten Angststörung wusste, die schon als Jugendliche bei ihr diagnostiziert worden war. Seither hatte sie vieles ausprobiert. Sie hatte Therapien begonnen und abgebrochen und sich selbst therapiert, Depressionen durchlitten und Abhängigkeiten erlebt. Aber erst hier auf Spitzbergen hatte sie das Gefühl bekommen, die Oberhand zu gewinnen über diesen vertrauten Begleiter durch so viele Jahre ihres Lebens.

Wieder kehrten ihre Gedanken zu Freja zurück. Zu dem Vogelschwingen gleichen Muster im Schnee, dem kalten Blick und dem Blut, das aus Frejas Nase zu ihrer Oberlippe lief, wo es sich mit ihrem Lippenstift vermischte. Freja war tot.

Zu der Angst gesellte sich Schuld.

Schuld entsteht, so hatte Rebecca gelernt, wenn wir mit unserem heutigen Wissen zurückblicken auf etwas Vergangenes, das wir mit diesem heutigen Wissen vielleicht hätten verhindern können. Es war beinahe ein ebenso vertrautes Gefühl wie die Angst.

Angst. Schuld. Tod.

Unter der Wirkung des Beruhigungsmittels wurde das Denken darüber zu einer klinischen, emotionslosen Betrachtung. Sie schloss die Augen und ließ sich treiben. Frejas Gesicht löste sich auf, wurde zu dem ihrer Schwester, statt der harten Stimme der Dänin hörte sie ihren Schrei, der von den Felswänden widerhallte, bis das herabrutschende Gestein in seiner Urgewalt jedes andere Geräusch eliminierte. Das Gesicht ihrer Schwester wurde zu dem ihrer Mutter, zu ihrem eigenen, der Schrei zu einem Lächeln. Einem Knall. Zu Dunkelheit.

»Rebecca?«

Sie schlug die Augen auf und blickte in das schmale Gesicht einer jungen Krankenschwester mit brünettem, zu einem Pferdeschwanz zusammengebundenem Haar. Warum war Trine nicht da? Sie wollte fragen, aber dann erschien ihr die Frage belanglos, und sie schwieg.

»Da ist ein Polizist aus Oslo, der sich gern mit dir unterhalten würde.«

Ein Polizist aus Oslo.

Warum?

Hinter der Schwester tauchte ein gut gekleideter älterer Herr mit sehr kurzem grauem Haar auf, der sie über eine ausgeprägte Hakennase hinweg freundlich anlächelte. »Hej, Rebecca, ich bin Frederik.«

Ein Polizist aus Oslo.

Sie runzelte die Stirn.

Er trat einen Schritt näher. »Wie geht es dir?«

Sie hatte keine Ahnung, wie sie ihm diese Frage beantworten sollte. Vom Tod Frejas zu erfahren, hatte sie aus ihrem arktischen Kokon herauskatapultiert, in den sie sich eingesponnen hatte. Nackt. Schutzlos. So fühlte sie sich. Aber das konnte sie ihm nicht erzählen.

»Besser«, erwiderte sie deshalb nur. »Danke.«

Sein Lächeln vertiefte sich. »Das freut mich zu hören. Vielleicht können wir uns dann ein wenig unterhalten.«

Er zog sich einen Stuhl heran und setzte sich. Da ihr Bett so eingestellt war, dass sie mehr saß als lag, waren sie nun fast auf Augenhöhe.

»Ich ermittle in dem Todesfall Freja Moeller«, fuhr er fort. »Du kanntest sie?«

Wieder eine einfache Frage, auf die es keine einfache Antwort gab. Was bedeutete es, einen Menschen zu kennen? Was hieß überhaupt *kennen?* Ihr Hirn arbeitet auf Hochtouren. Aber er war nicht zu ihr gekommen, um philosophische Diskussionen zu führen.

»Wir kannten uns nur flüchtig«, erwiderte sie einsilbig.

Frederik nickte. »Ihr hattet also weiter nichts miteinander zu tun, ich meine, die Gemeinschaft hier ist nicht groß, da kennt jeder jeden.«

Genau, wollte sie sagen, nickte aber nur. Manche Menschen wollte man einfach nicht *kennen.* Die Karrierefrau Freja war ihr schon immer unsympathisch gewesen.

»Auf der Veranstaltung im Museum warst du eine der wenigen, die sich länger mit Freja Moeller unterhalten haben. Hat sich das zufällig ergeben oder gab es einen Grund dafür?«

Rebecca sah Freja wieder am Tresen stehen. Sie hatte die Überlegenheit ausstrahlende Frau ignorieren wollen, aber Freja hatte das nicht zugelassen, und damit hatte alles begonnen.

Wenn Frederik sie darauf ansprach, wusste er sicher auch bereits von ihrem nicht gerade freundlichen Wortwechsel. Es machte also keinen Sinn, ihn zu verschweigen.

»Freja hat mir eine Stelle in ihrem Fachbereich in der Universität angeboten. Ich habe das Angebot abgelehnt. Darüber kam es zu einer kurzen Auseinandersetzung.«

Frederik nickte nachdenklich. »Wie kann man darüber streiten?«

»Freja wollte mein Nein nicht akzeptieren.« Sie zuckte mit den Schultern. »Es schien mir, als fühle sie sich durch meine Ablehnung persönlich getroffen.«

»Hattest du dich denn auf die Stelle beworben?«

»Nein, das Angebot kam aus heiterem Himmel.«

»Hättest du es angenommen, wenn es dir eine andere Person gemacht hätte?«

»Nein.«

»Ich verstehe.« Frederik öffnete die schmale Aktenmappe auf seinen Knien. »Wenn wir Ermittlungen in einem ungeklärten Todesfall durchführen, überprüfen wir auch immer das Mobiltelefon und den Computer des Opfers.« Er zog einige Ausdrucke aus der Mappe und reichte sie Rebecca. »Freja Moeller hat dich in der vergangenen Woche nicht nur gegoogelt, sie hat auch per Mail Kontakt aufgenommen zu deiner letzten Arbeitsstelle in Deutschland. Und es hat, das entnehme ich der Telefonliste, auch einige Telefonate gegeben.« Er räusperte sich. »Das ist schon ein wenig ungewöhnlich, da du dich nicht auf diese Stelle beworben hast und ihr somit auch keine Referenzen geliefert hast, an die sie sich hätte wenden können. Kannst du dir einen Grund vorstellen, warum sie vielleicht auch jenseits deiner beruflichen Qualifikation versucht hat, etwas über dich oder dein Leben herauszufinden? Was kann ihr Fokus gewesen sein?«

Rebecca spürte ihr Herz schneller schlagen. Freja hatte sie gegoogelt? In Berlin angerufen? Die Hand, mit der sie die Ausdrucke hielt, zitterte so sehr, dass sie es nicht wagte, sie hochzuheben, damit sie lesen konnte, was darauf stand. Trotz des Beruhigungsmittels griff die Angst nach ihr, und ihr Atem wurde schneller. Was hatte Freja erfahren? Was hatte sie davon weitergegeben?

Sie schloss die Augen.

Angst. Schuld. Tod.

Vogelschwingen im Schnee, ein kalter Blick.

Mit der freien Hand tastete sie nach der Klingel für die Schwester.

Die Beklemmung steigerte sich, umklammerte sie, nahm ihr die Luft, aber schon hörte sie die Stimme der jungen Frau mit dem Pferdeschwanz, roch ihren frisch gestärkten Kittel.

»Rebecca? Was ist?«

Sie wollte antworten, konnte aber nicht.

»Könntest du uns noch einen Moment allein lassen?«, sagte in diesem Moment der Polizist aus Oslo. »Wir sind noch nicht ganz fertig.«

»Geh zur Seite«, wies ihn die Schwester ungehalten an.

Rebecca schlug die Augen wieder auf. Das Zimmer drehte sich. Sie kämpfte gegen Übelkeit, während sie verzweifelt nach Luft schnappte. *Sie erstickte. Starb!*

»Rebecca, sieh mich an.« Die Schwester drehte ihren Kopf zu sich. Sah ihr in die Augen. »Atme ganz tief. Ganz ruhig. Bis in deinen Bauch. Jetzt einatmen. Halten. Ausatmen. Langsam.«

Rebecca sah nur noch die dunklen Augen der Schwester. Atmete im Takt der Stimme, die auf sie einredete, während die junge Frau sie in eine liegende Position brachte.

»So ist es gut. Atme ganz ruhig weiter.«

Ohne den Blick von ihr abzuwenden, zog die Schwester ein Telefon aus ihrer Tasche, drückte eine Taste und forderte Hilfe an.

Augenblicke später stand ein Arzt an ihrem Bett. »Ganz ruhig«, sagte er und fixierte sie mit seinem Blick. »Ich gebe dir noch eine Spritze.«

Rebecca konnte nur nicken. Von ihrer Hand aus, dort, wo der Venenkatheder saß, breitete sich Wärme in ihrem Körper aus. Ruhe. Die Panik ebbte ab. Sie spürte, wie ihr Herz langsamer schlug, und schloss die Augen.

»Ich muss dich bitten zu gehen«, hörte sie den Arzt sagen.

»Wir waren noch nicht fertig«, widersprach der Polizist aus Oslo.

»Doch, das war es für heute. Rebecca ist meine Patientin, und in ihrem Zustand ist sie nicht vernehmungsfähig.« Die Stimme des Arztes bekam einen scharfen Unterton.

»Heißt das, ich kann morgen wiederkommen?«

»Nein, niemand spricht mit ihr ohne meine Zustimmung.«

Rebecca ließ sich in die Sicherheit fallen, die ihr diese Worte vermittelten. Schlaf hüllte sie ein. Sie spürte nicht mehr, wie ihr der Arzt die Ausdrucke aus der Hand nahm und sie Frederik reichte, ebenso wenig wie sie hörte, wie alle den Raum verließen und leise die Tür schlossen. Durch ihre Träume flog Freja in einem weißen Daunenmantel. Blut tropfte aus seinem Saum.

35.

TRINE

Trine nahm die Schale mit den zerstoßenen Kardamomsamen von der Fensterbank ihrer Küche und leerte den Inhalt in den Mülleimer. Dann öffnete sie eine ihrer bunten Gewürzdosen und nahm genau so viel neue Samen heraus, wie sie mit einem Pinzettengriff aus Daumen, Zeige- und Mittelfinger der rechten Hand zu fassen kriegte, und ließ sie in den bereitgestellten steinernen Mörser fallen. Mit ihrer Begeisterung für feine Gerüche, Gewürze und intensive Farben wäre Trine im Süden Europas vielleicht besser aufgehoben gewesen als an dem nördlichsten Punkt dauernder menschlicher Zivilisation, aber sie liebte das Leben auf Spitzbergen in einer eigenwilligen Art und Weise, die sie sich nicht einmal selbst erklären konnte. Vielleicht gerade deshalb, weil sie ahnte, dass es endlich war. Sie summte leise vor sich hin, während sie die Samen zerstieß und nebenbei beobachtete, wie ihr Nachbar den Schnee vor seiner Haustür wegschippte. Diese sportliche Übung hatte sie schon hinter sich, und deshalb freute sie sich jetzt auf ihren Kaffee. Die Espressokanne auf dem Herd begann gerade leise zu zischen. Drei Viertel der zerstoßenen Samen kippte sie in die Schale für die Fensterbank, den Rest in ihren großen Kaffeebecher. Aus der Mikrowelle nahm sie die vorgewärmte Milch und schäumte sie auf. Kaum dass sie fertig war, brodelte es auch in der Espressokanne, und sie goss Kaffee und Milch gleichzeitig über die zerstoßenen Samen und freute sich über den Duft, der ihre Küche erfüllte.

Unter dem Küchenfenster stand ein Tisch, der gerade genug Platz für zwei bot, sie zog den Stuhl darunter hervor, setzte sich, legte die Füße auf den anderen Stuhl und nahm den ersten

Schluck von ihrem Kaffee. Nach dem gestrigen Feiertag und der ganzen Aufregung um Frejas Tod und Rebeccas Zusammenbruch hatte sie mit einer der jungen Kolleginnen die Schicht getauscht und deshalb heute Vormittag frei. Sie hatte den Wecker ausgestellt und nach bald sechsunddreißig Stunden fast ohne Pause und Ruhe geschlafen, bis das Licht der heller werdenden Dämmerung sie geweckt hatte.

Sie zog den kleinen Vorhang zur Seite, der die untere Hälfte des Fensters bedeckte. Von ihrem Platz aus konnte sie über die Straße hinweg auf das Zentrum von Longyearbyen blicken, auf das Wasser des Fjords und die Berge an seinem anderen Ufer. Außer dem Weiß des Schnees und dem Grau des Wassers gab es vor allem eine vorherrschende Farbe: das dunkle Falunrot der Häuser. Die Farbe war benannt nach einem Ort in Schweden, wo das Pigment zu ihrer Herstellung ursprünglich aus dem Abraum des Kupferbergbaus gewonnen worden war. Trine schüttelte den Kopf, als sie darüber nachdachte, wie manche Dinge sich im Lauf der Zeit verkehrten. In früheren Jahrhunderten war das Falunrot im skandinavischen Raum als Außenanstrich der Holzhäuser verwendet worden, um Reichtum zu suggerieren, den es nicht gab, da die Farbe an die Backsteinbauten wohlhabender Mitteleuropäer erinnerte. Damals hätten die Skandinavier alles gegeben, ihre kargen Wälder und Gewässer Richtung Süden zu verlassen, wie viele waren allein in die Vereinigten Staaten ausgewandert! Inzwischen waren die Regionen im Norden zum Sehnsuchtsort für gestresste Mitteleuropäer geworden, das skandinavische Rot Sinnbild für soziale Sicherheit, besondere Gemütlichkeit und unberührte Natur.

Aber war dieser Begriff nicht längst eine Illusion? Nirgends auf der Welt gab es mehr unberührte Natur. Wenn sie auch nicht überall dem direkten Einfluss der Menschen ausgesetzt war, so doch aber indirekt durch das sich verändernde Klima. In der Aula der Universität würde es in der kommenden Woche eine Bürgerversammlung geben. Wie sollte das Leben auf Spitzbergen sich in Zukunft gestalten? Mit welchen Veränderungen war zu rechnen? Die Klimaveränderungen trafen sie hier so viel härter als in anderen Regionen der Welt. Die Jahresdurchschnittstemperatur stieg, das sie umgebende Meer erwärmte sich, die Gletscher schmolzen, Niederschläge nahmen zu, und der Permafrostboden schmolz, die Folgen bedrohten das Leben in und um Longyearbyen. Kurz vor ihrer Ankunft vor sechs Jahren hatte eine Schlammlawine einen Teil des Ortes verschüttet und Todesopfer gefordert. Seither war das Gebiet Longyearbyens in Gefährdungsbereiche aufgeteilt, Menschen waren umgesiedelt worden, da aufgrund der nach wie vor steigenden Temperaturen immer häufiger mit solchen Unglücken zu rechnen war. Sie selbst wohnte in einem der neu erschlossenen, vermeintlich sicheren Bereiche. Aber wie lange würde es hier gut gehen? Als sie diese Woche zusammen mit Thomas unterwegs gewesen war, hatte sie ihm einige der verlassenen Häuser gezeigt, die der tauende Boden ihrer Statik beraubt hatte. Sie zerbrachen ganz einfach. Die *kalte Küste*, wie die Übersetzung des norwegischen Namens von Spitzbergen *Svalbard* lautete, zog sich immer weiter zurück. Gerade deshalb hatte sie die Wochen im Februar genossen, die sie mit einer Polarkälte verwöhnt hatten, die inzwischen schon etwas Besonderes war, und den gesamten Archipel unter einer dicken Schneedecke hatte verschwinden lassen. Alles war so viel einfacher, wenn Schnee lag, als wenn man sich durch Matsch und Regen kämpfen musste und kaum einen Fuß vor die Tür setzen konnte. Spätestens der Frühling würde ihnen diese Zeit bringen.

Das Klingeln ihres Mobiltelefons schreckte sie aus ihren Betrachtungen. Sie blickte auf die Nummer auf dem Display, bevor sie den Anruf annahm. Er kam aus der Verwaltung. Arne Iversen meldete sich, der Assistent des Polizeihauptkommissars, und wollte wissen, ob sie vor Beginn ihrer nächsten Schicht vielleicht auf die Dienststelle kommen könne, um noch ein paar Fragen zum Tod von Freja zu beantworten. Arne senkte ein wenig die Stimme, als er beinahe entschuldigend hinzufügte: »Da ist doch dieser Kommissar aus Oslo gekommen, der macht eine ganze Menge Wind.«

Trine warf einen Blick auf ihre Küchenuhr. Eigentlich passte es ihr nicht. Aber wann passte so etwas schon? Also erledigte sie es besser gleich. »Ich kann in einer halben Stunde bei euch sein. Ist das okay?«

»Das ist perfekt.«

Es war kurz vor zwölf Uhr mittags, als sie in die Hauptstraße des Ortes einbog. Der Himmel war verhangen, und ein nasskalter Wind trieb eine größere Gruppe dick vermummter Touristen mit einem Reiseführer vor sich her, die vor den Fenstern der *Svalbar* stehen blieben und einen Blick in die noch dunklen Räumlichkeiten zu erhaschen versuchten. Auf Höhe des Krankenhauses begegnete Trine Martin van der Zaar. Er verließ gerade das Gebäude und war wie sie auf dem Weg zur Gemeindeverwaltung.

»Hast du Rebecca besucht?«, fragte sie, nachdem sie sich begrüßt hatten.

Martin nickte. Die Sorgenfalte auf seiner Stirn schien noch tiefer geworden zu sein als bei ihrem Aufeinandertreffen am Vortag. Und noch bevor sie fragen konnte, wie es Rebecca ging, zeigte ihr sein Gesichtsausdruck, dass etwas passiert war.

»Sie hatte eine weitere Panikattacke, während sie von der Polizei befragt wurde«, bestätigte er gleich darauf ihre Vermutung.

Trine verzog schmerzlich berührt das Gesicht. »Oh, das tut mir leid! Konntest du mit ihr sprechen?«

»Nein, sie hat schon wieder geschlafen.« Martin versuchte, ruhig zu wirken, aber unter der Oberfläche brodelte es. Nervös rieb er seine Hände in den dicken Handschuhen aneinander und trat von einem Bein aufs andere, was in diesem besonderen Fall nichts mit der Kälte zu tun hatte.

»Ich verstehe«, erwiderte Trine. »Du weißt also nicht, was diese erneute Krise ausgelöst hat.« Sie vermied bewusst, den Begriff *Panikattacke* noch einmal zu verwenden.

»Ich habe mit dem Arzt und der Schwester gesprochen, aber keiner von beiden war dabei. Und der Kommissar war zu keiner Auskunft bereit.«

»Der aus Oslo?«

»Ja.« Martin wandte den Blick ab, zögerte, dann sah er Trine wieder an. »Ich weiß ehrlich gesagt nicht, was ich von ihm halten soll.« Sie begriff, dass er mit diesem Ausspruch mehr über sich und die Situation preisgab, als er es normalerweise tun würde, und bemühte sich deshalb um eine Antwort, die diesem Vertrauen gerecht wurde.

»Ich verstehe deine Sorge«, versuchte sie, ihn zu beruhigen. »Aber der Polizist macht vermutlich nur seine Arbeit. Seinetwegen solltest du nicht beunruhigt sein. Soweit ich von Arne Iversen erfahren habe, spricht er mit allen Personen, die am Abend der Lesung mehr Kontakt zu Freja hatten als nur ein *Guten Tag* und *Auf Wiedersehen.*«

Martin erwiderte ihren Blick zweifelnd, und Trine klopfte ihm mit ihrer behandschuhten Hand auf die Schulter. »Beruhige dich. Rebecca ist im Krankenhaus wirklich in guten Händen.«

»Ja, vermutlich«, erwiderte Martin geistesabwesend.

Trine runzelte die Stirn. Was beschäftigte ihn? Weshalb sorgte er sich noch? Sie erinnerte sich daran, dass sie genau diese Gedanken schon am Vortag bewegt hatten. Dennoch drang sie nicht weiter in ihn, während sie nebeneinander auf das Verwaltungsgebäude zugingen. Drinnen meldeten sie sich an und wurden in einen Warteraum gebeten. Außer ihnen war niemand sonst dort. Sie setzten sich nebeneinander an eine Wand mit Blick auf das einzige Fenster im Raum. Auf einem Tisch in der Mitte lagen Zeitschriften, aber keiner von ihnen griff danach.

»Ich freue mich sehr, dass Rebecca jemanden gefunden hat, der sich so um sie sorgt und kümmert«, sagte Trine nach einer Weile des Schweigens. »Sie hat mir vor einiger Zeit von dir erzählt. Nicht viel«, fügte sie hinzu, als sie Martins Erstaunen wahrnahm. »Sie hat nur erwähnt, dass es dich gibt – du weißt, wovon das Herz voll ist, läuft der Mund über.« Sie lächelte. »Jedenfalls habe ich Rebecca seit Langem, nein, wenn ich ehrlich bin, eigentlich noch nie so strahlend und glücklich gesehen.«

Martin nahm seine Brille ab, zog ein Tuch aus seiner Hosentasche und putzte sie umständlich.

»Ich glaube, eure Freundschaft tut ihr wirklich gut«, plauderte Trine in leichtem Ton weiter, als spräche sie über das Wetter und nicht über eine zwischenmenschliche Beziehung. »Rebecca war so lange allein, und ich fürchte, auch sehr einsam trotz der Freundschaften, die sie hier über die Jahre geschlossen hat. Letztlich sind sie doch oberflächlich geblieben.«

Während sie sprach, hatte Martin aufgehört, an seiner Brille herumzuputzen, was ihr zeigte, dass er ihr sehr genau zuhörte. Als sie jetzt schwieg, fuhr er fort, mit dem Tuch über die Gläser zu reiben, als gäbe es nichts Wichtigeres auf der Welt. Doch plötzlich ließ er die Brille sinken und sah sie an. »Du kennst Rebecca recht gut, oder?«

Trine lächelte insgeheim. Sie hatte ihren Fisch am Haken. »Wir haben sehr viele intensive Gespräche geführt zu der Zeit, als sie hier angekommen ist.« Sie machte eine kleine bedeutsame Pause. »Es ging ihr damals nicht gut. Sie hatte gerade jemanden verloren …«

»Ja, ich weiß, sie hat mir davon erzählt«, platzte es aus Martin heraus. »Es ist schwer, etwas von ihr oder über sie zu erfahren, sie ist sehr verschlossen.«

»Gib ihr Zeit. Sie wird ihre Gründe dafür haben. Vertrauen baut sich nicht von heute auf morgen auf, und Rebeccas Vertrauen ist wohl einmal zu viel enttäuscht worden.«

»Das mag sein«, gab Martin zu.

Trine betrachtete ihn erneut unauffällig von der Seite. Er war so zurückhaltend, dass sie ihn als schüchtern bezeichnen würde, und darüber hinaus auch viel zu reflektiert und selbstkritisch, um ein Frauenheld zu sein. Diese Eigenschaften verliehen ihm eine besondere Ausstrahlung, derer er sich aber nicht bewusst zu sein schien.

»Rebecca hat einiges durchgemacht in ihrem Leben«, nahm sie den Faden wieder auf. »Das ist eine Vermutung, denn auch mit mir hat sie nicht über ihre Vergangenheit gesprochen. Zumindest nicht im Detail. Aber hier auf Spitzbergen ist sie wohl das erste Mal wirklich angekommen.«

Ein Lächeln huschte über seine Züge und unterstrich seine Attraktivität. Es erinnerte sie daran, das Gerücht gehört zu haben, dass auch Freja ein Auge auf ihn geworfen hatte.

»Rebecca liebt ihre Arbeit auf der Schlittenhundestation, obwohl sie intellektuell sicher unterfordert ist damit«, bemerkte er als Nachklapp zu diesem Lächeln und fast wie in Gedanken.

Trine sah ihn überrascht an. »Wie meinst du das?«

Ihre Frage schien ihn aufzuschrecken. »Wie ich das meine?« Er setzte seine Brille wieder auf. »Ach, das ist mir nur so rausgerutscht.«

Trine fragte sich, welche Informationen Martin über Rebecca hatte, die sie nicht kannte.

In diesem Moment erschien ein schlanker Mann im Anzug in der Tür und stellte sich als Frederik Lund vor.

»Martin van der Zaar«, sagte er dann, »darf ich dich zu mir bitten?«

Martins Nervosität flackerte wieder auf. Ungelenk stand er auf. Trine griff nach seiner Hand und drückte sie. »Alles wird gut«, sagte sie leise, sodass nur er es hören konnte.

Flüchtig erwiderte er den Druck ihrer Finger.

36.

MARTIN

Nach dem Gespräch mit Dimitri am vorangegangenen Abend hatte Martin sich wieder klar gefühlt. Auch die Nacht war einigermaßen erholsam gewesen, wenn man von einer halbstündigen Wachphase absah, in der er seine Gedanken jedoch erfolgreich in ruhige Gefilde hatte zwingen können.

Dass er am Morgen wieder keine Gelegenheit gehabt hatte, mit Rebecca zu sprechen, und stattdessen auch noch von dem Kommissar aus Oslo vernommen worden war, hätte ihn allerdings sein gerade wiedererlangtes seelisches Gleichgewicht beinahe erneut verlieren lassen, wäre nicht die unerwartet persönliche Begegnung mit Trine Mikkelsen gewesen.

Inzwischen war er wieder in seinem Büro. Seine niederländische Kollegin war offensichtlich über die wichtigsten Fakten hinsichtlich Frejas überraschendem Ableben informiert und hatte bei seinem Eintreten mit einem Blick erkannt, dass es besser war, ihm kein Gespräch aufzuzwingen. Nach einem freundlichen Hallo war sie sofort wieder hinter ihrem Monitor abgetaucht, und Martin hörte nur noch Serien von schnellen Anschlägen auf ihrer Tastatur, gelegentlich von Pausen und leisem Murmeln unterbrochen. Dennoch registrierte er hin und wieder, dass sie ihn verstohlen musterte, vielleicht auch deshalb, weil er keine der üblichen Arbeitsgeräusche wie Mausklicken und Papierrascheln verursachte. Er hatte zwar seinen Laptop in Betrieb genommen und einige Ausdrucke bereitgelegt, doch war es ihm bislang nicht gelungen, sich auf seine Arbeit zu konzentrieren. In Gedanken versunken saß er an seinem Schreibtisch, bis ein immer aufdringlicher werdendes rhythmisches Brummen ihn aus seiner Lethargie riss. Hektisch griff er in seine Umhängetasche, die neben seinem Stuhl auf dem Boden lag, und zog sein Telefon heraus. Als er den Namen des Anrufers auf dem Display las, war er versucht, den Anruf gar nicht erst anzunehmen, da er sich einer Auseinandersetzung in seinem momentanen Zustand nicht gewachsen fühlte. Schließlich tat er es aber doch.

»Hallo, Andrea«, eröffnete er, um Normalität bemüht, das Gespräch.

»Hallo, Martin«, drang die Antwort so klar und deutlich an sein Ohr, als würde seine Noch-Ehefrau neben ihm stehen. Obwohl ihre Stimme wenig aufgeregt klang, war Martin umgehend auf Konfrontation eingestellt, da es seit der Trennung von ihr noch nie ein entspanntes oder zumindest sachorientiertes Gespräch gegeben hatte. Er konnte sich nicht vorstellen, dass es diesmal anders sein sollte.

»Was gibt es?«, fragte er knapp, um anzudeuten, dass er gerade keine Zeit für eine längere Unterredung hatte.

»Ich weiß, dass du nicht mit mir reden willst«, entgegnete sie mit einem Unterton in der Stimme, den er nur zu gut kannte. »Aber wenn du nicht auf meine E-Mails antwortest, muss ich dich anrufen.« Mit dem ihr eigenen vorwurfsvollen Ton ergaben ihre Worte eine einzige wohleinstudierte und in seinen Augen verletzende Anklage, da es schlicht falsch war, was sie behauptete. Auf jedes ihrer Schreiben hatte er unmissverständlich und erkennbar abschließend geantwortet. Anscheinend wollte sie diese Antworten nicht akzeptieren und hoffte, sich durch die ständige Wiederholung ihrer Forderungen durchsetzen zu können. Er würde sich jedoch nicht erneut in eine Diskussion hineinziehen lassen, bei der sie doch nur alte, immer wiederkehrende Argumente und Vorwürfe ausgraben würde.

»Andrea, alles, was es zu sagen gibt, habe ich dir bereits geschrieben, ebenso wie ich jede deiner Mails beantwortet habe. Darüber hinaus habe ich dir nichts mitzuteilen«, erwiderte er so gelassen wie möglich und streifte dabei seine Kollegin, die sich noch ein Stück tiefer hinter ihrem Monitor abduckte, mit einem kurzen Blick. Obwohl Martin und Andrea in ihrer Muttersprache kommunizierten, konnte sie als nahe an der deutschen Grenze aufgewachsene Niederländerin vermutlich ziemlich gut verstehen, worum es ging.

Er meinte zu hören, wie Andrea tief Luft holte, und dann begann sie ihr Lamento, wie er es nicht anders erwartet hatte. Martin unterdrückte ein Seufzen. »Wie es klingt, haben wir nichts Neues zu besprechen«, fiel er ihr ins Wort. »Wenn dir noch etwas einfallen sollte, schreib mir eine Mail.« Und um sie gar nicht erst wieder in den Redefluss kommen zu lassen, fügte er schnell noch hinzu: »Wenn du keinen weiteren Punkt hast, ist das Gespräch für mich an dieser Stelle beendet.«

»So kannst du mit mir nicht umspringen …«, drang es postwendend an sein Ohr.

»Mach's gut, Andrea«, verabschiedete er sich.

Ganz ohne Gruß aufzulegen, hätte selbst in dieser Situation seinem Taktgefühl widersprochen. Mit dem Display nach unten schob er das Telefon von sich weg und zwang sich, keinen weiteren Gedanken an die kurze, unangenehme Unterbrechung zu verschwenden.

Die breit ausgelegten Unterlagen auf seinem Schreibtisch erinnerten ihn daran, dass er Daten aus verschiedenen Quellen zusammenfassen wollte, um sie einer Analyse zu unterziehen. Wenn die Ergebnisse brauchbar waren, konnte er sie in die in zwei Tagen fällige Präsentation einfließen lassen, und so machte er sich zunächst motiviert an die Arbeit, ertappte sich nach kurzer Zeit gedanklich aber erneut auf Abwegen. Während sein Blick auf den blinkenden Cursor geheftet war und seine Finger regungslos auf den Tasten des Keyboards lagen, sah er sich auf einem der Holzstühle im Polizeigebäude sitzen und auf die Vernehmung warten. Neben ihm plauderte Trine. Völlig belanglos zunächst, doch dann …

Was wusste Trine über Rebecca, was er nicht wusste, wenn sie davon sprach, dass sie in ihrem Leben viel durchgemacht hätte? Auch er hatte mit Rebecca lange und intensive Gespräche geführt, doch wie oft war das Gefühl zurückgeblieben, dass bei Weitem nicht alles gesagt worden war! Ein Gefühl, in dem auch Dimitri ihn in ihrem letzten Gespräch bestätigt hatte, obwohl er überraschend Rebeccas Partei ergriffen hatte. Was hatte der Kommissar in Rebecca ausgelöst, dass sie wieder ruhiggestellt werden musste? War er auf etwas gestoßen, das sie belastete? Ein Geräusch von dem gegenüberliegenden Schreibtisch brachte Martin zurück. Er sah kurz zu der Meeresbiologin ihm gegenüber und versuchte, in Erfahrung zu bringen, wie viel sie von seiner geistigen Abwesenheit mitbekommen hatte. Ihre Augen trafen sich für Bruchteile von Sekunden. Martin räusperte sich. »Ich kann mich heute nicht konzentrieren«, murmelte er mehr zu sich als in ihre Richtung eine Erklärung für sein seltsames Verhalten.

Seine Kollegin verstand die sehr leise gesprochenen Worte als Aufforderung, etwas Auflockerndes zu sagen. »Vielleicht brauchst du einen Kaffee. Ich könnte welchen holen.« Sie machte Anstalten aufzustehen.

Martin sah sich bereits in einem Szenario belanglosen Plauderns gefangen. »Vielen Dank für dein Angebot, das ist sehr nett«, wehrte er hastig ab und erhob sich spontan, »aber ich muss noch mal kurz weg.«

Scheinbar zielstrebig verließ er den Raum. Er hatte noch nicht einmal die Tür erreicht, als ihm klar wurde, dass seine fluchtartige Reaktion sehr befremdlich wirken musste. »Bin gleich wieder zurück«, fügte er deshalb hinzu und zwang sich zu einem flüchtigen Lächeln.

Sobald er allein im Flur war, verlor sich seine Eile, weil er gar nicht wusste, wohin er sich wenden sollte. So planlos und von unnötigem Aktionismus angetrieben, hatte er sich noch nie gefühlt. Erst das entfernte Geschirrklappern aus der Mensa bot ihm einen Ausweg aus der vertrackten Situation, und gleich darauf stand er am Tresen des Bistros, ließ sich einen Kaffee geben und nahm gedankenverloren noch das angebotene Stück Kuchen dazu.

Der große Speiseraum mit dem zentral angeordneten Kamin, in dem ein wärmendes Feuer loderte, war zu dieser Zeit nur mäßig besucht. Martin wählte einen Platz an einem freien Tisch in der Nähe eines der bodentiefen Fenster in der Hoffnung, dort ungestört zu sein. Kaum hatte er Platz genommen, kehrte zumindest ein Teil seiner Ruhe zurück. Nachdem er seinen Kaffee länger als erforderlich gerührt hatte, war er nun vollauf damit beschäftigt, mit höchster Präzision und in dem Bemühen, möglichst keine Krümel zu erzeugen, das Stück Kuchen mit der Gabel zu zerteilen. Dabei fragte er sich, wie lange es noch dauern würde, bis er den versprochenen Anruf aus dem Krankenhaus erhielt, auf den er wartete, seit er das letzte Mal erfolglos versucht hatte, zu Rebecca vorzudringen. Stunden waren seither vergangen. Er ging davon aus, dass sein Telefon jetzt jederzeit klingeln konnte, und zog es aus der Hosentasche, um sicherzugehen, dass er es in seinem Ärger über Andrea nicht auf stumm geschaltet hatte. Als er wieder aufblickte, entdeckte er Ole, der mit eiligen Schritten und einem Stapel Akten unter dem Arm den Speisesaal durchmaß. Er schien auf der Suche nach jemandem. Auf dem Weg ins Büro hatte Martin beiläufig gehört, dass eine außerordentliche Sitzung der Uni-Leitung stattfand, die sich mit den Folgen von Frejas Tod auseinandersetzte. Wenn Ole, wie es schon fast Routine war, daran teilgenommen hatte, war diese Besprechung offensichtlich beendet. Als der füllige Norweger ihn bemerkte, änderte er seinen Kurs durch die Mensa abrupt in seine Richtung. Die Unbekümmertheit, die er sonst ausstrahlte, war ihm abhandengekommen. Mit ernstem Gesicht warf er ihm »Hey, Martin!« entgegen und seinen Stoß Ordner und loses Papier auf den Tisch, um gleichzeitig mit scharrendem Geräusch einen Stuhl darunter hervorzuziehen. Nachdem er sich darauf hatte fallen lassen, legte er beide Hände auf die Dokumente und beugte sich vor. »Wie geht es dir?«

Martin wusste, wie diese Frage gemeint war, und unter der Betroffenheit Oles konnte er echte Anteilnahme erkennen. »Ich komme einigermaßen klar, danke, Ole.«

Ole nickte kurz und richtete sich auf. »Die Leitung hat beschlossen, dass ich neben einigen anderen Aufgaben auch Frejas Zuständigkeit für dein Projekt kommissarisch übernehmen soll.«

Martin war nicht von dieser Neuigkeit überrascht. Er wies auf den Aktenstapel. »Dann willst du jetzt mit mir darüber reden?«

Ole schüttelte den Kopf. »Nein, nicht jetzt. Das hier …«, Ole legte mit Nachdruck eine seiner Pranken auf die Papiere, »… gehört zu einer anderen Sache.« Dann schaute er wieder zu Martin. »Ich ruf dich an, sobald ich mich sortiert habe. Wir finden einen Termin in den nächsten Tagen, okay?« Ohne Martins Antwort abzuwarten, erhob er sich und nahm sein Bündel auf. Bevor er sich abwandte, fügte er noch hinzu: »Wir wollen eine Trauerfeier in der Uni ausrichten. Die Einzelheiten legen wir gerade fest. Die Einladung geht an alle per Mail.« Er hob kurz die Hand zum Gruß und eilte weiter.

Martins Blick wanderte von seiner breiten, sich entfernenden Gestalt zu dem Stuhl, den Ole nicht wieder unter den Tisch geschoben hatte. Eine Trauerfeier ohne Tote. Wie Martin am Rande seiner Vernehmung erfahren hatte, war Frejas Leichnam aufs Festland gebracht worden. Von dort würde er nicht wieder zurückkommen, seit Jahrzehnten schon wurde niemand mehr auf Spitzbergen beerdigt. Außerdem oblag das weitere Vorgehen ohnehin den Angehörigen.

Die Angehörigen.

Martin wurde bewusst, dass er nichts über Frejas Familie wusste. Wie sollte er auch. Sie hatte nie darüber gesprochen, und er gehörte nicht zu den Menschen, die danach fragten. Erneut zog er sein Handy hervor. Keine Nachricht, kein Anruf. Er ließ das Telefon wieder in die Tasche gleiten und stand ansatzlos auf. Das ergab alles keinen Sinn. Er konnte hier nicht länger unproduktiv warten. Er würde jetzt einkaufen und dann ins Krankenhaus gehen. Er schob seinen und danach Oles Stuhl so unter den Tisch, dass sie mit den anderen Stühlen ausgerichtet waren, und steuerte die Geschirrrückgabe an. Beim Abstellen seines Tablettes hatte er Blickkontakt mit der Studentin, die ihn am Ende einer seiner ersten Vorlesungen als *Star-Wars*-Kenner enttarnt hatte. Sie nickte ihm mit einem Lächeln zu.

In seinem Büro angekommen, stellte er erleichtert fest, dass er keine Erklärung für seinen überhastet wirkenden Aufbruch geben musste, denn seine Kollegin war nicht an ihrem Platz. Da ein Becher mit einem heißen Getränk neben ihrer Tastatur dampfte, konnte sie allerdings nicht weit sein, und um nicht doch noch auf sie zu treffen, beeilte er sich beim Zusammenpacken seiner Siebensachen.

Als er keine halbe Stunde später mit zwei prall gefüllten Einkaufsbeuteln den Eingang des Krankenhauses ansteuerte, klingelte wenige Schritte vor der Tür sein Telefon in der Hosentasche. Um den Anruf anzunehmen, musste er eine der Tüten abstellen, die prompt umfiel und ihren Inhalt in den Schnee ergoss. Martin unterdrückte einen leisen Fluch. Doch sein Ärger verflog sofort, als er sah, dass Bernt von der Anmeldung des Krankenhauses am Telefon war, der ihm jetzt auch durch die geschlossene Glastür zuwinkte und ihm mitteilte, dass Rebecca auf ihn wartete. Martin spürte, wie eine Welle der Erleichterung und Freude ihn durchströmte. Rebecca war wach und wartete auf ihn. Er würde mit ihr reden können. Das war mehr, als er zu hoffen gewagt hatte. Als er sie das letzte Mal gesehen hatte, hatte sie so verletzlich gewirkt, so klein und blass in dem großen Bett, fast wie ein Kind. Was würde ihn jetzt erwarten?

Im Vorraum ließ Martin Jacke und Schneestiefel zurück. Mit einem flüchtigen Gruß eilte er an der Anmeldung vorbei und hatte trotz seiner teilweise beschlagenen Brille bald das Zimmer gefunden, dessen Nummer Bernt ihm bereits am Telefon gesagt hatte. Sein zaghaftes Klopfen wurde sofort mit einem »Herein!« beantwortet.

Durch seine Einkäufe behindert, öffnete er ungelenk die Tür.

»Da bist du ja schon!«, hörte er Rebeccas freudigen Ausruf. Sie sprang von der Bettkante auf, als hätte sie schon längere Zeit auf ihn gewartet.

Martin entledigte sich seiner Taschen und Beutel, so schnell es ihm möglich war, wobei er es nicht vermeiden konnte, dass eine der widerspenstigen Papiertüten erneut einen Teil ihres Inhalts mit großer Streuung auf dem Boden verteilte, diesmal war auch etwas Schnee mit dabei. Aber er hatte kein Auge dafür, er sah nur Rebecca, die auf ihn zustürzte und sich in seinen Arm schmiegte, als lägen Monate der Trennung hinter ihnen. Tatsächlich fühlte es sich auch so an. »Ich bin so froh, dass du da bist«, flüsterte sie in sein Ohr.

Der Klang ihrer Stimme verriet Martin, dass gleich Tränen fließen würden. Behutsam schob er sie von sich, um ihr in die Augen sehen zu können.

»Wie fühlst du dich?«, fragte er, und als sie nicht gleich antwortete, fügte er fürsorglich hinzu: »Setz dich doch wieder.«

»Nein!«, kam ihre Antwort wie aus der Pistole geschossen. »Mir geht es gut, und ich werde nicht hierbleiben!«

»Das musst du auch nicht« beruhigte Martin sie. »Da, sieh mal, ich habe für uns eingekauft.« Als er registrierte, dass ein Teil seiner Einkäufe erneut auf dem Boden verteilt war, fügte er humorvoll hinzu: »Wir müssen das Chaos nur beseitigen, und dann gehen wir.«

Rebecca lachte beruhigt auf und drückte seine Hand.

Er war gleichzeitig erleichtert und erstaunt, sie so unbekümmert zu sehen. Hatte sie sich tatsächlich in den letzten vierundzwanzig Stunden erholt, oder war ihre Euphorie Folge der Medikamente, die sie bekommen hatte? Er wagte kein Urteil zu fällen. Rebeccas Stimmungen konnten schnell umschlagen. Doch darüber wollte er nicht nachdenken. Ebenso wenig wie er über ihre Schuld oder Unschuld an Frejas Tod nachdenken wollte. Jetzt wollte er einfach nur mit ihr zusammen sein und am liebsten vergessen, was geschehen war. In ihm war inzwischen ein Bild von Rebecca entstanden, das alles andere als vollständig war, das er aber – vielleicht gegen alle Vernunft – nicht mit einer bösen Verdächtigung beschmutzen wollte. Eins jedoch konnte er nicht verdrängen: Dimitris mahnende Worte. *Du musst mit ihr reden. Sie darauf vorbereiten, dass sie mit der Polizei sprechen muss.* Er unterdrückte ein Seufzen bei dem Gedanken.

»Ist etwas?«, fragte Rebecca, und er spürte, wie die Fassade der Leichtigkeit, mit der sie sich umgeben hatte, bröckelte. »Du siehst mit einem Mal so angestrengt aus.«

Martin schluckte, wollte den Kopf schütteln, sagte dann aber doch: »Wir müssen nachher reden.«

Der Griff ihrer Finger um seine Hand verstärkte sich, der angespannte Zug um ihren Mund vertiefte sich. »Ich weiß.« Sie versuchte ein Lächeln. »Und ich schaffe das, wenn du mir hilfst.«

Er zog sie an sich und küsste den Ansatz ihres Haars. »Ich bin da. Und ich lasse dich nicht allein.« Er hatte sich noch nie für einen anderen Menschen so verantwortlich gefühlt. War das Liebe?

37.

REBECCA

Das Gebell der Hunde begrüßte Rebecca, als sie aus dem alten Van stieg, mit dem Olek sie nach einer kurzen Nacht von zu Hause abgeholt hatte. Lange hatte sie mit Martin zusammengesessen und gesprochen, wobei bei Weitem nicht alles gesagt worden war. Nicht von ihr und nicht von ihm. Es schien, dass sie nach all den aufreibenden Ereignissen einfach nicht die Kraft dafür aufgebracht hatten.

Im Dämmerlicht zeichneten sich die Tiere schemenhaft vor dem langsam heller werdenden Himmel ab, einige saßen vor ihren auf Stelzen gebauten Hütten, andere liefen an dem hohen Zaun auf und ab. Olek verfolgte ihren Blick. Er wusste, wonach sie suchte. »Tommy hat Akira in dem kleinen Zwinger hinter dem Haus untergebracht.«

Vor Aufregung spürte Rebecca weder die Kälte noch den Wind, der an diesem Morgen in wilden Böen über Land und Fjord fegte und den Schnee aufwirbelte und in Wolken vor sich hertrieb. Akira hatte vor zwei Tagen geworfen. Sechs kleine Fellknäuel, hatte Mathilde ihr per Messenger geschrieben. Rebecca hatte die Nachricht erst am Vorabend gesehen, als Martin sie aus dem Krankenhaus abgeholt hatte.

Als er zurückhaltend lächelnd mit einem Mal in der Tür ihres Krankenzimmers gestanden hatte, war ihr ganz warm ums Herz geworden. Sie konnte sich nicht erinnern, wann sie beim Anblick eines Menschen das letzte Mal so viel Geborgenheit empfunden hatte. Da sie bereits angezogen und aufbruchbereit gewartet hatte, war sie aufgesprungen und zu ihm gelaufen, und der Moment, als seine Arme sich um sie schlossen und sie hielten, war der beste seit gefühlten Ewigkeiten gewesen, und sie hatte sich gefragt, wie sie je hatte an Martin zweifeln können.

Olek begleitete sie zu dem Zwinger, blieb aber am Gitter stehen, als sie die Tür öffnete. Ein größerer Verschlag war an die Wand des Wohnhauses gebaut, die Wände verkleidet zum Schutz gegen den Wind.

»Akira«, rief Rebecca leise und wartete, bis die Hündin sich zeigte. Akira sprang an ihr hoch, ließ sich kurz streicheln und kehrte zurück zu ihrem Wurf, der mit leisem Winseln nach der Mutter rief.

Rebecca folgte der Hündin und ging in einigem Abstand von dem Bett aus Schaumstoff und alten Laken in die Hocke. Die Welpen waren winzig, jeder von ihnen gerade mal zwei Handvoll Leben. Die Augen waren noch geschlossen, und als Akira sich wieder zu ihnen legte, begannen die Kleinen sofort nach ihren Zitzen zu suchen. Die Hündin ließ sich auf die Seite fallen. Rebecca arbeitete sich in ihrer Hockstellung vorsichtig näher heran und zog eine Taschenlampe aus ihrer dicken Daunenjacke, um die sechs kleinen Fellknäuel genauer betrachten zu können. Drei waren fast weiß, zwei mit einer hellbraunen Zeichnung, die sich von den Ohren über den ganzen Rücken zog, und eines mit grauem Rücken und einer Zeichnung im Gesicht, die Rebecca sofort an einen Waschbären erinnerte. Genau wie die Mutter. Rebecca sah aufmerksam zu Akira, während sie die Hand nach dem grauweißen Welpen ausstreckte und vorsichtig das samtweiche Fell berührte. Die Hündin legte den Kopf ab und schloss die Augen. Sie hatte volles Vertrauen zu Rebecca.

Alles, was in den vergangenen Tagen geschehen war, alles, was sie belastet und gequält hatte, fiel für diesen kostbaren Moment von Rebecca ab. War es nicht eine Fügung, ein besonderer Fingerzeig, dass die Welpen gerade jetzt geboren worden waren?

»Kurz nachdem Lynn von der Feier im Museum nach Hause gekommen ist, hat Akira geworfen«, erzählte ihr Tommy wenig später und sah sie fragend an. »Hast du dir schon einen ausgesucht?«

»Wolltest du mir nicht einen überlassen, der sich nicht für den Schlitten eignet?«

Tommy grinste und winkte ab. Sein kurzes Haar stand ihm wie so oft zu Berge, als hätte es noch nie einen Kamm gesehen, und seine stahlblauen Augen blitzten. »Ich hab es mir überlegt. Such dir einen aus. Du hast deine Wahl doch sicher schon getroffen, oder?«

Vor Freude schlug Rebeccas Herz schneller. »Da gab es nicht viel zum Nachdenken«, gestand sie.

Tommys Grinsen wurde noch ein bisschen breiter. »Der Grauweiße, der aussieht, als hätte er eine Maske auf.«

Sie nickte und spürte, wie sie rot wurde.

»Gute Wahl«, bemerkte Tommy. »Ein Mädchen. Das erste, das geboren wurde. Mit der wirst du einiges zu tun haben, wenn sie nach ihrer Mutter kommt.« Er zog sein Telefon aus seiner Hosentasche. »Machst du uns noch einen Kaffee? Und dann müssen wir die Ausrüstung durchsehen«, sagte er noch, bevor er den Anruf annahm und in den Nebenraum ging, der sowohl Schlafzimmer als auch Büro war.

Rebecca lehnte sich auf ihrem Stuhl zurück und atmete befreit durch. Es war richtig gewesen, einfach den Faden ihres Lebens wieder aufzunehmen, als wäre nichts gewesen. Tommy selbst hatte den Anstoß dazu gegeben, indem er sie am Vorabend angerufen und gefragt hatte, wann sie wieder arbeiten könne. Lynn war für eine Fortbildung nach Tromsö geflogen, und die Finnin, die er zusammen mit Mathilde im vergangenen Herbst eingestellt hatte, lag mit einer fiebrigen Erkältung im Bett.

»Ich könnte Olek mit den Touristen losschicken, er kann mit den Gespannen so gut umgehen wie jeder andere auf der Station, aber die schlechten Bewertungen im Internet, die wir dann wegen mangelnder Kommunikation bekommen, können wir in zehn Jahren nicht ausbügeln«, hatte er scherzhaft geäußert.

Natürlich wusste er, wie alle anderen auch, von ihrem Zusammenbruch. Und vielleicht hing sein Entschluss, ihr einen Welpen ihrer Wahl zu überlassen, auch damit zusammen. Als sie vor einer halben Stunde ins Haus gekommen war, hatte er sie nur angesehen, ihr eine Hand auf die Schulter gelegt und gefragt: »Wird es gehen?«

Sie hatte stumm genickt.

Und damit war das Thema erledigt gewesen.

Jetzt hörte sie ihn im Nebenraum telefonieren. Sie verstand nur Bruchstücke, aber es schien um eine Buchung zu gehen. Eine größere Gruppe, die morgen erwartet wurde. Rebecca stand auf, um den Kaffee aufzusetzen, und blickte dabei aus dem Fenster. Wenn es weiter so stürmte, würde es kein Spaß werden, mit den Schlitten auf den Gletscher zu fahren.

»Ach, schön, dass du hier bist«, hörte sie in diesem Moment eine Stimme von der Tür, und schon war Mathilde bei ihr und umarmte sie mit Vehemenz. Dann hielt sie Rebecca auf Armeslänge von sich und sah ihr prüfend ins Gesicht. »Wie geht es dir?«

»Ganz okay«, erwiderte Rebecca. »Ich bin froh, hier zu sein und arbeiten zu können.«

Mathilde nickte. »Das verhindert nutzlose Gedanken.« Sie streifte ihre Handschuhe ab und zog Schal und Jacke aus. »Hast du schon nach Akiras Babys geschaut?«

Rebecca lächelte. »Klar, gleich als Erstes.«

»Und welches hast du dir ausgesucht?«, wollte Mathilde mit einem Augenzwinkern wissen.

Rebecca schüttelte lächelnd den Kopf, als sie begriff, dass alle außer ihr von Tommys Sinneswandel bereits gewusst hatten.

Mathilde nahm sich einen Becher aus dem Schrank und hielt ihn Rebecca hin, die gerade den Kaffee von der Maschine in die Thermoskanne füllen wollte. »Schon krass diese Geschichte mit der Frau von der Uni«, sagte sie dann. »Ich weiß, dass man über die Toten nichts Schlechtes sagen soll, aber ganz ehrlich, sie hat sich auf der Veranstaltung im Museum so unmöglich benommen …« Sie sprach nicht weiter, aber Rebecca hatte eine Ahnung, woran sie dachte.

»Freja war sicher speziell. Aber eben auch sehr erfolgreich.«

»Das sind skrupellose Menschen oft.«

»Lass uns über etwas anderes reden«, bat Rebecca.

»Ja, natürlich«, beeilte sich Mathilde zu sagen. »Ich wollte dich nicht stressen, aber …« Weiter kam sie nicht, denn Olek streckte den Kopf zur Tür herein.

»Rebecca, da draußen ist jemand für dich.«

Rebecca sah ihn überrascht an. »Für mich?«

»Ja, er sagt, er heißt Frederik Lund.«

Rebecca wurde plötzlich heiß. Der Polizist aus Oslo. Die Erinnerung an seinen Besuch im Krankenhaus weckte keine guten Gefühle in ihr. Die Fragen, die er ihr gestellt hatte, die Informationen, die er mitgebracht hatte. Sie griff nach der Tischkante.

Mathilde war sofort neben ihr. »Ist dir nicht gut?«, fragte sie besorgt.

Rebecca atmete tief durch, um sich zu beruhigen.

»Ich kann ihn wieder wegschicken«, schlug Olek vor. »Er weiß nicht, dass du hier bist. Ich hab gesagt, dass ich mal schauen müsste, ob ich dich finde.«

Die Versuchung, Oleks Vorschlag nachzugeben, war groß. Sie wollte nicht mit Lund reden. Sie wollte mit niemandem mehr über die Vorfälle nach der Autorenlesung reden. Sie wollte einfach vergessen, was passiert war. Vor allem aber wollte sie vergessen, dass diese Ereignisse kurz hintereinander zwei Panikattacken bei ihr ausgelöst hatten. Aber sie konnte nicht davor weglaufen. Wenn sie jetzt nicht mit Lund sprach, würde sie es später tun müssen. Martin hatte ihr genau deswegen ins Gewissen geredet. Es war ihm schwergefallen, das hatte sie gemerkt, aber es war ihm so wichtig gewesen.

Sie konnte sich nicht einmal mehr richtig erinnern, wie der Polizist ausgesehen hatte. Nur an eine prominente Hakennase und forschende Augen.

Sie spürte Oleks Blick auf sich.

»Sag ihm, ich komme«, sagte sie schließlich. Sie würde Martin nicht enttäuschen.

»Vielleicht sollte er lieber reinkommen. Er sieht nicht so aus, als ob er draußen noch lange überlebt«, gab Olek zu bedenken.

»Dann eben so«, gab Rebecca resigniert nach.

»Ich kläre das mit Tommy«, bot Mathilde an und war auch schon im Nebenraum verschwunden.

Nervös blickte Rebecca zur Eingangstür.

38.

FREDERIK

Frederik Lund starrte über die im Dämmerlicht liegende Landschaft. Die Schlittenhundestation lag einige Kilometer außerhalb von Longyearbyen am Hang einer lang gezogenen Bergkette. In einiger Entfernung konnte er auf etwa gleicher Höhe eine Holzkonstruktion ausmachen, die den Eingang in eine Kohlemine kennzeichnete. Zur anderen Seite erstreckte sich ein weites Tal, das in den Fjord bei Longyearbyen mündete. Es gab an diesem Morgen keine Farben außer dem Blaugrau des Himmels und dem Weiß des Schnees, nichts, woran sich das Auge festhalten konnte. Sehnsuchtsvoll dachte er an das dunkle Grün der Zypressenalleen in der Toskana, an das warme Gelb des Sandsteins, das Leuchten der frühlingshaften Felder. Im vergangenen Jahr war er um diese Zeit mit Francesca dort gewesen. Sie hatten Siena besucht und Arezzo, wo er in der Kirche San Francesco wieder einmal den Freskenzyklus *Die Legende vom wahren Kreuz* von Pierro della Francesca bewundert hatte. Nirgendwo sonst, so schien es ihm, gab es ein solches Rot, ein solches Blau wie auf diesen Wandmalereien. Und jedes Mal, wenn er davorstand, fragte er sich, wie es sein konnte, dass die Menschheit einerseits so geniale Künstler wie diesen hervorbringen konnte, andererseits aber Geschöpfe voller Grausamkeit und Boshaftigkeit. In seinem Berufsleben hatte er genug der zweiten Sorte kennengelernt, und die schlimmsten waren nicht die gewesen, die mit ihren eigenen Händen getötet hatten, sondern jene, die töten ließen, ob durch Ausbeutung, Manipulation oder schlicht den Missbrauch ihrer Macht.

Eine Windböe ließ ihn erschauern, die Kälte traf mit feinen

kleinen Nadeln auf sein ungeschütztes Gesicht, seine Füße fühlten sich eisig an.

Francesca hatte ihn wortreich bedauert, als sie vor noch nicht einmal einer Stunde telefoniert hatten. »*Wo* bist du?«, hatte sie ungläubig gefragt. Sie war eine intelligente und gebildete Frau, aber nicht einmal sie hatte gewusst, wo Spitzbergen genau lag. Während er ihr seinen Aufenthaltsort beschrieb, hatte er gehört, wie sie schon am Morgen an ihrem Laptop sitzend den Namen eingab und dann scharf die Luft einzog. »Was hast du deinem Chef getan?«

»Francesca, die Norweger können sich gar nicht vorstellen, dass man das hier einfach nur entsetzlich findet. Sie träumen neben den Lofoten vor allem von einem Besuch auf Spitzbergen. Vielleicht hat Kristian sogar gedacht, er tut mir einen Gefallen.«

Francesca lachte auf.

Er liebte ihr Lachen. Es war das Erste, was er von ihr erlebt hatte, bevor er sie überhaupt gesehen hatte. Ein tiefes, unbeschwertes Lachen. Nicht gekünstelt, nicht aufgesetzt, sondern einfach nur der Ausdruck heiterer Lebensfreude. Vielleicht war es auch das, was ihn viel mehr noch als ihre Schönheit immer angezogen hatte. Francesca liebte das Leben, selbst wenn es bisweilen schwierig oder voller Trauer war. »Licht und Schatten, Frederico«, pflegte sie dann zu sagen. »Es gibt das eine nicht ohne das andere.«

Vielleicht war es mit der Menschheit genauso.

Er hätte seine italienische Frau überhaupt nicht mit seinem Ausflug in die Arktis belastet, wenn er an diesem Morgen nicht erfahren hätte, dass die Obduktion von Freja Moeller nicht wie geplant stattfinden konnte. Und nicht nur das. Aufgrund des Sturms, der noch zunehmen sollte, waren alle Flüge von und nach Spitzbergen für die nächsten zwei Tage gestrichen.

»Eintausenddreihundert Kilometer südlich des Nordpols sitze ich in einer Eiswüste fest«, hatte er lamentiert.

Francesca hatte wieder gelacht. »Ich werde dich Amundsen nennen und mit Orden behängen, wenn du es überlebst.«

Frederik hatte sich von ihrer Heiterkeit anstecken lassen, auch wenn es ihm eher wie Trotz vorgekommen war. Zu allem Überfluss war er bei seiner Ankunft im Verwaltungsgebäude auch noch Anna Hauglund, der Sysselmannin, in die Arme gelaufen. Das mit Abstand humorloseste Wesen, das er je kennengelernt hatte. Sie hatte ihn nach dem Stand der Ermittlungen befragt, wobei er das Gefühl gehabt hatte, dass sie seinen Ausführungen nur mit halbem Ohr gelauscht hatte.

»Ich weiß nicht, ob ich dir schon gesagt habe, dass wir hier auf den Inseln bislang noch kein Verbrechen hatten, das über eine leichte Körperverletzung während einer Schlägerei hinausgegangen wäre«, bemerkte sie, als er geendet hatte.

Was sollte er mit dieser Information anfangen? Als er sie genau das gefragt hatte, hatte sie ihn fast beleidigt angesehen. »Genieß die Zeit, die du hier bist. Unternimm etwas, aber mach dir auf keinen Fall zu viel Arbeit. Auch in diesem Fall wird sich herausstellen, dass es eine ganz einfache Erklärung für den Tod von Freja Moeller gibt.«

Es geschah selten, dass jemand Frederik Lund mit offenem Mund stehen ließ. Anna Hauglund war es in diesem Fall gelungen. Mit einem kühlen Lächeln hatte sie sich verabschiedet, und als er sich von seiner Überraschung erholt hatte, hatte er beschlossen, das Gegenteil davon zu tun, was sie ihm vorgeschlagen hatte. Er würde seine Ermittlungen so lange weiterführen, bis ein Obduktionsergebnis vorlag. Und aus genau diesem Grund stand er jetzt im peitschenden Wind auf dem Gelände einer Schlittenhundestation, auf der, wie er in Erfahrung hatte bringen können, Rebecca Hüttner arbeitete.

Hinter dem hohen Zaun, der neben einem einfachen großen Blockhaus ein großes Areal umgrenzte, sah er auf die Hunde, denen weder der Schnee noch der eisige Wind etwas anzuhaben schien, während er wartete, dass der Mann, den er eben angesprochen hatte, wieder zur Tür herauskam. Er hätte auch im Auto warten können, einem bulligen SUV mit der Aufschrift der Verwaltung, dessen Schlüssel ihm Arne Iversen in die Hand gedrückt hatte. Aber den Geruch im Wagen zu ertragen, war tatsächlich schlimmer, als in der Kälte zu stehen. Er fragte sich, was darin als Letztes transportiert worden war.

Endlich ging die Tür wieder auf, und der kantige Mann winkte.

Langsam setzte Frederik sich in Bewegung. Er versuchte, sich seine Erleichterung nicht anmerken zu lassen, als er in den Vorraum trat, in dem es zwar noch nicht wirklich warm, aber deutlich angenehmer war als draußen. Schneeoveralls in allen Größen hingen auf Haken an den Wänden, darunter standen Schneeboots, in Holzkisten entdeckte er Handschuhe und Fellmützen.

»Du kannst deine Schuhe hierlassen«, sagte der Mann, dessen slawische Gesichtszüge darauf schließen ließen, dass er Russe war.

Frederik erwiderte seinen Blick mit hochgezogener Augenbraue. »Ich werde meine Schuhe sicher nicht ausziehen.«

»Dann bleibst du hier. Rein geht es nur ohne Schuhe. Pantoffeln sind in der Kiste.« Und damit verließ der Mann den Vorraum nach draußen.

Frederik starrte auf die ins Schloss gefallene Tür. Dann auf die auf der gegenüberliegenden Seite. Schließlich auf seine Füße. Sie waren noch immer eisig. Er seufzte und schnürte seine Schuhe auf.

Rebecca Hüttner saß an einem rustikalen Tisch, der die ganze Küche, auszufüllen schien. Hier war es nicht weniger unordentlich als im Vorraum. Zeitschriften und Bücher lagen herum, neben der Spüle war ein Stapel Geschirr, wohl noch vom Frühstück, auf dem Boden ein Meer aus Kinderspielzeug. Frederik nahm all das wahr, aber es trat in den Hintergrund angesichts des blassen Gesichts der Deutschen, die ihm mit großen Augen und einem nicht ängstlichen, aber nervösen Blick begegnete. Sie stand auf, als er näher kam.

Frederik war kein sentimentaler Mann. Er hatte eine klare Vorstellung von seinem Beruf, und im Laufe seines Dienstlebens hatte er ein recht gutes Gespür dafür entwickelt, wenn ihm die Verdächtigen oder Zeugen, mit denen er zu tun hatte, nicht die Wahrheit sagten, wenn sie Ausflüchte suchten, Entschuldigungen, wenn sie sich verstellten. Ganz zu Beginn seiner Karriere, als noch unerfahrener Polizist, hatte er einmal mit einer jungen Frau zu tun gehabt, die sich noch während der Ermittlungen das Leben genommen hatte. Frederik hatte sich über lange Zeit mit Schuldgefühlen gequält, obwohl er sie lediglich als Zeugin vernommen und ihr Tod auch nicht wirklich etwas mit dem Fall zu tun gehabt hatte. Die Erlebnisse waren letztlich nur der letzte Tropfen gewesen, der für sie das Fass zum Überlaufen gebracht hatte.

Als er Rebecca Hüttner am Vortag im Krankenhaus begegnet war, hatte er ein Déjà-vu erlebt. Über so viele Jahrzehnte hatte er das Bild jener jungen Frau aus seinen frühen Berufsjahren in sich getragen, und nun lag sie ihm in diesem Krankenhausbett gegenüber. Es war ihm gelungen, sich hinter der Maske seiner Profession zu verbergen, aber dieses Zusammentreffen und mehr noch ihr Zusammenbruch hatten ihn tief bewegt, und er hatte nicht anders gekonnt, als sich zu fragen, ob es die sprichwörtliche zweite Chance war, die er hier bekam.

»Ich freue mich zu sehen, dass es Ihnen wieder besser geht«, begrüßte er sie jetzt auf Deutsch. »Darf ich mich zu Ihnen setzen?« Er hatte darüber nachgedacht, ob es hilfreich sein würde, mit ihr in ihrer Sprache zu reden, da er schon des Öfteren festgestellt hatte, dass sich Menschen in Stresssituationen eher öffneten, wenn sie sich ihrer Muttersprache bedienen konnten.

Sie sah ihn überrascht an, nickte dann aber und rieb ihre Hände an ihrer Hose. »Auch einen Kaffee?«, fragte sie einsilbig ebenfalls auf Deutsch.

»Sehr gern.« Er setzte sich ihr gegenüber.

Sie nahm einen der auf dem Tisch bereitstehenden Becher und füllte ihn aus der Thermoskanne. »Milch oder Zucker?«

»Danke, einfach schwarz.«

Zögernd setzte sie sich wieder. »Wie kommt es, dass Sie Deutsch sprechen?«, fragte sie zurückhaltend. Sie trug einen alten Pullover und eine Arbeitshose, was ihrer Attraktivität keinen Abbruch tat, selbst wenn ihr Blick überschattet war von Sorge und eine feine Kummerfalte sich um ihren Mund mit dem feinen Muttermal darüber zog.

Er zuckte mit den Schultern. »Wie viele Norweger habe ich Deutsch in der Schule gelernt. Außerdem habe ich einige Jahre in Deutschland gearbeitet.« Er lächelte in der Hoffnung, ihr auf diese Weise etwas von ihrer Nervosität zu nehmen. »Ich bin gekommen, damit wir unser unterbrochenes Gespräch über Freja Moeller weiterführen können. Fühlen Sie sich dazu in der Lage?«

Sie senkte den Blick und nickte.

Er beobachtete, wie sich ihre Hände um den Kaffeebecher legten, der vor ihr auf dem Tisch stand, und ihn so fest umschlossen, dass ihre Fingerknöchel weiß hervortraten. Spontan sah er von der Frage ab, die er ihr gerade hatte stellen wollen, und wartete.

»Ich glaube, ich bin die Letzte, die Freja lebend gesehen hat«, stieß sie plötzlich hervor. Ihre Worte überschlugen sich fast, als wolle sie sie loswerden, bevor sie es sich anders überlegte.

Die Information überraschte ihn seltsamerweise nicht, deshalb stellte er sie zunächst auch nicht infrage. »Erzählen Sie mir, was geschehen ist«, forderte er sie auf.

Seine Ruhe gab ihr Sicherheit. Zunächst noch stockend, dann immer flüssiger erzählte sie ihm von ihrem überstürzten Aufbruch aus ihrer Wohnung und dem schnellen Lauf den Berg hinunter völlig außer Atem, selbst ihre plötzliche Wut, als sie Freja bemerkte, verschwieg sie nicht.

»Die Art und Weise, wie sie mich brüskiert hat, war unerträglich, aber die Besorgnis über eine mögliche Verletzung Frejas hat meinen Zorn sofort verdrängt. Ich bin doch kein Unmensch.«

Frederik verstand. In dieser feindlichen Lebenswelt war kein Platz für Animositäten, wenn Not am Mann war. Das war ein ungeschriebenes Gesetz. Dennoch war Freja jetzt tot. Was also, war passiert? Konnte er Rebeccas Aussage Glauben schenken? Als er sie genau das fragte, sah sie ihn hilflos an, und er erinnerte sich an eine Bemerkung Martin van der Zaars, des deutschen Wissenschaftlers, der mit Freja zusammengearbeitet hatte. »Sie wissen, dass Freja Moeller ein gesundheitliches Problem hatte?«, fragte er.

Rebeccas Hilflosigkeit wandelte sich in Erstaunen. »Ein gesundheitliches Problem? Nein, davon höre ich zum ersten Mal.« Sie runzelte die Stirn. »Aber wir hatten ja auch nicht viel miteinander zu tun.«

»Aber Ihr Freund oder Lebensgefährte hat doch eng mit ihr zusammengearbeitet.«

»Sie meinen Martin?«

»Martin van der Zaar«, bestätigte er.

»Wir sprechen wenig über seine Arbeit.«

»Er hat also nicht erzählt, dass Freja in seiner Gegenwart im Anschluss an eine Konferenz einen Zusammenbruch hatte?«

Ihre Überraschung war nicht gespielt. »Wann soll das gewesen sein?«

Er nannte ihr ein Datum.

»Das erklärt einiges. Wenn ich davon gewusst hätte, hätte ich vielleicht …«, sie schluckte und umklammerte erneut so fest ihren Becher, dass er schon fürchtete, er würde unter ihren Fingern zerbrechen, »… anders auf sie reagiert, ich hätte sie bestimmt nicht einfach allein gelassen …« Sie presste die Lippen aufeinander und senkte erneut den Blick. Doch die Tränen in ihren Augen waren ihm nicht entgangen.

Was war geschehen?

Erzählte sie ihm die Wahrheit?

Ich hätte sie bestimmt nicht einfach allein gelassen.

Warum hatte sie das gesagt? Was bewegte sie?

»Sie haben keine Schuld an Freja Moellers Tod«, bemerkte er ruhig.

Sie sah auf, ihn direkt an. »Woher wollen Sie das wissen?«

Er kannte das Gespenst, das ihm aus ihren Augen entgegenblickte. Er hatte selbst lange genug damit gekämpft.

Warum fühlte sie sich schuldig?

»Verstehen Sie nicht?«, brach es aus ihr hervor. »Wenn ich gewusst hätte, was mit ihr ist, hätte ich sie nicht allein gelassen … Sie ist gestorben, weil ich nicht erkannt habe, dass …« Ihr Atem ging schnell, auf ihren Wangen erschienen hektische rote Flecken. Wenn das ein Schauspiel war, war es das beste, das er seit Langem geboten bekommen hatte.

»Beruhigen Sie sich, bitte«, mahnte er.

Sie schnappte nach Luft, und er betrachtete sie besorgt, aber sie fing sich. Sie versuchte, einen Schluck Kaffee zu trinken, aber ihre Hand zitterte zu sehr, um den Becher zum Mund zu führen.

»Haben Sie schon einmal jemanden allein gelassen?«, fragte er in die Stille, die plötzlich zwischen ihnen war.

Mit großen Augen starrte sie ihn an. »Wie meinen Sie das?«

»Sie wissen, wie ich das meine«, erwiderte er. Dann entschloss er sich zu etwas Ungewöhnlichem, indem er sich über den Tisch zu ihr lehnte, ihr den Becher aus der Hand nahm und mit seinen Händen die ihren umfasste, die sich so kalt anfühlten wie die einer Toten. »Niemand bricht einfach zusammen beim Tod eines Menschen, den er nicht weiter kannte.« Er machte eine bedeutungsvolle Pause. »Es sei denn, es gibt eine Vorgeschichte.«

Sie versuchte, ihm ihre Hände zu entziehen, aber er hielt sie fest. »Was ist Ihre Geschichte, Rebecca?«

»Warum sollte ich ausgerechnet mit Ihnen darüber reden?« Ihre Stimme klang weniger unwirsch, als die Frage vermuten ließ.

»Manchmal ist es leichter mit Fremden, mit völlig Unbeteiligten zu reden als mit Menschen, die man gut kennt oder zu denen man eine Beziehung hat.«

Er ließ sie los und lehnte sich zurück.

Rebecca schwieg, doch er konnte sehen, wie ihre Gesichtsmuskeln vor Anspannung arbeiteten. Er wusste, er musste ihr Zeit geben, durfte sie nicht drängen, und ließ seinen Blick deshalb durch die Küche mit ihren Wänden aus dicken Balken schweifen. Drei Türen gingen von ihr ab, was darauf schließen ließ, dass sie der zentrale Raum des Hauses war. Bislang waren sie trotzdem nicht gestört worden. Er wusste nicht, wie lange dieses Glück noch anhalten würde. Sein Blick wanderte weiter zum Fenster. Draußen breitete sich trotz der trüben Wetterverhältnisse allmählich etwas wie Tageslicht aus. Schemenhaft tauchte darin die Bergkette auf der anderen Seite des Tales auf. Noch nie hatte Frederik eine Dämmerung erlebt, die einfach nicht zu enden schien. Es gab keine wirklichen Grenzen mehr zwischen Tag und Nacht, und das Verstreichen der Zeit wurde abstrakter, als es sowieso schon war.

Rebecca stand auf, machte ein paar Schritte, und er dachte schon, er hätte sich verkalkuliert, doch dann blieb sie ihm gegenüber stehen und stützte sich mit den Händen auf die Lehne ihres Stuhls. »Meine Schwester ist vor zweieinhalb Jahren bei einem Unfall ums Leben gekommen.«

Beinahe erwartungsvoll sah sie ihn an, aber er reagierte nur, indem er sich ihr aufmerksam zuwandte. Erneut breitete sich die Stille zwischen ihnen aus, verdichtete sich. Die meisten Menschen hielten das nicht aus. Nicht in einer solchen Situation. Er spürte, wie in Rebecca der Wunsch, sich zu öffnen, mit der jahrelangen Gewohnheit zu schweigen kämpfte.

»Ich war dabei«, sagte sie endlich.

Frederik nickte, sagte aber noch immer nichts, auch wenn er sehen konnte, dass Rebecca sich nach Worten des Trostes sehnte.

»Ich konnte ihr nicht helfen«, fuhr sie nach einer Weile tonlos fort. »So, wie ich auch meiner Mutter nicht helfen konnte.«

Und dann begann sie zu erzählen. Und Frederik begann zu verstehen. Rebeccas Stimme wurde ruhiger, je länger sie sprach und je größer der Schmerz wurde, den sie mit ihm teilte. Er wollte aufspringen, um den Tisch laufen, sie in die Arme nehmen und trösten, aber er widerstand diesem Impuls, denn der Trost, den sie brauchte, war nicht die körperliche Nähe, sondern jemand, der in der Lage war, zuzuhören, ohne zu werten, zu unterbrechen, der das Leid, das sie offenbarte, aushielt.

Ein neunjähriges Kind auf der Fahrt zum Weihnachtseinkauf mit der Mutter. Ein über Achtzigjähriger, der die Vorfahrt missachtete. Ein Vater, den sein Kummer hart und unerbittlich werden ließ. Eine Schwester, die sie allein ließ.

Es gab keine Erinnerungen an den Unfall. An die Zeit im Krankenhaus. Keine Aufarbeitung des Geschehens. Alles, was sie wusste, hatte sie aus zweiter Hand, manches erst erfahren, als sie schon erwachsen war. Alles, was sie fühlte, war Schuld. Sie hatte ihre Mutter zu dem Einkauf gedrängt. Das sagte ihr die Erinnerung. Wie viel Wahrheit darin steckte, war nicht mehr zu rekonstruieren. Erinnerungen waren trügerisch. Aber wem half es, das zu wissen?

Frederik hatte eine Bilderbuchkindheit erlebt, auf einem Bauernhof in der Hedemark in einem Mehrgenerationenhaus mit vielen Geschwistern. Und dafür war er seinem Schicksal bis heute dankbar, denn eine sichere, unbeschwerte und liebevolle Kindheit war seiner Meinung nach Voraussetzung, um den Härten des Daseins im Erwachsenenalter zu begegnen. Sie war ein Quell, aus dem sich immer wieder Kraft schöpfen und die Welt im richtigen Licht sehen ließ.

Aber wie viele Menschen konnten darauf nicht zugreifen, wie viele gab es, die ihren Weg nicht fanden, keine Beziehungen halten konnten, sich in Depressionen und Ängsten verloren. Ihre Zahl wuchs, weil immer mehr Menschen den Anforderungen der modernen Gesellschaften nicht standhalten konnten.

Rebeccas Trauma hatte sie über ihre Jugend bis in ihr Leben als Erwachsene begleitet. Der Tod der Schwester und ihre indirekte Beteiligung daran erschien angesichts dessen wie eine sich selbst erfüllende Prophezeiung. Die Bergwanderung war ihre Idee gewesen. Wieder hatte sie nicht helfen können. Wieder blieb *Schuld*.

Sie hatte danach eine berufliche Karriere abgebrochen, die schon erstaunlich genug war im Hinblick auf ihre psychische Instabilität. Nicht viele Menschen hielten unter solchen Voraussetzungen dem Druck eines Studiums und einer akademischen Laufbahn stand, wie sie es laut den Nachforschungen Freja Moellers getan hatte.

Als Rebecca schließlich schwieg, war es lange still in der Küche. Sie war die ganze Zeit über, während sie gesprochen hatte, auf und ab gegangen, nur manchmal war sie stehen geblieben und hatte seinen Blick gesucht. Jetzt war ihre Erschöpfung greifbar. Dennoch war er, weit über seine dienstlichen Belange hinaus, froh, dass er sie zum Reden gebracht hatte.

»Sie sind Geologin«, sagte Frederik, um den Bogen aus der Vergangenheit in die Gegenwart zu schlagen.

»Nein«, erwiderte sie knapp.

Er glaubte zu verstehen und formulierte um. »Sie haben ein neues Leben begonnen.«

Sie nickte.

»Und ihr altes gänzlich hinter sich gelassen?«

Wieder nickte sie.

»Sie sind glücklich und zufrieden, als Hilfskraft auf einer Schlittenhundestation zu arbeiten.«

»So zufrieden wie noch nie in meinem Leben.«

War der Tod der Schwester der Wendepunkt gewesen? Hatte sie es tatsächlich geschafft, sich zu befreien? Wieder dachte Frederik an die junge Frau aus seiner frühen Dienstzeit, der Rebecca so ähnlich war. Sie hatte damals nicht die Kraft dazu gehabt, es sei denn, man verstand die Flucht in den Tod als eine Befreiung.

»Ich danke Ihnen sehr für Ihre Offenheit«, sagte er. »Ich kann Ihre Reaktion auf den Tod von Freja Moeller jetzt ganz anders einordnen. Und vielleicht war es darüber hinaus für Sie eine Erleichterung, über alles zu reden.« Er räusperte sich, was für ihn an sich ungewöhnlich war. »Ich würde mich freuen, wenn es so wäre.«

Sie entgegnete nichts, aber sie lächelte, was ihrem Gesicht ein Strahlen verlieh, das er bislang darin vermisst hatte.

39.

DIMITRI

Dimitri stieg aus seinem weißen Toyota Pick-up und blickte auf das Gebäude aus hellgrau lackiertem Wellblech, das sich vor ihm von der grauweißen Umgebung kaum abhob. Es war eine der uniformen Industrie- und Lagerhallen, die zwischen der ersten Bergkette und dem Fjord am Ortsausgang Longyearbyens in Richtung des Flughafens hinter dem Hafen lagen. Eine vor Kurzem erst geteerte Straße führte zwischen den fensterlosen Gebäuden hindurch, vor jedem gab es einen asphaltierten Wendeplatz, auf der anderen Seite schlug das Wasser des Fjords gegen die Kaimauer. Ein Frachtschiff legte gerade an. Im Grau des verhangenen Morgens konnte er im Flutlicht die Besatzung in ihren Schneeoveralls an Deck sehen, die Festmacher auf der Pier warteten schon. Die Berge auf der anderen Seite des Fjords waren hinter Wolken und Dunkelheit verborgen.

Dimitri ging mit hochgezogenen Schultern auf das Gebäude zu. Er war wirklich nicht wetterfühlig, aber an diesem Morgen kroch ihm die Kälte in die Glieder, als er einen Schlüsselbund aus der Tasche seiner mit Lammfell gefütterten Lederjacke zog und die Tür in dem großen Schiebetor aufschloss. Der typische Geruch von Lagerhallen nach abgestandener Luft und Verpackungsmaterial strömte ihm entgegen. Er drückte den Lichtschalter neben der Tür. Neonlicht flackerte auf. Ein Gabelstapler stand auf einer Seite der etwa zwanzig Meter langen Halle, die bis auf ein paar abgestellte Holzpaletten leer war, auf der anderen erstreckte sich eine Reihe nummerierter Lagerräume. Irgendwo brummte ein Stromgenerator. Dimitri ging die Reihe der Türen entlang bis zur Nummer fünf. Er wählte einen weiteren Schlüssel aus dem Bund und blickte gleich darauf in einen rund zehn Quadratmeter großen, sauberen und trockenen Raum. Alles entsprach den Angaben von Svein Petersen, der diese Lagerplätze vermietete, aber das hatte Dimitri auch nicht anders erwartet. Svein war zwar noch sehr jung, aber auch sehr ehrgeizig. Seine Geschäftsidee war zunächst belächelt worden, dann aber sehr schnell zu einem Renner geworden, denn tatsächlich gab es sonst kaum beheizten Lagerraum zu mieten. Entsprechend waren die Preise angezogen, was Dimitri ärgerte. Der Quadratmeter für zweihundert Kronen war happig, aber wenigstens waren die Stromkosten für die Heizung inklusive.

Er ließ die Tür offen, als er wieder hinausging, das große Tor aufschob und mit seinem Pick-up in die Halle fuhr bis vor den Lagerraum. Mit klammen Fingern löste er die Spanngurte, die die über die offene Ladefläche gespannte wetterfeste Plane hielten. Darunter kam eine Ladung aus olivgrünen Metallkisten zum Vorschein. Fast liebevoll strich er mit den Fingern darüber. Die Kisten aus altem russischem Armeebestand hatte er gehasst, als er noch seinen Dienst als Marineflieger getan hatte. Meist waren sie unhandlich gewesen, immer zu schwer, um sie allein anzuheben, und an dem Metall waren bei Frost die Finger kleben geblieben, wenn man sie gedankenlos ohne Handschuhe angefasst hatte. Inzwischen betrachtete er sie mit einer gewissen Melancholie. Je älter er wurde, desto verklärter wurde seine Erinnerung in Bezug auf seine Militärzeit. Die teilweise unmenschliche Behandlung während der Ausbildung verlor an Bedeutung gegenüber der Kameradschaft, die gewachsen war, je schwieriger die Verhältnisse geworden waren, der Hunger und die schlechte Verpflegung blieben zurück hinter den wenigen Malen, die sie im wahrsten Sinne des Wortes getafelt hatten, weil irgendwo jemand seine Beziehungen hatte spielen lassen. Der Schrecken verblasst viel schneller als die positiven Erlebnisse, hatte er vor nicht allzu langer Zeit gelesen. Wäre dem nicht so, wäre die

Menschheit schon in der Steinzeit ausgestorben, denn kein Mann hätte sich ein zweites Mal in den Kampf mit einem Mammut begeben.

Dennoch gefiel ihm diese Ader an sich selbst nicht. Er wollte nicht einer dieser alten grauen Veteranen werden, die ständig von ihrer Armeezeit schwärmten, und verbot es sich deshalb in der Regel, darüber überhaupt zu reden. Daher kannten auch nur wenige auf Spitzbergen seine wahre Geschichte. Die meisten glaubten, er wäre schon immer für die norwegische Luftfracht geflogen.

Das Stillschweigen über seine frühere Profession kam ihm gerade jetzt zugute, denn kaum jemand außerhalb seines engsten Umfelds wusste um seine Verbindungen und alten Seilschaften. Im Zeitalter globaler Vernetzung war es nicht mehr nötig, die Geschäfte von Angesicht zu Angesicht zu erledigen. Aufträge und Geld flossen auf anderen Wegen, wobei er und seine Partner sehr genau darauf achteten, Internet und Mobiltelefone nicht ohne die entsprechenden Vorsichtsmaßnahmen zu nutzen. Dennoch sehnte er sich auch hier bisweilen nach den alten Zeiten zurück, als Verkäufe noch mit Handschlag und Wodka besiegelt wurden.

Er ging zu dem Gabelstapler. Der Schlüssel steckte, sodass er sich nur auf den Fahrersitz setzen und das Gefährt anlassen musste. Er hatte lange keinen Gabelstapler mehr bedient, aber nach ein paar Versuchen mit den in der Halle abgelegten Paletten bekam er wieder ein Gefühl dafür. Er fuhr zu seinem Auto und begann behutsam, die Kisten abzuladen. Wäre schön gewesen, wenn er zu Hause auch ein solches Hilfsmittel gehabt hätte, aber da hatte er sich mit einer Sackkarre und seiner eigenen Muskelkraft behelfen müssen, weshalb ihm immer noch der Rücken schmerzte. Mehr aber noch als sein Rücken war sein Stolz in Mitleidenschaft gezogen. Vor allem, wenn er an Sannes in die Seiten gestemmte Hände dachte, während sie ihm von der Haustür aus zugesehen hatte, wie er sich abrackerte. Die Wut, die dieser Anblick in ihm ausgelöst hatte, hatte ihm die nötigen Kräfte verliehen, wenn auch auf Kosten seiner Muskeln. Einen hatte er sich sicher gezerrt.

Aber das war nur das Ende einer insgesamt sehr unerfreulichen Geschichte gewesen. Sie hatte damit angefangen, dass ein Mitarbeiter der Verwaltung sie besucht hatte, als er, Dimitri, nicht zu Hause gewesen war, und einige unangenehme Fragen gestellt hatte. Irgendjemand musste eine Bemerkung fallen gelassen haben gegenüber Anna Hauglund, die Dimitri schon lange im Verdacht hatte, dass er sich auf illegalem Boden bewegte, ihm bislang aber nie etwas hatte nachweisen können. Sanne hatte gleich gewusst, worum es ging. Sie war eloquent und geschickt genug gewesen, die Situation zu entschärfen, aber sobald sie allein gewesen war, hatte sie Dimitri angerufen und ihm die Hölle heißgemacht. Eine Vorstellung, die ihren Fortgang gefunden hatte, als er in der Nacht nach Hause gekommen war.

»Ich werde für dich nicht mehr in die Bresche springen«, hatte sie ihm gedroht. »Ich sage dir nicht zum ersten Mal, dass ich mit diesem ganzen Mist nichts zu tun haben will.«

Alles richtig. Er hatte ihr zustimmen wollen, aber sie hatte ihn nicht einmal zu Wort kommen lassen. »Warum, Poljakowitsch, warum musst du diese Geschäfte machen? Geht es uns so schlecht?«, hatte sie zornbebend gefragt. »Haben wir nichts zu essen, können wir unsere Heizung nicht bezahlen, wenn du keinen Alkohol schmuggelst?«

Sie hatte seine Geschäfte als *Sport* bezeichnet.

Er wusste, er war in dieser Hinsicht nicht besonders kritikfähig, schon gar nicht, wenn die Kritik von Sanne kam. Deshalb hatte es einen heftigen Streit gegeben, in dessen Verlauf sie ihm gedroht hatte, seinen Wodka in den Fjord zu kippen, wenn er ihn bis zum Abend nicht von ihrem gemeinsamen Grundstück geschafft hätte.

Jetzt, wo er sich ein wenig beruhigt hatte, machte er sich klar, dass sie nicht unrecht hatte mit dem, was sie ihm vorwarf. Seine Schmuggelei, nicht nur von Wodka – von den anderen Dingen wusste sie, dem Himmel sei Dank, nichts –, war nicht lebensnotwendig. Sowohl er als auch Sanne verdienten in ihren Berufen mehr als genug selbst für das Leben auf dem Archipel Spitzbergens, wo vieles so viel teurer war als anderenorts. Warum also schmuggelte er, warum bewegte er sich in diesen illegalen Bereichen? Weil er den Nervenkitzel brauchte? Weil er sich beweisen musste, wie sie ihm vorgeworfen und ihn gleichzeitig als spätpubertär bezeichnet hatte? Vielleicht war es so.

»Wir Russen sind nun einmal anders«, hatte er lahm dagegengehalten, denn es gab keine wirkliche Entschuldigung. Weder für sein Verhalten noch für das, worin er sie hineingezogen hatte.

»Klar, mit ethnischen Unterschieden lässt sich alles erklären, wenn man will. Aber das stimmt nicht. Du bist süchtig nach diesem Adrenalinkick.«

Er lud die letzten zwei Kisten ab und fuhr sie in den Lagerraum, wo sie nun fein säuberlich an der Rückwand gestapelt standen. Wodka im Wert von vielen Zehntausend Kronen, für den er nur einen Bruchteil desselben bezahlt hatte. Er stellte sich vor, nicht mehr nach Barentsburg zu fahren, keine Container mehr zu entladen, keine Geschäfte mehr abzuwickeln. Nur noch legal als Pilot zu arbeiten, niemandem mehr etwas mitzubringen. Das fühlte sich nicht gut an. *Süchtig nach diesem Adrenalinkick.* Vielleicht war es wirklich so. Auch wenn es nicht richtig war.

Er zog die Tür ins Schloss und drehte den Schlüssel zweimal. Nun war der verdammte Fusel ja erst einmal aus der Welt. Aber der Streit mit Sanne war damit nicht beendet. Sie hatte von ihm eine Entscheidung verlangt, von der er nicht wusste, ob er bereit war, sie zu treffen, noch weniger wusste er, *wie* er sie treffen sollte. Sanne beanspruchte in ihrem Leben genauso viele Freiheiten wie er, und sich gegenseitig diese Freiheiten zu gewähren, war von

Beginn an Teil ihrer Beziehung und später ihrer Ehe gewesen. Sie konnte für sich beanspruchen, dass sie sich mit dem, was sie tat, nicht auf illegalem Boden bewegte, aber okay … Dimitri ballte seine Faust um den Schlüssel in seiner Hand. Er würde sehen müssen, wo er in der nächsten Nacht einen Schlafplatz fand, wenn ihm nicht bald eine Lösung für sein Problem einfiel.

40.

MARTIN

Nachdem Martin ihn davon überzeugt hatte, dass er die Schnelleinweisung in die technische Ausstattung hinreichend verstanden hatte, war der für Video-Übertragungen zuständige IT-Administrator der Universität endlich gegangen und hatte die schalldichte Tür hinter sich zugezogen. Martin hatte sich den Raum schon eine halbe Stunde vor dem Termin mit Ole für die Vorbereitung der Präsentation seines Projekts gesichert, denn aus seiner Erfahrung von früheren Veranstaltungen dieser Art wusste er, dass es häufig gerade zu Beginn Verzögerungen gab, weil sich Dokumente nicht öffnen ließen, der Link zu einer angehängten Datei nicht funktionierte oder ein Passwort für eine benötigte Applikation nicht verfügbar war.

Seit der ersten Führung durch das Uni-Gebäude zu Beginn seiner Tätigkeit wusste Martin, dass es diesen speziellen Raum für Präsentationszwecke gab, er hatte allerdings nie den Bedarf gehabt, ihn zu nutzen. Jetzt stand er an dem kleinen Konferenztisch, der von acht Stühlen so umstellt war, dass jeder am Tisch Sitzende gut von einer Hauptkamera erfasst werden konnte. Martin benötigte die für eine Konferenzschaltung ausgelegte Videotechnik nicht, der über zwei Meter in der Diagonale messende Monitor an der Stirnwand des fensterlosen Raums war jedoch perfekt für seine Präsentation geeignet. Nicht nur, dass mehrere unterschiedliche Informationsquellen gleichzeitig dargestellt werden konnten, auch das Interagieren zwischen den einzelnen Fenstern war mit bloßen Fingern direkt auf dem Riesenbildschirm möglich, ähnlich wie auf einem Smartphone.

Das System war nun betriebsbereit.

Martin meldete sich mit seinen personenbezogenen Daten an, um auf den Bereich des Servers zugreifen zu können, in dem alles abgelegt war, was er und seine Mitarbeiter in den vergangenen Wochen produziert hatten. Kurz vor Abschluss seiner Vorbereitungen - er war gerade noch mit der Anordnung einiger Grafiken beschäftigt - wurde die Tür einen Spaltbreit geöffnet. Mit einer Hand auf der Klinke blieb der hünenhafte Norweger jedoch auf der Schwelle stehen, den nun schon zu seinem Erscheinungsbild gehörenden Stapel Akten unter den anderen Arm geklemmt, und redete mit jemandem auf dem Flur. Martin konzentrierte sich wieder auf den Monitor und tätigte die letzten Einstellungen.

Als er wieder aufsah, stand Ole mit zum Gruß ausgestreckter Hand vor ihm. »Hey, Martin, schön, dass du es so schnell einrichten konntest, mir dein Projekt vorzustellen.«

Mit einem Lächeln schlug Martin ein, vergaß jedoch, die Finger sofort kräftig zu schließen, die einzige Möglichkeit, schmerzfrei dem schraubstockartigen Druck von Oles Pranken etwas entgegenzusetzen. »Ja, kein Problem«, erwiderte er, während er hinter seinem Rücken die Hand ausschüttelte. »Ich bin startklar, wir können direkt ins Thema einsteigen.« Martin wies auf einen Platz am Tisch, auf dem er zusätzliches Informationsmaterial für Ole ausgelegt hatte. Ole legte seinen Aktenstapel auf den freien Stuhl neben sich, warf einen Blick auf die Papiere und schaute dann erwartungsvoll zum Monitor.

In Martin war über die Jahre seiner wissenschaftlichen Tätigkeit die feste Überzeugung gereift, dass Forschung transparent und nachvollziehbar sein musste, und so stand am Anfang eines neuen Projekts immer auch die Überlegung, welche Informationsstrategie sinnvoll war. Was er jetzt präsentieren sollte, konnte er im Schlaf herbeten, die übliche Schwierigkeit, die Inhalte maßgeschneidert in der vorgegebenen Zeit und für einen entsprechenden Zuhörerkreis angepasst darzubieten, war in diesem Fall nicht relevant. So hätte er völlig entspannt sein können, und eigentlich fühlte er sich auch so, dennoch konnte er ein Räuspern nicht vermeiden, und auch der reflexartige Griff zur Brille fehlte nicht, obwohl er merkte, dass Ole von seinem dann folgenden professionellen Redestrom beeindruckt war. Er war selbst ein wenig überrascht von sich. Jede Formulierung saß perfekt, kein Stottern, keine Füllwörter, keine unverständlichen Begriffe.

In nicht einmal vier Wochen würden Martin und seine Mitarbeiter die aktiven Experimente in der Forschungsstation Nye-Alesund abgeschlossen und die Geräte abgebaut haben. Die gewonnenen Erkenntnisse waren bereits so weit zusammengetragen, dass er seinen Anteil zum Bericht des europäischen Forschungsnetzwerkes *Greencycle II,* der in den Bericht 2022 des Weltklimarates einfließen sollte, hatte vorlegen können.

Das war nicht ohne Folgen geblieben. Nicht nur dass Martins Abhandlung angenommen und gutgeheißen worden war. Sie hatte innerhalb des Netzwerkes so viel Aufsehen erregt, dass es Rückfragen zu seiner Person gegeben hatte, die schließlich zu einem für Martin überwältigenden Jobangebot geführt hatten. Die Arbeitsgruppe I des Klimarates der UN suchte zum Ende des Frühjahrs einen sogenannten Kapitelexperten für genau diesen Bericht. Dahinter verbarg sich ein Wissenschaftler, der in seinem speziellen Fachgebiet die Beiträge der einzelnen Autoren zusammenführte, inhaltlich überprüfte und stilistisch in eine gemeinsame Form brachte. Martin hatte bislang noch mit niemandem über dieses Angebot gesprochen, weil er sich erst nähere Informationen darüber beschaffen wollte. Innerhalb der nächsten zwei Wochen musste er sich jedoch entscheiden, ob er bereit war, für zwei Jahre nach New York zu gehen. Martin schob die Gedanken daran energisch beiseite, denn wenn auch die Inhalte leicht zu vermitteln waren, so forderte doch die moderne Präsentationstechnik seine volle Konzentration.

Ole hing ihm an den Lippen, dennoch war Martin nicht sicher, ob sein Zuhörer von der schnellen Abfolge farbiger Grafiken, Tabellen und Bilder der mikroskopisch kleinen Lebewesen einfach nur beeindruckt war oder ob er auch inhaltlich ausreichend Verständnis dafür aufbringen konnte. »War das einigermaßen verständlich für dich?«, fragte er deshalb nach.

Ole nickte, den Blick noch immer gebannt auf die letzte Grafik gerichtet, dann setzte er aber doch zu einer Frage an. »Diese Sache mit den Bakterien, die Rüssel haben, das ist genial. Wie hast du das herausgefunden?«

Martin lächelte ob der populärwissenschaftlichen Beschreibung, zog sich ein leeres Blatt Papier heran und entwarf eine Skizze. Er war sich schon zu Beginn seines Vortrags sicher gewesen, dass Ole genau hier einhaken würde. »Also gefunden habe ich *noch* nichts. Doch Wissenschaftler aus dem Max-Planck-Institut für Marine Mikrobiologie in Bremen haben mir einen interessanten Untersuchungsansatz geliefert.«

Ole verfolgte gespannt die Entstehung der Bleistiftzeichnung auf dem Papier.

»Bakterien haben keinen Mund und demzufolge auch keinen Rüssel«, erläuterte Martin. »Sie ernähren sich durch ihre Zellwand. Es ist bereits bekannt, dass einige Bakterienarten bei mangelhaftem Nährstoffangebot in der Lage sind, ihre Zelloberfläche zu vergrößern, um die wenige Nahrung effektiver aufnehmen zu können. Man hat jetzt entdeckt, dass aus den verschiedenen Formen der Vergrößerungen Schläuche, Bläschen, ja ganze Perlenketten erzeugt werden können ...« Unter der Spitze seines Bleistifts entstanden feine Gebilde, die seinen Worten optischen Ausdruck verliehen. Nach Fertigstellung der Skizze entstand eine kleine Pause, in der Martin die eine oder andere Kontur nachzeichnete, während er darüber nachdachte, wie er Ole die weiteren Zusammenhänge möglichst einfach nahebringen konnte. »Bislang sind die Gebilde nur bei Bakterien im Wasser, konkret in der Nordsee, beobachtet worden.«

»Das heißt, hier habt ihr sie noch nicht gefunden?«, fragte Ole nach.

»Noch nicht«, erwiderte Martin wahrheitsgemäß. »Wir haben in der Wasserschicht, die sich unter bestimmten Bedingungen zwischen dem Eis und dem darunterliegenden Fels bildet, Bakterien gefunden, die zwar nicht gleich sind, aber eine gewisse Ähnlichkeit aufweisen, was uns mit großer Wahrscheinlichkeit annehmen lässt, dass es vergleichbare biologische Wirkmechanismen gibt. Der endgültige Beweis steht allerdings noch aus. Dafür braucht es noch einige Forschungsansätze mehr.«

»Die zu was führen würden?«

Martin schob seine Brille auf seine Nasenwurzel. »Ich ergehe mich ungern in Spekulationen, aber wenn wir die Beweiskette zu Ende führen können, würden wir unter Umständen Erkenntnisse gewinnen zum CO2-Ausstoß und den damit verbundenen Auswirkungen auf den Klimawandel.«

Ole nickte zufrieden.

»Großartig, sehr gut«, bemerkte er mit einem Augenzwinkern. »Wenn dieses Projekt damit also nahezu abgeschlossen ist, muss ich vonseiten der Uni nicht viel mehr tun, als mich im Licht der guten Leistungen zu sonnen.« Er beförderte seinen Aktenstapel vom Stuhl auf den Tisch und sah Martin prüfend an. »Wie geht es für dich weiter, wenn du hier fertig bist?«

Martin war sich nicht sicher, wie er die Frage zu verstehen hatte. »In meinem Büro liegen noch einige unerledigte …«

»Nein, das meine ich nicht«, unterbrach Ole ihn ungeduldig.

Martin räusperte sich entschuldigend, als er begriff. »Ich bin noch nicht ganz sicher, aber es steht im Raum, zunächst einmal in mein Institut nach Jena zurückzugehen.« Er bemühte sich, weder durch Körpersprache noch durch Tonfall preiszugeben, dass diese Option allerdings nichts war, was er herbeisehnte, aber der Norweger schien seinen Zwiespalt zu spüren. Da Martin das Thema vor Ole aber nicht weiter ausbreiten wollte, gab er sich beschäftigt, schloss Teile seiner Präsentation und räumte seine Unterlagen zusammen. Schon eine Weile dachte er darüber nach, wie es sein würde, wieder seinen alten Platz in Jena einzunehmen, und dabei war ihm gleich eine ganze Reihe von Gründen eingefallen, warum es nicht angenehm sein würde, wieder dort zu arbeiten. Sicher würde ein neues Thema und ein neues Team interessante Möglichkeiten bieten, sein Wissen und seine jüngsten Erfahrungen einzubringen. Die Arbeitsbedingungen am Institut und die Stadt selbst hatte er immer als ansprechend empfunden, wenn sich seine sozialen Kontakte dort auch in Grenzen hielten. Das größte Unbehagen verursachte ihm allerdings der Gedanke, dass er mit dem Mann, mit dem Andrea nun zusammenlebte und der Grund für ihre Trennung gewesen war, in derselben Abteilung arbeiten und er ihm darüber hinaus auch unterstellt sein würde, sodass dieser über die Freigabe von Mitteln für Martins Arbeit mit zu entscheiden hätte. Martin unterstellte ihm nicht, voreingenommen zu sein, doch wenn er sich vorstellte, sich regelmäßig mit ihm in geplanten oder zufälligen Begegnungen besprechen zu müssen, bekam er beklemmende Gefühle. Zum Glück gab es auch andere Optionen.

»Mit welchen Themen wirst du dich denn befassen?«, platzte Ole in seine kreisenden Gedanken.

Martin antwortete ausweichend. »Es gibt eine ganze Liste von interessanten Themen, und natürlich spielen auch Erfahrungen und bisher gezeigte Leistungen eine Rolle, wenn neue Teams zusammengestellt werden. Aber entschieden wird erst in einigen Wochen.«

»Du könntest hier weiterarbeiten«, bemerkte Ole.

Martin, der darauf konzentriert war, seine Utensilien in seiner Tasche zu verstauen, glaubte erst, sich verhört zu haben. Er schaute auf und runzelte die Stirn. »Als Notnagel, hier und da mal für einen verhinderten Kollegen einspringen?«, entgegnete er ungewohnt brüsk. »Oder wie hast du dir das vorgestellt?«

Ole hob beschwichtigend die Hände. Die aufgebrachte Reaktion Martins schien ihm zu zeigen, dass er sensibles Terrain betrat. »Das ist kein Schuss ins Blaue, Martin. Du kennst grob unsere Personalsituation, und wir kennen deine Fähigkeiten. Wir wollen dich auch nicht abwerben. Aber du solltest dir die Zeit nehmen, über eine feste Tätigkeit hier nachzudenken.« Ole machte eine Pause, um seine Worte sacken zu lassen. »Auf meinen Vorschlag hin haben wir in der Leitung darüber gesprochen, ob wir dir dieses Angebot aus verwaltungstechnischer Sicht überhaupt machen können«, fuhr er schließlich fort und wartete erneut, bis Martin in seinem Tun innehielt und ihm seine volle Aufmerksamkeit schenkte. »Um es kurz zu machen«, sagte er dann, »wir können dir einen Vertrag anbieten mit einer zugesicherten Laufzeit von einem Jahr. Der Aufgabenbereich ist allerdings schon recht festgezurrt, da gibt es nicht viel Spielraum. Ich denke jedoch, er würde deiner fachlichen Ausrichtung entgegenkommen.«

Martin atmete tief durch. »Du wirst verstehen, dass ich darüber nachdenken muss. Selbst wenn ich mich dafür interessieren würde, gäbe es eine Menge Hindernisse aus dem Weg zu räumen«, erwiderte er zurückhaltend, während er beobachtete, wie Ole nach seinem Aktenstapel griff und aufstand.

»Das ist mir klar«, erwiderte der Norweger. »Nimm dir die Zeit, die du brauchst.«

»Danke, das werde ich tun.« Martin war Ole dankbar, dass er nichts weiter zu seinem Angebot sagte und auch nicht auf eine baldige Antwort drängte. Die hätte Martin ihm auch gar nicht geben können, so überrascht war er von dieser Offerte.

Daher folgte er Ole auch nicht gleich aus dem Raum. Mit der Tasche über der Schulter und dem Schlüssel bereits in der Hand richtete er noch den einen oder anderen Stuhl aus und hing dabei seinen Gedanken nach, die durch dieses unerwartete Jobangebot ganz neue Impulse bekamen. Vor allem hinsichtlich seiner Beziehung zu Rebecca, die in den vergangenen Wochen in seinem Leben immer mehr Raum eingenommen hatte. Unverhoffte Euphorie durchströmte ihn bei der Vorstellung, länger als geplant in der kalten Einöde Spitzbergens und damit länger bei Rebecca bleiben zu können und so ihrer Beziehung die Chance zu geben, sich zu festigen, so es denn gelang, alle aktuellen Schwierigkeiten hinsichtlich des noch immer ungeklärten Todes von Freja auszuräumen. Sie verflog jedoch sofort wieder, als er über die weiteren Optionen für seine künftige wissenschaftliche Laufbahn nachdachte: Jena und New York. Widersprüchliche Fragen bewegten Martin: Durfte er sich hinsichtlich seiner Karriere von seinen Gefühlen leiten lassen und Angebote wie die Arbeit in New York ausschlagen? Oder ließ er sich von der vermeintlichen Attraktivität der neuen Aufgabenfelder blenden?

Vor Kurzem erst hatte er beim Querlesen in den einschlägigen Wissenschaftsportalen eine Studie in die Hände bekommen, die aus der Untersuchung der Arbeitsbedingungen von mehreren Tausend Forschern in Großbritannien ableitete, dass Zeitdruck, Ressourcenmangel und fragwürdige Erwartungshaltungen der Auftraggeber nicht nur die Qualität der Arbeit negativ beeinflussten, sondern auch die Haltung der Wissenschaftler selbst beeinträchtigten. Wie genau seine Voraussetzungen und Arbeitsbedingungen in Jena oder aber in New York waren, würde er erst herausfinden, wenn er dort war, nur hier in Longyearbyen konnte er sich auf seine Erfahrung verlassen. Er fühlte sich hin- und hergerissen zwischen dem Anspruch, den er selbst an seine wissenschaftliche Karriere stellte, und seinen persönlichen Wünschen. Alles in ihm bebte, wenn er an Rebecca dachte, aber war ihre Verliebtheit stark genug? Wohin würde sie führen, wenn er sich auf dem Archipel quasi häuslich für längere Zeit einrichtete? Er seufzte unwillkürlich, als er begriff, dass er die Entscheidung nicht allein treffen konnte. Wie fühlte Rebecca bezüglich ihrer Zukunft? Sie hatten bisher vermieden, darüber zu sprechen, hatten in den Tag hinein gelebt, obwohl oder gerade weil sie beide wussten, dass seine Zeit auf der Insel endlich war. Nun würde er mit Rebecca sprechen müssen, und er beschloss, das noch am selben Abend zu tun, und dabei auch das Jobangebot auf den Tisch zu legen, das ihn nach New York führen würde und das er bislang für sich behalten hatte. Er durfte damit nicht länger warten! Entschlossen zog er die Tür ins Schloss und verriegelte sie. Auf dem Weg in sein Büro schritt er eine Idee schneller aus als sonst und grüßte kopfnickend eine Spur selbstbewusster die ihm auf dem Flur Entgegenkommenden.

41.

REBECCA

Rebecca ließ den Hefeteigklumpen auf die Arbeitsplatte fallen und bearbeitete ihn mit ihrem Handballen. Sie hatte schon eine ganze Weile nicht mehr gebacken, und jetzt, wo sie den Teig in ihren Händen fühlte, merkte sie, wie sehr ihr diese Arbeit, die für sie immer Freude gewesen war, gefehlt hatte. Seit ihrem Praktikum während ihrer Schulzeit in einer Konditorei hatte sie ihre Leidenschaft für das Backen nicht verloren. Sie liebte es, in aller Ruhe die Zutaten abzuwiegen und zusammenzurühren, sie liebte den Geruch frischer Hefe und geschmolzener Butter und war der Meinung, dass kaum etwas die weiße Reinheit von frisch geschlagenem Eischnee überbieten konnte. Welchen Verlauf hätte ihr Leben genommen, wenn sie sich nicht von ihrem Vater davon hätte abbringen lassen, eine Konditorenlehre zu machen? Wäre sie dann heute Besitzerin eines kleinen alternativen Cafés in der Stadt, wo sie ihren Gästen zum Frühstück die eigenen frisch gebackenen Brötchen servierte, oder würde sie ein Landcafé für Ausflügler mit Torten und Blechkuchen betreiben? Während sie den Teig bearbeitete, sah sie eine im Halbschatten alter Bäume liegende Holzterrasse vor sich und meinte Kaffeeduft zu riechen und das leise Geplauder ihrer Gäste zu hören, während sie gleichzeitig an das am Vortag geführte Gespräch mit Frederik Lund zurückdachte.

Nein, eigentlich dachte sie nicht an das Gespräch, sondern an Frederik. Wie war es ihm gelungen, sie zum Reden zu bringen und damit zum Nachdenken über Vergangenes, das sie so lange von sich gewiesen hatte?

Von der kurzen, wenig aussagekräftigen Begegnung im Krankenhaus abgesehen, hatten sie sich zum ersten Mal gegenübergesessen, sie kannte ihn überhaupt nicht und hatte ihm doch Dinge erzählt, über die sie in den vergangenen Jahren mit niemandem, nicht einmal mit sich selbst, gesprochen hatte. Und das Erstaunliche dabei war, dass all der alte Schmerz, all das Leid und der Kummer sie nicht erstickt hatten, wie sie es immer befürchtet hatte. Sie hatte nicht einmal geweint, denn es hatte keinen Grund zum Weinen gegeben. Zu schön waren die Erinnerungen, die sie längst verloren geglaubt hatte, die sie sich versagt hatte, aus Angst, sie nicht ertragen zu können. Sie hatte den Geruch des Haars ihrer Mutter wieder in der Nase gehabt, ihre Lippen gespürt, wenn sie zum Gutenachtkuss über ihre Wangen gestrichen waren. Eine ganze Flut von Bildern und Sinneseindrücken war gefolgt, hatte sie mitgerissen und war in einem Wortschwall aus ihr herausgeströmt. *Manchmal ist es leichter, mit Fremden, mit völlig Unbeteiligten zu reden.*

Aber dafür brauchte es auch ein Gegenüber, der zuhören konnte. Frederik Lund hatte ihr eine Tür geöffnet. Sie wusste, es war nur der Anfang eines langen Wegs. Aber es war ein Anfang!

Bevor er sich von ihr verabschiedet hatte, hatte er sich bei ihr für ihre Offenheit bedankt und die unerwartete Nähe zwischen ihnen bewusst oder unbewusst aufgelöst mit der Bemerkung, dass er nun ihre Reaktion auf Freja Moellers Tod ganz anders einordnen könne. Ob er sie für schuldig hielt oder nicht, war seltsamerweise gar nicht mehr wichtig gewesen. Frejas Tod hatte völlig an Bedeutung verloren angesichts der Frage, mit der Frederik sich von ihr verabschiedet hatte, nachdem sie ihn zur Tür begleitet hatte. »Haben Sie schon einmal darüber nachgedacht, dass eine Mutter sich nie wünschen würde, dass ihr Kind ein Leben lang unter ihrem zu frühen Tod leidet? Natürlich würde sie sich wünschen, in der Erinnerung ihres Kindes weiterzuleben, aber auf eine gute, lebensbejahende und nicht zerstörerische Weise.« Damit war er gegangen und hatte sie völlig perplex zurückgelassen.

Ihre weiteren Arbeiten an diesem Tag hatte sie wie in Trance erledigt, völlig gefangen von seinen Worten. Es mochte unglaublich erscheinen, aber niemand, absolut niemand hatte ihr jemals aus dieser Perspektive eine Sicht auf das Geschehene geboten. Aber sie hatte auch nie jemandem die Chance dazu gegeben, weil sie alles, was von außen an sie herangetragen wurde, abgewehrt und sich über Jahrzehnte nur im Kreis ihrer eigenen Gedanken gedreht hatte.

Warum nun war Frederik Lund gelungen, was keinem anderen Menschen geglückt war?

Während sie einander gegenübergesessen hatten, hatte sie an ihren Vater denken müssen. Er und Frederik waren in etwa im selben Alter, besaßen sogar eine gewisse Ähnlichkeit. Aber mit ihrem Vater war kein Reden möglich gewesen. Er, der schon immer herrschsüchtig und unzugänglich gewesen war, hatte sich nach dem Tod ihrer Mutter völlig in sich zurückgezogen, statt mit seinen Töchtern zusammenzurücken, um die entstandene Lücke zu füllen. Und so war diese Lücke immer mehr angewachsen, immer mächtiger geworden, bis sie beide in ihrer Einsamkeit ertranken, denn sie konnte ihm die verlorene Frau so wenig ersetzen wie er ihr die Mutter und die Schwester, die nun bei der Großmutter lebte und die sie so verzweifelt vermisste, wie man ein Stück von sich selbst vermisste, das plötzlich nicht mehr da war. Die wenigen Ferienwochen, die sie miteinander verbrachten, konnten diesen Verlust nicht aufwiegen.

Das waren die weniger schönen Erinnerungen, die sie selbst jetzt noch bis in ihre Träume verfolgten, die beinahe schmerzlicher waren als die Erinnerung an den Tod der Mutter. Dunkle und verlorene Nachmittage und Abende in einem leeren Haus. Nachdem drei Jahre nach der Mutter auch noch ihr Hund gestorben war, hatte sie sich für jeden möglichen Extrakurs in der Schule eingeschrieben, nur um die Einsamkeit und Düsternis dieses Hauses nicht aushalten zu müssen. Es hatte nicht an Geld, nicht an der Versorgung mit Lebensmitteln gefehlt, aber an Zuwendung, Nähe und Liebe. Ihr Vater lebte allein für seinen Beruf als Schulleiter eines Gymnasiums, er war selten zu Hause, und wenn, hielt er sich meistens in seinem Arbeitszimmer auf, las Thomas Mann, Kant und Hegel oder starrte vor sich hin. Oft hatte sie ihn durch den Türspalt beobachtet, seinen reglosen Rücken, das gebeugte Haupt, die Hände, die den Kopf stützten. Oder hatte neben der Tür auf dem Boden im Flur gesessen, auf das Umschlagen der Seiten gelauscht und auf seinen Atem, der manchmal schwer und zu einem Schluchzen wurde. Als sie älter wurde, hatte sie in seiner Abwesenheit in seinen Büchern geblättert, versucht zu verstehen, was er las, und ihm dadurch nahe zu sein. Sie hatte versucht, ihn mit guten Leistungen zu beeindrucken, und hatte ihm ihre regelmäßigen Besuche am Grab ihrer Mutter verheimlicht. Über all die Jahre war er nie mit ihr zusammen dort hingegangen, denn er hatte den Tod seiner Frau geleugnet. Für ihn war sie fort. Sie hatte ihn verlassen. Irgendwohin. Und irgendwann hatte auch Rebecca aufgegeben, auf den Namen auf dem Grabstein zu starren und auf Antworten zu hoffen.

Über so viele Jahre war sie hin- und hergerissen gewesen zwischen dem Gefühl der Schuld, das sie verspürte und das ihr niemand zu nehmen vermochte, und dem Zorn, der dem des Vaters so ähnlich war, dem Zorn darüber, dass die Mutter gegangen war und sie zurückgelassen hatte. Warum hatte der Vater sie nicht wie ihre Schwester zur Großmutter ziehen lassen? Wer hatte die Entscheidung getroffen, dass ihre Schwester gehen durfte und sie bleiben musste? Hatte sie sich selbst dagegen gesperrt, ihr Zuhause zu verlassen, die vermeintliche Nähe zur Mutter, deren Geist noch durch die Räume zu streichen schien? Sie hatte sich diesen Fragen entzogen, war sich selbst die Antworten schuldig geblieben, doch jetzt war die Tür geöffnet. Die Gedanken strömten. Es gab kein Zurück. Sollte sie Frederik Lund dafür dankbar sein oder ihn verfluchen, dass er die Erinnerung hatte lebendig werden lassen an ihre eigene Auflehnung. Sie hatte tatsächlich nicht fort gewollt aus dem Haus ihrer Kindheit, nicht bei der Großmutter leben, nicht den Vater verlassen, sie hatte geheult und geschrien, bis man ihrem Willen nachgegeben hatte. Hätte sie gewusst, dass ihr Vater nach dem Verlust seiner Frau nicht mehr der Mann gewesen war, den sie bis dahin als ihren Vater gekannt hatte, hätte sie sich vielleicht nicht gewehrt. Aber diese Erkenntnis war erst gekommen, als es längst zu spät gewesen war.

Auch wenn all diese Gedanken sie aufwühlten und aus der vermeintlichen Ruhe der vergangenen zwei Jahre rissen, zu Dank verpflichtet war sie dem Kommissar aus Oslo auf jeden Fall für die neue Sicht auf den Umgang mit dem Tod ihrer Mutter, die er ihr so beiläufig gegeben hatte. *Haben Sie schon einmal darüber nachgedacht, dass eine Mutter sich nie wünschen würde, dass ihr Kind ein Leben lang unter ihrem zu frühen Tod leidet?* Seine Worte hatten sie den ganzen Tag über nicht losgelassen, immer wieder hatte sie seine Stimme gehört, das sanfte Lächeln gesehen, das seine Lippen umspielt hatte, während er sprach, und sie meinte zu spüren, wie sich ganz langsam eine Last von ihr zu lösen begann. Sie traute diesem Gefühl der Erleichterung noch nicht ganz, war sich nicht sicher, ob der Grund wirklich fest war, auf den sie jetzt trat, so überrascht war sie, dass ein Vierteljahrhundert hatte vergehen müssen, bevor ihr jemand im wahrsten Sinne des Wortes die Augen öffnete für diesen doch so vernünftigen und logischen Blickwinkel.

Alles hat seine Zeit, alles braucht seine Zeit, war der Leitspruch ihrer Großmutter gewesen, zu der sie in späteren Jahren außer an Familienfeiern nie viel Kontakt gehabt hatte. Anfangs hatte sie noch die Ferien bei ihr und ihrer Schwester verbracht, aber die Rückkehr in die freudlose Umgebung des Elternhauses war jedes Mal so entsetzlich gewesen, dass sie die eigentlich unbeschwerte Zeit nicht hatte genießen können. Darüber hinaus hatte sie sich immer erinnert an die einsame Gestalt ihres Vaters, die auf dem

Bahnsteig zurückblieb und kleiner wurde, wenn ihr Zug abfuhr. Würde er noch da sein, wenn sie zurückkehrte?

Inzwischen waren nur noch sie und er übrig von dieser Familie. Vor zweieinhalb Jahren hatte sie ihn auf der Beerdigung ihrer Schwester das letzte Mal gesehen. Es war ein Treffen gewesen, dem die Einsamkeit ihres gesamten gemeinsamen Lebens angehaftet hatte. Noch immer hatte sie jedes Detail so lebhaft in Erinnerung, als wäre es gestern gewesen. Ein warmer Frühsommertag in Münster, die Luft war erfüllt gewesen von Vogelstimmen und Leben auf dem Weg zum alten Friedhof, wo lichter Schatten unter Bäumen sie erwartet hatte und erste Rosenblüten, die sich am Grabstein ihrer Mutter öffneten. Rebecca war sehr lange nicht dort gewesen, hatte auf den Namen ihrer Mutter geblickt und auf das dunkle, frisch ausgehobene Erdreich und, ohne hinzusehen, die Gegenwart ihres Vaters gespürt. Es war seine Idee gewesen, ihre Schwester hier zu beerdigen. Neben der Mutter. Und nun standen sie hier nach so vielen Jahren das erste Mal wieder zusammen an diesem Grab, das nun auch das Grab der Schwester werden würde.

Nur wenige Trauergäste waren gekommen. Sie hatten Abstand von ihnen gehalten, und nach dem Ende der schlichten Zeremonie hatte Rebecca gehen wollen, doch ihr Vater hatte sie zurückgehalten. »Ich muss mit dir über deine Schwester sprechen«, hatte er gesagt und dabei wie erstickt geklungen. »Ich muss mit dir über all das reden, was ich ihr nicht mehr sagen konnte.« Wie viel war da gewesen, was er zu sagen hatte! Wie viel war da gewesen, worunter er seit Jahren litt, so wie sie gelitten hatte. Und doch hatte sie ihn nicht trösten, ihm nicht helfen können aus diesem Leid. Den einzigen Menschen, der das vermocht hatte, gab es nicht mehr für ihn, hatte sie ihn und die Welt doch in dem Glauben gelassen, dass sie selbst dort unter der Erde lag und nicht ihre Schwester. Sie hatte ihrem Vater gegenübergestanden und sich verzweifelt danach gesehnt, ihm die Wahrheit zu gestehen und den entsetzlichen Fehler zu bereinigen, den sie begangen hatte, doch sie war stumm geblieben, hatte die Chance verstreichen lassen, wieder zueinanderzufinden im Schmerz um einen geliebten Menschen.

Mit all diesen Gedanken, die in ihrem Kopf rasten wie auf einem Karussell, war es ihr unmöglich gewesen, nach der Arbeit sofort nach Hause aufzubrechen. Sie hatte sich bei Akira und ihren Welpen verkrochen und sich an der Gewissheit festgehalten, dass sie, egal was passieren würde, nicht mehr allein sein würde, wenn *ihr* Welpe erst bei ihr eingezogen war. Schließlich hatte Olek sie in dem Verschlag aufgestöbert und sie, wie es seine Art war, ohne viel Worte ins Auto gesetzt und nach Hause gefahren. Und nun stand sie hier neun Stunden später um drei Uhr morgens in ihrer Küche und knetete Hefeteig, weil sie nicht mehr schlafen konnte und nicht wusste, was sie tun konnte, *was sie tun musste.*

Und damit wanderten ihre Gedanken zu Martin, der nichts wusste von alledem, was in ihrem Kopf herumspukte. Ihre Offenheit gegenüber Frederik erschien ihr wie ein Verrat an dem Mann, der seinen Platz in ihrem Leben eingenommen hatte, als wäre er schon immer da gewesen. *Aber wie lange noch?* Alles stand mit einem Mal infrage. Nichts, was in den letzten Wochen gewachsen war, schien mehr Bestand zu haben.

Kurz nachdem sie zu Hause angekommen war, hatte Martin ihr geschrieben, dass er sie noch besuchen wolle, da er Neuigkeiten habe, die er mit ihr besprechen müsse. Sie hatte ihn auf den nächsten Tag vertrösten wollen, da sie sich zu erschöpft gefühlt hatte und mit sich und ihren Gedanken allein sein wollte. Aber dann hatte sie doch zugestimmt. In der letzten Zeit war er immer für sie da gewesen, wenn sie ihn gebraucht hatte, da konnte sie jetzt nicht nur an sich denken.

Als er schließlich vor ihrer Tür gestanden hatte mit zwei Fertigpizzen unter dem Arm und einem Sixpack Bier in der Hand, war sie erleichtert gewesen, dass sie ihn nicht abgewiesen hatte. Martin sah müde und gehetzt aus.

»Hattest du keinen guten Tag?«, fragte sie besorgt, ihre eigene Bürde ausblendend. »Ist die Präsentation für Ole nicht gut gelaufen?«

»Doch, alles bestens«, wehrte er ab, während er reinkam und dabei über ihre abgestellten Schuhe stolperte. »Besser sogar, als ich dachte, aber das hat mir sofort neue Probleme bereitet.«

Während sie die Pizzen in den Ofen schob, hatte er sich ein Bier aufgemacht und es beinahe in einem Zug geleert. Er zerknüllte die leere Dose in seiner Hand und drückte so lange weiter darauf herum, bis sie sie ihm aus den Fingern nahm und in den Mülleimer warf. Dann begann er zu erzählen. Davon, dass seine Zeit auf Spitzbergen in weniger als einem Monat auslief, was sie schon gewusst, aber verdrängt hatte, und dass er voraussichtlich nicht nach Jena zurückgehen würde.

»Was machst du dann?«, fragte sie, getragen von der vagen Hoffnung, dass er vielleicht antworten würde, alles bliebe, wie es war.

»Ich habe in der letzten Zeit mehrere Angebote auf den Tisch bekommen«, erwiderte er und sah sie dabei auf eine Weise an, dass ihr das Herz in die Hose rutschte. Natürlich wussten sie beide, dass Martins Aufenthalt auf Spitzbergen begrenzt war. Aber sie hatten nie wirklich darüber gesprochen. Und Rebecca hatte darüber hinaus versucht, nicht einmal darüber nachzudenken, denn was sollte aus ihnen, aus ihrer noch jungen Beziehung werden, wenn er den Archipel verließ? Rächte es sich jetzt, dass sie einfach nur den Augenblick mit ihm gelebt hatte? Dass sie die Augen verschlossen hatte vor einer ungewissen Zukunft, die sie sich ohne ihn gar nicht mehr vorstellen konnte? Wie zwei Schmetterlinge im Sommerlicht waren sie durch die vergangenen Wochen getaumelt, die Dunkelheit der Polarnacht erhellt von dem Licht ihrer aufkeimenden Liebe, von dieser Gratwanderung zwischen einem unbändigen Verlangen nach Nähe und der gleichzeitigen Angst davor. Und nun war sie wie erstarrt angesichts dessen, was er sagen würde und welche Konsequenzen sich daraus ergaben, und lauschte atemlos, als er von New York sprach und die Aufgaben beschrieb, die ihn dort erwarteten. Sie fühlte sich in eine andere Welt versetzt, in die Arbeitswelt Martins, diesen Teil von ihm, den sie nicht oder viel zu wenig kannte, und wovon er sprach, erschien ihr einerseits klar und einleuchtend, andererseits war nichts davon wirklich verständlich. Er monologisierte über Kapitelspezialisten, mehr als einhundertfünfundneunzig Teilnehmerstaaten, die Bedeutung des Berichtes, an dem er arbeiten würde, als Entscheidungsgrundlage für die Politik, die nachgewiesene Akzeptanz weltweit, darüber, dass sich der Hauptsitz der Organisation in Genf befand und so vieles mehr, dass ihr der Kopf zu schwimmen begann. Und sie hatte ihn in Verdacht, dass er nur deshalb so viel redete, um nicht dazu kommen zu müssen, worüber sie beide nicht sprechen wollten.

Irgendwann hielt sie es nicht mehr aus. »Hast du dich schon entschieden?«

Beinahe irritiert sah er sie an und schüttelte den Kopf. »Ehrlich gesagt, habe ich keine Ahnung, wie ich mich entscheiden soll.«

Das passte nicht zu Martin, der doch immer einen Plan hatte. Oder zumindest eine Idee. Genau das war es auch, was sie an ihm schätzte. Wenn er jetzt also meinte, keine Idee zu haben, welche Entscheidung zu treffen sei, war das eine Ausrede.

»Komm, Martin, du gehst doch nicht mal ohne Plan aufs Klo«, entfuhr es ihr. »Und jetzt willst du mir erzählen, du hättest keine Ahnung, wie du dich entscheiden sollst?«

Sie sah ihm an, dass sie mit ihrer Frage ins Schwarze getroffen hatte. Er schob den letzten Bissen Pizza in den Mund, kaute umständlich. Was zum Teufel trug er mit sich herum? Sie nahm noch einen Schluck Bier, ohne ihn aus den Augen zu lassen.

»Ich habe auch ein Angebot aus Longyearbyen bekommen«, sagte er schließlich.

Rebeccas Herz machte einen Sprung.

Martin hockte ganz vorn auf der Kante des Sofas, die Unterarme auf den Knien abgelegt, die Hände verschränkt. Mit leicht zur Seite geneigtem Kopf sah er zu ihr und nickte langsam. »Seit ich das Angebot von der Universität bekommen habe, habe ich mir verschiedene Entscheidungsvarianten erarbeitet und durchgespielt. Aber ich kann diesbezüglich nicht allein entscheiden. Es zieht mich zur Wissenschaft und damit fort von hier, aber ich möchte dich auch nicht verlassen. Ich weiß nicht, was ich tun soll, Rebecca. Ich wage es kaum zu sagen, ich habe Angst, dass es oberflächlich klingt, weil wir doch erst seit wenigen Wochen zusammen sind, aber … ich fürchte, ich liebe dich.«

Rebeccas Finger gruben sich in den weichen Hefeteig, als sie an das Gefühlschaos dachte, in das sie nach dieser Eröffnung gestürzt war. Wie oft schon hatten Männer ihr gesagt, dass sie sie liebten. Aber nicht so! Nicht mit dieser verzweifelten Wahrhaftigkeit, die Martin eigen war. Und nur Martin! Sie erinnerte sich, wie sie sich zu Anfang gewünscht hatte, ihn für sich zu gewinnen, weil er ihr nicht wie alle anderen sofort zu Füßen gelegen hatte. Wie anders war alles gekommen! Das erste Mal in ihrem Leben war sie diejenige gewesen, die sich die Gunst eines Mannes erkämpft hatte, sie hatte Martin aus seinem Schneckenhaus gelockt, aus seiner Sprachlosigkeit, bis er ihr letztlich seine Liebe gestanden hatte. Wie viel mochte ihn das gekostet haben? Martin war nicht der Mensch, der mit seinen Gefühlen hausieren ging. Sein Bekenntnis hatte sie zutiefst gerührt, sie war es noch. Und sie war sich der Verantwortung bewusst, die auf ihr lastete.

Sie wollte nichts mehr, als dass alles blieb, wie es war. Sie wollte Martin nicht verlieren, wollte nicht, dass er Tausende Kilometer von ihr entfernt lebte und arbeitete. Sie hatten sich erst vor wenigen Wochen gefunden, wie sollte ihre noch junge Liebe eine solche Trennung überleben? Sie fürchtete trotz des Eingeständnisses seiner Gefühle, dass die Telefonate und Videochats nach und nach weniger werden, irgendwann ausbleiben und die gemeinsame Zeit zu einer schönen Erinnerung werden würde. Sie hatte wohl gehört, mit welcher Begeisterung er von New York und der Aufgabe dort gesprochen hatte. Konnte, nein, durfte sie darauf drängen, dass er in Longyearbyen blieb? Ihr zuliebe? Denn aus keinem anderen Grund würde er sich dazu entschließen.

Die Uhr über der Küchentür zeigte inzwischen halb vier.

Sie formte aus dem Teig eine Kugel, legte ihn in die Schüssel, die neben ihr auf der Anrichte stand, und breitete ein Geschirrtuch darüber aus. In drei Stunden klingelte ihr Wecker. Sie musste heute eine Tour auf den Gletscher begleiten. Sie hatte noch keine Ahnung, wie sie das nach einer Nacht fast ohne Schlaf bewerkstelligen sollte. Statt ins Bett zu gehen, ging sie ins Bad und ließ heißes Wasser in die Wanne laufen, zündete Kerzen an und dachte an die erste gemeinsame Nacht mit Martin zurück, die genauso angefangen hatte.

42.

TRINE

Trine betrachtete Thomas, der auf der naturweißen Couch in ihrem Wohnzimmer saß, die Beine übergeschlagen, einen Arm auf der Lehne ausgestreckt. In seiner freien Hand hielt er ein Weinglas und ließ nachdenklich den Rotwein darin kreisen. Sie erinnerte sich ihrer Bedenken, die sie bewegt hatten, ihrer Ängste, er würde sich in ihrem Haus als Fremdkörper erweisen, Gerüche mitbringen, die nicht passten, und die Harmonie ihres ganz persönlichen Lebensumfeldes vielleicht nicht zerstören, aber doch beeinträchtigen. Nichts davon war eingetreten. In seinem ganzen Erscheinungsbild, seiner Haltung und Gestik, passte er sich so perfekt in ihre Umgebung ein, als hätte ihr kleines Haus am Hang nur auf ihn gewartet. In ihrem Herzen verspürte sie dennoch weder Freude noch Erleichterung, auch wenn sie sich das mehr als gewünscht hätte.

Es war nicht leicht gewesen, Magnus' selbst gewählten Tod akzeptieren zu können, doch letztlich war es ihr gelungen. Sie hatten viele gute Jahre miteinander verbracht, daran hielt sie sich fest, und nun war es einfach vorbei. Sie hatte sich in den vergangenen Jahren auch nicht allein gefühlt. Ihr Beruf füllte sie aus, sie war ein kontaktfreudiger Mensch, besaß einige wenige sehr enge Freunde und eine Vielzahl guter Bekannter, sie engagierte sich in vielerlei Hinsicht und hatte stets einen gut gefüllten Terminkalender. Bis Thomas Moen im Krankenhaus von Longyearbyen aufgetaucht war und seine Arbeit aufgenommen hatte.

Es heißt, Menschen benötigen nur wenige Sekunden, um zu erkennen, ob ihnen ein Fremder sympathisch ist oder nicht. Bei Thomas hatte für Trine der erste Augenkontakt genügt und sein

Händedruck bei ihrer Begrüßung. Und umgekehrt schien es genauso gewesen sein. Jetzt bedauerte sie, sich so lange gegen diese Erkenntnis gewehrt zu haben. Denn nun war es zu spät.

Auf dem Couchtisch hatte sie in einer Glasvase den großen Strauß Tulpen arrangiert, die er gegen die Kälte in eine Ausgabe der *Svalbard Posten* gewickelt mitgebracht hatte. Sie verbreiteten einen kaum wahrnehmbaren Frühlingsduft. In der nächsten Woche würde die Sonne das erste Mal nach den langen Wintermonaten das Tal berühren, die Vorbereitungen für das Fest auf der Treppe vor der alten Schule liefen auf Hochtouren. Das ganze Dorf würde sich dort treffen. Trine unterdrückte die Wehmut, als sie daran dachte, dass sie dieses Fest zum letzten Mal erleben würde.

Sie hatte bis heute mit niemandem über das in der vergangenen Woche erhaltene Schreiben der Krankenhausverwaltung in Tromsö gesprochen, die auch für das Krankenhaus in Longyearbyen zuständig war. Es war eine Erinnerung gewesen, dass ihr Arbeitsvertrag zum Ende des ersten Quartals dieses Jahres entsprechend der von ihr unterschriebenen Bedingungen auslief. Trine war wie vor den Kopf gestoßen gewesen. Das konnte nicht sein, irgendetwas war schiefgelaufen, sie das Opfer einer Verwechslung. Sie hob alle wichtigen Unterlagen gut sortiert in mehreren Aktenordnern in ihrem Schlafzimmer auf, die sie sofort sichtete. Warum konnte sie sich nicht erinnern, eine solche Klausel unterschrieben zu haben? Warum fand sie nichts dazu? Schließlich hatte sie in Tromsö in der Personalabteilung angerufen und um Klarstellung gebeten. Dabei hatte sich herausgestellt, dass sie vor sechs Jahren, als sie sich um die Stelle auf Spitzbergen als Krankenschwester beworben hatte, wie alle zunächst einen auf zwei Jahre befristeten Vertrag bekommen hatte, der inzwischen zweimal verlängert worden war. Der Hinweis auf ihre Unterschrift bezog sich auf eine Klausel in diesem ursprünglichen Vertrag, die besagte, dass aufgrund eines krankenhausinternen Rotationsprinzips befristete Verträge nicht häufiger als zweimal verlängert werden durften. Man hatte ihr versichert, dass man sie als kompetente und erfahrene Fachkraft nicht verlieren und sie an einem anderen Standort weiterbeschäftigen wolle, und ihr eine Stelle in Tromsö angeboten. Trine hatte ohne weitere Nachfragen einfach aufgelegt und darauf die ganze Nacht nicht schlafen können. Es war, als hätte ihr jemand den Boden unter den Füßen weggezogen. Sie sollte Longyearbyen verlassen? Das war unvorstellbar!

Als sie den ersten Schock überwunden hatte, begann sie ihre Möglichkeiten zu sondieren. Sie hatte das Haus in Tromsö, das ihr und Magnus gehört hatte, nicht verkauft, als sie nach Spitzbergen gezogen war. Sie hatte es damals nicht übers Herz gebracht, sich davon zu trennen, zu frisch war noch der Verlust gewesen, zu groß die Trauer um ihren verstorbenen Mann. Das Haus hatten sie gemeinsam gekauft, ausgebaut und eingerichtet, es war ein Projekt über viele Jahre ihres Lebens gewesen, und es steckte so viel Herzblut und auch Persönlichkeit von ihnen darin, dass es ihr unmöglich war, es anderen Menschen zu überlassen. Sie hatte es eine Weile vermietet, aber seit einem Jahr stand es leer. Es wurde beheizt, und eine Cousine von Magnus, die nur zwei Straßen weiter wohnte, sah regelmäßig nach, ob alles in Ordnung war. Hinsichtlich dessen stand einer Rückkehr nach Tromsö also nichts im Weg. Zu mehr als kurzen und seltenen Stippvisiten war sie in den vergangenen Jahren nicht auf dem Festland gewesen. Was hatte sich in dieser Zeit verändert? Die Welt war so entsetzlich schnelllebig geworden. Wie würde es sich anfühlen, nach sechs Jahren Abgeschiedenheit aufs Festland zurückzukehren, in die Zivilisation, der sie sich entwöhnt fühlte? Sie konnte natürlich auch ganz woanders hingehen, nach Trondheim, Bergen oder Oslo. Selbst Norwegen zu verlassen, war eine Option. Gut ausgebildete Krankenschwestern wurden überall gesucht. Vor allem solche mit ihrer Erfahrung. Kurz hatte sie überlegt, sich *Ärzte ohne Grenzen* anzudienen, um in einem der Krisengebiete in Afrika zu arbeiten, aber als sie länger darüber nachgedacht hatte, war ihr klar geworden, dass sie einen solchen Schritt nicht aus Überzeugung, sondern aus Trotz machen würde, und das war sicher nicht die richtige Motivation für eine solch anspruchsvolle Arbeit.

Und in all diesen Überlegungen hatte Thomas noch gar nicht stattgefunden. In der Zeit nach seiner Ankunft vor vier Wochen hatten sie beide nahezu jede Gelegenheit genutzt, um während der Arbeitspausen zu reden, gemeinsam Kaffee zu trinken und auch hin und wieder essen zu gehen. Trine hatte sich selbst dabei ertappt, dass sie die Dienstpläne so gestaltete, dass sie die meiste Zeit über gemeinsam Dienst hatten.

Sie hatte schon mit vielen Ärzten zusammengearbeitet und war in dieser Hinsicht sehr nüchtern in ihrer Beurteilung. Wie in jedem anderen Beruf gab es gute und weniger gute Ärzte, Gehaltsempfänger, Idealisten und jene Koryphäen, die Akzente setzten und Spuren hinterließen. Innerhalb einer solchen Bewertung würde sie Thomas im oberen Mittelfeld ansiedeln. Aufgrund seiner Berufserfahrung besaß er eine große Kompetenz, zudem war er sehr gründlich. Allein, wie er sich in die Patientenakten eingearbeitet hatte, war beeindruckend gewesen, aber er war kein medizinischer Überflieger. Die Zusammenarbeit mit ihm war für sie jedoch etwas ganz Besonderes, was aber wohl weniger an seiner fachlichen Kompetenz als an ihrem zwischenmenschlichen Miteinander lag. Es funktionierte einfach ohne Worte, und mit ihm Seite an Seite zu arbeiten, war für sie immer wieder eine besondere Freude, die, wie er ihr unlängst versichert hatte, auf Gegenseitigkeit beruhte.

»Ich glaube, du bist verliebt«, hatte Maritt sie vor Kurzem erst geneckt. »Es ist noch schwerer als sonst, sich mit dir zu verabreden, und wenn man dich trifft, sprichst du ständig von Thomas.«

»Ist es so?«, hatte Trine erstaunt gefragt, und Maritt hatte gelacht.

Sie hatte ihr erzählt, dass man in Longyearbyen schon über sie und Thomas sprach, und wenn es einen Buchmacher geben würde, sicher auch Wetten abgeschlossen werden würden, wann sie es denn offiziell machen würden.

Trine hatte nur amüsiert den Kopf geschüttelt. Als sie Thomas in der vergangenen Woche davon erzählt hatte, hatte er nichts dazu gesagt, aber an diesem Abend hatte er dann vor ihrer Tür gestanden, unerwartet und unangemeldet mit ebenjenem Strauß Tulpen und einer Flasche Wein im Arm. Sie war so überrascht gewesen, dass ihr nicht einmal eine Ausrede eingefallen war, warum sie ihn nicht in ihr Haus lassen konnte. Und hier saß er nun, und ihr Herz war schwer, weil sie wusste, dass das zarte Pflänzchen Liebe, das zwischen ihnen keimte, keine Zukunft hatte. Knapp eintausend Kilometer lagen zwischen Tromsö und Longyearbyen, und die Dienstpläne zweier Menschen zu vereinbaren, die im medizinischen Bereich in verschiedenen Einrichtungen arbeiteten, war so gut wie unmöglich, was in der Konsequenz hieße, dass sie sich kaum mehr als einmal im Monat würden sehen können.

Jetzt stellte Thomas sein Glas auf dem Tisch ab und bat sie mit einer Geste zu sich auf die Couch. Sie setzte sich neben ihn, und er zog sie zu sich heran. Sie waren sich bislang nie nähergekommen als einer Umarmung zur Begrüßung oder zum Abschied. Dennoch fühlte es sich nun ganz selbstverständlich an, sich an ihn zu lehnen und zu spüren, wie er mit dem Gesicht durch ihr Haar strich und seine Lippen sanft ihre Schläfe berührten. »Willst du hierbleiben?«, fragte er leise.

In der letzten Stunde hatte sie ihm ihr Dilemma geschildert.

»Ganz ehrlich, Thomas, wenn du nicht wärst, würde mir der Abschied immer noch schwerfallen, aber …«

Er verschloss ihren Mund mit einem Kuss. Sie schmeckte den Rotwein und atmete seinen Geruch. Alles passte. Alles fühlte sich richtig an. *Alles roch gut.*

»Wir werden eine Lösung finden. Gemeinsam hier oder woanders. Wenn wir es schaffen sollten, wie auch immer, dass du noch zwei Jahre bleiben kannst, können wir danach gemeinsam zurückgehen.«

»Meinst du …«, begann sie.

Er wusste genau, was sie sagen wollte.

»Wir sind keine Teenager mehr, Trine. Ich glaube, wir wissen beide, was wir wollen.«

43.

FREDERIK

Er blickte auf die Dokumente auf dem Bildschirm seines Notebooks und fragte sich, was er damit anfangen sollte. Inzwischen war Frederik den fünften Tag in Longyearbyen. Mit einem gewissen Sarkasmus erinnerte er sich, bei seiner Anreise fest davon überzeugt gewesen zu sein, dem Archipel nach zwei Tagen wieder den Rücken kehren zu können. Das Wetter und die norwegischen Behörden hatten ihm jedoch einen Strich durch die Rechnung gemacht. Gerade erst hatte er endlich die Obduktionsergebnisse erhalten, auf die er so lange gewartet hatte, aber das war nicht alles. Seine Ermittlungen, die er zum Teil aus angeborener Gründlichkeit, zum Teil aus Verzweiflung über seine *Verbannung,* wie er sich Francesca gegenüber ausgedrückt hatte, in alle Richtungen angestellt hatte, trugen unerwartete Früchte.

Er stand auf und trat ans Fenster. Nach den vergangenen stürmischen Tagen war der Himmel aufgeklart, es war *hell,* und die Gipfel der Bergkette am gegenüberliegenden Ufer des Fjords schimmerten an diesem Mittag golden im Sonnenlicht. Der Ort Longyearbyen selbst lag im Schatten der ihn umgebenden Höhenzüge, aber allein der Anblick des Lichts auf den schneebedeckten Höhenzügen hob Frederiks düstere Laune. Mehr als einhundert Stunden hatte er keinen Schimmer Sonne gesehen, und er fragte sich ehrlich, wie die Menschen diesen Zustand über Monate aushielten, ohne verrückt zu werden.

Er vermisste hier einfach *alles.* Und er wusste nicht, was ihm mehr auf die Nerven ging. Seine Landsleute, die breitschultrig wie Cowboys in ihren Schneeoveralls mit geschultertem Gewehr von ihren Schneemobilen stiegen, oder die Touristen, die völlig ergriffen schienen angesichts des *so besonderen* Ortes, an dem sie sich befanden.

Sein einziges Highlight der vergangenen Tage war das Gespräch mit Rebecca Hüttner gewesen. Immer wieder dachte er an ihr nachdenkliches Gesicht bei ihrem Abschied zurück. Er war ein durchaus kommunikativer Mann, aber mit dem Älterwerden hatte er auch gemerkt, dass er sich die Menschen sehr genau aussuchte, mit denen er sich näher einließ. Bei Rebecca hatte es diese Überlegung überhaupt nicht gegeben, zu groß war die Vertrautheit gewesen, die er auf Anhieb verspürt hatte, beinahe so, als würden sie sich schon sehr lange kennen. Sicher hatte er sich auch deshalb dazu hinreißen lassen, mit ihr ganz anders zu sprechen, als er es normalerweise bei einer Befragung tun würde, und bewusst die Distanz aufgelöst, um zu verstehen, warum sie sich so von Schuld getrieben fühlte.

»Manchmal gibt es diese Begegnungen«, hatte Francesca gesagt, als er ihr davon erzählt hatte, »ein vermeintlich zufälliges Aufeinandertreffen im genau richtigen Moment.« Vermeintlich zufällig. Das war typisch Francesca. Sie hatte noch nie an Zufälle geglaubt.

Welche Wirkung mochte das Gespräch auf Rebecca gehabt haben? So nachdenklich, wie er sie zurückgelassen hatte, musste es einen weitaus tiefer gehenden Effekt gehabt haben, als er zunächst angenommen hatte. Konnte er es wagen, sie zu fragen? Er war noch unschlüssig. Er hatte sie von Arne Iversen in die Verwaltung bestellen lassen, da er kein besonderes Interesse daran gehabt hatte, noch einmal zur Hundeschlittenstation hinauszufahren. Er war gespannt, wie sie ihm begegnen würde. Wie sie reagieren würde, wenn er sie mit den Ergebnissen seiner Ermittlungen konfrontierte.

Er wandte sich zu seinem Arbeitsplatz zurück. Die Kollegen der Polizei in Longyearbyen hatten eine selbst gewählte Sperrzone darum gezogen. Wenn er in dem Büro im Verwaltungsgebäude war, war er meistens allein. Iversen, der Einzige, der mit ihm im Raum saß, war häufig unterwegs, die anderen wagten sich nicht wirklich in seine Nähe. Die Sysselmannin hatte er an diesem Tag erfreulicherweise noch überhaupt nicht zu Gesicht bekommen. Sie machte morgens gern ihre Runde durch das Gebäude, begrüßte jeden Mitarbeiter mit Handschlag und hielt den ein oder anderen kleinen Schwatz. Frederik versuchte aus diesem Grund immer etwas später da zu sein, war damit in den vergangenen Tagen aber nicht erfolgreich gewesen. Ausgerechnet heute war es ihm jedoch geglückt.

Noch einmal ging er die Dokumente durch, die ihm sein deutscher Kollege Max geschickt hatte, der inzwischen Abteilungsleiter beim Bundeskriminalamt war. In einem mehr als zwei Jahre dauernden grenzübergreifenden Einsatz hatten sie Seite an Seite gearbeitet und waren danach vielleicht nicht als Freunde, aber doch als sehr gute Bekannte auseinandergegangen. Max hatte ihn mit seiner Frau schon in Italien besucht, er selbst war schon häufiger in Frankfurt zwischengelandet, um einen Abstecher nach Wiesbaden machen zu können.

»Deine Anfrage ist gerade ein wenig heikel«, hatte Max gestöhnt, als er ihn am Morgen nach dem Gespräch mit Rebecca angerufen und um die Bestätigung von Informationen gebeten hatte, nicht nur zu Rebecca Hüttner, sondern auch zu Martin van der Zaar. »Die Weitergabe von Daten unserer Bürger an ausländische Dienste wird nicht gern gesehen, nachdem …«

»Max, bitte«, war Frederik ihm ins Wort gefallen, »ich brauche nur ein paar Daten, die ich mir auch von den Meldeämtern holen könnte, aber das dauert erfahrungsgemäß länger, als wenn ich dich anrufe. Und Zeit ist etwas, das ich gerade nicht habe.«

»Haben wir doch nie in unserem Beruf«, hatte Max erwidert, dann aber eingelenkt.

Was Frederik nun jedoch vor sich hatte, war nicht das, womit er gerechnet hatte. Tatsächlich hatte er daraufhin noch einmal

Max um Mithilfe bitten müssen, um eine Bestätigung für die Ahnung, ja mehr noch, den Verdacht zu bekommen, der sich ihm angesichts der neuen Informationen aufdrängte. Dabei hatte es einiges an verbalem Fingerspitzengefühl erfordert, in Deutschland keine schlafenden Hunde zu wecken, bevor er mit Rebecca Hüttner gesprochen hatte. Sie und nur sie allein konnte Licht in dieses Dunkel bringen. Wenn es ihm gelang, sie zum Sprechen zu bringen.

Er klappte gerade sein Notebook zu, als Arne Iversens Mitarbeiter, dessen Namen er zuverlässig jedes Mal wieder vergaß, sobald er ihn gehört hatte, zaghaft an die geöffnete Tür klopfte. »Rebecca ist jetzt da.«

»Schick sie einfach rein«, bat Frederik. »Und frag sie, ob sie Kaffee oder Tee haben möchte. Für mich bitte Tee.«

Er stand auf und zog die Ärmel seines Hemdes unter seinem Kaschmirpullover hervor, dem er angesichts der Temperaturen den Vorzug gegeben hatte gegenüber seinem Jackett. Und dann stand Rebecca auch schon in der Tür. Sie sah blass aus, wie bei ihrem letzten Treffen, aber ihm war, als läge ein wenig mehr Selbstvertrauen in ihren Augen. Sie trug ihre Arbeitskleidung, darüber eine dicke Daunenjacke. Das Haar unter der Mütze hatte sie zu einem Pferdeschwanz gebunden.

Mit ausgestreckter Hand ging er auf sie zu. »Rebecca, schön, Sie zu sehen«, begrüßte er sie auf Deutsch, »und vielen Dank, dass Sie es so kurzfristig möglich machen konnten zu kommen.«

»Hallo«, erwiderte sie nur. »Keine Ursache.« Sie konnte ihr Misstrauen nicht ganz verbergen. Wenn das, was er meinte herausgefunden zu haben, richtig war, hatte sie auch allen Grund, vorsichtig zu sein.

Der junge Mitarbeiter brachte zwei Becher Tee und stellte sie auf Frederiks Schreibtisch ab. Frederik zog Arne Iversens Stuhl herüber und schob ihn zu Rebecca. »Setzen Sie sich. Darf ich Ihnen Ihre Jacke abnehmen?«

»Nein, schon gut«, winkte sie ab und hängte die Jacke über die Stuhllehne.

Sie griff nach dem Teebecher und legte ihre Hände darum, als ob sie kalt waren und sie sich nach der Wärme sehnte. Tatsächlich erschien es Frederik, dass sie nur etwas suchte, woran sie sich festhalten konnte.

Er setzte sich an seinen Schreibtisch, rollte seinen Stuhl etwas nach hinten und schlug die Beine über. »Ich habe heute das Obduktionsergebnis aus Tromsö erhalten.«

Rebecca hielt seinem Blick reglos stand.

»Freja Moeller hatte eine Herzkrankheit, die erst vor Kurzem erkannt worden ist und die auch Ursache für ihren Tod war. Wir sind zwar zunächst davon ausgegangen, dass sie an Unterkühlung gestorben ist, tatsächlich aber war es das Herz.«

Rebecca starrte ihn noch immer reglos an.

Er beugte sich etwas nach vorn. »Selbst wenn Sie bei ihr geblieben wären, hätten Sie ihr nicht helfen können.«

Jetzt nickte sie langsam, führte den Becher zum Mund und nippte daran. Er wartete, bis sie fertig war.

»Ihnen das mitzuteilen, ist aber nur ein Grund, warum ich Sie hergebeten habe«, fuhr er dann fort.

Sofort war ihr Anflug von Ruhe wieder verflogen. »Was … was gibt es denn noch?«

Frederik zog seine Aufzeichnungen zu sich heran und blätterte in dem Block. »Ich hatte Kontakt aufgenommen zu den deutschen Behörden. Es geht um einen Einbruch in Ihre Wohnung in Berlin.«

Ihre Hand, die den Becher hielt, sank herab. »Ich habe keine Wohnung mehr in Berlin.«

»Ich weiß«, erwiderte er ruhig. »Der Einbruch hat vor etwa drei Jahren stattgefunden.«

»Vor drei Jahren?«, fragte sie irritiert. »Ich verstehe nicht …«

»Genau«, sagte er, »das habe ich mir gedacht.«

Auf diese Worte hin sah sie ihn zunächst verständnislos an, doch dann wich die Farbe aus ihrem Gesicht. »Nein«, stieß sie hervor und schüttelte heftig den Kopf. »Nein!«

Sie stellte den Teebecher so heftig auf der Schreibtischplatte ab, dass der heiße Tee herausspritzte, schob ihren Stuhl zurück, stand auf und griff nach ihrer Jacke, alles in einer schnellen, ineinanderfließenden Bewegung.

Frederik schob sich zwischen sie und die Tür. »Bitte«, bat er beschwichtigend, »bitte setzen Sie sich wieder.«

Wenn es möglich war, wurde sie noch blasser. Sie sank auf ihren Stuhl zurück, die Jacke auf ihrem Schoß umklammernd.

Frederik lehnte sich gegen seinen Schreibtisch, sodass er direkt vor ihr stand. »Wissen Sie«, begann er im Konversationston, »ein Einbruch in die eigene Wohnung besitzt für die meisten Menschen etwas sehr Verstörendes. Der Rückzugsort und die eigene Privatsphäre erleiden einen Angriff und scheinen mit einem Mal nicht mehr so sicher, wie sie immer waren.« Jetzt sah er sie fest an und verlieh seinem Ton eine gewisse Schärfe. »Das ist nichts, was man vergisst. Auch nach drei Jahren nicht. Auch dann nicht, wenn man sein Leben komplett *hinter sich gelassen hat,* wie Sie mir bei unserem letzten Gespräch gesagt haben.«

Er beobachtete, wie sich ihre Hände in den Stoff ihrer Jacke gruben.

»Ich habe eine Weile gebraucht, um die Situation zu durchschauen«, fuhr er fort. »Es war wie ein Puzzle, hier ein Stückchen, dort ein Stückchen. Sie haben mir selbst Teile geliefert vor zwei Tagen, zu dem Zeitpunkt habe ich den Zusammenhang jedoch noch nicht erfasst. Erst jetzt, nachdem ich auf meine Anfrage in Deutschland Informationen erhalten habe, begreife ich, was Sie tatsächlich gemeint haben.«

»Ich glaube, ich kann Ihnen nicht ganz folgen«, bemerkte sie. Es war eine lahme Ausrede. Sie wusste genau, worauf er hinauswollte.

Deshalb ging er auf ihre Antwort auch nicht ein. »Sie sind keine Geologin, und Freja Moeller hat das herausgefunden«, sagte er stattdessen.

Sie erwiderte seinen Blick mit fast trotzig emporgehobenem Kinn und straffte ihre Schultern. »Freja war wütend, weil ich nicht für sie arbeiten wollte.«

Frederik nickte bedächtig. »Vielleicht, das kann ich nicht beurteilen. Auf jeden Fall hat sie Sie gegoogelt und Kontakt zu dem Institut in Berlin aufgenommen, wo Sie an einer Forschungsarbeit beteiligt waren, bevor Sie nach Spitzbergen gekommen sind. Dabei hat sie Diskrepanzen festgestellt. Mag sein, dass Freja Moellers Charakter schwierig war und dass sie Sie aufs Glatteis führen oder bloßstellen wollte aus Ärger über Ihre Absage. Aber all das ändert nichts an der Tatsache, dass Sie keine Geologin sind.«

Rebeccas Augen flammten wütend auf. »Seit ich hier bin, habe ich weder behauptet, Geologin zu sein, noch habe ich versucht, mit diesem Beruf Geld zu verdienen.«

»Das stimmt. Sie haben Ihr altes Leben hinter sich gelassen. Und genau aus diesem Grund behaupte ich, dass diese Wohnung in Berlin zum Zeitpunkt des Einbruchs gar nicht die Ihre gewesen ist.«

»Wessen Wohnung soll es dann gewesen sein?« Ihre Stimme klang rau.

»Die Ihrer Schwester.« Er wandte sich um und zog aus seinen Unterlagen den Ausdruck einer Fotografie hervor und reichte ihn Rebecca.

Ihre Hände zitterten, als sie danach griff. Sie warf einen Blick darauf, und er konnte sehen, wie sich ihre Züge veränderten, wie Trotz und Widerstand daraus wichen, wie sie weich wurden, und fürchtete schon, sie würde in Tränen ausbrechen, aber das tat sie nicht.

Er hatte bislang keine Beweise für seine Theorie außer ihren Reaktionen auf seine Ermittlungsergebnisse. Von Anschuldigungen mochte er nicht sprechen, auch wenn der Begriff treffend gewesen wäre. »Sie haben nie mit jemandem darüber gesprochen, was nach dem Tod Ihrer Schwester vorgefallen ist, habe ich recht?«

Langsam und ohne ihn anzusehen, knüllte sie den Ausdruck in ihrer Hand. »Es ist nichts geschehen, was nicht bekannt ist«, sagte sie dann mit seltsamer Ruhe.

»Das stimmt nicht ganz«, widersprach Frederik. »Ich erzähle Ihnen jetzt einmal, was meiner Meinung nach passiert ist. Wollen Sie es hören?«

Sie antwortete nicht.

»Sie haben über Ihr Mobiltelefon einen Notruf getätigt, aber es hat eine Weile gedauert, bis die Rettungswacht vor Ort war. Sie befanden sich in einer unzugänglichen Gegend ohne Fahrstraßen nur mit Wanderpfaden. Den Akten habe ich entnommen, dass man einen Hubschrauber geschickt hat, der zwar in der Nähe gelandet ist, aber dennoch hat es fast eine Dreiviertelstunde gedauert, bis die Retter vor Ort waren. War es so?«

Rebecca presste die Lippen aufeinander und nickte.

»Sie sind trotz der Gefahr, die es für sie bedeutete, zu ihrer Schwester gekrochen und haben versucht, sie aus dem Geröll zu befreien, dabei drohte der Hang weiter abzurutschen. Ihre Schwester war jedoch so schwer verletzt, dass sie gestorben ist, bevor die Hilfe sie erreichte.«

Wieder blickte er Rebecca an, um von ihr eine Bestätigung seiner Schilderung zu erhalten, die er so den Akten entnommen hatte. Was er jetzt jedoch hinzufügen würde, beruhte auf reiner Spekulation. »Es ist Ihnen gelungen, den Rucksack Ihrer Schwester an sich zu nehmen. Sie haben ihn gegen den Ihren ausgetauscht. Was hat Sie dazu bewogen?«

Rebecca starrte ihn reglos an, ihr ganzer Körper schien völlig verkrampft, nur die Muskeln in ihrem Gesicht zuckten. Der Moment dehnte sich in eine halbe Ewigkeit, und das Schweigen zwischen ihnen füllte den Raum und machte das Atmen schwer. Frederik zählte lautlos, um sich abzulenken und nicht die Geduld zu verlieren, und er wurde für seine Ausdauer belohnt.

Rebecca suchte seinen Blick. »Sie war immer besser, immer erfolgreicher als ich«, flüsterte sie, und er hörte die Weichheit in ihrer Stimme, die so gar nicht zu ihren Worten passen wollte. Da war keine Eifersucht. Nur der Wunsch nach Nähe. »Es war meine Chance auf ein neues Leben. Auf ein normales Leben.« Sie glättete das zerknüllte Foto in ihrer Hand wieder und strich mit den Fingern sanft darüber. »Ich weiß nicht, was mich bewogen hat, ich habe überhaupt nicht darüber nachgedacht, was ich tue, es ist …«, sie zuckte mit den Schultern, »… einfach passiert.«

Frederik machte einen Schritt auf sie zu und ging vor ihr in die Hocke, sodass sie auf Augenhöhe miteinander waren. »Ich glaube Ihnen, dass es genauso gewesen ist.«

Der Schatten eines Lächelns huschte über ihre Züge. »Ja, tatsächlich? Warum?«

Er nahm ihr die Fotografie aus der Hand und betrachtete die beiden Frauen darauf, die sich so ähnlich waren wie ein Ei dem anderen. Alles war gleich, Frisur, Haltung, Gesichtsausdruck, einfach alles. Nachdem er es erhalten hatte, hatte er sehr lange versucht zu erkennen, wer wer war, aber es war ihm nicht gelungen. Selbst das Muttermal saß bei beiden an derselben Stelle über der Oberlippe, was er als sehr ungewöhnlich empfand.

»Nach allem, was Sie mir vor zwei Tagen über sich und ihr Leben erzählt haben, ist Ihr Handeln vielleicht nicht logisch, aber psychologisch absolut nachvollziehbar. Indem Sie in die Rolle Ihrer Schwester geschlüpft sind, haben Sie Ihr Leben tatsächlich zurücklassen können. Natürlich konnten Sie das Leben Ihrer Schwester nicht ausfüllen. Dazu fehlten Ihnen die Voraussetzungen, und das haben Sie auch sehr schnell festgestellt. Deshalb sind Sie gegangen. Aber Sie sind nicht als Ruth Hüttner gegangen, sondern als Rebecca.«

Rebecca stieß einen langen Seufzer hervor. »Und seitdem geht es mir gut.«

Er nickte. »Ich weiß.«

Er gab ihr den Ausdruck zurück.

Sie drehte ihn in ihren Fingern, faltete ihn und steckte ihn in die Innentasche ihrer Jacke. »Was … was werden Sie nun tun?«

Frederik stand auf, zog seinen Schreibtischstuhl zurück und setzte sich. »Nichts.«

Rebecca schüttelte irritiert den Kopf. »Nichts?«

»Ich bin seit sehr vielen Jahren Polizist, und ich habe in dieser Zeit sehr viel gesehen und erlebt. Sie glauben gar nicht, zu welchen Niederträchtigkeiten und Verbrechen Menschen fähig sind.« Er räusperte sich. »Sie haben sich keines Verbrechens schuldig gemacht, außer dass Sie die Identität Ihrer Schwester angenommen haben. Ich sehe nicht, dass damit jemandem ein Schaden zugefügt wurde. Ihre Schwester hatte keinen Partner, keine Kinder, kein größeres Vermögen. Sie und Ihr Vater waren ihre nächsten Verwandten und damit auch ihre Erben. Für den Todesfall von Freja Moeller ist es unerheblich, ob sie Ruth oder Rebecca Hüttner sind. Freja Moeller ist eines natürlichen Todes gestorben. Daher werde ich die deutschen Behörden nicht darüber informieren, was ich herausgefunden habe.«

Rebecca starrte ihn ungläubig an. »Sie werden mich nicht anzeigen deswegen? Ich meine …« Ihr fehlten die Worte. Stattdessen sah er Tränen in ihren Augen.

»Nein, ich werde überhaupt nichts unternehmen in dieser Angelegenheit. Aber Sie sollten das tun.«

Ihre Hand glitt an ihre Kehle. »Wie meinen Sie das? Soll ich mich selbst anzeigen?«

Wieder schüttelte er den Kopf. »Nun lassen Sie mal die Behörden aus dem Spiel. Was geschehen ist, ist geschehen. Das Ganze rückgängig zu machen, würde viel mehr Aufwand bedeuten, als es einfach so weiterlaufen zu lassen.« Er lehnte sich nach vorn und schaute ihr fest in die Augen. »Sie müssen mit den Menschen sprechen, die Ihnen nahestehen. Ein Partner, zum Beispiel, mit dem Sie planen, eine feste Beziehung einzugehen, sollte vielleicht darüber Bescheid wissen. Und zwar bevor das Ganze durch einen dummen Zufall herauskommt.« Wieder machte Frederik eine Pause. »Und Ihr Vater.«

»Mein Vater …«, echote Rebecca und blickte ins Leere. Gern hätte er die Szenen gesehen, die nun vor ihrem inneren Auge abliefen. Gern hätte er ihr mehr erzählt über Vertrauen und Vergeben und das Abtragen von Schuld. Aber so nah sie sich in der kurzen Zeit ihres Kennenlernens auch gekommen sein mochten, so offen sie auch miteinander gesprochen hatten, seine Worte hätten in dieser Situation nur einen belehrenden Charakter gehabt. Rebecca war eine erwachsene Frau. Er konnte ihr nicht mehr als einen Denkanstoß geben.

»Neben allem, was ich für mich getan habe, habe ich für meinen Vater die Tochter am Leben gelassen, die er am meisten geliebt hat«, sagte sie in seine Überlegungen hinein.

Er antwortete nicht gleich. »Ist das wirklich so?«, fragte er schließlich. »Lieben wir nicht das am meisten, um das wir die größte Sorge haben?«

Sie schnaubte. »Mein Vater hat sich nur um sich selbst gesorgt. Ich konnte ihm nicht die Frau ersetzen, die er verloren hat. Das hat er mir nicht verziehen.«

»Ebenso wenig wie Sie ihm verziehen haben, dass er Ihnen nicht Ihre Mutter ersetzen konnte.«

Er sah, wie sie die Lippen zusammenpresste. Er wollte nicht im Streit mit ihr auseinandergehen, aber er konnte auch nicht aus seiner Haut. »Sie können die Vergangenheit nicht ändern, Rebecca. Aber Sie haben es in der Hand, Ihre Zukunft zu gestalten. Sie können sich selbst befreien, indem Sie Ihrem Vater vergeben.«

»Vergebung ist so ein großes Wort.«

»Es ist ein großes Wort für eine große Sache. Einem Menschen zu vergeben, ist nicht einfach. Es gehört viel Größe dazu. Viel Charakterstärke. Viel Ehrlichkeit gegenüber sich selbst.«

»Ich weiß nicht, ob ich das kann«, gestand sie plötzlich kleinlaut. Unsicher sah sie auf ihre in ihrem Schoß gefalteten Hände. »Ich weiß nicht, ob ich diese Größe besitze.«

»Horchen Sie in sich hinein, dort werden Sie die Antwort finden. Nirgendwo sonst.«

Rebeccas Blick fokussierte sich wieder auf ihn. »Warum tun Sie das alles für mich? Sie müssten diese Gespräche nicht mit mir führen. Sie müssten mich nicht einfach so gehen lassen. Ich meine, Sie sind *Polizist.*«

Frederik sah sie ernst an. »Vor sehr vielen Jahren, zu Beginn meiner Karriere, habe ich im Rahmen von Ermittlungen einmal eine Frau kennengelernt. Als ich Sie vor einigen Tagen im Krankenhaus das erste Mal gesehen habe, dachte ich, ich stehe ihr wieder gegenüber. Es war wie ein Déjà-vu. Es war die zweite Chance, um die ich in all den Jahren gebeten hatte.«

»Was … was ist mit dieser Frau passiert?«

»Sie hat sich das Leben genommen.«

Rebecca schluckte. »War es Ihre Schuld?«

Schuld. Immer wieder kamen sie darauf zurück. Es war ihr Thema genauso wie seins. »Ich glaube nicht, dass ich Ihnen etwas über das Gefühl der Schuld erzählen muss. Darüber wissen Sie selbst genug«, erwiderte er ruhig. »Tatsächlich weiß ich nicht, wie viel Verantwortung ich an dem Entschluss jener Frau trage, das Leben zu verlassen. Ich weiß es bis heute nicht, und das ist schwer auszuhalten. Was Sie betrifft, sagt mir mein gesunder Menschenverstand, dass ich richtig handle, nach allem, was Sie mir erzählt haben und wie ich Sie einschätze. Sie sind auf einem guten Weg und noch jung genug, etwas aus Ihrem Leben zu machen.«

Rebecca senkte den Blick. »Habe ich das verdient?«, flüsterte sie.

»Jeder hat eine zweite Chance verdient. Sie, ich, Ihr Vater …«

Mit dem Handrücken wischte sie sich eine Träne von der Wange.

Er lächelte. »Ich werde meine Arbeit hier abschließen. Heute Abend geht mein Flug zurück nach Oslo. In drei Wochen gehe ich in Pension. Es ist sehr unwahrscheinlich, dass wir uns wiedersehen.« Er griff in seine Brieftasche, die auf dem Schreibtisch neben seinem Notebook lag. »Aber ich möchte Ihnen noch sagen, dass es mich sehr berührt hat, wie offen Sie mir gegenüber waren.«

Erneut senkte sie verlegen den Blick. »Sie haben es mir leicht gemacht, und …« Sie biss sich auf die Lippe.

Er wartete, aber es kam nichts mehr. »Und?«, fragte er deshalb.

Sie sah auf, zögerte noch immer, doch dann sprudelten die Worte aus ihr heraus, als hätte er mit seiner Frage einen Korken gezogen. »Es hat mir geholfen, Ihnen alles zu erzählen und über die Fragen nachzudenken, die Sie mir gestellt haben. Vielleicht ist es tatsächlich so, wie Sie sagen, dass es sich leichter mit einem Fremden sprechen lässt, jemandem, der nicht involviert ist.« Sie zuckte mit den Schultern. »Ich weiß es nicht. Es fühlt sich an, als hätten sich Türen geöffnet, die so lange verschlossen waren, dass ich nicht einmal mehr wusste, dass sie da sind, geschweige denn, was sich dahinter verbirgt. Ich … ich hätte nicht gedacht, dass das möglich ist.«

Abrupt stand sie auf, als hätte sie nun doch mehr gesagt, als sie wollte.

Er stand ebenfalls auf und reichte ihr die Visitenkarte, die er aus seiner Brieftasche genommen hatte. »Ich lebe in Italien. Vielleicht setzen wir dort irgendwann unsere Gespräche bei einer Flasche guten Weins fort. Ich würde mich freuen.«

Sie blickte auf die Adresse, dann zu ihm und lächelte. »Modena, wie schön …«

Sie schüttelten einander die Hände zum Abschied. Es war das erste Mal, und er war erstaunt über ihren festen, zupackenden Händedruck. Am Fenster sah er ihr nach, wie sie zu einem alten

Transporter auf dem Parkplatz des Verwaltungsgebäudes ging. Aus dem Auspuff stieg blauer Qualm auf, als sie das Fahrzeug anließ. Sein Blick wanderte zu den Bergen auf der anderen Seite des Fjords, und nicht zum ersten Mal fragte er sich, warum Menschen hier leben mussten. Der alte Transporter bog auf die Straße und verschwand hinter den Häusern. Würde er Rebecca Hüttner je wiedersehen?

Er musste erneut an sie denken, als er am späten Abend endlich im Flugzeug saß und die Maschine abhob. Sie gewannen schnell an Höhe, und er blickte ein letztes Mal auf die hinter Wolken verschwindenden Lichter Longyearbyens, dann lehnte er sich in seinem Sitz zurück und schloss die Augen. Sein *Abenteuer Arktis* war abgeschlossen. Vorsichtig bewegte er die Zehen in seinen teuren Lederschuhen. Seine klobigen Winterstiefel hatte er unter den erstaunten Blicken einiger Mitreisender in einem Mülleimer in der Abflughalle zurückgelassen. »Nein, ich werde ganz sicher nicht zurückkommen«, hatte er die Frage offensiv vorweggenommen, die in ihren Augen gelauert hatte. »Manche Erfahrungen muss man nur einmal im Leben machen.«

44.

DIMITRI

Obwohl die Hauptgeschäftszeit der *Svalbar* noch nicht begonnen hatte, hatte sich schon eine beträchtliche Zahl an Gästen eingefunden. Stimmen, Musik und Gelächter bildeten einen Geräuschteppich, aus dem Dimitri nicht einmal im Ansatz versuchte, etwas herauszuhören. In den letzten Jahren war sein selektives Gehör zunehmend schlechter geworden. Björn, der wie immer ein schwarzes T-Shirt trug, das über seinem Bauch spannte, reichte ihm ein frisch gezapftes Bier über den Tresen.

»Und, hast du schon einen Plan, wann es mit deinem Studium weitergehen soll?«, fragte Dimitri eher beiläufig.

Björn hielt bereits das nächste Glas unter den Zapfhahn. »Im Moment ist alles gut, so wie es ist«, gab er unverbindlich zurück.

Dimitri hatte die Frage mehr aus Verlegenheit um Ablenkung von seinen eigenen Gedanken denn aus wahrem Interesse geäußert. Er hatte auch nicht wirklich eine Antwort erwartet und überlegte, ob er es dabei belassen sollte. Unter keinen Umständen wollte er als der gute Ratschläge gebende Alte gesehen werden. Andererseits regte sich tief in seinem Inneren Protest gegen dieses *In-den-Tag-Hineinleben,* wie er es gerade bei jüngeren Menschen häufiger zu beobachten glaubte.

»Das ist zwar nicht wirklich eine Antwort auf meine Frage, aber die musst du ja auch nicht beantworten«, bemerkte er daher und hörte sich selbst eine Spur gereizter klingen als beabsichtigt, was ihm sofort leidtat. Björn fühlte sich keineswegs angegriffen. »Mach dir mal keine Sorgen um mich. Ich hab das voll im Griff«, erwiderte er lässig, nahm das fertige Bier und ging zu einem der Tische im hinteren Teil des Raums.

Dimitri griff nach seinem Glas und trank einen großen Schluck, während ihm Björns Worte in den Ohren nachhallten. Ich sollte lieber zusehen, meine eigenen Angelegenheiten voll in den Griff zu bekommen, statt mich über andere aufzuregen, dachte er nicht ganz ohne Unbehagen. Seit der Auseinandersetzung mit Sanne hatte er sich wie ein geprügelter Hund davor gedrückt, nach Hause zu gehen und sich der Situation zu stellen. Die stets sichere Zuflucht bei Olek durfte er allerdings nicht überstrapazieren, wenn er sich auch in Zukunft darauf abstützen wollte. Und so zuverlässig der eigenwillige Ukrainer bei all ihren gemeinsamen Geschäften bislang gewesen sein mochte, in dieser Angelegenheit brauchte er ihn nicht um Rat zu fragen. Beziehungssachen waren nichts für Olek.

Dimitri starrte in sein Glas. Zeit seines Lebens hatte er sich bei der Bewältigung von Problemen auf seine Intuition verlassen können, häufig hatte ihm ein glücklicher Zufall die zündende Idee geliefert. Doch diesmal war es anders.

Vielleicht konnte Martin ihm mit seinem analytischen Verstand weiterhelfen. Sie waren hier in der *Svalbar* auf ein Bier verabredet. Aber wie konnte er den zur Überkorrektheit neigenden Mann mit seinem Problem vertraut machen? Durfte er ihn überhaupt damit belasten? Martin hatte um das Treffen sicher nicht ohne Grund gebeten. Dimitri schaute auf seine Armbanduhr, ohne die angezeigte Zeit wirklich wahrzunehmen. Es spielte auch keine Rolle, wie spät es war, da Martin immer pünktlich war, und wie zur Bestätigung hörte er Björn, der längst unbemerkt auf seinen Platz hinter dem Tresen zurückgekehrt war, in diesem Moment fragen: »Auch ein Bier?«

»Ja, gern«, erwiderte Martin. »Hallo, Dimitri, wartest du schon lange?« Der Deutsche brachte einen Schwall kalter Luft mit.

»Nee, überhaupt nicht, ich wohne hier.« Dimitri beobachtete, wie Martin sich aus seiner Jacke schälte und seine Brille abnahm, um sie von der Feuchtigkeit zu befreien.

»Was hast du gesagt?«, fragte er dann.

Dimitri lächelte amüsiert. »Nichts, gar nichts, schön, dass du da bist.«

Martin begegnete seinem Blick mit leichter Irritation und nahm das Bier, das Björn gerade fertig gezapft hatte und ihm über den Tresen reichte. »Zum Wohl!«, prostete er Dimitri zu.

»*Na zdorov'ye.*«

Dumpf stießen die Gläser aneinander. Noch bevor Dimitri das seine wieder abstellte, übernahm er das Wort. »Der Kommissar aus Oslo hat seine Schnüffelei inzwischen beendet und ist abgereist, wie ich gehört habe.« Er räusperte sich. »Damit ist der Fall, der keiner war, wohl abgeschlossen, oder?«

Er betrachtete Martin prüfend, doch der ließ nicht erkennen, ob dieses Thema schwierig für ihn war.

»Geht es Rebecca wieder besser, nachdem sich herausgestellt hat, dass sie sich nichts vorzuwerfen hat?«, fügte er deshalb vorsichtig hinzu.

Martin schaute Dimitri mit leerem Blick an, sodass dieser sich fragte, ob er ihm überhaupt zugehört hatte. »O ja, doch«, erwiderte er dann aber schließlich. »Ich glaube, ihre Arbeit hat ihr sehr dabei geholfen, die ganze Sache zu bewältigen. Außerdem hat sie jetzt einen Gefährten, um den sie sich bald rund um die Uhr kümmern muss.«

»Ach«, entfuhr es Dimitri, der überrascht war, dass eine Information von solcher Wichtigkeit noch nicht bis zu ihm vorgedrungen war. Fragend sah er Martin an, der plötzlich breit grinste, als er begriff, dass es ihm gelungen war, Dimitri aufs Glatteis zu führen.

»Tommy hat ihr einen Hund geschenkt, einen Welpen. Der ist zwar noch bei der Mutter, aber bald wird sie ihn mit nach Hause nehmen können.« Wenn möglich vertiefte sich bei diesen Worten das Lächeln noch in Martins Gesicht. Es schien ihn diebisch zu freuen, dass es ihm endlich einmal gelungen war, jemand anderen auf den Leim zu führen, wo er doch sonst immer selbst das Opfer war.

Dimitri brummte nur und griff erneut zum Bierglas, um davon abzulenken, dass er sich von solch einer Nebensächlichkeit hatte überraschen lassen. »Dann ist also alles in Ordnung bei euch?«

»Im Großen und Ganzen schon.«

Dimitri kannte Martin inzwischen gut genug, um einschätzen zu können, dass die Antwort für Martins Verhältnisse ein wenig zu schnell kam und in ihrer inhaltlichen Pauschalität lediglich eine Eröffnungsfloskel sein konnte. Was bewegte ihn?

»Meine Zeit hier auf der Insel geht bald zu Ende«, klärte Martin diese Frage bemerkenswert schnell.

Dimitri konnte sich erinnern, dass sie darüber bereits gesprochen hatten. Es war einer dieser Abende gemeinsam mit Sanne. Als er sich dessen bewusst wurde, konzentrierte er sich verärgert wieder auf Martin. In besagtem Gespräch war es um berufliche Entwicklung und Ansprüche gegangen, nur nebenbei um mögliche Karriereaussichten, der Kern der Diskussion hatte sich darum gedreht, was man im Rahmen seiner Profession selbst für das Wohl und die Entwicklung der Gesellschaft tun könne. Martin hatte eine überzeugende Position vertreten, dabei aber, wie es seine Art war, recht langatmig über Pflichterfüllung referiert und den Anspruch, dass jeder sein Bestes geben müsste, um so die Solidargemeinschaft zu stärken und so weiter und so fort. Das alles wollte Dimitri sich nicht unbedingt noch einmal anhören.

»Das ist nicht neu«, stellte er daher fest, »ich glaube, vor Wochen schon wussten wir, welcher Tag es sein würde, an dem du uns wieder verlässt.«

»Nun, ja«, Martin korrigierte den tadellosen Sitz seiner Brille. »Inzwischen haben sich Umstände ergeben, die eine neue Bewertung erfordern. Und wenn ich dir sage, dass dabei unter anderem ein kürzlich offeriertes Jobangebot hier auf Spitzbergen und mein Verhältnis zu Rebecca eine Rolle spielen, wirst du sicher verstehen, wenn ich dich um deinen Rat fragen möchte.«

Dimitri unterdrückte seine Ungeduld hinsichtlich Martins gestelzter Wortwahl. »Dann solltest du mich erst einmal mit dem aktuellen Stand der Dinge vertraut machen, sonst kann ich dir nichts empfehlen.« Letztlich, so machte er sich klar, lenkte es ihn von seinen eigenen Sorgen ab, wenn er sich auf Martins Probleme konzentrierte. Und so drehte er sich auf seinem Barhocker dem Deutschen zu, stützte sich mit dem Ellenbogen auf dem Tresen ab und nahm damit eine Position ein, die nichts anderes aussagen sollte als: Du hast meine volle Aufmerksamkeit.

Martin verstand augenblicklich und begann nach kurzem Räuspern seine Situation zu beschreiben. Ausgehend vom ursprünglichen Plan, nach Jena in sein Institut zurückzugehen, über das Angebot aus New York und die mögliche Fortsetzung seiner Arbeit hier auf der Insel, berichtete er von vielen Details, Pros und Kontras, und kam dabei, ohne sie wirklich zu benennen, immer wieder auf seine eigentliche Kernfrage zurück: seine Gefühle und seine Beziehung zu Rebecca. Diese Gedanken überstrahlten alles und machten dem an sich rationalen Martin eine Entscheidung unmöglich.

Dimitri fragte sich, wie er selbst handeln würde. Mit halbem Ohr weiter zuhörend kramte er in seinen Erinnerungen. Wie hatte er sich in vergleichbaren Situationen entschieden, und welche Argumente waren die ausschlaggebenden gewesen? Hatte das Verhältnis zu einer Frau jemals eine Bedeutung gehabt, wenn es darum ging, seinen Weg zu gehen? Würde das heute, in seiner gegenwärtigen Situation eine Rolle spielen? Ohne dass er es verhindern konnte, wurden seine Gedanken erneut in Sannes Richtung gelenkt. Er wollte sich nicht eingestehen, dass er sie vermisste, es passte nicht zu ihm, dem raubeinigen Gesellen aus dem eisigen Norden. Doch was, wenn sie ihre Drohung wahr machte und ihn verließ, falls er sich nicht von seinen Nebengeschäften trennte? Wie würde er damit klarkommen? Er spürte, wie die richtige Antwort lauten musste, wollte sie jedoch nicht zulassen, weil das bedeutet hätte, von seinen halbherzigen Begründungen Abstand zu nehmen. *Wir Russen sind anders!* Mag sein, jeder war irgendwie anders, aber …

»… Dimitri?«

»Was?«, schreckte Dimitri auf.

»Hörst du mir eigentlich noch zu? Irgendwie schaust du seit einiger Zeit durch mich durch.«

»Ähm, ja, entschuldige«, gab Dimitri betreten zu. »Ich war kurz abgelenkt.«

»Sieht nach einem mittelschweren Problem aus. Und das in der Poljakowitsch-Welt, in der grundsätzlich keine Probleme existieren. Was ist los, Alter?«, fragte Martin in einem für ihn so ungewohnten Duktus, dass Dimitri grinsen musste, obwohl ihm eigentlich gar nicht danach zumute war. Er fühlte sich ertappt. Er hatte es noch nie gemocht, wenn man allein an seiner Haltung erkennen konnte, dass er unerledigte Dinge mit sich herumtrug. Aber Martin war letztlich nicht irgendwer, *und* er gab ihm den ersehnten Anstoß, sich zu öffnen.

»Sanne ist zurzeit etwas schwierig«, brachte er nach dem passenden Einstieg suchend undeutlich hervor, denn er war sich immer noch nicht sicher, ob er Martin mit dem wahren Hintergrund seines Problems belasten sollte und durfte.

»Ah, deshalb wohnst du hier und nicht zu Hause.« Martin schaute Dimitri verschmitzt an, und Dimitri musste wieder einmal erkennen, dass Martin trotz seiner professoralen Zerstreutheit kleine Nebensächlichkeiten registrierte und messerscharfe logische Schlüsse daraus abzuleiten in der Lage war. Er würde wohl nie verstehen, wie diese beiden Eigenschaften in einem Menschen zusammenpassten.

»So, wie ich Sanne kenne, gibt es für ihre Strenge sicher einen zwingenden Grund«, hakte Martin nach, nun nicht mehr ganz so humorvoll wie noch vor Sekunden.

Dimitri hatte sich wieder vollständig seinem Bierglas gewidmet. Er hielt es leicht gekippt vor sich und schaute von oben hinein, als könne er auf dem Grund die Worte finden, die zum einen seine Situation deutlich genug erklärten und zum anderen seinen Freund nicht in Bedrängnis brachten.

»Ich habe nebenher das ein oder andere kleine Geschäft laufen, dessen Details hier keine Rolle spielen. Sanne verlangt von mir unter Androhung der Scheidung, dass ich diese Nebenbeschäftigung aufgebe«, erklärte er schließlich.

»Hm«, machte Martin, »das überrascht mich jetzt etwas.« Er hob sein Bierglas, um den Deckel, auf dem es stand, umzudrehen und das Glas wieder darauf abzustellen und von sich zu schieben. Kurz darauf zog er es wieder zu sich heran.

Dimitri beobachtete diese scheinbar ungesteuerten Bewegungen und bereute es augenblicklich, Martin mit seinen Problemen belastet zu haben. »Entschuldige bitte, ich benehme mich, als hätten wir es mit einer Katastrophe zu tun, der man nicht entgehen kann.«

Aber Martin hatte sich gefasst und schaute Dimitri nun ruhig an. »Schon gut. Ich musste an meine Ehe denken, an das, was sie ausgemacht hat, und daran, was davon übrig geblieben ist.« Mit entschlossener Geste schob er sein Glas zur Seite und drehte sich ganz zu Dimitri. »Ich denke, nach den vielen gemeinsamen Abenden mit euch kann ich mir die Einschätzung erlauben, dass anders als bei mir und Andrea zwischen dir und Sanne ein starkes Band der gegenseitigen Achtung, Wertschätzung und Unterstützung besteht, das über Jahre gewachsen ist. Für jeden von euch könnten Zeiten kommen, in denen es ohne ein solches Band sehr schwer oder unmöglich sein kann, Schwierigkeiten zu überstehen. Du solltest darüber nachdenken, ob dein für eure Beziehung so inakzeptables Nebengeschäft dieses Band ersetzen kann. Aber da bist du wohl selbst schon draufgekommen.«

Dimitri schluckte. Das war eine deutliche Ansage, die ihn beschämte und keiner Antwort bedurfte, aber dennoch fühlte es sich nicht richtig an, ohne Replik darüber hinwegzugehen, nur um den eigenen Fehler nicht eingestehen zu müssen. »Nein, ganz ehrlich, aus dieser Perspektive habe ich das tatsächlich noch nicht betrachtet«, gab er zu. »Ich werde darüber nachdenken.«

Sie versanken beide wieder in Schweigen und schienen für eine Zeit lang komplett damit beschäftigt zu sein, Björn bei der Arbeit zuzusehen. Dimitris Gedanken drehten sich noch eine Weile um sein eigenes Problem, bis ihm bewusst wurde, dass er damit von dem Martins abgelenkt war und sie den eigentlichen Faden ihres Gesprächs nicht wieder aufgenommen hatten. »Entschuldige bitte, dass ich dich wegen meiner Unaufmerksamkeit vorhin unterbrochen habe«, versuchte er, seinen Fauxpas wiedergutzumachen. »Hast du schon eine Idee, wie du *es* angehen willst?« Er wusste selbst, dass er damit gerade eine jener oberflächlichen Fragen geäußert hatte, die man stellt, wenn man den Gesamtzusammenhang nicht vollständig verstanden hat. Trotzdem hoffte er neben der Ablenkung von seiner eigenen Peinlichkeit von Martin einen Hinweis zu bekommen, an dem er mit einer Empfehlung ansetzen könnte.

Martin schien mit seinen Gedanken ebenfalls abgeschweift zu sein, denn er antwortete nicht gleich. »Ich habe schon eine Weile darüber nachgedacht, was ich machen soll«, erwiderte er dann aber doch sehr klar. »Neu und ungewöhnlich ist für mich, dass ich in dieser Angelegenheit Schwierigkeiten habe zu priorisieren. Ich fürchte, das hängt mit Rebecca zusammen.«

Rebecca. Immer wieder Rebecca. In all ihren Begegnungen und Gesprächen war diese Frau immer, wenn manchmal auch nur im Hintergrund, präsent gewesen. Da Dimitri seine eigene Geschichte mit ihr hatte, war er nicht erstaunt, dass Martin sich mit seiner Entscheidung so schwertat.

»Ich fürchte, mein Ratschlag wird anders ausfallen als der, den du mir gegeben hast«, begann er und suchte nach den richtigen Worten. »Als Erstes solltest du dir die Frage beantworten, was dich wirklich mit Rebecca verbindet. Wie lange kennt ihr euch, was habt ihr gemeinsam und was nicht? Was weißt du über diese Frau wirklich, oder besser, was weißt du *nicht* über sie? Wie steht das Ganze im Verhältnis zu deinen beruflichen Ambitionen?«

Dimitri vermied es, Martin direkt anzusehen, während er sprach, konnte aber aus dem Augenwinkel erkennen, dass dieser vor sich hin starrte und bedächtig nickte, als beinhalte Dimitris Aufzählung Fakten, die er bisher noch nicht berücksichtigt hatte. Dimitri nahm sein Bierglas auf und stellte fest, dass es leer war. Er hob es hoch, um damit die Aufmerksamkeit Björns zu bekommen, dabei sprach er weiter: »Ich meine, das mit Rebecca hat doch Zeit. Nimm den Job, der dir die besten Entwicklungsmöglichkeiten bietet, und dann wird sich zeigen, ob das, was euch verbindet, für euch beide tief und wertvoll genug ist, um Bestand zu haben. Klar ist das eine Belastungsprobe, aber wenn ihr sie besteht, gewinnt ihr damit die Sicherheit, dass eure Beziehung eine Zukunft hat. Wenn nicht, war es nicht mehr als …« Er zuckte mit den Schultern.

Martin nickte nachdenklich und setzte zu einer Antwort an, blickte dann jedoch an Dimitri vorbei mit einem Gesichtsausdruck, als würde er etwas sehen, was er nicht glauben könne. Noch im Versuch, sich umzudrehen, um Martins Blickrichtung zu folgen, vernahm Dimitri hinter sich eine sehr vertraute Stimme.

»Ich nehme auch ein Bier.« Die Worte waren an Björn gerichtet.

Wie vom Blitz getroffen fuhr Dimitri herum, um zu prüfen, ob tatsächlich die Person hinter ihm stand, deren Stimme er meinte vernommen zu haben.

»Sanne, ich, ähm …« Obwohl er damit normalerweise gut klarkam, liebte er eigentlich keine Überraschungen. Aber in diesem Fall war sie ihm äußerst willkommen.

»Hallo, Sanne, schön, dich zu sehen«, mischte sich Martin ein, der intuitiv spürte, dass sich hier eine Spannung aufbaute, von der er nicht wollte, dass sie sich ins Negative entlud.

»Hallo, zusammen.« Sanne setzte sich wie selbstverständlich auf den freien Hocker neben ihn und schaute sich kurz um, als würde sie wie gewohnt ihren Platz in einer Stammtischrunde einnehmen. Selbst der schwer beschäftigte Barkeeper schien die besondere Stimmung zu bemerken, was man an der Geschwindigkeit, mit der er das gewünschte Bier vorbereitete, ablesen konnte. Das Schweigen zwischen ihnen, wenn man das in Anbetracht der Geräuschkulisse der Bar überhaupt so bezeichnen konnte, zog sich und schien genau auf die Fertigstellung des Bieres definiert zu sein. Sanne nippte kurz daran, um nicht die Chance ihrer Eröffnung zu vergeben. »Wenn ich hier bei einem wichtigen Gespräch störe, kann ich mich auch woanders hinsetzen«, provozierte sie dann ganz bewusst.

»Nein!«, kam von beiden Männern wie aus einem Mund und begleitet von einem synchronen Kopfschütteln, das wie einstudiert wirkte.

Daraufhin sah Sanne Dimitri lange in die Augen. Es fiel ihm nicht leicht, diesem Blick standzuhalten. »Unsere Therme macht komische Geräusche, da solltest du dich mal drum kümmern, Poljakowitsch.«

Nicht nur ein Stein fiel Dimitri vom Herzen, es waren ganze Felsbrocken. Er kannte Sanne gut genug, um nicht davon auszugehen, dass alles wieder in Ordnung war und er so weitermachen konnte wie bisher. Ihr Erscheinen in der *Svalbar* war nicht mehr als ein Angebot, ins Gespräch zu kommen, ohne dass sich an ihren Bedingungen etwas geändert hatte. Eine Tür, die sie ihm öffnete, und gleichzeitig ein Zeichen, sein Schicksal nicht herauszufordern.

»Ich würde dabei helfen, wenn ich auch nur im Ansatz das dafür notwendige Wissen hätte«, ließ Martin vernehmen, immer noch darum bemüht, die Situation nicht eskalieren zu lassen. »Aber wenn es den Bakterien in eurem Trinkwasser mal nicht gut geht, dann zögert nicht, mich anzurufen.«

Dimitri räusperte sich. »Schon gut, Martin. Ich sehe mir die Therme heute mal an, gleich wenn ich wieder zu Hause bin.« Während er sprach, sah er Sanne an, nicht Martin. »Und da ich zurzeit ein paar freie Tage und keine anderen Verpflichtungen habe, werde ich mich auch ein bisschen mehr um ein paar andere häusliche Dinge kümmern können.«

Ein leises Lächeln spielte um Sannes Lippen, nicht triumphal, eher erleichtert. Dimitri verstieg sich nicht, ihre Hand zu nehmen. Das wäre verfrüht gewesen.

Martin verabschiedete sich nicht viel später. Sowohl Sanne als auch Dimitri versuchten, ihn noch zum Bleiben zu überreden, aber er hatte, wie er vorgab, noch etwas zu erledigen. Sanne sah ihm kopfschüttelnd nach. »Ich hab da so ein paar Gesprächsfetzen gehört, als ich reingekommen bin«, sagte sie. »Was hat er vor?«

Dimitri zuckte mit den Schultern. »Vielleicht geht er nach New York.«

Sannes Augen weiteten sich. »Martin in New York? Er verläuft sich doch schon in Longyearbyen, und hier haben wir nur zweieinhalbtausend Einwohner und nicht zwanzig Millionen!«

»Unterschätze Martin nicht«, warnte Dimitri. »Er ist immer für Überraschungen gut.« Er reckte sich auf seinem Barhocker und warf seiner Frau einen Seitenblick zu. »Was meinst du, gehen wir nach Hause?«

»Gute Idee«, sagte Sanne und griff nach ihrer Jacke. »Es ist übrigens noch Fischauflauf da.«

Dimitri lächelte.

45.

REBECCA

Rebecca stand vor ihrem Badezimmerspiegel und betrachtete sich nachdenklich. Sie hatte sich verändert seit ihrer Ankunft auf Spitzbergen vor zwei Jahren, war schmaler geworden, ihr Gesicht entsprechend kantiger. Die Wangenknochen traten hervor, die Nase war dominanter als früher. Vielleicht war sie auch einfach nur älter. In diesem Jahr würde sie ihren sechsunddreißigsten Geburtstag feiern.

Ihr Blick glitt zu dem Foto neben dem Spiegel, das Frederik Lund ihr gegeben hatte. Die beiden Frauen, die sie von dem Bild aus anlächelten und mit ihren Blicken verfolgten, wohin sie auch ging, sahen so viel jünger aus, so viel unbeschwerter als ihr Spiegelbild, dabei lag die Aufnahme nur vier Jahre zurück. Sie erinnerte sich noch genau, wie sie entstanden war, so häufig waren sie und ihre Schwester schließlich nicht mehr zusammengekommen, nachdem sie sich räumlich getrennt hatten. Ihre Schwester war aus der gemeinsamen Wohnung nach Abschluss ihrer Masterarbeit nach Berlin gezogen, sie selbst in Leipzig geblieben, da sie nach wie vor mit ihrem Soziologiestudium kämpfte. Die gemeinsamen Jahre waren nach der Trennung in der Kindheit trotz mancher Reibereien für sie beide ein Geschenk gewesen, Rebecca hatte sie lange als die schönste Phase ihres Lebens empfunden, erst auf Spitzbergen hatte sich die Sehnsucht nach dieser fast unbeschwerten Zeit und der Geborgenheit, die sie während dieses Zusammenlebens das erste Mal nach dem Tod ihrer Mutter wieder empfunden hatte, allmählich aufgelöst. Im Vorfeld des sechzigsten Geburtstags ihres Vaters hatte ihre Schwester angerufen und gefragt, ob sie sich nicht für ein gemeinsames Foto treffen wollten. »Ein Foto, auf dem wir genau gleich aussehen, wäre doch ein besonderes Geschenk«, hatte sie am Telefon vorgeschlagen. »Mal sehen, ob er uns auseinanderhalten kann.« Als sie Kinder waren, in der Zeit vor dem Unfall, war er dazu nicht immer in der Lage gewesen. Aber vor dem Unfall war so vieles anders gewesen.

Mit dem Finger strich Rebecca über die beiden Gesichter. Es war das erste Mal, seit sie ihr neues Leben in der Arktis begonnen hatte, dass sie auf diese Weise mit ihrer Vergangenheit konfrontiert wurde. Sie war sich noch nicht im Klaren darüber, was sie dazu empfand. Nachdem sie die Fotografie zunächst zerknüllt hatte, hatte sie versucht, die Spuren wieder zu glätten, sie hatte sie sogar vorsichtig gebügelt, aber ganz waren sie nicht verschwunden.

Ruth und Rebecca.

Als Zwillinge hatten sie häufig Aufsehen erregt, wenn sie zusammen irgendwo hinkamen. Doch ihre äußere Ähnlichkeit hatte darüber hinweggetäuscht, wie unterschiedlich ihre Charaktere gewesen waren. Rebecca, die Fleißige, Anpassungsfähige, vom Glück Begünstigte. Ruth, die Schwierige, Einsame, Unstete. Wenn man die Fotografie sehr genau betrachtete, konnte man die Verschiedenheit im Ausdruck der Augen erkennen. Rebecca besaß etwas Strahlendes, das Ruth für sich nie hatte in Anspruch nehmen können. Ihr Leben lang hatte sie sich wie ein Schatten neben ihrer Schwester gefühlt, obwohl sie sie gerade wegen ihrer Stärken geliebt und verehrt hatte. Auch auf diesem Foto waren ihre Augen dunkler und weniger zugänglich, selbst wenn sie auf den ersten Blick genauso lächelte wie ihre Schwester. Die meisten Menschen bemerkten es nicht. Die meisten Menschen hatten sie auch auf diesem Foto nicht auseinanderhalten können. Wohl aber ihr Vater. Seit dem Tod der Mutter hatte er sich nie wieder vertan. Bis zur Beerdigung ihrer Schwester. Aber das war ein Ausnahmezustand gewesen, und sie hatte ihm keine Chance gegeben, seinen Fehler zu erkennen.

Jetzt waren Ruth und Rebecca eins. So, wie sich Licht und

Schatten in jedem Menschen vereinten, waren sie zu einer Person verschmolzen. Als ob ihre Eltern genau das antizipiert hatten, waren ja auch ihre Namen beinahe identisch. Rebecca Ruth Hüttner. Ruth Rebecca Hüttner. In dieser Hinsicht hatte sich kaum etwas geändert, als sie die Identität ihrer Schwester angenommen hatte. Sonst aber alles. Sie war aus dem Schatten ins Licht getreten. Sie war nicht mehr zwei, sondern eins. Sie hatte ihre Schwester in sich aufgenommen und ihr so die Möglichkeit gegeben, weiterzuleben.

Ohne dass sie davon wusste, hatte die Psychologin, die sie nach dem Tod Rebeccas betreut hatte, gespürt, was in ihr vorging: »Ich verstehe, dass Sie Ihre Schwester bei sich behalten möchten, einen Zwilling zu verlieren, ist besonders schlimm. Aber Ihre Schwester war eine eigenständige Person, Sie müssen sie loslassen, so weh es auch tut.«

In Berlin war genau das unmöglich gewesen. In Rebeccas Wohnung hatte sie sich zugleich zu Hause und wie ein Eindringling gefühlt, sie hatte Freunde und Kollegen ihrer Schwester auf Abstand gehalten – die hatten das angesichts ihres Verlusts auch akzeptiert –, aber irgendwann wäre der Zeitpunkt gekommen, ihr Leben wieder aufzunehmen, und je näher er rückte, desto nervöser wurde sie. Sie war den Anforderungen nicht gewachsen. Berlin war zu laut und zu groß. Und die Arbeit hatte sie vom ersten Tag an völlig überfordert. So war sie geflohen und hatte sich von allem gelöst. Und war hier auf Spitzbergen zu jenem neuen Menschen geworden, zu dieser Einheit aus zweien, die sie in ihrem Leben davor immer vermisst hatte. Sie hatte ihren Frieden gefunden.

Behutsam nahm sie das Foto von der Wand neben dem Spiegel. Was würde geschehen, wenn sie ihr Geheimnis teilte, so wie Frederik Lund es ihr geraten hatte? Wenn sie mit ihrem Vater darüber sprach – und mit Martin. Seit sie Deutschland verlassen hatte, hatte sie kaum noch Kontakt zu ihrem Vater gehabt. Ein Anruf zum Geburtstag, eine Karte zu Weihnachten. Sie war nicht in der Lage gewesen, ihre Lüge ihm gegenüber zu leben, nachdem sie von ihm erfahren hatte, dass sie ihm ebenso viel bedeutet hatte wie ihre Schwester, dass es völlig unerheblich für seine Zuneigung gewesen war, ob sie erfolgreich war oder nicht, ganz im Gegenteil. »Du bist deinen Weg ohne Probleme gegangen, um dich musste ich mich nie sorgen. Aber Ruth brauchte stets Hilfe und Zuspruch, sie war immer so unsicher, so bemüht, alles richtig zu machen, und scheiterte gerade deswegen, das hat sie mir so nahgebracht. So viel näher als dich, verzeih mir, wenn ich das sage.« Anfangs hatte er noch versucht, ihre Abwehr zu überwinden, hatte vorgeschlagen, *Skype* zu installieren, um sich zumindest auf diese Weise *sehen* zu können, dabei hatte sie erfahren, dass er die ganze Zeit über in regem Austausch mit ihrer Schwester gestanden hatte.

Sie war nach jenem denkwürdigen sechzigsten Geburtstag erst auf Rebeccas Beerdigung wieder mit ihm zusammengekommen. Vier Jahre Schweigen lagen dazwischen, über die er sich nun grämte.

»Ruth hat mir keine Chance gegeben«, hatte er während der Beerdigung voller Trauer festgestellt, »aber das lag wohl zu einem großen Teil auch an mir. Ich habe zu viel von ihr gefordert. Sie hatte in ihrem Leben nicht die gleichen Möglichkeiten wie du.« Dabei waren Tränen still über seine Wangen gelaufen. »Ich habe in den vergangenen Jahren viel über sie nachgedacht und nach einem Weg gesucht, mit ihr wieder ins Gespräch zu kommen, aber ich habe es an der nötigen Konsequenz fehlen lassen, und nun ist sie tot, und ich kann dieses Versäumnis nicht mehr gutmachen. Dabei habe ich sie doch genauso geliebt wie dich!«

Die Worte ihres Vaters hatten sie bis ins Mark getroffen, und die Erinnerung an seine gebeugte Gestalt vor dem Grab, an dieses Bild der Verzweiflung, verfolgte sie noch immer und hatte sie komplett sprachlos werden lassen.

Jeder hat eine zweite Chance verdient. Sie, ich, Ihr Vater, hallten Frederik Lunds Worte in ihr wider. Aber wie konnte sie ihm gegenübertreten, angesichts des Betrugs, den sie verübt hatte? Wollte sie es überhaupt? Konnte sie die lange Vorgeschichte, die zu ihrer Entfremdung geführt hatte, außer Acht lassen? Die Bilder aus ihrer Kindheit tauchten wieder auf. Die Einsamkeit in dem großen Haus, ihr Vater an seinem Schreibtisch, unnahbar und gleichzeitig fordernd. Die hoffnungslose Sehnsucht nach ihrer Mutter. Sie war so entsetzlich allein gewesen. Noch heute wachte sie bisweilen nachts auf, schweißgebadet und atemlos, weil die Einsamkeit im Traum nach ihr ausgriff wie ein lebendes Wesen. Martin war einmal Zeuge geworden eines solchen Moments.

Sie seufzte unwillkürlich bei dem Gedanken an ihn, und wie von selbst begannen ihre Finger das Foto in ihrer Hand zusammenzuknüllen, ganz langsam, aber immer fester, bis es nur noch ein kleiner harter Ball war. So hart wie der Schmerz in ihr, wenn sie an ihren Vater dachte.

Sie können die Vergangenheit nicht ändern, Rebecca. Aber Sie haben es in der Hand, Ihre Zukunft zu gestalten. Sie können sich selbst befreien, indem Sie Ihrem Vater vergeben.

Die Erinnerung an Frederik Lunds Mahnung ließ ein Vielleicht in ihr aufkeimen, das Potenzial besaß, zu einem Entschluss zu werden. Ihr Vater war der Einzige, der noch geblieben war von ihrer Familie. Was, wenn er krank wurde, einen Unfall hatte, starb, bevor sie sich aussprechen konnten? Sie hatte genug Geld gespart. Sie konnte problemlos für ein paar Tage nach Deutschland fliegen. Der Gedanke verursachte ihr Herzklopfen.

Aber nicht nur ihr Vater verdiente ihre Ehrlichkeit. Auch ihr Verhalten Martin gegenüber war nicht fair gewesen. Zu viele Fragen hatte sie unbeantwortet gelassen, obwohl sie erkannt hatte, wie sehr er unter der unklaren Situation litt. Er wusste zu wenig über sie, um sie wirklich einschätzen zu können, doch er war zu höflich und zu zurückhaltend, um nachzufragen, wenn sie nichts von sich aus erzählte. Diesen Gefallen hatte sie ihm aber nicht getan, nur hin und wieder hatte sie für ihn ein Fenster in ihre Vergangenheit geöffnet, aber nicht mehr preisgegeben als auch anderen gegenüber. Und nun überlegte er, ihretwegen seine Zeit auf Spitzbergen zu verlängern. Keinen anderen Grund gab es dafür, das war ihr klar geworden, als sie gehört hatte, mit welchem Enthusiasmus er ihr von dem Angebot der UN aus New York erzählt hatte.

Es war beinahe, als hätte Frederik Lund darum gewusst.

Sie müssen mit den Menschen sprechen, die Ihnen nahestehen. Ein Partner, zum Beispiel, mit dem sie planen, eine feste Beziehung einzugehen, sollte vielleicht darüber Bescheid wissen.

Sie wandte sich von dem Spiegel ab, das zerknüllte Foto noch immer in ihrer Hand. Kurz betrachtete sie den Papierball, dann warf sie ihn in den kleinen Mülleimer neben dem Waschbecken und wandte sich um zur Wanne, die sie gerade hatte volllaufen lassen. Von dem Badezusatz stieg ein Duft nach Sandelholz und Zimt auf. Sie probierte die Temperatur mit dem Zeh und sank gleich darauf mit wohligem Aufstöhnen in das warme Wasser. Aber sie fand nicht die Entspannung, die ihr ein solches Bad normalerweise verschaffte. Ihre Gedanken kreisten weiter und ließen sie nicht zur Ruhe kommen. Sie musste mit Martin reden. Aber wie? Und was würde sie ihm erzählen? Was *konnte* sie ihm erzählen? Sie war normalerweise nicht der Mensch, der sich für eine Gesprächsführung einen Plan machte, dafür war sie zu spontan und unüberlegt. In diesem Fall jedoch wusste sie, dass sie sich vorbereiten musste. Je länger sie allerdings darüber nachdachte, desto unsicherer wurde sie. Wieder sah sie seine leuchtenden Augen vor sich, als er von New York sprach. Dann die Sehnsucht, als er sich ihr zuwandte. Er war genauso hin- und hergerissen wie sie. Warum gab es, zum Teufel, keine einfache Lösung?

Sie begriff, dass sie zögerte, eine Entscheidung zu treffen, weil sie die damit verbundene Verantwortung nicht übernehmen wollte. Aber es gab niemanden, der ihr die Entscheidung abnehmen konnte außer Martin.

Wie würde ihr Leben aussehen, wenn er bliebe?

Einerseits wünschte sie sich nichts mehr als genau das, andererseits ahnte sie, dass die Hypothek, die sie damit auf sich nahm, nicht gut für ihre junge Beziehung sein konnte. Stets würde sie sich fragen, ob er zufrieden war, ob er nicht vielleicht lieber …

So ging es nicht weiter. Seit Tagen konnte sie nicht vernünftig schlafen, und auch heute Nacht würde sie trotz des Wannenbads vermutlich keine Ruhe finden. Dann war es vielleicht doch das Beste, die Situation gleich zu klären, denn sie ahnte, nein, wusste, dass Martin ähnlich fühlte wie sie.

Anderthalb Stunden später stand sie vor seiner Tür und hätte im letzten Moment beinahe auf dem Absatz kehrtgemacht. Einen Entschluss zu fassen, war das eine, ihn dann aber auch umzusetzen, etwas ganz anderes. Ihr Herz klopfte ihr bis zum Hals. Sie hatte ihren Besuch nicht angekündigt, aber an dem Licht, das aus seinen Fenstern in die Dunkelheit des Abends schien, hatte sie sehen können, dass er zu Hause war.

Auf ihr Klingeln hin hörte sie einen Moment gar nichts, dann Martins Stimme. »Moment, komme gleich!«

Ungeduldig trat sie von einem Fuß auf den anderen. In der ganzen Zeit, die sie nun zusammen waren, war er noch nie spontan an die Tür gekommen, und nicht zum ersten Mal fragte sie sich, warum er immer so lange brauchte. Als er endlich öffnete, sah er aus, als wäre er gerade aufgestanden. Sein dunkles Haar war zerzaust, über seiner Jogginghose trug er ein zerknittertes Kapuzenshirt und blinzelte leicht irritiert, um sie zu erkennen, da er keine Brille aufhatte.

»Hi«, begrüßte Rebecca ihn, »hab ich dich aus dem Bett geholt?«

»Hi, Rebecca«, entgegnete er und riss die Tür weit auf, »nein, tut mir leid, ich meine … ja, ich hatte mich kurz hingelegt, als ich nach Hause gekommen bin, ich war völlig erschlagen…«, er räusperte sich, »… ich bin gestern Abend mit Dimitri in der *Svalbar* versackt …« Unsicher fuhr er sich mit den Fingern durchs Haar, was nicht wirklich förderlich war, aber sexy, wie Rebecca mit einem kleinen Stich feststellte.

»Dann ist es vielleicht besser, wenn ich wieder gehe«, schlug sie vor und machte einen Schritt zurück, anstatt in den schmalen Flur zu treten. »Ich hätte ja auch vorher anrufen können, ob es passt.«

Er schüttelte den Kopf und streckte die Hand aus, als wolle er nach ihr greifen und sie zurückhalten. »Nein, bitte bleib, es ist schön, dich zu sehen.« Er lächelte ein wenig unbeholfen. »Ich hab dich vermisst.«

Rebecca atmete tief durch, als sie an ihr letztes Beisammensein dachte. An seine Liebeserklärung. Der Kloß in ihrem Hals machte es schwer zu sprechen.

»Ja«, erwiderte sie lediglich. »Wir … wir haben uns ja auch ein paar Tage nicht gesehen.« Alles andere, was ihr durch den Kopf ging, behielt sie für sich, denn auch sie hatte ihn vermisst, aber mehr oder weniger ohne wirkliche Absprache waren sie beide in Klausur gegangen, um zu einer Entscheidung zu kommen.

Martins möblierte Unterkunft war wie immer perfekt aufgeräumt. Selbst wenn er sie spontan verlassen müsste, würde er keine Spuren hinterlassen, dachte Rebecca mit einem Blick um sich, als sie durch den Flur ins Wohnzimmer ging, wo sie zögernd in der Tür stehen blieb.

»Komm rein, setz dich«, bat Martin, der inzwischen seine Brille gefunden hatte. »Magst du etwas trinken?«

»Vielleicht ein Wasser.« Rebecca betrat den unpersönlichen Raum und setzte sich auf die Kante der Couch.

Gleich darauf kam Martin mit zwei Gläsern in der Hand zurück und stellte sie auf dem Couchtisch ab. Dann ging er vor Rebecca in die Hocke und umfasste ihre Hände.

»Wir haben uns noch gar nicht richtig begrüßt«, monierte er.

Ohne darüber nachzudenken, lächelte sie, beugte sich vor und erwiderte seinen Kuss. Es war alles schon so normal, so eingespielt zwischen ihnen, obwohl sie erst wenige Wochen zusammen waren.

»Wir müssen reden«, zwang sie sich zu sagen, als sie sich voneinander gelöst hatten. »Ich habe nachgedacht.«

Martin ließ sich nach hinten sinken, zog die Beine heran und hangelte nach seinem Glas auf dem Tisch. Er nahm einen Schluck. »Du hast nachgedacht«, wiederholte er ihre Worte sehr behutsam.

Sie nickte und betrachtete ihre Hände, die sie in ihrem Schoß ineinandergelegt hatte, um sie davon abzuhalten, ihn zu berühren oder auf andere Art und Weise ein Eigenleben zu entwickeln. Sie konnte seinem Blick nicht standhalten, ihn nicht ansehen, während sie aussprach, was vermutlich alles zerstören würde. »Ich möchte dich bitten, das Angebot aus New York anzunehmen und nicht hierzubleiben«, stieß sie schließlich hervor.

Sie hörte, wie Martin das Glas auf dem Tisch abstellte.

Eine ganze Weile sagte er nichts, regte sich nicht.

»Warum?«, fragte er schließlich.

Die zwei Silben schienen von den Wänden zurückzuhallen und brachen auf sie nieder. Natürlich hatte sie mit der Frage gerechnet, hatte sich eine Antwort zurechtgelegt, aber mit einem Mal fehlten ihr die Worte.

Warum?

Langsam hob sie den Kopf und sah ihn an.

Weil ich dir nicht erzählen kann, was ich dir erzählen sollte. Weil ich dir nicht sagen kann, was du verdienst zu erfahren. Ich werde es tun, wir werden darüber reden, aber vorher muss ich meinen Vater treffen und herausfinden, ob es mir gelingt, ihm die Wahrheit einzugestehen. Ich muss die Reihenfolge einhalten. Sie sprach es nicht aus. Konnte er in ihren Augen erkennen, was sie dachte? Nein. Natürlich konnte er das nicht.

»Ich habe gehört, mit welcher Begeisterung du von der Arbeit in New York gesprochen hast«, antwortete sie deshalb. »Ich möchte nicht, dass du meinetwegen darauf verzichtest. Ich glaube, die Belastung für unsere Beziehung wäre zu groß.«

Zu ihrer Überraschung widersprach er nicht, sondern nickte langsam. »Zu diesem Schluss bin ich auch gekommen.«

Es tat weh. Bis ganz tief in ihr Inneres. Sie atmete dagegen an.

Er löste sich aus seiner Sitzhaltung und lehnte sich vor, bis er mehr oder weniger vor ihr kniete, dabei legte er seine Hände auf die ihren in ihrem Schoß. »Noch nie zuvor ist mir eine Entscheidung so schwergefallen.«

Sie versuchte, den Kloß in ihrem Hals herunterzuschlucken.

»Wir … ich …«, begann sie.

Er legte ihr einen Finger auf die Lippen. »Lass es uns nicht zerreden. Uns gehören noch zwei Wochen hier auf Spitzbergen. Lass uns jede Minute davon genießen.« Sie versuchte tapfer zu lächeln, aber es gelang ihr nicht. Behutsam wischte er die Träne fort, die über ihre Wange rollte. »Schau«, sagte er dann und wies zum Fenster.

In leuchtend grünen Vorhängen wehten Polarlichter über dem Fjord und den Bergen und brachten den schneebedeckten Gipfel des Operafjellet zum Leuchten. Genau wie an jenem Abend, als sie das erste Mal zusammengesessen hatten in dem Café – ein Tag, unendlich weit entfernt und doch so nah. Sie erinnerte sich, dass das Licht ihr wie ein Zeichen erschienen war, und auch jetzt verspürte sie bei dem unerwarteten Anblick einen Hauch von Zuversicht. Es lag in ihrer Hand, ihnen eine gemeinsame Zukunft zu geben. Sie musste nur mit ihrer Vergangenheit Frieden schließen.

Sie legte ihren Kopf an seine Brust und atmete seinen Geruch ein, während sie gemeinsam die Polarlichter betrachteten. Sie spürte seinen Körper an dem ihren und versuchte, einfach nicht daran zu denken, wie es sich anfühlen würde, wenn er fort war. Noch nicht. In zwei Wochen war Zeit genug dafür.

ANMERKUNGEN UND DANKSAGUNG

Eine Reise nach Spitzbergen stand auf unserer persönlichen Wunschliste schon seit langer Zeit ganz oben. Im Februar 2017 war es so weit. Zusammen mit zwei Freundinnen haben wir uns auf den Weg gemacht, wobei gleich der Start mit Hindernissen verbunden war, denn in Hamburg wurde der Flughafen kurzfristig gesperrt, und beinahe wären wir überhaupt nicht weggekommen. Umso größer war unsere Freude, als wir in Oslo in die Maschine einsteigen konnten, die uns in den Norden bringen sollte.

Wir haben auf Spitzbergen, das übrigens in allen anderen Ländern außer Deutschland *Svalbard* (»Kalte Küste«) genannt wird, eine großartige Zeit verbracht. Wir hatten das Glück, während einer wirklich kalten Periode dort zu sein, und haben Temperaturen von bis zu minus fünfundzwanzig Grad erlebt. Die Inseln waren von Schnee und Eis bedeckt, das Licht des blauen Monats Februar werden wir nie vergessen, ebenso wenig wie die in die ersten roséfarbenen Sonnenstrahlen getauchten Berggipfel zum Ende unseres Aufenthaltes und das Leuchten im Gesicht unseres Tourguides, als sie von einem Hochplateau im Landesinneren irgendwo zwischen Longyearbyen und Barentsburg das erste Mal nach vielen Monaten die Sonne erblickte. Oder das Polarlicht, dessen unerwarteter Anblick uns nach einem langen Tag jede Kälte hat vergessen lassen, das gemeinsame Arbeiten mit den Hunden, während einer Schlittentour und natürlich die Menschen auf Spitzbergen, die der Natur und dem Leben in dieser unwirtlichen Region so sehr verbunden sind.

Alles, was wir im Roman beschrieben haben, ob die Schlittenhundetour zum Gletscher oder die Schneemobiltour nach Barentsburg – wir haben es selbst erlebt. Wir haben das Krankenhaus besucht und die nördlichste Brauerei der Welt. Wir haben viel Zeit in der Universität verbracht und uns beim Anblick des Materiallagers für die Außenexpeditionen tatsächlich nach *Hoth* versetzt gefühlt. Den *Svalbard Global Seed Vault* haben wir auch gesehen, er findet im Roman aber keine Erwähnung. Wir haben Menschen kennengelernt, zu denen wir teilweise heute noch Kontakt pflegen, Menschen mit spannenden Biografien und interessanten Aufgaben. Manch einer hat uns inspiriert für die ein oder andere Figur im Roman, aber natürlich ist alles, was wir geschrieben haben, frei erfunden, eventuelle Ähnlichkeiten mit tatsächlichen Geschehnissen oder lebenden Personen sind rein zufällig und nicht gewollt.

Obwohl oder gerade weil diese Reise so beeindruckend war, wird sie für uns ein einmaliges Erlebnis bleiben. Die Auswirkungen des Klimawandels sind in den arktischen Regionen so viel drastischer zu spüren als bei uns. Die Fjorde frieren nicht mehr zu, die Gletscher schmelzen, unzählige Eisbären verlieren ihren Lebensraum, die Fischbestände verändern sich, es wird wärmer. In einem so empfindlichen Ökosystem reichen kleinste Veränderungen, um es aus dem Gleichgewicht zu bringen. Außerdem fragen wir uns, ob Menschen wirklich dort hingehören. Sie kamen mit der Jagd auf die Wale und die Eisbären. Sie blieben wegen des Kohlebergbaus, heute sind Forschung und Tourismus die Haupterwerbszweige. Der CO2-Abdruck eines jeden, der auf Spitzbergen lebt, ist riesig. Alles, was Menschen dort benötigen, muss mit Flugzeugen oder Schiffen in den Archipel transportiert werden. Die Schönheit unseres Planeten mit all ihren Facetten ist sehr fragil. Unsere Erde braucht unseren Schutz, das ist uns auf dieser Reise mehr denn je bewusst geworden.

Wie bei jedem Roman, der gedanklich entsteht, geschrieben und verlegt wird, gibt es so viel mehr Menschen als nur die Autoren, die daran beteiligt sind. Ihnen allen gilt unser ganz herzlicher Dank!

Im Besonderen bedanken möchten wir uns bei:

Steffi Dobbertin und Susann Domrowe – es war ganz super großartig, diese arktische Erfahrung mit euch zu teilen!

Franka Zastrow von der Agentur Schlück, die mit Rat und Tat, viel Sachverstand aber vor allem auch Herz zum Gelingen unserer Romane beiträgt.

Theresa Klingemann für eine wunderbar konstruktive Zusammenarbeit und viele gute Ideen während des Lektorats.

Andrea Hartmann und Sabine Kretzschmar, die uns bei Droemer Knaur aufs Beste vertreten.

Evi und Uwe Mychalzik für die Casa in Portugal, wo wir nicht nur den bestmöglichen Rahmen zum Schreiben hatten, sondern die uns auch zu Verwandten im Geiste wurden.

Jascha Tscherney für die Idee zum Prolog in höchster Not!

Ulrike Untersteller für ihre hilfreichen Kommentare nach der Probelektüre.

Robert und Anne-Grete Johansen von der *Svalbard Bryggeri* für Einblicke und Ausblicke.

Tove Hammerstrom vom *Longyearbyen Sykehus* für ihre Zeit.

Miriam Marquardt und Eike Ingrid Stübner von der Universität Longyearbyen für viele Infos und einen ausgedehnten Uni-Rundgang, aber auch für alles, was ihr über die Hunde erzählt habt.

Gerade sind wir von der Recherchereise für den nächsten Ava Sandström Roman von den Färöer Inseln zurückgekehrt, und wie es so ist auf diesen Reisen, bei denen man viel mehr fragt und schaut und sich auch mit vermeintlich langweiligem Alltäglichen beschäftigt, was man als »normaler« Tourist vielleicht gar nicht machen würde, haben wir wieder viele interessante Begegnungen gehabt, die wir nicht missen möchten, und freuen uns schon darauf, das Erlebte mit Fiktion zu vermischen und für unsere Leser* innen aufs Papier zu bringen.

Ava Sandström, August 2021